Minette Walters debuteerde in 1992 met *Het ijshuis*, een literaire thriller waarmee ze prestigieuze prijzen won en haar [illegible] direct vestigde. De BBC-verfilming van *Het ijsh*[illegible]ar volgende thriller *De beeldhouwster* [illegible]esvol. Inmiddels heeft ze twaa[illegible]ijn er in Nederland al meer da[illegible]eken over de toonbank gegaan [illegible]

'Minette Walters combine[illegible] een verontrustend doeltreffende besch[illegible]ticuliere wreedheden in tijden van chaos. Hierdoor b[illegible]ngt ze het genre op een hoger plan.'
Independent

'Een van de krachtigste maar toch genuanceerde schrijvers van de psychologische thriller. Ze houdt het verteltempo enorm hoog.'
Daily Express

'Onontkoombaar spannend.'
***** in *VN's Detective & Thrillergids*

'Walters houdt meestal wel iets open: een potje pijn, een paar onafgewerkte eindjes, een onbeantwoorde vraag, en vooral een dosis verontrusting die meegaat naar haar volgende boek.' *de Volkskrant*

Van dezelfde auteur:

De beeldhouwster
De branding
De donkere kamer
De echo
Het ijshuis
Het motief
Niemandsland
De tondeldoos
Verwarde geesten
De vorm van slangen
Vossenhuis
Duivelsveer
Schaduwzijde

www.minettewalters.co.uk

Minette Walters

Het heksenmasker

2008 – De Boekerij – Amsterdam

Oorspronkelijke titel: The Scold's Bridle (Macmillan)
Vertaling: Ineke Wieberdink
Omslagontwerp: marliesvisser.nl
Omslagfoto: Millennium, Imagestore

Eerste druk 1994
Zesde druk 2008

ISBN 978-90-225-5022-9

Voor Jane, Lisanne, Maria en Hope

Heksenmasker; een strafwerktuig dat gebruikt wordt bij feeksen en dergelijke, het is een soort ijzeren constructie die het hoofd omsluit en een scherpe metalen klem of bit heeft die in de mond dringt en de tong in bedwang houdt.

'Schep dan een kind des toorns, opdat het leev'
Haar tot een mart'ling door wanschapenheid!
Het groev' haar rimpels op 't gelaat der jeugd,
Door tranengutsen voren in de wang;
't Moog al haar moederzorg en moederwee
In spot en hoon verand'ren; dat zij 't voel,
Hoe de ondank van een kind veel feller grieft,
Dan addertand het kan! – Wij gaan, wij gaan!

Shakespeare, *Koning Lear*

'Tweeënveertig!' brulde Lonckwill. 'Heb je daar zevenenhalf miljoen jaar over moeten denken?'
'Ik heb het zeer zorgvuldig gecontroleerd,' zei de computer, 'en dat is zeer beslist het antwoord. Het probleem is volgens mij, om het jullie maar heel eerlijk te zeggen, dat jullie eigenlijk nooit goed geweten hebben wat de vraag was.
Dus, als je eenmaal weet wat de vraag eigenlijk is, weet je meteen wat het antwoord betekent.'

Douglas Adams, Het Transgalactisch Lifters Handboek

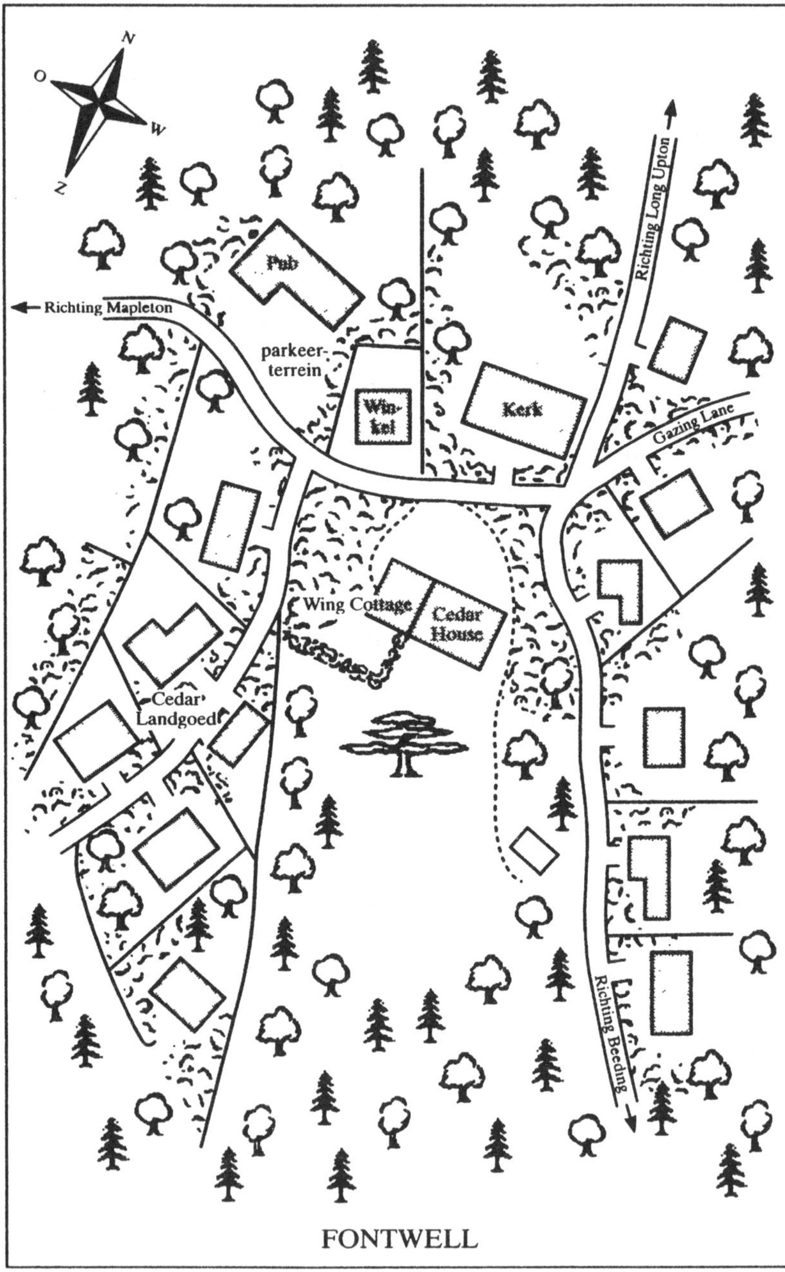
N
O
W
Z
Richting Mapleton
Pub
parkeer-
terrein
Win-
kel
Kerk
Richting Long Upton
Gazing Lane
Wing Cottage
Cedar
House
Cedar
Landgoed
Richting Beeding

FONTWELL

Ik vraag me af of ik dit dagboek achter slot en grendel moet bewaren. Jenny Spede heeft er weer aan gezeten en dat irriteert me. Ze moet gedachteloos een boek hebben geopend terwijl ze stof afnam en nu leest ze het uit een soort wellustige nieuwsgierigheid. Wat moet ze wel niet denken als ze leest over een oude, door artritis misvormde vrouw die zich poedelnaakt aan een jongeman vertoont? Ik weet zeker dat het een tweedehands genot is, want het is de vraag of ze ooit door een ander dan die bruut van een man van haar met iets anders dan afkeer is bekeken.
Maar nee, het kan Jenny niet zijn. Ze is te lui om zo grondig schoon te maken en te dom om iets dat ik zeg of doe interessant of amusant te vinden. De latere banden schijnen de meeste aandacht te trekken, maar op het ogenblik begrijp ik niet goed waarom. Ik ben altijd alleen geïnteresseerd in een begin, want dan is er zoveel hoop. Het eind heeft nauwelijks enige waarde behalve om aan te tonen hoe misplaatst die hoop is geweest.
'In 't doods en eenzaam midden van de nacht...
Hoe voos, vermoeiend, laag en troosteloos
Komt mij al 't woelen dezer wereld voor!'
Maar wie dan? James? Of ben ik seniel aan het worden en verbeeld ik me dingen? Gisteren zag ik Howards aanbod open op mijn bureau liggen, maar ik had durven zweren dat ik het in de ordner had teruggelegd. 'O, oordeel, gij zijt vervlogen...'
Over de pillen maak ik me meer zorgen. Tien is zo'n rond getal om kwijt te zijn. Ik ben bang dat Joanna weer met haar rotstreken bezig is, of anders, en dat is nog erger, vraag ik me af of Ruth dezelfde kant op gaat. Het bloed kruipt waar het niet gaan kan.

Een

Dokter Sarah Blakeney stond naast het bad en vroeg zich af hoe de dood ooit als een overwinning beschouwd kon worden. Er was hier geen triomf, geen gevoel dat Mathilda haar aardse mantel voor iets beters had afgeworpen, zelfs niet het idee dat ze vrede gevonden had. De doden, in tegenstelling tot de levenden, boden geen hoop op een herontwaken. 'Wil je mijn eerlijke mening?' vroeg ze langzaam als antwoord op de vraag van de politieagent. 'Dan, nee, ik had nooit verwacht dat zij zelfmoord zou plegen.'
Ze staarden naar de groteske figuur die stil en koud in het vuile badwater lag. Uit het afschuwelijke apparaat rondom het bloedeloze gezicht kwamen brandnetels en herfstasters te voorschijn en het roestige metalen gedeelte hield de dode tong in de gapende mond in bedwang. Er zaten verschillende omgekrulde en dode bloemblaadjes tegen de magere schouders en de badranden aangeplakt terwijl wat bruin bezinksel onder het wateroppervlak op meer bloemblaadjes wees die volgezogen met water naar de bodem waren gezonken. Op de grond lag een bloederig stanleymes dat blijkbaar uit de gevoelloze vingers was gegleden die erboven hingen. Het deed denken aan Marat in zíjn bad, maar het was veel lelijker en veel verdrietiger. Arme Mathilda, dacht Sarah, wat zou ze dit vreselijk hebben gevonden.
De brigadier wees naar het zielige, grijze hoofd. 'Wat is dát in godsnaam voor ding?' Zijn stem knarste van afkeer.
Sarah wachtte even tot ze voelde dat ze haar stem onder controle had. 'Dat is een heksenmasker,' vertelde ze hem. 'Een primitief instrument om iemand onder controle te houden. Ze werden in de middeleeuwen gebruikt om zanikende vrouwen de mond te snoeren. Het is al jaren bij Mathilda in de familie. Ik weet dat het er zo afschuwelijk uitziet, maar het hing beneden in de gang boven een pot geraniums. Als versiering zag het er best leuk uit.' Ze hield haar hand tegen haar mond van verdriet en de agent klopte haar onhandig op haar schouder. 'Het waren witte geraniums en die staken

hun kopjes door de ijzeren structuur. Ze noemde het altijd haar onkruid.' Ze schraapte haar keel. 'Ze was nogal uit de hoogte, weet u. Erg trots, erg pedant, erg onverdraagzaam en niet bijzonder vriendelijk, maar ze had een fantastisch stel hersenen voor iemand die nooit meer had geleerd dan het huishouden doen en ze had een geweldig gevoel voor humor. Droog en vlijmscherp.'
'Onkruid,' herhaalde de patholoog-anatoom bedachtzaam. 'Zoals in:

Daar komt zij, woest bekranst met dovenetels,
Maad'liefjes, boter-, lange purperbloemen, -
Die 't ruwe herdersvolkje ruw benoemt,
Maar 't schucht're meisjen doômansving'ren heet; -
Zij klom en reikte om aan de dunne twijgen
Haar onkruid op te hangen.

'*Hamlet,*' legde hij de politieagent verontschuldigend uit. 'Het einde van Ophelia. Ik moest het voor mijn eindexamen leren. Het is onvoorstelbaar wat je je allemaal herinnert wanneer je ouder wordt.' Hij staarde naar het bad. 'Kende mevrouw Gillespie *Hamlet*?'
Sarah knikte met een ongelukkig gezicht. 'Ze heeft me eens verteld dat haar hele opvoeding gebaseerd was op het uit haar hoofd leren van delen van Shakespeare.'
'Nou, we zullen niet veel wijzer worden met het langer hier naar die arme vrouw staan staren,' zei de agent abrupt, 'tenzij Ophelia vermoord werd.'
Dr. Cameron schudde zijn hoofd. 'Dood door verdrinking,' zei hij peinzend, 'tijdens een vlaag van verstandsverbijstering.' Hij keek Sarah even aan. 'Was mevrouw Gillespie eigenlijk depressief?'
'Als dat zo was, heeft ze er nooit iets van laten merken.'
De politieagent die zich beslist minder op zijn gemak voelde ten overstaan van de dood dan de beide artsen, leidde Sarah naar de overloop. 'Dank u wel voor uw tijd, dokter Blakeney. Het spijt me dat we u erbij moesten halen, maar als haar huisarts kende u haar vermoedelijk beter dan de meeste anderen.' Dit keer zuchtte hij. 'Die zijn altijd het ergst. Oude mensen die alleen wonen. De verstotelingen van de gemeenschap. Soms duurt het weken voor ze gevonden worden.' Zijn mondhoeken trokken vol afkeer naar beneden. 'Heel onplezierig. Ik denk dat we van geluk mogen spreken dat ze zo snel is gevonden. Volgens dr. Cameron binnen veertig uur. Hij vermoedt dat het zaterdag rond middernacht gebeurd is.'

Sarah leunde tegen de muur en keek naar Mathilda's slaapkamer aan het einde van de overloop. Ze zag door de open deur het oude eiken bed met de vele kussens. Er hing nog een vreemde sfeer van persoonlijk eigendom, alsof haar geest nog rond haar bezittingen hing. 'Zo oud was ze niet,' protesteerde ze zwakjes. 'Hooguit vijfenzestig. Dat is tegenwoordig niets.'
'Ze ziet er ouder uit,' zei hij achteloos, 'maar dat is niet zo vreemd als je bedenkt dat ze is leeggebloed, denk ik.' Hij keek even in zijn aantekenboekje. 'U zegt dat ze een dochter in Londen heeft en dat er een kleindochter op kostschool zit.'
'Weten meneer en mevrouw Spede dat niet?' Ze had bij het binnenkomen een glimp van hen opgevangen; grijze gezichten die vreemd strak stonden van de schrik, en ze hadden hun handen als doodsbenauwde kinderen stevig in elkaar geklemd. 'Die komen al jarenlang twee keer in de week. Hij doet de tuin en zij maakt schoon. Zij moeten meer dan wie ook van haar af weten.'
Hij knikte. 'Sinds mevrouw Spede het lijk heeft gevonden, hebben we helaas alleen maar hysterische toestanden van hen meegemaakt. We doen toch nog navraag in het dorp.' Hij keek naar de slaapkamer. 'Er staat een leeg flesje slaappillen op haar nachtkastje naast een glas waar whisky in heeft gezeten. Het ziet ernaar uit dat er een waagstuk is ondernomen. Whisky om moed in te drinken, slaappillen, en dan het stanleymes in bad. Blijft u erbij dat u niet had verwacht dat ze zelfmoord zou plegen?'
'O, Heer, ik weet het niet.' Sarah streek met een bezorgd gebaar door haar korte donkere haar. 'Ik zou haar geen slaappillen hebben voorgeschreven als ik had gedacht dat er kans op was dat ze er misbruik van zou maken, maar je kunt nooit zeker van die dingen zijn. En bovendien slikte Mathilda ze al jaren, ze kreeg ze routinematig voorgeschreven. Dus ja, voor zover ik haar kende, sluit ik zelfmoord uit, maar we hadden een arts-patiëntrelatie. Ze had veel last van haar artritis en er waren nachten dat ze er niet van kon slapen.' Ze fronste haar wenkbrauwen. 'Maar er kunnen niet veel slaappillen over zijn geweest. Ze moest deze week een nieuw recept hebben.'
'Misschien verzamelde ze ze,' zei hij zonder veel gevoel. 'Heeft ze ooit openhartig met u gesproken?'
'Ik vraag me af of ze dat ooit met iemand deed. Daar was ze het type niet voor. Ze was erg gesloten.' Ze haalde haar schouders op. 'En ik heb haar maar – tja – een jaar gekend. Ik woon in Long Upton, niet hier in Fontwell, dus ik kwam haar ook niet op sociaal

vlak tegen.' Ze schudde haar hoofd. 'Er is niets in haar dossier dat op een depressieve persoonlijkheid wijst. Maar de moeilijkheid is...' Ze zweeg.

'Wat is de moeilijkheid, dokter Blakeney?'

'De moeilijkheid is dat we het de laatste keer dat ik haar sprak over vrijheid hebben gehad en ze zei dat vrijheid een illusie was. Zoiets bestaat niet in de moderne gemeenschap. Ze haalde Rousseau voor me aan, de bekende rebellenkreet van de studenten uit de jaren zestig: 'De mens is vrij geboren, maar blijft altijd geketend.' Er was volgens Mathilda nog maar één vrijheid over en dat was de vrijheid om te kunnen kiezen hoe en wanneer je stierf.' Haar gezicht stond somber. 'Maar dat soort gesprekken hadden we telkens wanneer ik haar zag. Er was geen enkele reden om aan te nemen dat het nu anders was.'

'Wanneer was dat gesprek?'

Sarah zuchtte diep. 'Drie weken geleden tijdens mijn laatste maandelijkse bezoek. En het nare is dat ik heb gelachen. Zelfs die vrijheid bestond niet meer, zei ik, want artsen zijn zo verdomd bang dat ze vervolgd zullen worden dat ze er niet over peinzen hun patiënten de keus te geven.'

De politieagent, een grote detective die tegen zijn pensioen aan zat, legde een troostende hand op haar arm. 'Rustig maar, maakt u zich maar niet druk. Het doorsnijden van haar polsen heeft haar de genadeslag gegeven, niet de slaappillen. En de kans bestaat dat het toch moord is.' Hij schudde zijn hoofd. 'Ik heb zo links en rechts al een paar zelfmoorden gezien, maar ik ben nog nooit een oude vrouw tegengekomen die in de bloemetjes gezet in bad zat. Er zal wel geld achter zitten. We leven allemaal te lang en de jeugd wordt ongeduldig.' Sarah vond dat hij sprak alsof hij wist waar hij het over had.

Een uur later was dr. Cameron sceptischer. 'Als ze het niet zelf heeft gedaan, wordt dat een hele toer om te bewijzen,' zei hij. Ze hadden het lijk uit bad gehaald en het, met het heksenmasker nog op zijn plaats, op een plastic laken op de grond gelegd. 'Behalve de snijwonden in haar polsen, is er niets te vinden, afgezien van wat je natuurlijk kunt verwachten.' Hij wees naar de lijkbleekheid boven en rond de gerimpelde billen. 'Enige post mortem hypostase waar het bloed is blijven staan, maar geen kneuzingen. Arm mensje. Ze heeft zich totaal niet verzet.'

Brigadier Cooper leunde tegen de knop van de badkamerdeur, hij

moest telkens weer naar het zielige grijze lichaam kijken, hoewel het hem afkeer inboezemde. 'Dat kon ze ook niet als ze door medicijnen bedwelmd was,' mompelde hij.
Cameron trok zijn handschoenen uit. 'Ik zal eens kijken wat ik op het lab nog kan uitvinden, maar het lijkt me dat je je er maar beter niet te veel van kunt voorstellen. Ik denk niet dat de hoofdinspecteur hier veel tijd en mankracht aan zal willen besteden. Het ziet er allemaal keurig uit. Eerlijk gezegd zal ik het ook op zelfmoord houden als er bij de autopsie niet iets bijzonder ongebruikelijks naar voren komt.'
'Maar wat denkt u ervan, dokter? De brandnetels wijzen volgens mij op moord. Waarom zou ze zich daar bewust door laten steken voor ze stierf?'
'Vermoedelijk uit zelfverwijt. Goeie god, man, er zit geen logica in dit soort dingen. Zelfmoordenaars zijn nauwelijks toerekeningsvatbaar wanneer ze het loodje leggen. Maar,' zei hij peinzend, 'ik sta verbaasd dat ze geen briefje heeft achtergelaten. Die hoofdtooi is zo dramatisch dat ik toch wel een of andere uitleg had verwacht.' Hij begon aan het plastic laken rond het lijk te trekken. 'Lees *Hamlet*,' stelde hij voor. 'Daar ligt vermoedelijk het antwoord.'

Meneer en mevrouw Spede drentelden rond in de bibliotheek als twee ineengedoken schimmetjes, hun houding was zo onopvallend en moeilijk te taxeren dat Cooper zich afvroeg of ze wel helemaal normaal waren. Ze schenen hem geen van beiden recht aan te kunnen kijken en iedere vraag vereiste een zwijgende onderlinge consultatie voor er een met een antwoord kwam. 'Van dokter Blakeney hoorde ik dat mevrouw Gillespie een dochter heeft die in Londen woont en een kleindochter die op kostschool zit,' zei hij. 'Kunt u me vertellen hoe die heten en waar ik ze kan bereiken?'
'Ze hield haar papieren erg netjes in orde,' zei mevrouw Spede uiteindelijk, na een soort toestemming van haar man gekregen te hebben om iets te zeggen. 'Het staat allemaal in haar papieren.' Ze knikte naar het bureau en een eiken archiefkastje. 'Daar ergens. Erg netjes opgeborgen. Altijd erg netjes.'
'Weet u niet hoe die dochter heet?'
'Mevrouw Lascelles,' zei de man na even gezwegen te hebben. 'Joanna.' Hij trok aan zijn onderlip die er vreemd bijhing, alsof er al vaak aan was getrokken. Zijn vrouw gaf hem met een humeurige frons op haar gezicht een tik op zijn pols en hij stopte de hand in kwestie in zijn zak. Cooper vond ze erg kinderlijk en vroeg zich af

of mevrouw Gillespie ze uit medelijden voor zich had laten werken.
'En hoe heet de kleindochter?'
'Ook Lascelles,' zei mevrouw Spede.
'Weet u haar voornaam?'
'Ruth.' Ze overlegde met neergeslagen ogen met haar man. 'Ze zijn niet aardig, geen van beiden. De mevrouw is onhebbelijk tegen meneer Spede over zijn tuinieren en dat kind is onhebbelijk tegen Jenny over haar manier van schoonmaken.'
'Jenny?' vroeg hij. 'Wie is Jenny?'
'Mevrouw Spede is Jenny.'
'Juist,' zei Cooper vriendelijk. 'Je moet erg geschrokken zijn, Jenny, toen je mevrouw Gillespie in haar bad vond.'
'Ja, dat was ik ook,' huilde ze en greep de arm van haar man beet. 'Ik ben verschrikkelijk erg geschrokken.' Haar stem steeg in een jammerende klank.
Met enige tegenzin, omdat hij bang was voor een nog grotere uitbarsting, haalde Cooper het plastic zakje met het stanleymes uit zijn zak en legde dat op zijn brede handpalm. 'Ik wil u niet nog erger van streek maken, maar herkent u dit? Heeft u dit mes eerder gezien?'
Haar lippen trilden tragisch, maar ze hield op met jammeren om haar man een por te geven zodat hij iets zou zeggen. 'De keukenla,' zei hij. 'Dat komt uit de keukenla.' Hij raakte het handvat door het zakje heen aan. 'Ik heb er een "h" op gekrast voor "huis". Op het mes dat ik in de schuur bewaar, staat een "t" voor "tuin".'
Cooper keek naar de onbeholpen "h" en knikte toen hij de zak weer ongezien in zijn zak stak. 'Dank u wel. Ik zal het mes uit de tuin nodig hebben ter vergelijking. Wanneer we klaar zijn, zal ik een agent vragen om met u mee te gaan.' Hij glimlachte vriendelijk. 'U heeft vermoedelijk de sleutels van het huis. Mag ik die zien?'
Mevrouw Spede trok een touwtje van haar hals en haalde een sleutel te voorschijn die tussen de gleuf van haar borsten had gelegen. 'Alleen ik,' zei ze. 'Jenny had de sleutel. Meneer Spede had geen sleutel nodig voor de tuin.' Ze gaf hem aan Cooper die de warmte van haar lichaam op zijn hand voelde. Het stond hem tegen omdat de sleutel vochtig en vettig was van het zweet en dit bezorgde hem een schuldig gevoel omdat hij hen allebei bijzonder onaantrekkelijk vond en wist dat hij hen, in tegenstelling tot mevrouw Gillespie, nog geen half uur in zijn huis om zich heen zou kunnen hebben.

De naaste buren van Mathilda Gillespie woonden in een vleugel die aan het huis was vastgebouwd. Eens moest Cedar House één woning geweest zijn, maar tegenwoordig wees een bescheiden pijl naar de deur van Wing Cottage aan de westelijke vleugel van het gebouw. Voor Cooper aanklopte, liep hij over een grindpad naar de achterzijde en bekeek de patio aan de achterkant die keurig begrensd werd door bloembakken met vaste bloeiende viooltjes met daarachter een geschoren wintergroene heg die deze tuin scheidde van het uitgestrekte grasveld en bomen in de verte die bij Cedar House hoorden. Hij voelde een plotselinge afgunst ten opzichte van de bewoners. Wat was zijn eigen huisje saai in vergelijking hiermee, maar ja, zijn vrouw had er de voorkeur aan gegeven in een moderne wijk te wonen, hij niet. Hij zou gelukkig geweest zijn met afbrokkelend pleisterwerk en een uitzicht; zij was gelukkig met alle moderne gemakken en buren op een steenworp afstand. Het was het lot van een politieman om toe te geven aan de wensen van de vrouw op wie hij dol was. Zijn uren waren te onvoorspelbaar om zijn eigen verlangen naar eenzaamheid door te zetten bij een vrouw die zijn afwezigheid dertig jaar lang met een stoïcijns goed humeur had geaccepteerd.

Hij hoorde de deur achter zich opengaan en draaide zich om terwijl hij zijn bevelschrift uit zijn borstzakje haalde en de dikke oudere man begroette die dichterbij kwam. 'Brigadier Cooper, meneer, van de politie van Dorset.'

'Orloff, Duncan Orloff.' Hij streek met een bezorgd gebaar over zijn brede, aardige gezicht. 'We verwachtten u al. Tjongejonge. Ik moet wel zeggen dat dat gehuil van Jenny na een tijdje wel op je zenuwen gaat werken. Het arme mens. Het is een goede ziel zolang ze nergens door van streek raakt. Ik kan u niet vertellen hoe het was toen ze Mathilda had gevonden. Ze rende gillend als een mager varken het huis uit en die stakker van een man van haar deed van de weeromstuit mee. Ik begreep dat er iets vreselijks gebeurd moest zijn en daarom heb ik om jullie en een ziekenauto gebeld. Goddank kwamen ze snel en waren ze zo slim om een vrouw mee te brengen. Die was werkelijk prima, ze had de Spedes in recordtempo gekalmeerd. Tjongejonge,' zei hij weer, 'we leiden zo'n rustig leven. We zijn helemaal niet aan dit soort dingen gewend.'

'Dat is niemand,' zei Cooper. 'Ik neem aan dat iemand u heeft verteld wat er is gebeurd?'

Hij wrong bezorgd zijn handen. 'Alleen dat Mathilda dood is. Ik heb de Spedes hier gehouden tot de politieauto kwam – ik dacht dat dat het beste was gezien de manier waarop ze eraan toe waren – ja, ik liet mijn vrouw ook niet naar beneden gaan tot alles veilig was, hoor – je weet maar nooit bij dat soort dingen – maar die lui in uniform vertelden me dat ik moest wachten tot er iemand was gekomen om vragen te stellen. Luister, komt u toch even binnen. Violet is nu in de zitkamer, ze voelt zich niet zo goed gezien de omstandigheden, en dat is haar ook niet kwalijk te nemen, hè? Eerlijk gezegd voel ik mezelf ook geen honderd procent.' Hij ging wat opzij om Cooper binnen te laten. 'De eerste deur rechts,' zei hij. Hij liep achter de politieagent aan de gezellige, overvolle kamer binnen waar een televisie zachtjes in de hoek aan stond en boog zich over zijn vrouw heen die op de bank lag. 'Er is een brigadier gekomen,' zei hij en hielp haar met een hand vriendelijk overeind en gebruikte de ander om haar benen op de grond te zetten. Hij liet zijn zware lichaam op de bank naast haar zakken en maakte een gebaar naar een leunstoel voor Cooper. 'Jenny bleef maar over bloed schreeuwen,' vertelde hij ongelukkig. 'Rood water en bloed. Dat was alles wat ze zei.'

Violet huiverde. 'En Jezus,' fluisterde ze. 'Ik heb haar gehoord. Ze zei dat Mathilda "net zoals Jezus was".' Ze sloeg een hand voor haar eigen bloedeloze lippen. 'Zo dood als Jezus in bloedrood water.' De tranen sprongen haar in de ogen. 'Wat is er met haar gebeurd? Is ze écht dood?'

'Helaas wel, mevrouw Orloff. Het is maar een schatting, maar de patholoog-anatoom plaatst het tijdstip van de dood tussen negen en twaalf uur 's zaterdagsavond.' Hij keek van de een naar de ander. 'Was u thuis tijdens die drie uur?'

'We zijn hier de hele avond geweest,' zei Duncan. Hij werd duidelijk heen en weer getrokken tussen zijn eigen goede opvoeding om geen vragen te stellen en een overweldigende drang om een volkomen natuurlijke nieuwsgierigheid te bevredigen. 'U heeft ons nog niet verteld wat er is gebeurd,' gooide hij eruit. 'Het is veel erger om niet te weten wat er is gebeurd. We hebben de vreselijkste dingen gedacht.'

'Ze is toch niet gekruisigd, hè?' vroeg Violet sidderend. 'Ik zei dat ze vermoedelijk gekruisigd was, want waarom zou Jenny anders gezegd hebben dat ze net zoals Jezus was.'

'Ik zei dat iemand naderhand had geprobeerd haar schoon te maken,' zei Duncan, 'daarom is er overal rood water. Je hoort toch dagelijks over oude mensen die om hun geld worden vermoord. Ze begaan ook nog de vreselijkste dingen voor ze ze vermoorden.'

'O, ik hoop dat ze niet verkrácht is,' zei Violet. 'Ik zou het niet kunnen verdragen als ze haar hadden verkracht.'
Cooper voelde met dit oudere echtpaar mee dat evenals zovelen van hun leeftijdsgenoten, hun levensavond in doodsangst doorbracht omdat de media hun bleven voorhouden dat ze een risicogroep waren. Hij wist beter dan menigeen dat volgens de statistieken jongemannen tussen de vijftien en vijfentwintig de meest kwetsbare groep vormden voor een gewelddadige dood. Hij had te veel vechtpartijen tussen dronkaards ontward en te veel afgetuigde lichamen vol messteken uit goten voor cafés opgehesen om daar nog aan te twijfelen. 'Ze is in bad gestorven,' zei hij gevoelloos. 'Haar polsen waren doorgesneden. Op het ogenblik denkt de patholoog-anatoom aan zelfmoord en we stellen alleen maar vragen om onze stelling bevestigd te krijgen dat dit inderdaad het geval is geweest.'
'Maar Jezus is niet in zijn bad doodgegaan,' zei Violet verward.
'Ze had een heksenmasker op haar hoofd met bloemen erin. Ik denk dat mevrouw Spede dat misschien voor een doornenkroon heeft aangezien.' Anders begreep hij het ook niet.
'Ik háátte dat ding. Mathilda deed er altijd zó eigenaardig mee.'
Cooper merkte dat Violet de neiging had de nadruk op woorden te leggen die ze belangrijk vond. 'Dan moet het dus zelfmoord geweest zijn. Ze droeg dat wanneer haar artritis erg opspeelde. Dan dacht ze niet meer aan de pijn, weet u. Ze zei altijd dat ze zelfmoord zou plegen als het zo erg werd dat ze het niet meer kon verdragen.' Ze keek haar man met betraande ogen aan. 'Waarom zei ze niets tegen ons? Ik weet zeker dat we íets hadden kunnen doen om haar te helpen.'
'Zou u haar hebben gehoord?' vroeg Cooper.
'O ja, zeker als ze in de badkamer was. Ze had aan de pijpen kunnen rammelen. Dát hadden we zeker gehoord.'
Cooper vestigde zijn aandacht op meneer Orloff. 'Heeft u die nacht iets gehoord?'
Duncan dacht lang en diep over de vraag na. 'Er gebeurt weinig in ons leven,' zei hij verontschuldigend. 'Ik kan alleen zeggen dat als we iets gehoord hadden, we zeker iets hadden gedaan' – hij spreidde zijn handen in een verontschuldigend gebaar – 'zoals vanochtend toen Jenny begon te gillen. Zaterdag was er zoiets dergelijks niet aan de hand.'
'Maar toch neemt u allebei aan dat ze door een bende is vermoord. U had het over "zij".'

'Het is moeilijk om logisch na te denken wanneer er mensen staan te schreeuwen,' zei hij, en schudde vol zelfverwijt zijn hoofd. 'En om heel eerlijk te zijn, was ik er niet zeker van dat de Spedes zelf niet iets hadden gedaan. U heeft vermoedelijk ook al gemerkt dat het niet bepaald intelligente mensen zijn. Begrijp me goed, het zou niet met opzet zijn geweest. Ze zijn dom, maar niet gevaarlijk. Ik nam aan dat er een of ander ongeluk was gebeurd' – hij spreidde zijn handpalmen op zijn dikke knieën – 'ik heb mezelf verweten dat ik niet naar binnen ben gegaan om iets te doen en haar misschien had kunnen redden, maar als ze zaterdag is overleden...?' Zijn stem stierf vragend weg.

Cooper schudde zijn hoofd. 'U had zeker niets voor haar kunnen doen. En overdag? Heeft u toen iets gehoord?'

'Zaterdag, bedoelt u?' Hij schudde zijn hoofd. 'Er schiet me niets te binnen. In ieder geval niets opvallends.' Hij keek Violet aan alsof zij hem inspiratie kon geven. 'We horen het wanneer de bel in Cedar House gaat, want Mathilda krijgt niet veel bezoek, maar verder' – hij haalde hulpeloos zijn schouders op – 'er gebeurt hier zo weinig, brigadier, en we kijken veel naar de televisie.'

'En u vroeg zich zondag niet af waar ze was?'

Violet bette haar ogen. 'Och jé,' fluisterde ze, 'hadden we haar dan kunnen redden? Wat afschúwelijk, Duncan.'

'Nee,' zei Cooper vastbesloten, 'ze was op zondagochtend om drie uur zeker al dood.'

'We waren namelijk bevriend,' zei Violet. 'Duncan en ik hebben haar vijftig jaar gekend. Ze heeft ons dit huisje verkocht toen Duncan vijf jaar geleden met pensioen ging. Dat wil niet zeggen dat ze nu echt een gemákkelijk type was om mee om te gaan. Ze kon erg hard zijn tegen mensen die ze niet mocht, maar je moest je gewoon niet ópdringen bij Mathilda. Dat deden wij natuurlijk nooit, maar er waren mensen die dat wel deden.'

Cooper likte aan de punt van zijn potlood. 'Wie, bijvoorbeeld?'

Violet liet haar stem dalen. 'Joanna en Ruth, haar dochter en kleindochter. Die lieten haar nóóit met rust, altijd klagen en altijd geld willen hebben. En de dominee was erg.' Ze wierp een schuldige blik op haar man. 'Ik weet dat Duncan niet van geroddel houdt, maar de dominee werkte altijd op haar geweten over mensen die het minder goed hadden. Ze was een atheïste, weet u, en telkens wanneer meneer Matthews kwam, deed ze heel onhebbelijk tegen hem. Ze noemde hem een bloedzuiger uit Wales. Ronduit in zijn gezicht.'

'Vond hij dat erg?'
Duncan liet een bulderende lach horen. 'Het was een spelletje,' zei hij. 'Wanneer hij haar in een goede stemming aantrof, was ze soms heel royaal. Ze heeft hem een keer honderd pond gegeven voor een centrum voor alcoholisten, ze zei dat dit haar toekomst zou zijn wanneer haar metabolisme het begaf. Ze dronk om de pijn van haar artritis de kop in te drukken, dat zei ze tenminste.'
'Maar niet overmatig veel,' zei Violet. 'Ze was nooit drônken. Ze was te veel dame om ooit dronken te worden.' Ze snoot luidruchtig haar neus.
'Kunt u nog iemand bedenken die zich aan haar opdrong?' vroeg Cooper even later.
Duncan haalde zijn schouders op. 'Dan had je nog de man van de dokter, Jack Blakeney. Hij was hier altijd, maar dat was geen opdringerigheid. Ze mocht hem. Ik hoorde haar soms met hem lachen in de tuin.' Hij zweeg even om na te denken. 'Ze had niet veel vrienden, brigadier. Zoals Violet zei, het was geen gemakkelijke vrouw. De mensen mochten Mathilda of ze hadden een hekel aan haar. Dat zult u gauw genoeg merken als u van plan bent andere mensen vragen te gaan stellen.'
'En u mocht haar?'
Plotseling stonden de tranen hem in de ogen. 'Ja,' zei hij nors. 'Ze was vroeger mooi, weet u, heel mooi.' Hij klopte zijn vrouw op haar hand. 'Dat waren we allemaal heel lang geleden. De leeftijd heeft maar weinig compensaties, brigadier, alleen misschien de wijsheid te weten wanneer je tevreden moet zijn.' Hij peinsde even. 'Ze zeggen dat het doorsnijden van de polsen een erg vredige manier van sterven is, hoewel ik me afvraag hoe iemand dat kan weten. Denkt u dat ze geleden heeft?'
'Daar kan ik helaas geen antwoord op geven, meneer Orloff,' zei Cooper eerlijk.
De vochtige ogen hielden zijn blik even vast en hij zag een diep en intens verdriet. Ze weerspiegelden een liefde waarvan Cooper op de een of andere manier vermoedde dat Duncan die nooit voor zijn vrouw had getoond of gekoesterd. Hij wilde iets troostends zeggen, maar wat kon hij zeggen dat de zaken niet erger zou maken? Hij betwijfelde of Violet het wist en hij vroeg zich niet voor de eerste keer af waarom liefde vaak eerder wreed dan goed is.

Ik zag hoe Duncan vanmiddag zijn heg knipte en kon me nauwelijks de knappe man meer voor de geest halen die hij vroeger was geweest. Als ik menslievender ingesteld was geweest, was ik veertig jaar geleden met hem getrouwd en had hem van zichzelf en Violet gered. Zij heeft mijn Romeo veranderd in een trieste Billy Bunter die heimelijk, wanneer niemand kijkt, zijn hartstocht de vrije loop laat. O, dat dit al te vaste vlees versmolt. Toen hij twintig was, had hij het lichaam van de David van Michelangelo, nu lijkt hij wel een massale familiebijeenkomst van Henry Moore.
Ik blijf plezier aan Jack beleven. Wat intens jammer dat ik hem, of iemand zoals hij, vroeger nooit heb leren kennen. Ik heb alleen maar geleerd om te overleven, terwijl Jack me vermoedelijk geleerd zou hebben hoe ik moest liefhebben. Ik heb hem gevraagd waarom hij en Sarah geen kinderen hebben en hij antwoordde: 'Omdat ik nooit de drang heb gevoeld om voor God te spelen.' Ik heb tegen hem gezegd dat er niets goddelijks aan de voortplanting is – hooguit iets dierlijks – en dat het van een monumentale hoogmoed van hem getuigt om over Sarahs geschiktheid als moeder te oordelen. 'De dominee zou je duivels noemen, Jack. De soort overleeft niet tenzij mensen zoals jij, zichzelf voortplanten.'
Maar hij is geen plooibaar mens. Als hij dat wel was, zou ik hem minder waarderen. 'Je hebt jaren voor God gespeeld, Mathilda. Heb je er plezier aan beleefd of heeft het je tevreden gestemd?'
Nee, en dat zeg ik uit de grond van mijn hart. Ik zal net zo naakt sterven als ik geboren ben...

Twee

Een week later drukte de receptioniste op de intercom in het kantoor van dokter Blakeney. 'Er is een brigadier Cooper aan de telefoon. Ik heb gezegd dat u met een patiënt bezig bent, maar hij dringt erg aan. Wilt u hem spreken?' Het was maandag en Sarah hield middagspreekuur in Fontwell.

Ze glimlachte verontschuldigend tegen de zwangere moeder die als een offerdier op haar onderzoektafel lag en legde haar hand op de hoorn. 'Vindt u het erg als ik dit gesprek aanneem, mevrouw Graham? Het is vrij belangrijk. Ik zal het zo kort mogelijk houden.'

'Gaat uw gang maar, hoor. Ik geniet van de rust. Daar krijg je niet zoveel gelegenheid meer voor bij de derde.'

Sarah glimlachte tegen haar. 'Verbind maar door, Jane. Ja, brigadier, wat kan ik voor u doen?'

'We hebben de uitslag van de autopsie op mevrouw Gillespie. Ik ben benieuwd naar uw reactie.'

'Vertel het maar.'

Hij bladerde door wat papieren aan de andere kant van de lijn. 'Directe doodsoorzaak: bloedverlies. Er zijn sporen van slaapmiddelen in haar lichaam gevonden, maar niet voldoende om fataal te zijn. Er zijn ook sporen in haar glas whisky gevonden, wat erop wijst dat ze de slaappillen heeft opgelost voor ze ze opdronk. Er was wat alcohol geabsorbeerd. Geen kneuzingen. Op de tong zitten wat oppervlakkige wondjes van het roestige deel van het heksenmasker. Niets onder de vingernagels. Lichte brandneteluitslag op haar slapen en wangen, en de kin is een beetje geschaafd onder het heksenmasker. Dit kan beide kloppen als ze het apparaat zelf heeft opgezet en met brandnetels en asters heeft versierd. Er zijn absoluut geen aanwijzingen dat ze enige vorm van verzet heeft gepleegd. Het heksenmasker zat op geen enkele manier vast aan haar hoofd en kon verwijderd worden als ze dat had gewild. De wonden op haar polsen komen precies overeen met het lemmet van het stanleymes dat op de vloer van de badkamer is gevonden, de wond

op de linkerpols is met een naar beneden gerichte snee van de rechterhand gemaakt, de wond rechts met een naar beneden gerichte snee van de linkerhand. Het mes is in het water ondergedompeld geweest, vermoedelijk is het er na een van de sneden in gevallen, maar er zat een wijsvingerafdruk van mevrouw Gillespie op, zo'n drietiende centimeter vanaf het mes op het heft. Conclusie: zelfmoord.' Hij zweeg. 'Bent u daar nog?' wilde hij na een ogenblik weten.
'Ja.'
'Dus, wat denkt u ervan?'
'Dat ik me verleden week vergist heb.'
'Maar de slaappillen in het glas whisky zullen u toch niet lekker zitten?'
'Mathilda had er een hekel aan iets "heel" door te slikken,' zei ze verontschuldigend. 'Ze stampte eerst alles fijn of loste het in iets vloeibaars op. Ze was als de dood om te stikken.'
'Maar uw eerste reactie toen u haar zag, was dat u nooit gedacht had dat zij zelfmoord zou plegen. En nu bent u van gedachten veranderd.' Het klonk beschuldigend.
'Wat wilt u dan dat ik zeg, brigadier? Mijn gevoel blijft hetzelfde.' Sarah keek even naar haar patiënte die onrustig begon te worden. 'Ik had niet gedacht dat ze zelfmoord zou plegen, maar gevoelens zijn niets waard tegenover wetenschappelijk bewijs.'
'Niet altijd.'
Ze wachtte, maar hij ging niet verder. 'Was er verder nog iets, brigadier? Ik heb hier een patiënte.'
'Nee,' zei hij en klonk ontmoedigd, 'verder is er niets. Het was een beleefdheidstelefoontje. Misschien wordt u gevraagd om bij het gerechtelijk vooronderzoek een verklaring af te leggen, maar dat is slechts een formaliteit. We hebben uitstel gevraagd terwijl we nog een paar details natrekken, maar op het ogenblik zoeken we niemand in verband met de dood van mevrouw Gillespie.'
Sarah glimlachte mevrouw Graham bemoedigend toe. *Ik kom zo* zei ze zonder geluid. 'Maar u denkt dat u dat eigenlijk wel zou moeten doen.'
'Dokter Blakeney, ik heb mijn vak in een eenvoudiger wereld geleerd, waar we aandacht schonken aan gevoelens. Toen noemden we ze voorgevoelens.' Hij lachte met een hol geluid. 'Tegenwoordig worden er wenkbrauwen gefronst over voorgevoelens en het gerechtelijk laboratorium is God zelf. Maar dat is slechts zo betrouwbaar als de man die een verklaring afgeeft en ik zou willen weten

waarom er geen brandneteluitslag op de handen en vingers van mevrouw Gillespie zit. Dr. Cameron zei eerst dat ze handschoenen gedragen moest hebben, maar er zijn geen handschoenen met plantesap in dat huis, dus nu denkt hij dat het water de reactie teniet gedaan moet hebben. Ik houd niet van dat soort onzekerheid. Volgens mijn voorgevoel is mevrouw Gillespie vermoord, maar ik ben een roepende in de woestijn en de chef zegt dat de zaak is afgedaan. Ik had gehoopt dat u me kon helpen.'

'Het spijt me,' zei Sarah hulpeloos. Ze mompelde een afscheidsgroet en legde de hoorn neer met een peinzende uitdrukking in haar donkere ogen.

'Het gaat zeker over mevrouw Gillespie,' zei mevrouw Graham prozaïsch. Ze was boerin, en geboorte en dood waren voor haar praktijk van de dag. Het kwam allebei voor, niet altijd op een geschikt moment, en de waaroms en hoezo's deden er feitelijk niet toe. Het belangrijkste was hoe je er naderhand mee omging. 'Er wordt vrijwel nergens anders over gepraat in het dorp. Wat een vreselijke manier om het te doen, vindt u niet?' Ze huiverde theatraal. 'Om je polsen door te snijden en dan te kijken hoe je bloed het water insijpelt. Ik zou dat niet kunnen.'

'Nee.' Sarah was het met haar eens en wreef haar handen over elkaar om ze warm te maken. 'U dacht dat het hoofdje van de baby al was ingedaald?'

'Mm, het zal nu niet lang meer duren.' Maar mevrouw Graham liet zich niet zo gemakkelijk afleiden en ze had de dokter voldoende horen zeggen om de smaak te pakken gekregen te hebben. 'Klopt het dat ze een kooi op haar hoofd had? Jenny Spede is daar sindsdien hysterisch over geweest. Een kooi met doornen en rozen erin, zei ze. Ze blijft het de doornenkroon van mevrouw Gillespie noemen.'

Sarah zag er geen kwaad in om het haar te vertellen. De meeste details waren al bekend en de waarheid was vermoedelijk minder schadelijk dan de gruwelverhalen die door de werkster van Mathilda werden rondverteld. 'Dat was een familie-erfstuk, en wordt een heksenmasker genoemd.' Ze legde haar handen op de buik van de vrouw en tastte naar het hoofdje van de baby. 'En er waren geen doornen of rozen, niets met doornen. Alleen wat veldbloemen.' Ze liet de brandnetels bewust weg. De brandnetels wáren vreemd. 'Het was eerder pathetisch dan angstaanjagend.' Haar tastende vingers ontspanden zich. 'U heeft gelijk. Het zal nu niet lang meer duren. U moet zich vergist hebben met de datum.'

'Daar vergis ik me altijd in,' zei de vrouw opgewekt. 'Ik kan u op de minuut nauwkeurig vertellen wanneer een koe uitgeteld is, maar wanneer het mijn beurt is' – ze lachte – 'ik heb geen tijd om dat op de kalender bij te houden.' Sarah stak haar arm door die van mevrouw Graham en trok haar overeind. 'Heksenmasker,' ging ze peinzend verder. 'Voor vrouwen met een scherpe tong?'
Sarah knikte. 'Ze werden tot zo'n twee- à driehonderd jaar geleden gebruikt om vrouwen de mond te snoeren en niet alleen vrouwen met een scherpe tong. Alle vrouwen. Vrouwen die de manlijke autoriteit in twijfel trokken, binnenshuis én buitenshuis.'
'Waarom denkt u dat ze het heeft gedaan?'
'Dat weet ik niet. Misschien was ze levensmoe.' Sarah glimlachte. 'Ze had uw energie niet, mevrouw Graham.'
'O, het sterven kan ik wel begrijpen. Ik heb er nooit het nut van ingezien om voor het leven te worstelen als dat de worsteling niet meer waard is.' Ze knoopte haar blouse dicht. 'Ik bedoelde, waarom ze het met dat heksenmasker op haar hoofd heeft gedaan.'
Maar Sarah schudde haar hoofd. 'Dat weet ik ook niet.'
'Het was een vervelend oud mens,' zei mevrouw Graham botweg. 'Ze heeft hier vrijwel haar hele leven gewoond, ze kende mij en mijn ouders van kind af aan, maar ze wilde ons nooit kennen. We waren te min. Pachtboeren met vuile schoenen. O, ze sprak wel met die oude Wittingham, die luie nietsnut die de eigenaar is van papa's boerderij. Het feit dat hij in zijn hele leven nog geen vinger heeft opgelicht, maar van de pacht en zijn investeringen leeft, maakt hem acceptabel. Maar de arbeiders, ruw volk zoals wij' – ze schudde haar hoofd – 'wij zijn het aankijken niet waard.' Ze grinnikte om de uitdrukking op Sarahs gezicht. 'Nu bent u gechoqueerd, hè? Maar ik heb een grote mond en die gebruik ik ook. U hoeft zich de dood van mevrouw Gillespie niet aan te trekken. Ze was niet geliefd en dat was haar eigen schuld. We zijn zo kwaad nog niet hier, maar er is een grens aan wat een gewoon mens kan hebben en wanneer een vrouw haar mantel afklopt nadat je per ongeluk tegen haar bent opgelopen, tja, dan is het welletjes geweest.' Ze zwaaide haar benen op de grond en stond op. 'Ik ben geen trouwe kerkbezoekster, maar er zijn dingen waar ik in geloof, en een van die dingen is berouw. Ongeacht of het God is of de ouderdom, maar ik denk dat iedereen uiteindelijk berouw krijgt. Er zijn er niet veel die sterven zonder hun fouten onder ogen te zien en daarom is de dood zo vredig. En het doet er niet echt veel toe tegen wie je zegt dat je spijt hebt – een priester, God, je familie – je hebt het gezegd en je voelt je

beter.' Ze trok haar schoenen aan. 'Ik denk dat mevrouw Gillespie zich verontschuldigde voor haar scherpe tong. Daarom droeg ze het heksenmasker toen ze haar Schepper tegemoet trad.'

Drie dagen later werd Mathilda Gillespie begraven naast haar vader, sir William Cavendish, parlementslid, op het kerkhof van het dorp Fontwell. Het gerechtelijk vooronderzoek moest nog gehouden worden, maar tegen die tijd was het algemeen bekend dat de oorzaak op zelfmoord zou neerkomen. Polly Graham wist dat al en het was hoe dan ook een duidelijke zaak toen de politie van Dorset de verzegeling van Cedar House verbrak en terugkeerde naar het hoofdbureau in de nabijgelegen kustplaats Learmouth.

Het was een kleine groep. Polly Graham had gelijk gehad toen ze zei dat Mathilda Gillespie niet geliefd was en er waren maar weinig mensen die de tijd in hun drukke leven namen om afscheid van een oude vrouw te nemen die slechts bekend had gestaan om haar onvriendelijkheid. De dominee deed zijn best onder de moeilijke omstandigheden, maar de rouwenden liepen met een opgelucht gevoel over het gras naar de uitgang; weg van het open graf.

Jack Blakeney, een tegenstribbelende begeleider van een vrouw die het als haar plicht had gevoeld om te verschijnen, mompelde in Sarahs oor: 'Wat een stel huichelaars zijn wij zoals we hier onze burgerplicht staan te doen. Zag je die gezichten toen de dominee haar "onze zeer geliefde vriendin en buurvrouw" noemde? Ze hadden allemaal een hekel aan haar.'

Ze gebaarde met haar hand dat hij stil moest zijn. 'Ze horen je nog.'

'Nou en?' Ze liepen achteraan en zijn artistieke oog gleed rusteloos over de gebogen hoofden voor hen. 'Vermoedelijk is die blonde daar de dochter, Joanna.'

Sarah hoorde de doelbewuste, onbekommerde interesse in zijn stem en glimlachte cynisch. 'Vermoedelijk,' stemde ze met hem in, 'en vermoedelijk is de jongere de kleindochter.'

Joanna stond nu naast de dominee, haar zachte, grijze ogen leken heel groot in een fijngetekend gezichtje, haar glanzend gouden haren lagen stralend in het zonlicht tegen haar hoofd. Een mooie vrouw, dacht Sarah, maar zoals gewoonlijk kon ze haar met complete afstandelijkheid bewonderen. Ze richtte haar aversie zelden tegen het voorwerp van de nauwelijks verholen begeerte van haar man, want ze zag ze als zodanig: voorwerpen. Begeerte was kortstondig, net zoals alles in het leven van Jack, afgezien van zijn schilderen. Een kort enthousiasme dat net zo snel werd afgedankt als het werd omhelsd. De dagen dat ze overtuigd was dat ondanks al zijn waardering voor het uiterlijk van een andere vrouw, hij hun huwelijk er niet voor op het spel zou zetten, lagen al lang achter haar en ze koesterde weinig illusies meer over haar eigen rol. Ze voorzag in de welvaart waarin Jack Blakeney als ploeterend kunstenaar kon leven en zijn zeer wereldse verlangens kon laven, maar zoals Polly Graham had gezegd – *er was een grens aan wat een gewoon mens kon hebben.*

Ze schudde de dominee de hand. 'Aardig dat u allebei bent gekomen. Kent u de dochter van Mathilda?' Dominee Matthews wendde zich tot de vrouw. 'Joanna Lascelles, dokter Sarah Blakeney en Jack Blakeney. Sarah was de huisarts van je moeder, Joanna. Ze heeft de praktijk verleden jaar van dokter Hendry overgenomen toen die met pensioen ging. Zij en Jack wonen in The Mill in Long Upton, het vroegere huis van Geoffrey Freeling.'

Joanna gaf hun een hand en wendde zich tot het meisje naast zich. 'Dit is mijn dochter Ruth. We zijn u allebei heel dankbaar, dokter Blakeney, voor alles wat u voor mijn moeder heeft gedaan.'

Het meisje was ongeveer zeventien of achttien jaar, en zo blond als de moeder was, zo donker was zij. Ze keek allesbehalve dankbaar. Sarah kreeg alleen maar de indruk van een intens en bitter verdriet. 'Weet u waarom oma zelfmoord heeft gepleegd?' vroeg ze zachtjes. 'Niemand schijnt dat te weten.' Haar gezicht stond stuurs.

'Alsjeblieft, Ruth,' zuchtte haar moeder. 'Is het allemaal nog niet moeilijk genoeg?' Het was een gesprek dat ze duidelijk al eerder hadden gevoerd.

Joanna moest tegen de veertig zijn, dacht Sarah, als de dochter tenminste een indicatie was, maar met die zwarte jas aan zag ze er jong en erg kwetsbaar uit. Sarah voelde hoe de interesse van Jack die naast haar stond, toenam en ze kreeg een nijdige impuls om zich om te draaien en hem er voor eens en voor altijd en plein public van langs te geven. Hoe ver dacht hij eigenlijk dat haar geduld ging? Hoe lang dacht hij dat ze zijn verachtelijke en verfoeilijke onverschilligheid ten opzichte van haar gekwetste trots zou accepteren? Ze beheerste zich natuurlijk. Ze werd te sterk door haar opvoeding en de gedragscodes van haar beroep belemmerd om iets anders te doen. *Maar, o god, eens op een dag zou ze...* beloofde ze zichzelf. In plaats daarvan wendde ze zich tot het meisje. 'Kon ik je maar een antwoord geven, Ruth, maar dat kan ik niet. De laatste keer dat ik je grootmoeder heb gezien, was alles in orde. Ze had natuurlijk wel last van haar artritis, maar niet erger of anders dan altijd.'

Het meisje wierp een wraakzuchtige blik op haar moeder. 'Dan

moet er iets gebeurd zijn waardoor ze van streek is geraakt. Mensen plegen niet zomaar zelfmoord.'
'Was ze gauw van streek?' vroeg Sarah. 'Ik heb nooit die indruk gekregen.' Ze glimlachte een beetje. 'Ze was een taaie rekel, die grootmoeder van je. Ik bewonderde haar daarom.'
'Waarom heeft ze dan een eind aan haar leven gemaakt?'
'Misschien omdat ze niet bang voor de dood was. Zelfmoord is niet altijd negatief, weet je. In sommige gevallen is het een positieve keuze. Ik wil nu sterven en op deze manier. "Te zijn of niet te zijn." Voor Mathilda kan "niet te zijn" een weloverwogen beslissing zijn geweest.'
De tranen sprongen Ruth in de ogen. '*Hamlet* was haar favoriete toneelstuk.' Ze was lang, net zoals haar moeder, maar haar gezicht dat verwrongen was van kou en verdriet miste het opvallend knappe van de ander. Ruths tranen maakten haar lelijk terwijl de glinsterende wimpers van haar moeder haar tere schoonheid benadrukten.
Joanna kwam in beweging en keek van Sarah naar Jack. 'Gaat u mee naar huis om thee te drinken? We zijn maar met zo weinig.'
Sarah excuseerde zich. 'Het spijt me, maar ik kan niet. Ik heb om halfvijf spreekuur in Mapleton.'
Jack had geen verplichtingen. 'Graag, dat is erg vriendelijk.'
Het was even stil. 'Hoe kom je thuis?' vroeg Sarah en viste in haar zak naar haar autosleutels.
'Ik vraag wel een lift,' zei hij. 'Er zal heus wel iemand mijn kant op gaan.'

Een van Sarahs collega's kwam aan het eind van het avondspreekuur langs. Met drie artsen vormden ze een groepspraktijk die een paar vierkante mijl van de kust en het binnenland van Dorset voor zijn rekening nam, inclusief aanzienlijke dorpen, verspreide gehuchten en boerderijen. De meeste dorpen hadden onafhankelijke praktijken die aan het huis van de arts vastzaten of gehuurd waren van patiënten. De partners werkten met zijn allen in het hele gebied en hadden beurtelings dienst. Mapleton was de woonplaats van Robin Hewitt, maar evenals Sarah bracht hij minstens zoveel tijd daarbuiten door als in het dorp zelf. Tot nu toe hadden ze zich verzet tegen de logica een moderne kliniek in het meest centraal gelegen dorp op te zetten, maar het was de vraag of ze het nog lang tegen konden houden. Het terechte argument dat hun meeste patiënten al op leeftijd waren of geen vervoer hadden, woog nauwe-

lijks op tegen de commerciële druk waaraan de gezondheidszorg blootstond.
'Je ziet er moe uit,' zei Robin en nestelde zich in de leunstoel naast haar bureau.
'Dat ben ik ook.'
'Problemen?'
'Niets ongebruikelijks.'
'Van huiselijke aard zeker, hè? Doe hem toch weg.'
Ze lachte. 'En stel nou dat ik jou net zo nonchalant zou voorstellen om Mary weg te doen?'
'Er is een klein verschil, lieverd. Mary is een engel en Jack is dat niet.' Maar het idee had wel een zekere bekoring. Na achttien jaar was Mary's voldane zelfvertrouwen veel minder aantrekkelijk dan Sarahs moeizame zoeken naar waarheden.
'Daar kan ik niets tegenin brengen.' Ze was klaar met haar aantekeningen en duwde ze vermoeid opzij.
'Wat heeft hij nou weer gedaan?'
'Niets, voor zover ik weet.'
En dat klonk wel juist, dacht Robin. Jack Blakeney maakte er een deugd van niets te doen terwijl zijn vrouw er een deugd van maakte hem daarin te steunen. Hun huwelijk was een raadsel voor hem. Er waren geen kinderen, geen banden, niets dat hen bond. Sarah was een onafhankelijke vrouw met onafhankelijke middelen van bestaan en ze betaalde de hypotheek op hun huis. Het vereiste slechts de service van een slotenmaker om de rotzak voorgoed buiten de deur te zetten.
Ze bestudeerde hem geamuseerd. 'Waarom lach je?'
Hij schakelde keurig om van zijn vage fantasie van een eenzame Sarah in haar huis. 'Ik heb Bob Hughes vandaag gezien. Hij was nogal van streek dat hij mij zag in plaats van jou.' Hij deed het accent van de oude man redelijk na. 'Waar is die leuke,' zei hij. 'Ik wil dat die leuke het doet.'
'Wat doet?'
Robin grinnikte. 'De puist op zijn achterwerk bekijken. Smerige oude bruut. Als jij er gewéést was, had hij er vast nog een gehad die onder zijn scrotum verborgen zat en dan had jij het plezier gehad dat te mogen onderzoeken en hij had het plezier gehad dat jij daarmee bezig was.'
Haar ogen dansten. 'En dat allemaal gratis, vergeet dat niet. Ontspanningsmassages zijn duur, hoor.'
'Het is walgelijk. Vertel me niet dat hij het al eerder heeft geprobeerd.'

Ze grinnikte. 'Nee, natuurlijk niet. Hij komt alleen maar kletsen. Ik denk dat hij vond dat hij jou iets moest laten zien. Die arme oude ziel. Je hebt hem natuurlijk van een koude kermis laten thuiskomen.'
'Ja. Jij bent veel te aardig.'
'Maar sommigen van die mensen zijn zo eenzaam. We leven in een vreselijke wereld, Robin. Niemand heeft meer tijd om te luisteren.' Ze speelde met haar pen. 'Ik ben vandaag naar de begrafenis van Mathilda Gillespie geweest, en haar kleindochter vroeg me waarom Mathilda zelfmoord heeft gepleegd. Ik zei dat ik dat niet wist en sindsdien heb ik erover nagedacht. Ik zou het móeten weten. Ze was een van mijn patiënten. Als ik een beetje meer moeite voor haar had gedaan, zóu ik het ook weten.' Ze wierp een zijdelingse blik op hem. 'Of niet?'
Hij schudde zijn hoofd. 'Begin nou niet zo, Sarah. Daar bereik je niets mee. Luister, je was een van de velen, waaronder ik, die ze kende en met wie ze praatte. Jij was niet alleen verantwoordelijk voor die vrouw. Ik wil zelfs stellen dat je er, afgezien van op puur medisch gebied, eigenlijk niets mee te maken hebt. Niets dat jij haar hebt voorgeschreven, heeft aan haar dood bijgedragen. Ze is aan bloedverlies overleden.'
'Maar waar trek jij de lijn tussen beroep en vriendschap? We hebben veel gelachen. Ik denk dat ik een van de weinige mensen was die haar gevoel voor humor waardeerde, vermoedelijk omdat het zo op dat van Jack leek. Krengerig, vaak hard, maar grappig. Ze was een hedendaagse Dorothy Parker.'
'Je bent belachelijk sentimenteel. Mathilda Gillespie was een eersteklas kreng en denk maar niet dat ze jou als haar gelijke beschouwde. Jarenlang, totdat ze uit geldgebrek Wing Cottage verkocht, werd artsen, advocaten en accountants verzocht de personeelsingang te nemen. Hugh Hendry werd er gek van. Hij zei dat hij nog nooit zo'n onhebbelijke vrouw had gekend. Hij kon haar niet uitstaan.'
Sarah snoof lachend. 'Vermoedelijk omdat ze hem dokter Dolittle noemde. Ronduit in zijn gezicht nog wel. Ik heb haar eens gevraagd of dat een manier was waarop ze zijn werk beschreef en ze zei: "Niet helemaal. Hij stond dichter bij de dieren dan bij de mensen. Hij was bespottelijk."'
Robin grinnikte. 'Ik ben nog nooit zo'n luie en ondeskundige arts tegengekomen. Ik heb eens voorgesteld dat we zijn medische kwalificaties nader zouden bekijken, omdat ik niet dacht dat hij die

had, maar dat is een beetje moeilijk wanneer de vent in kwestie een oudere collega is. We moesten het maar gewoon uitzingen tot hij met pensioen ging.' Hij hield zijn hoofd een beetje scheef. 'En hoe noemde ze jou, als ze hem dokter Dolittle noemde?'
Ze hield de pen even tegen haar lippen en staarde langs hem heen. Er lag een onrustige en gekwelde blik in haar donkere ogen. 'Ze was geobsedeerd door dat verrekte heksenmasker. Het was eigenlijk nogal ongezond als je erover nadenkt. Ze heeft zelfs eens gewild dat ik het op deed om het te voelen.'
'En heb je dat gedaan?'
'Nee.' Ze zweeg even, toen scheen ze een besluit te nemen. 'Ze noemde haar artritis haar "inwonende heks" omdat die haar zo'n zeurende pijn bezorgde' – ze tikte met de pen tegen haar tanden – 'en om haar gedachten af te leiden, zette ze het masker dan op als een soort tegenwicht. Dat bedoel ik met haar ongezonde obsessie ermee. Ze droeg het als een soort boetedoening, zoals een non haar boetekleed. Nou ja, toen ik haar niet meer die rommel liet slikken die Hendry haar had voorgeschreven en ze de pijn er enigszins onder kreeg, begon ze mij haar heksenmaskertje te noemen, bij wijze van grapje.' Ze zag zijn onbegrip. 'Omdat ik erin geslaagd was de inwonende heks te temmen,' legde ze uit.
'Dus wat wil je daarmee zeggen?'
'Ik denk dat zij probeerde mij iets te vertellen.'
Robin schudde zijn hoofd. 'Waarom? Omdat ze het droeg toen ze stierf? Het was een symbool, meer niet.'
'Waarvan?'
'De illusie van het leven. We zijn allen gevangenen. Misschien was het haar laatste grapje. Mijn tong is voorgoed het zwijgen opgelegd, iets dergelijks.' Hij haalde zijn schouders op. 'Heb je het tegen de politie gezegd?'
'Nee. Ik was zo geschrokken toen ik haar zag dat ik er niet aan gedacht heb.' Ze hief haar handen in een hulpeloos gebaar. 'En de patholoog-anatoom en de politieagent hielden maar vast aan de naam die ze volgens mij altijd aan de geraniums in dat beestachtige ding gaf. Haar onkruid. Dat komt uit de speech over Ophelia's dood en gezien het bad en de brandnetels, dacht ik dat ze het vermoedelijk bij het rechte eind hadden. Maar nu ben ik daar niet zo zeker meer van.' Haar stem stierf weg en ze staarde naar haar bureau.
Robin keek haar even aan. 'Stel dát ze probeerde te zeggen dat haar tong voorgoed het zwijgen was opgelegd. Je beseft dat dit dan een dubbele bedoeling had.'

'Ja,' zei Sarah ongelukkig, 'dat iemand anders hem voorgoed het zwijgen had opgelegd. Maar dat lijkt onzinnig. Ik bedoel, als Mathilda wist dat ze vermoord zou worden, zou ze toch geen tijd verdoen met het heksenmasker uit de gang op te zetten wanneer ze alleen maar naar de voordeur hoefde te rennen om luidkeels te schreeuwen. Het hele dorp zou haar hebben gehoord. En de moordenaar zou er dan in ieder geval vandoor zijn gegaan.'
'Misschien was het de moordenaar die zei "haar tong is voorgoed het zwijgen opgelegd".'
'Maar dat lijkt ook zinloos. Waarom zou een moordenaar er ruchtbaarheid aan geven dat het moord is wanneer hij zoveel moeite heeft gedaan om het er als zelfmoord uit te laten zien?' Ze wreef in haar vermoeide ogen. 'Zonder het heksenmasker zou het duidelijk zijn. Met dat ding is het dat allesbehalve. En waarom in godsnaam die bloemen? Wat moesten die ons vertellen?'
'Je moet met de politie praten,' zei Robin plotseling beslist en reikte naar de telefoon. 'Verdomme, Sarah, wie wist nog meer dat ze jou haar heksenmasker noemde? Het is toch zeker wel tot je doorgedrongen dat de boodschap aan jou gericht is.'
'Welke boodschap?'
'Dat weet ik niet. Een dreigement misschien. U bent de volgende, dokter Blakeney.'
Ze lachte en het was een hol geluid. 'Ik zie het meer als een handtekening.' Ze volgde met haar vingertop een lijn op het bureau. 'Zoiets als het teken van Zorro op zijn slachtoffers.'
'O, jezus!' zei Robin en legde de hoorn weer neer. 'Misschien is het verstandiger om niets te zeggen. Kijk, het was duidelijk zelfmoord – je zei zelf dat ze een ongezonde obsessie voor dat verdomde ding koesterde.'
'Maar ik was op haar gesteld.'
'Je bent op iedereen gesteld, Sarah. Daar hoef je niet trots op te zijn.'
'Je klinkt net als Jack.' Ze pakte de telefoon weer op, draaide het nummer van het politiebureau in Learmouth en vroeg naar brigadier Cooper van de recherche.
Robin had een blik van mistroostige berusting – ze had er geen idee van hoeveel tongen er in beweging zouden komen als ze ooit achter Mathilda's bijnaampje voor haar zouden komen – en hij vroeg zich heel onaardig af waarom ze hem had uitverkoren om het als eerste tegen te vertellen. Hij had de vreemde indruk dat ze hem gebruikt had. *Als maatstok om de reactie van andere mensen te meten? Als biechtvader?*

Brigadier Cooper van de recherche was al naar huis en de verveelde stem aan de andere kant van de telefoon was nauwelijks bereid Sarahs vraag om hem te spreken, de volgende ochtend wanneer hij kwam, door te geven. Er was tenslotte geen haast bij. De zaak was gesloten.

Ik heb toch zo'n gloeiende hekel aan die artritis en de onverbiddelijke belemmeringen die dat met zich meebrengt. Ik heb vandaag een geest gezien, maar ik kon er niets aan doen. Ik had hem moeten neerslaan en terugsturen naar de hel waar hij vandaan was gekomen, maar in plaats daarvan heb ik hem er alleen maar mondeling van langs gegeven. Heeft Joanna hem opgeroepen om mij te achtervolgen? Dat zou logisch zijn. Ze is iets van plan geweest sinds ze die verrekte brief heeft gevonden. 'O ondank, duivel met een marm'ren hart, Afgrijslijker, als ge in een kind u toont, Dan 't moordendst zeegedrocht.'
Maar het tart alles om James te gebruiken. Dat zal ik nooit vergeven. Of gebruikt hij haar soms? Hij is in veertig jaar niet veranderd. Wat een weerzinwekkend plezier moet hij in Hongkong gehad hebben. Ik heb gelezen dat jongens zich daar als meisjes verkleden en pederasten de opwinding verschaffen zogenaamd normaal te zijn terwijl ze zichzelf en hun weerzinwekkende perversie voor een naïef publiek uitdragen. Hij ziet er ziek uit. Nou, nou, wat een charmante oplossing zou zijn dood zijn.
Ik heb een 'bijzonder dubieuze overeenkomst' gesloten. Ze praten handig over cycli van misbruik tegenwoordig, maar o, wat zijn die cycli veel ingewikkelder dan de eenvoudige gewelddadigheid die een ouder zijn kind kan aandoen. Alles komt tot hem die zich voortplant...

Drie

Jack werkte in zijn atelier toen Sarahs sleutel rond elf uur eindelijk in het slot knarste. Hij keek op toen ze langs zijn openstaande deur liep. 'Waar heb jij gezeten?'

Ze was erg moe. 'Bij de Hewitts. Ik heb daar gegeten. Heb jij al gegeten?' Ze kwam niet binnen, maar bleef in de deuropening naar hem staan kijken.

Hij knikte afwezig. Jack vond eten niet erg belangrijk. Hij maakte met zijn hoofd een gebaar naar het doek op de ezel. 'Wat denk je ervan?'

Ze bedacht hoeveel eenvoudiger het zou zijn als ze traag van begrip was en werkelijk niet begreep wat hij met zijn werk probeerde te bereiken. Wat zou het gemakkelijk zijn als ze gewoon kon accepteren wat een paar critici hadden gezegd, dat het opzichtige rommel en slechte kunst was.

'Joanna Lascelles vermoedelijk.'

Maar geen Joanna Lascelles die iemand zou herkennen, alleen misschien aan haar zwarte rouwkleren en haar glanzend gouden haar, want Jack gebruikte vorm en kleur om emoties weer te geven en er lag een uitzonderlijke onstuimigheid in zijn schilderkunst, die in zijn vroegste werken al zichtbaar was. Hij kon nu weken doorgaan, laag over laag aanbrengen en proberen via het medium van zijn olieverf de ingewikkelde, menselijke persoonlijkheid op te bouwen en af te beelden. Sarah begreep zijn kleurcodering bijna net zo goed als hijzelf en kon het meeste van wat hij al aangebracht had wel verklaren. Verdriet (om haar moeder?), minachting (voor haar dochter?) en maar al te voorspelbaar: sensualiteit (voor hem?).

Jack bestudeerde haar gezicht. 'Ze is interessant,' zei hij.

'Dat is duidelijk.'

Hij kneep zijn ogen halfdicht. 'Begin nou niet,' mompelde hij. 'Ik ben er niet voor in de stemming.'

Ze haalde haar schouders op. 'Ik ook niet. Ik ga naar bed.'

'Ik zal morgen aan de omslag werken,' beloofde hij met tegenzin.

Hij voorzag min of meer in hun onderhoud door boekomslagen te illustreren, maar hij kreeg niet veel opdrachten en er lag veel tijd tussen omdat hij zich maar zelden aan de 'deadlines' hield. De discipline die hem werd opgelegd door het geld verdienen, maakte hem nijdig.
'Ik ben je moeder niet, Jack,' zei ze koel. 'Je moet zelf weten wat je morgen doet.'
Maar hij was in de juiste stemming om ruzie te maken, vermoedelijk omdat Joanna hem had gevleid, dacht Sarah. 'Je moet toch doorgaan, hè? Nee, je bent mijn moeder niet, maar lieve god, je begint op haar te lijken.'
'Wat vreemd,' zei ze ironisch, 'en ik heb altijd gedacht dat je niet met haar overweg kon omdat ze je bleef vertellen wat je moest doen. Nu word ik van hetzelfde beschuldigd, terwijl ik precies het tegenovergestelde doe en het aan jou overlaat je eigen zaken te regelen. Je bent een kind, Jack. Je hebt een vrouw in je leven nodig om die overal de schuld van te geven.'
'Begin je weer over kinderen?' snauwde hij. 'Verdomme Sarah, je kende de situatie voor we trouwden en je wilde het zelf zo. Je carrière ging voor alles, weet je nog wel? Er is niets veranderd. Voor mij in ieder geval niet. Ik kan er niets aan doen wanneer die verdomde hormonen van jou het uitschreeuwen dat je tijd er bijna op zit. We hadden een afspraak. Geen kinderen.'
Ze keek hem bevreemd aan. Joanna was blijkbaar minder toeschietelijk geweest dan hij had gehoopt. Nou, nou! 'Jack, de afspraak – en het is de vraag wat die waard is – was, dat ik jou zou onderhouden tot je bekend zou worden. Daarna was alles mogelijk. We hebben er nooit bij stilgestaan, en daar geef ik mezelf de schuld van omdat ik op mijn eigen kijk op kunst ben afgegaan, dat jij nóóit bekend zou worden. Onder die omstandigheid neem ik aan dat de afspraak niet meer van kracht is. Tot nu toe heb ik je zes jaar onderhouden, twee jaar voor ons huwelijk en vier jaar daarna en jij wilde minstens zo graag trouwen als ik. Voor zover ik het me herinner, vierden we je eerste grote verkoop. Je enige verkoop,' voegde ze eraan toe. 'Ik geloof dat dat wel klopt, hè? Ik kan me niet herinneren dat je sindsdien nog een doek hebt verkocht.'
'Hatelijkheid ligt je niet, Sarah.'
'Nee,' ze was het met hem eens, 'en je gedragen als een klein kind ligt jou niet. Je zegt dat er niets is veranderd, maar je hebt het mis, alles is veranderd. Ik bewonderde je. Nu veracht ik je. Ik vond je altijd leuk. Nu verveel je me. Ik hield altijd van je. Nu heb ik alleen

maar met je te doen.' Ze glimlachte verontschuldigend. 'Ik heb ook altijd gedacht dat je het zou redden. Dat denk ik niet meer. En niet omdat ik je schilderkunst minder waardeer, maar omdat ik niet zo'n hoge pet meer van jou op heb. Je hebt de betrokkenheid noch de discipline om iets groots te verrichten, Jack, want je vergeet steeds weer dat genialiteit één procent inspiratie is en negenennegentig procent transpiratie, want daar moet je verrekt hard voor werken. Ik ben een goede arts, niet omdat ik speciale talenten bezit om een diagnose te stellen, maar omdat ik me kapot werk. Je bent een beroerde kunstenaar, niet omdat je geen talent hebt, maar omdat je verdomme te lui en te bekakt bent om je handen uit de mouwen te steken en zoals de rest van de mensheid een reputatie op te bouwen.'

Er verscheen een sardonische grijns op het donkere gezicht. 'Dat is zeker het werk van Hewitt, hè? Een gezellig etentje bij die zwetser van een Robin en zijn vrouw en dan krijgt Jack ervan langs. Jezus, wat is dat toch een kwal. Als die lieve Mary en de kindertjes hem niet scherp in het oog hielden, zat hij in een mum van tijd in je bed.'

'Doe niet zo belachelijk,' zei ze kil. 'Je doet het allemaal zelf. Ik ben opgehouden nog enige gevoelens voor je te koesteren sinds de dag dat ik Sally Benedict voor een abortus heb moeten doorverwijzen. Ik trek de grens bij de vraag of ik de moord op jouw onechte kinderen goedkeur, Jack, vooral van een egoïstisch kreng zoals Sally Benedict. En geloof maar dat ze genoot van de ironie van het geheel.'

Hij staarde haar enigszins geschrokken aan en ze zag dat ze hem voor één keer met zijn mond vol tanden liet staan. Hij had het niet geweten, dacht ze en dat sprak tenminste in zijn voordeel. 'Dat had je tegen me moeten zeggen,' zei hij slapjes.

Ze lachte werkelijk geamuseerd. 'Waarom? Jij was mijn patiënt niet, dat was Sally. En geen haar op haar hoofd die eraan dacht jouw nakomeling uit te dragen en op die manier haar kans bij de Royal Shakespeare Company mis te lopen. Je kunt moeilijk Juliet spelen als je zes maanden zwanger bent, Jack, en dat zou ze geweest zijn wanneer ze zouden beginnen. O, ik heb mijn best gedaan, ik heb voorgesteld dat ze er met jou over zou praten, ik heb voorgesteld dat ze een sociaal werker in de arm zou nemen, maar ik stond gewoon voor Piet Snot te kletsen. Ik geloof dat ze nog liever kanker had gehad dan een ongewenste zwangerschap.' Er verscheen een verwrongen glimlach op haar gezicht. 'En eerlijk gezegd wisten we allebei hoe je zou reageren. Het is de enige keer dat ik ervan overtuigd was dat het miserabele foetus bij zijn geboorte door beide ouders afgewezen zou worden. Ik heb de verantwoordelijkheid afgeschoven naar een ziekenhuis en die hebben haar binnen twee weken opgenomen en geaborteerd.'

Hij smeerde zijn penseel doelloos over de kleuren op zijn palet. 'Was dat de reden voor die plotselinge verhuizing hierheen?'

'Gedeeltelijk. Ik had het akelige gevoel dat Sally de eerste van velen zou zijn.'

'En verder?'

'Ik dacht niet dat je de wildernis van Dorset erg aantrekkelijk zou vinden. Ik hoopte dat je in Londen zou blijven.'

'Je had het tegen me moeten zeggen,' zei hij weer. 'Ik ben nooit goed geweest in het begrijpen van wenken.'

'Nee.'

Hij legde het palet en het penseel op een kruk en veegde zijn handen aan een keukenhanddoek af die in terpentine was gedrenkt. 'En vanwaar het jaar gratie dan? Liefdadigheid? Of kwaadaardigheid? Dacht je dat het leuker zou zijn om me hier een trap na te geven dan in Londen waar ik zeker van een bed zou zijn?'

'Geen van beide,' zei ze. 'Hoop, misplaatste hoop, zoals gewoonlijk.' Ze keek naar het doek.

Hij volgde haar blik. 'Ik heb thee bij haar gedronken. Verder niets.'

'Ik geloof je.'

'Waarom ben je dan zo boos? Ik maak geen scène omdat je bij Robin hebt gegeten.'

'Ik ben niet boos, Jack. Ik heb er genoeg van. Er genoeg van om het noodzakelijke publiek uit te hangen dat jouw belachelijke ego vergt. Soms denk ik dat de werkelijke reden dat je met me getrouwd bent, geen verlangen naar zekerheid was, maar omdat je de emotie van een ander nodig had om je eigen creativiteit te stimuleren.' Ze lachte hol. 'In dat geval had je nooit met een arts moeten trouwen. We zien daar in de praktijk te veel van om het thuis allemaal nog eens na te spelen.'

Hij keek haar doordringend aan. 'Dat was het dan? Ik kan gaan. Pak je spullen, Jack, en vertoon je hier nooit meer.'

Ze glimlachte de Mona Lisa-glimlach die hem in het begin had betoverd. Hij dacht dat hij precies kon voorspellen wat ze zou gaan zeggen. *Het is jouw leven, neem je eigen beslissingen.* Want Sarahs kracht en haar zwakte waren haar geloof dat iedereen net zo vol zelfvertrouwen en op een doel gericht was als zijzelf.

'Ja,' zei ze, 'dat was het dan. Ik heb me voorgenomen dat als je ooit weer bij Sally in de buurt kwam, ik er genoeg van zou hebben. Ik wil scheiden.'

Toen ze de volgende ochtend beneden kwam was hij weg. Er lag een briefje op de keukentafel:

> Stuur de echtscheidingspapieren p/a Keith Smollett. Die neem ik. Je kunt een andere advocaat voor jezelf zoeken. Ik wil een fifty-fiftyverdeling, dus raak niet te zeer aan het huis verknocht. Ik zal het atelier ontruimen zodra ik iets anders heb gevonden. Als je me niet wilt zien, laat dan geen andere sloten aanbrengen. Ik zal mijn sleutel achterlaten zodra ik mijn spullen heb opgehaald.

Sarah las het twee keer over en liet het toen in de vuilnisbak vallen.

Jane Marriott, de receptioniste op het spreekuur in Fontwell, keek op toen Sarah de deur van de lege wachtkamer openduwde. Sarah hield op maandag- en vrijdagmiddag spreekuur in Fontwell en omdat ze sympathieker was dan haar manlijke collega's, waren haar spreekuren meestal druk. 'Er zijn een paar boodschappen voor je, kind,' zei Jane. 'Ik heb ze op je bureau gelegd.'
'Dank je wel.' Ze bleef even bij het bureau stilstaan. 'Wie is eerst?'
'Dokter Drew is om kwart voor negen en daarna zit het vol tot halftwaalf. Verder helaas twee huisbezoekjes, maar ik heb gezegd dat ze je niet voor de middag moesten verwachten.'
'Mooi.'
Jane was een gepensioneerde onderwijzeres van een jaar of zestig en ze keek Sarah met moederlijke bezorgdheid aan. 'Weer niet ontbeten, zeker?'
Sarah glimlachte. 'Ik heb niet meer ontbeten sinds ik op kostschool zat.'
'Hm, je ziet er pips uit. Je werkt te hard, kind. Arts zijn is hetzelfde als iedere andere baan. Je moet je tempo leren aanpassen.'
Sarah zette haar ellebogen op het bureau en leunde met haar kin op haar handen. 'Zeg, Jane. Als er een hemel bestaat, waar is die dan precies?' Ze keek net zoals de achtjarigen die Jane vroeger in de klas had gehad, verwonderd, wat aarzelend, maar ervan overtuigd dat mevrouw Marriott het antwoord zou weten.
'Lieve help! Dat soort vragen heb ik niet meer gehoord sinds ik het onderwijs uit ben.' Ze zette de ketel met water op en deed een lepel oploskoffie in twee kopjes. 'Ik zei altijd tegen de kinderen dat die in de harten van de achtergeblevenen was. Hoe meer mensen er waren die van je hielden, des te meer harten er zouden zijn die zich jou

zouden blijven herinneren. Het was een omslachtige manier om ze aan te moedigen aardig tegen elkaar te zijn.' Ze grinnikte. 'Maar ik dacht dat jij niet geloofde, Sarah. Vanwaar die plotselinge interesse in een volgend leven?'

'Ik ben gisteren naar de begrafenis van mevrouw Gillespie geweest. Dat was nogal somber. Ik blijf me afvragen wat de zin van dit alles is.'

'Och, jé. Eeuwige waarheden om halfnegen 's ochtends.' Ze zette een kop dampende, zwarte koffie voor Sarah neer. 'De zin van het leven van Mathilda Gillespie wordt misschien pas over vijf generaties duidelijk. Ze maakt deel uit van een lijn. Wie zal zeggen hoe belangrijk die lijn in de komende jaren zal worden?'

'Dat is nog somberder,' zei Sarah mismoedig. 'Dat betekent dat je kinderen moet hebben om betekenis aan je leven te geven.'

'Onzin. Ik heb geen kinderen en ik heb niet het gevoel dat ik daarom minder waard ben. Onze levens zijn wat we ervan maken.' Ze keek Sarah bij die woorden niet aan en Sarah had het gevoel dat de woorden slechts loze kreten waren. 'Helaas,' ging Jane verder, 'heeft Mathilda heel weinig van haar leven gemaakt. Ze is er nooit overheen gekomen dat haar man ervandoor is gegaan en daar is ze verbitterd door geraakt. Ik denk dat ze dacht dat de mensen haar achter haar rug uitlachten. En dat hebben velen van ons ook gedaan,' gaf ze eerlijk toe.

'Ik dacht dat ze weduwe was.' Wat wist ze in werkelijkheid weinig van die vrouw.

Jane schudde haar hoofd. 'Aangenomen dat hij nog in leven is, dan is James haar weduwnaar. Voor zover ik weet hebben ze nooit de moeite genomen om te scheiden.'

'Wat is er met hem gebeurd?'

'Hij is in Hongkong voor een bank gaan werken.'

'Hoe weet je dat?'

'Ongeveer tien jaar nadat hij en Mathilda uit elkaar zijn gegaan, hebben Paul en ik een vakantie in het Verre Oosten doorgebracht en daar zijn we hem toevallig tegen het lijf gelopen, in een hotel in Hongkong. We hebben hem vroeger goed gekend omdat hij en Paul samen de oorlog doorgemaakt hebben.' Ze glimlachte spottend. 'Hij had het goed naar zijn zin, samen met de andere emigranten en maakte zich absoluut geen zorgen om zijn vrouw en dochter thuis.'

'Wie onderhield hen dan?'

'Mathilda. Haar vader had haar goed verzorgd achtergelaten, en

dat was jammer, dacht ik wel eens. Ze zou een heel andere vrouw geweest zijn als ze die hersens van haar eens had moeten gebruiken om de kost te verdienen.' Ze maakte een afkeurend geluidje. 'Het is slecht voor het karakter om alles op een presenteerblaadje aangereikt te krijgen.'
Nou, dat was zeker waar, dacht Sarah, als Jack tenminste een maatstaf was. Fifty-fifty verdomme, dacht ze toornig. Over haar lijk. 'En wanneer is hij bij haar weggegaan? Kort geleden?'
'Goede hemel, nee. Ongeveer anderhalf jaar na hun huwelijk. Meer dan dertig jaar geleden in elk geval. We hebben nog een jaar of twee brieven van hem gehad, toen is het contact verloren gegaan. Om eerlijk te zijn vonden we hem tamelijk vermoeiend. Toen we in Hongkong waren, was hij zwaar aan de drank en hij werd erg agressief wanneer hij dronken was. We waren allebei vrij opgelucht toen de brieven wegbleven. We hebben nooit meer iets van hem gehoord.'
'Wist Mathilda dat hij jullie schreef?' vroeg Sarah nieuwsgierig.
'Dat zou ik echt niet weten. We waren toen naar Southampton verhuisd en hadden weinig met haar te maken. Gemeenschappelijke vrienden hadden het soms over haar, maar afgezien daarvan waren we helemaal uit elkaar gedreven. We zijn hier pas vijf jaar geleden teruggekomen, toen de gezondheid van mijn arme man het begaf en ik de beslissing nam dat de frisse lucht in Dorset beter voor hem was dan die vervuilde rommel in Southampton.'
Paul Marriott had een chronisch longemfyseem en zijn arme vrouw maakte zich erge zorgen over zijn toestand. 'Het was het beste wat je kon doen,' zei Sarah vastbesloten. 'Hij zei tegen mij dat hij zich veel beter voelt, nu hij weer op zijn vroegere stekkie terug is.' Ze wist uit ervaring dat Jane het onderwerp niet zo snel los zou laten wanneer ze er eenmaal over begonnen was en zag kans haar ervan af te houden. 'Kende je Mathilda goed?'
Jane dacht daar over na. 'We zijn samen opgegroeid – mijn vader is hier lang arts geweest en Paul is een tijdje politiek agent voor haar vader geweest – sir William was het plaatselijke parlementslid – maar ik denk eerlijk gezegd dat ik Mathilda helemaal niet kende. Het probleem was dat ik haar nooit heb gemogen.' Ze keek verontschuldigend. 'Het is afschuwelijk zoiets te zeggen over iemand die dood is, maar ik weiger om te huichelen. Ze was de naarste vrouw die ik ooit heb leren kennen. Ik kon het James niet kwalijk nemen dat hij haar in de steek heeft gelaten. Het enige raadsel was waarom hij toch ooit met haar was getrouwd.'

'Geld,' zei Sarah vol gevoel.
'Ja, dat moet het geweest zijn,' was Jane met haar eens. 'Hij was pure verarmde adel, erfgenaam van niets dan een naam en Mathilda was natuurlijk mooi, net zoals Joanna. Maar het was een ramp. James leerde verdomd snel dat er ergere dingen bestaan dan armoede. En een van die dingen is om de wet voorgeschreven te krijgen door een feeks die de bankrekening beheert. Hij háátte haar.'

Een van de boodschappen op Sarahs bureau was van Ruth Lascelles, een kort briefje dat vermoedelijk de vorige avond onder de deur van de praktijk was doorgeschoven. Ze had een verrassend kinderlijk handschrift voor een meisje van zeventien of achttien. 'Geachte dokter Blakeney, kunt u me morgen (vrijdag) alstublieft in oma's huis komen opzoeken. Ik ben niet ziek, maar ik wil u graag spreken. Ik moet zondagavond weer terug op school zijn. Bij voorbaat dank, Ruth Lascelles.'
De ander was een telefonische boodschap van brigadier Cooper. 'Brigadier Cooper heeft Dokter Blakeney's telefoontje vanochtend doorgegeven gekregen. Hij neemt later op de dag contact met haar op.'

Het was bijna drie uur voor Sarah tijd had om naar Cedar House te gaan. Ze reed de korte oprit vol grind op en parkeerde voor de ramen van de eetkamer die direct uitzicht boden op de weg aan de linkerkant van het huis. Het was een gebouw uit de tijd van koning George in geelgrijze steen, met diepe ramen en kamers met hoge plafonds. Sarah had het altijd veel te groot voor Mathilda gevonden en erg ongemakkelijk voor een vrouw die op slechte dagen vrijwel invalide was. Haar enige concessie aan haar slechte gezondheid was het aanbrengen van een traplift die haar de mogelijkheid verschafte op de bovenste etage te blijven komen. Sarah had een keer voorgesteld dat ze het huis zou verkopen en naar een bungalow zou verhuizen, maar daarop had Mathilda geantwoord dat ze er niet over piekerde. 'Mijn lieve Sarah, alleen de lagere standen wonen in bungalows, daarom heten die altijd Mon Repos of Dunroamin. Wat je ook doet in je leven, vergeet nóóit wie je bent.'
Ruth kwam naar buiten toen ze haar portier opende. 'Laten we naar het tuinhuisje gaan om te praten,' zei ze houterig. Ze wachtte niet op een antwoord, maar liep om het huis heen; haar dunne lichaam was slechts gehuld in een T-shirt en leggings, en ze liep voor-

overgebogen tegen de snijdende noordenwind in, die de herfstbladeren over het pad liet dwarrelen.
Sarah, die ouder en kouwelijker was, pakte haar jas van de achterbank en liep achter haar aan. Vanuit haar ooghoek ving ze een glimp op van Joanna die haar vanuit de donkere diepten van de eetkamer gadesloeg. Sarah vroeg zich af of Ruth tegen haar moeder had gezegd dat ze Sarah had gevraagd langs te komen toen ze achter het meisje aanliep over het grasveld. En vanwaar al die geheimzinnigheid? Het tuinhuisje stond een goede tweehonderd meter van Joanna's luisterende oren.
Ruth stak een sigaret op toen Sarah bij haar kwam tussen de rommel van art deco, rieten stoelen en tafels, aandenkens aan een vroeger – gelukkiger? – tijdperk. 'U zult me wel de les gaan lezen,' zei ze met een frons toen ze de deuren dichttrok en op een stoel neerviel.
'Waarover?' Sarah ging in een andere stoel zitten en sloeg haar jas dicht voor haar borst. Het was bitterkoud, zelfs met dichte deuren.
'Roken.'
Sarah haalde haar schouders op. 'Het is niet mijn gewoonte om iemand de les te lezen.'
Ruth staarde haar humeurig aan. 'Uw man zei dat oma u haar heksenmasker noemde. Waarom deed ze dat dan als u haar niet op de vingers tikte vanwege gezeur?'
Sarah keek uit de ramen naar de enorme ceder waar het huis naar was genoemd en die een lange schaduw op het gras wierp. Terwijl ze keek, blies een rukwind een wolk voor de zon en veegde de schaduw weg. 'Zo'n verhouding was het niet,' zei ze en wendde zich tot het meisje. 'Ik waardeerde het gezelschap van je grootmoeder. Ik kan me niet herinneren dat het terecht geweest zou zijn dat ik haar op haar vingers tikte.'
'*Ik* zou het niet leuk gevonden hebben om heksenmasker genoemd te worden.'
Sarah glimlachte. 'Ik vond het wel vleiend. Ik geloof dat ze het als een compliment bedoelde.'
'Dat betwijfel ik,' zei het meisje botweg. 'Ik denk dat u weet dat ze het masker bij mijn moeder als kind gebruikte.' Ze rookte de sigaret zenuwachtig, nam korte, snelle pufjes en blies de rook door haar neus uit. Ze zag Sarahs ongelovige blik. 'Het is waar. Oma heeft het me een keer verteld. Ze had een hekel aan gehuil, dus wanneer mijn moeder huilde, sloot ze haar op in een kast met dat ding op haar hoofd. Oma's vader had het bij haar gedaan. Daarom dacht ze dat het gewoon was.'

Sarah wachtte, maar ze ging niet verder. 'Dat was wreed,' mompelde ze.
'Ja, maar oma was taaier dan mama en bovendien deed het er niet toe wat je met kinderen deed toen oma jong was, dus straffen met het dragen van een heksenmasker was vermoedelijk niet erger dan er met een riem van langs krijgen. Maar voor mijn moeder was het afschuwelijk.' Ze maakte de sigaret onder haar voet uit. 'Niemand hielp haar of kwam voor haar op. Oma kon doen en laten waar ze, wanneer dan ook, zin in had.'
Sarah vroeg zich af wat het meisje haar probeerde te vertellen. 'Het is helaas een steeds algemener probleem. Mannen die onder stress staan, leven hun problemen uit op hun echtgenotes. Vrouwen onder stress leven zich uit op hun kinderen en er is niets ergers voor een vrouw dan alleen te blijven zitten met een baby.'
'Keurt u oma's gedrag goed?' Ze had een vermoeide blik in haar ogen.
'Helemaal niet. Ik vermoed dat ik het begrijp. De meeste kinderen in de positie van je moeder lijden onder voortdurende mondelinge aframmelingen en dat is vaak net zo schadelijk als een lichamelijke, alleen zijn de littekens niet zichtbaar en weet niemand buiten het gezin er iets van.' Ze haalde haar schouders op. 'Maar de resultaten zijn hetzelfde. Het kind wordt net zo onderdrukt en is net zo beschadigd. Er zijn maar weinig persoonlijkheden die een voortdurende regen van kritiek overleven van iemand van wie ze afhankelijk zijn. Je kruipt of je vecht. Er is geen tussenweg.'
Ruth keek boos. 'Mijn moeder had het allebei, mondeling en lichamelijk. U heeft er geen idee van hoe gemeen mijn grootmoeder tegen haar was.'
'Wat akelig,' zei Sarah hulpeloos. 'Maar als het waar is dat Mathilda ook genadeloos gestraft is in haar jeugd, dan was ze net zo goed een slachtoffer als je moeder. Maar ik denk niet dat dat een troost voor jou is.'
Ruth stak weer een sigaret aan. 'O, begrijp me niet verkeerd,' zei ze met een ironische trek om haar mond. 'Ik hield van mijn grootmoeder. Ze had tenminste enig karakter. Mijn moeder heeft dat niet. Soms haat ik haar. Meestal veracht ik haar alleen maar.' Ze fronste tegen de vloer en verplaatste wat stof met de punt van haar schoen. 'Ik denk dat zij oma heeft vermoord en ik weet niet wat ik eraan moet doen. Ik geef haar gedeeltelijk de schuld en gedeeltelijk weer niet.'
Sarah liet die opmerking even in de lucht hangen terwijl ze naar

woorden zocht. Wat was dit voor een beschuldiging? Een werkelijke beschuldiging van moord? Of een hatelijke trap na door een verwend kind tegen een ouder aan wie ze een hekel had? 'De politie is ervan overtuigd dat het zelfmoord was, Ruth. Ze hebben de zaak afgesloten. Voor zover ik het begrijp, is er geen kwestie van dat er iemand anders betrokken is bij de dood van je grootmoeder.'
'Ik bedoel niet dat mama het echt heeft gedaan,' zei ze, 'dus het mes heeft gepakt en... Ik bedoel dat ze oma ertoe heeft gebracht zelfmoord te plegen. Dat is net zo erg.' Ze keek Sarah met verdacht heldere ogen aan. 'Denkt u niet, dokter?'
'Misschien. Als zoiets mogelijk is. Maar door wat je me hebt verteld over de relatie tussen je moeder en Mathilda, klinkt het onwaarschijnlijk. Het zou aannemelijker klinken als het andersom was gebeurd en Mathilda je moeder tot zelfmoord had gedreven.' Ze glimlachte verontschuldigend. 'Maar zelfs dat soort dingen gebeurt niet vaak en dan zou er sprake van geestelijke instabiliteit moeten zijn bij de persoon die zelfmoord als zijn enige mogelijke uitweg uit een moeilijke relatie ziet.'
Maar Ruth was niet zo gemakkelijk te overtuigen. 'U begrijpt het niet,' zei ze. 'Ze konden net zo akelig tegen elkaar doen als ze wilden en het deed er niets toe. Mam was net zo erg als oma, maar op een andere manier. Oma zei wat ze dacht terwijl mam gewoon hatelijke opmerkingen bleef maken. Ik had er een hekel aan bij ze te zijn wanneer ze samen waren.' Ze kneep haar lippen op elkaar en dat was geen leuk gezicht. 'Dat was het enige goede aan het feit dat ik naar kostschool moest. Mam verhuisde toen en ging naar Londen en ik kon kiezen of ik in de vakantie hiernaar toe kwam of naar mijn moeder. Ik hoefde geen voetbal meer te zijn.'
Wat wist Sarah weinig van deze drie vrouwen. Waar was meneer Lascelles bijvoorbeeld? Was hij net zoals James Gillespie weggelopen? Of was Lascelles een soort schuilnaam die Joanna had aangenomen om haar dochter wettig te maken? 'Hoe lang hebben je moeder en jij hier gewoond voordat je naar school bent gegaan?'
'Vanaf dat ik een baby was tot mijn elfde. Mijn vader is gestorven en heeft ons zonder een cent achtergelaten. Mam moest met hangende pootjes thuiskomen, anders waren we van de honger omgekomen. Dat zegt ze tenminste. Maar ik denk eigenlijk dat ze te bekakt en te lui was om een ongeschoold baantje te zoeken. Ze onderging liever de beledigingen van oma dan dat ze haar handen vuil maakte.' Ze sloeg haar armen om haar middel en leunde wiegend voorover. 'Mijn vader was joods.' Ze sprak het woord vol minachting uit.

Sarah stond er versteld van. 'Waarom zeg je dat zo?'
'Zo noemde mijn grootmoeder hem altijd. *Die jood.* Ze was antisemitisch. Wist u dat niet?'
Sarah schudde haar hoofd.
'Dan kende u haar niet erg goed,' zuchtte Ruth. 'Hij was een beroepsmusicus, een basgitarist die aan een van de studio's verbonden was. Hij deed de achtergrondmuziek als de groepen niet goed genoeg waren om dat zelf te kunnen en hij had een eigen band die af en toe optrad. Hij is in 1978 aan een overdosis heroïne gestorven. Ik herinner me hem helemaal niet, maar oma vond het heerlijk om me te vertellen wat een waardeloos mens hij was geweest. Hij heette Steven, Steven Lascelles.' Ze verzonk in stilzwijgen.
'Hoe heeft je moeder hem leren kennen?'
'Op een feest in Londen. Ze had het er met een goede partij moeten aanleggen, maar in plaats daarvan ging ze er met de gitarist vandoor. Oma wist er niets van tot mama haar vertelde dat ze in verwachting was en toen waren de poppen aan het dansen. Dat kunt u zich toch wel voorstellen? Mam zwanger van een verslaafde joodse rockgitarist.' Ze lachte met een hol geluid. 'Het was een schitterende wraak.' Haar armen werden blauw van de kou maar ze scheen het niet te merken. 'Dus, ze trouwden en ze trok bij hem in. Ik werd geboren en een half jaar later was hij dood nadat hij al hun geld aan heroïne had uitgegeven. Hij had de huur al in geen maanden betaald. Mam was voor haar drieëntwintigste bijstandsweduwe met een baby en geen dak boven haar hoofd.'
'Dus hiernaar toe terugkomen was vermoedelijk het enige wat ze kon doen.'
Ruth trok een zuur gezicht. 'U zou het nooit hebben gedaan, niet als u had geweten dat u uw vergissing geen seconde zou mogen vergeten.'
Vermoedelijk niet, dacht Sarah. Ze vroeg zich af of Joanna van Steven Lascelles had gehouden, of, zoals Ruth had gesuggereerd, dat ze met hem was opgetrokken om Mathilda te ergeren. 'Het is gemakkelijk om het naderhand beter te weten,' zei ze alleen maar.
Het meisje ging verder alsof ze niets had gehoord. 'Oma probeerde mijn naam te veranderen in iets dat Engelser klonk, om het Hebreeuwse in me uit te vlakken. Ze heeft me een tijdje Elisabeth genoemd, maar mam dreigde me weg te halen, dus oma gaf toe. Behalve dat en haar weigering om mij het heksenmasker op te laten zetten, liet ze oma alles bedisselen.' Haar ogen schoten nijdig vuur. 'Ze was zo slap. Maar het is gemakkelijk om je tegen mijn

grootmoeder te verzetten. Ik deed het voortdurend en we konden uitstekend met elkaar overweg.'
Sarah koesterde geen enkel verlangen om in een huiselijke twist tussen een moeder en dochter die ze nauwelijks kende, betrokken te worden. Ze keek naar de lange schaduw die weer over het grasveld kroop toen de zon van achter een wolk te voorschijn kwam.
'Waarom heb je me gevraagd hier te komen, Ruth?'
'Ik weet niet wat ik moet doen. Ik dacht dat u het zou weten.'
Sarah bestudeerde het smalle, tamelijk kwaadaardige gezicht en vroeg zich af of Joanna er enig idee van had dat haar dochter zo'n hekel aan haar had. 'Doe niets. Eerlijk gezegd kan ik me niet voorstellen wat je moeder gezegd of gedaan kan hebben dat Mathilda tot zelfmoord aangezet zou kunnen hebben en zelfs als er iets was, zou het nauwelijks een misdaad zijn die vervolgd kon worden.'
'Dat zou het moeten zijn,' zei Ruth hard. 'De laatste keer dat ze hier was heeft ze een brief in huis gevonden. Ze heeft oma verteld dat ze die zou publiceren als oma haar testament niet onmiddellijk zou veranderen en ging verhuizen. Dus heeft oma zelfmoord gepleegd. Ze heeft mij namelijk alles nagelaten. Ze *wilde* alles aan mij nalaten.' Nu lag er een uitgesproken kwaadaardigheid op de onvolwassen trekken.
O, god, dacht Sarah. *Wat probeerde je me te vertellen, Mathilda?*
'Heb je die brief gezien?'
'Nee, maar oma heeft me geschreven en verteld wat erin stond. Ze zei dat ze niet wilde dat ik het van mijn moeder zou horen. Dus heeft mijn moeder haar ertoe aangezet. Oma zou alles hebben gedaan om te vermijden dat haar vuile was buiten kwam te hangen.' Ze schraapte haar keel.
'Heb je die brief nog die ze je heeft geschreven?'
Ruth keek nors. 'Ik heb hem verscheurd. Maar die was niet belangrijk, de brief die mijn moeder heeft gevonden was belangrijk. Ze zal hem gebruiken om te proberen oma's testament aan te vechten.'
'Dan moet je een advocaat in de arm nemen,' zei Sarah vastbesloten en trok haar benen onder haar stoel, klaar om op te staan. 'Ik was de huisarts van je grootmoeder, meer niet. Ik kan niet betrokken raken tussen jou en je moeder, Ruth, en ik weet heel zeker dat Mathilda dat ook niet gewild zou hebben.'
'Jawel,' schreeuwde het meisje. 'Ze zei in haar brief dat als haar iets overkwam, ik met u moest praten. Ze zei dat u zou weten wat het beste was.'

'Nee toch? Je grootmoeder nam me niet in vertrouwen. Alles wat ik van je familie weet, is wat je me vandaag hebt verteld.'

Een dunne hand pakte de hare beet. Die was ijskoud. 'De brief was van oma's oom, Gerald Cavendish, aan zijn advocaat. Het was een testament, naar behoren ondertekend en met getuigen erbij, waarin stond dat hij wilde dat al zijn bezittingen naar zijn dochter gingen.'

Sarah voelde de hand in de hare trillen, maar of dat van kou of van zenuwen was, kon ze niet zeggen. 'Ga verder,' zei ze.

'Dit huis en al het geld was van hem. Hij was de oudste broer.'

Sarah fronste haar wenkbrauwen weer. 'Dus wat wil je zeggen? Dat Mathilda er nooit enig recht op had? Nou, het spijt me, Ruth, maar dit gaat me veel te ver. Je moet echt een advocaat zoeken en het met hem bespreken. Ik heb geen idee wat jou van rechtswege toekomt, werkelijk niet.' Maar voor ze er erg in had zei ze: 'Maar het is wel vreemd, hè? Als zijn dochter zijn erfgenaam was, zou ze dan niet automatisch hebben geërfd?'

'Niemand wist dat ze zijn dochter was,' zei Ruth somber, 'alleen oma, en zij heeft iedereen verteld dat James Gillespie de vader was. Het is mijn moeder, dokter Blakeney. Oma werd door haar oom genaaid. Om van te kotsen, hè?'

Joanna kwam me vandaag opzoeken. Ze zat me het grootste gedeelte van de lunch met die speciale onplezierige manier van staren van haar te fixeren. Het deed me denken aan een terriër die papa eens heeft gehad en die vals werd nadat hij was geslagen en afgemaakt moest worden; er stond dezelfde kwaadaardige blik in zijn ogen vlak voordat hij papa in zijn handpalm beet en het vlees van het bot scheurde – en vervolgens bracht ze het grootste gedeelte van de middag in de bibliotheek door op zoek naar iets. Ze zei dat ze naar mijn moeders boek over bloemschikken op zoek was, maar ze loog natuurlijk. Ik herinner me dat ik haar dat heb gegeven toen ze terugging naar Londen. Ik heb me er niet mee bemoeid.
Ze zag er erg hoerig uit vond ik – veel te veel make-up voor een reisje naar het platteland en een belachelijk kort rokje voor een vrouw van haar leeftijd. Ik vermoed dat ze door de een of andere vent is gebracht die haar in de steek heeft gelaten toen hij een pub indook. Seks is voor Joanna een betaalmiddel dat volkomen schaamteloos voor bewezen diensten wordt gebruikt.
O, Mathilda, Mathilda! Wat een huichelarij!
Ik vraag me af of deze mannen wel beseffen hoe weinig ze om hen geeft? Niet uit minachting, denk ik, maar uit pure onverschilligheid ten opzichte van ieders gevoelens behalve haar eigen. Ik had de raad van Hugh Hendry moeten volgen en op een psychiater moeten staan. Ze is behoorlijk gek, maar ja, dat was Gerald natuurlijk ook. 'We zijn weer terug bij af.'
Ze kwam de bibliotheek uit met zijn belachelijke testament in haar handen alsof het een heilig relikwie betrof en vervloekte me op de kinderachtigste en belachelijkste manier omdat ik haar erfenis gestolen zou hebben. Ik vraag me af wie haar daarover heeft verteld...

Vier

Toen Sarah die avond thuiskwam, liep ze regelrecht naar Jacks atelier. Tot haar opluchting was er niets veranderd. Ze liep langs het doek op de ezel zonder er zelfs maar een blik op te werpen en begon koortsachtig tussen de portretten te rommelen die tegen de verste muur gestapeld stonden. De schilderijen die ze herkende, liet ze staan; de andere zette ze neer met de beeltenis de kamer in. In totaal waren er drie schilderijen waarvan ze zich niet kon herinneren dat ze ze ooit eerder had gezien. Ze deed een stap achteruit, staarde ernaar en probeerde te ontraadselen wie ze voorstelden. Of om juister te zijn, ze probeerde die ene eruit te halen die haar ergens aan deed denken.

Ze hoopte in alle ernst dat ze hem niet zou vinden. Maar dat gebeurde natuurlijk wel. Het sprong eruit, een gewelddadig en levendig portret van bitterheid, onstuimigheid en onderdrukking en de hele persoonlijkheid was gevangen in een roestige, ijzeren structuur die maar al te duidelijk het heksenmasker was. Sarah schrok enorm en ze kreeg het benauwd van de vlaag paniek die haar overviel. Ze viel neer op Jacks schilderskruk en sloot haar ogen tegen de honende woede van Mathilda's afbeelding. *Wat had hij gedaan?*

De deurbel ging en rukte haar als een marionet overeind. Ze bleef even met grote ogen van schrik staan en zonder te beseffen waarom ze het deed, pakte ze het schilderij beet, draaide het om en zette het tussen de andere tegen de muur.

Het ging even door brigadier Cooper heen dat dokter Blakeney niet in orde was. Ze was erg bleek toen ze de deur opendeed, maar ze glimlachte hem hartelijk toe, deed een stap achteruit om hem binnen te laten en tegen de tijd dat ze in de keuken zaten, had ze weer wat kleur op haar wangen gekregen. 'U heeft me gisteravond opgebeld,' hielp hij haar herinneren, 'en een boodschap achtergelaten waarin u zei dat u meer gegevens over mevrouw Gillespie had.'

'Ja.' Haar gedachten tolden. *Ze zei dat u wist wat ik het beste kon doen.* Maar dat weet ik niet! DAT WEET IK NIET! 'Ik heb me afgevraagd waarom ze dat heksenmasker droeg,' zei ze langzaam. 'Ik ben tot de slotsom gekomen dat ze probeerde mij iets te vertellen, hoewel ik er de nadruk op moet leggen dat ik niet weet wat dat iets geweest kan zijn.' Zo duidelijk mogelijk herhaalde ze wat ze Robin Hewitt de avond tevoren had verteld over Mathilda's bijnaam voor haar. 'Misschien fantaseer ik gewoon te veel,' eindigde ze zwakjes.

De brigadier fronste zijn wenkbrauwen. 'Ze moet geweten hebben dat u een verband zou leggen. Kan ze u misschien beschuldigd hebben?'

Sarah toonde onverwacht opluchting. 'Daar had ik niet aan gedacht,' gaf ze toe. 'U bedoelt een tik op de vingers geven om me een toontje lager te laten zingen. Artsen kunnen ongelukkigheid niet genezen, Sarah. Iets dergelijks, bedoelt u?'

Hij begreep haar opluchting niet. 'Dat is mogelijk,' was hij met haar eens. 'Wie wist nog meer dat ze u haar heksenmasker noemde, dokter Blakeney?'

Ze vouwde haar handen in haar schoot. 'Dat weet ik niet. Vermoedelijk iedereen tegen wie ze het heeft gezegd.'

'U heeft het tegen niemand gezegd?'

Ze schudde haar hoofd. 'Nee.'

'Helemaal niemand? Zelfs niet tegen uw ouders of uw man?'

'Nee.' Ze dwong zich zacht te grinniken. 'Ik wist niet helemaal zeker of het als compliment was bedoeld. Ik heb het altijd maar als zodanig gezien, omdat het onze verhouding anders misschien geweld had aangedaan, maar ze kan ook bedoeld hebben dat ik net zo onderdrukkend en kwellend was als het instrument zelf.'

Hij knikte peinzend. 'Als ze zelfmoord heeft gepleegd, dan zullen u en ik de rest van ons leven over de betekenis hiervan blijven piekeren.' Hij keek Sarah aan. 'Maar als iemand anders haar heeft vermoord en die persoon wist dat ze u haar heksenmasker noemde, dan is de boodschap mijns inziens vrij duidelijk. Namelijk: ik heb dit *voor* u gedaan, dokter Blakeney, of *vanwege* u. Bent u het daarmee eens?'

'Nee,' zei ze plotseling boos. 'Natuurlijk niet. Dergelijke veronderstellingen kun je niet zomaar maken. Bovendien dacht ik dat het oordeel van het gerechtelijk vooronderzoek al een uitgemaakte zaak was. De enige reden waarom ik u dit wilde vertellen, was dat het me gehinderd heeft, maar ik zoek er vermoedelijk veel meer achter dan Mathilda bedoeld heeft. Ik denk dat de patholoog-anatoom gelijk had en dat ze zich gewoon als Ophelia heeft willen voordoen.'

Hij glimlachte vriendelijk. 'En natuurlijk bent u misschien niet de enige geweest die ze een bijnaam heeft gegeven.'
'Nou, precies.' Ze plukte een haar van de voorkant van haar jasje. 'Mag ik u iets vragen?'
'Ga uw gang.'
'Is het rapport van de patholoog-anatoom zeker van zelfmoord of is er nog wel enige twijfel?'
'Niet veel,' gaf de agent toe. 'Het feit dat er geen brief of uitleg is, zit hem dwars, vooral gezien de tamelijk dramatische wijze waarop ze zelfmoord heeft gepleegd, en hij is ook niet gelukkig over de bloemversiering.'
'Omdat ze zich aan de brandnetels bezeerd zou hebben?'
'Nee. Als ze van plan was om op die manier zelfmoord te plegen, dan zouden een paar brandnetelbulten haar niet weerhouden hebben.' Hij tikte met zijn potlood op de tafel. 'Ik heb hem overgehaald om een paar onderzoekjes te doen. Hij kon de bloemversiering zoals zij die had, niet zonder hulp gedaan krijgen.' Hij maakte snel een schets in zijn aantekenboek. 'Zoals u weet stonden de madeliefjes overeind in de voorhoofdband, die overigens zo verroest is dat hij niet aangetrokken kan worden en de brandnetels hingen als een sluier over haar haren en wangen. De stengels lagen om en om, een brandnetel naar beneden, een madeliefje naar boven, volkomen symmetrisch rondom. Nou ja, dat krijg je onmogelijk voor elkaar zonder enige hulp. Je kunt de helft met een hand op zijn plaats houden, maar zodra je verder komt dan je vingers lang zijn, glijden de bloemen eruit. Pas wanneer driekwart van de bloemschikking op zijn plaats zit, is de afstand tussen het geraamte en het hoofd klein genoeg om het laatste kwart tegen te houden zonder ze te laten wegglijden, als je uitgaat van dezelfde cirkelomtrek als die van mevrouw Gillespie. Kunt u me volgen?'
Ze fronste haar wenkbrauwen. 'Ik geloof van wel. Maar kan ze geen watten of papieren zakdoekjes hebben gebruikt om de afstand op te vullen terwijl ze de bloemen erin stak?'
'Ja. Maar als ze dat had gedaan dan moest er iets in dat huis zijn met roest erop. We hebben het van onder tot boven doorzocht. Er was niets. Dus wat is er met die opvulling gebeurd?'
Sarah deed haar ogen dicht en stelde zich de badkamer voor. 'Er lag een spons op het rekje,' herinnerde ze zich. 'Misschien heeft ze die gebruikt en vervolgens in het bad uitgespoeld.'
'Daar zitten wat roestdeeltjes op,' gaf hij toe, 'maar het hele bad zat daar vol mee. De spons kan ze hebben opgezogen toen hij met wa-

ter doordrenkt werd.' Hij kneep zijn lippen gefrustreerd op elkaar. 'Of hij kan als opvulling zijn gebruikt, zoals u zei. We weten het niet, maar weet u wat ik zo vreemd vind: als ze het zelf heeft gedaan, dan moet ze aan haar toilettafel hebben gezeten om het te doen. Dat is het enige oppervlak waar we wat sap hebben ontdekt.' Hij maakte een vaag gebaar met zijn hand. 'We zien het ongeveer als volgt. Ze heeft de bloemen op de toilettafel neergelegd, is voor de spiegel gaan zitten en begonnen ze in het raamwerk op haar hoofd te steken, maar ze kan niet gemerkt hebben dat ze die opvulling nodig had voor ze halverwege was en op dat ogenblik was het logisch geweest om wat papieren zakdoekjes of watten te pakken die allebei voor haar stonden. Dus waarom zou ze naar de badkamer zijn gegaan om de spons te pakken?' Hij zweeg even. 'Maar als iemand anders haar heeft vermoord en de bloemen erin heeft gestoken nadat ze in bad zat, dan zou de spons een logischer hulpmiddel zijn geweest. Dat is veel vanzelfsprekender en zou het ontbreken van brandnetelbulten op de handen en vingers van mevrouw Gillespie verklaren.'
'U zei dat er in het rapport van de patholoog-anatoom stond dat er brandnetelbulten op haar wangen en slapen waren,' zei Sarah verontschuldigend. 'Maar ze moet geleefd hebben als haar huid daarop reageerde.'
'Het was maar licht,' verbeterde hij zijn woorden. 'Zoals ik het zie, heeft de moordenaar niet gewacht tot ze dood was – je blijft niet rondhangen wanneer je iemand vermoordt – hij of zij heeft de brandnetels erin geschoven terwijl ze stervende was.'
Sarah knikte. 'Het klinkt aannemelijk,' stemde ze met hem in, 'alleen –' Ze maakte de zin niet af.
'Alleen wat, mevrouw Blakeney?'
'Waarom zou iemand haar willen vermoorden?'
Hij haalde zijn schouders op. 'Haar dochter en haar kleindochter hadden voldoende motief. Volgens het testament wordt de nalatenschap tussen hen verdeeld. Mevrouw Lascelles krijgt het geld en Ruth krijgt Cedar House.'
'Wisten ze dat?'
Hij knikte. 'Mevrouw Lascelles in ieder geval wel, want ze heeft ons laten zien waar het testament lag – mevrouw Gillespie was erg netjes, ze bewaarde al haar papieren en correspondentie keurig in mappen in een kastje in de bibliotheek – maar of *Ruth* alles precies wist, weet ik niet. Ze beweert dat haar grootmoeder haar alles had willen nalaten en is erg van streek nu ze ontdekt dat ze alleen het

huis krijgt.' Zijn gezicht kreeg een enigszins ironische uitdrukking. 'Het is een inhalige jongedame. Er zijn niet veel zeventienjarigen die hun neus optrekken voor een dergelijke meevaller.'
Sarah glimlachte een beetje. 'Ik neem aan dat u heeft uitgezocht waar ze waren in de nacht dat ze is overleden?'
Hij knikte weer. 'Mevrouw Lascelles was met een vriendin naar een concert in Londen, Ruth bevond zich bijna vijftig kilometer verderop onder het waakzaam oog van een mentrix op school.'
Ze dwong zich weer te glimlachen. 'En dat spreekt beiden vrij.'
'Misschien, misschien ook niet. Ik hecht nooit veel waarde aan alibi's en iemand moest Cedar House in kunnen.' Hij fronste zijn wenkbrauwen. 'Afgezien van mevrouw Spede en mevrouw Gillespie zelf, waren de dames Lascelles de enigen met een sleutel.'
'U bent vastbesloten er moord van te maken,' protesteerde Sarah flauwtjes.
Hij ging verder alsof ze niets had gezegd. 'We hebben iedereen in het dorp ondervraagd. Mevrouw Spede was met haar man naar de pub en wat vrienden betreft, kunnen we niemand vinden die op een dergelijke voet met mevrouw Gillespie stond, laat staan op een zaterdagavond rond negen uur in november.' Hij haalde zijn schouders op. 'Hoe dan ook, haar buren, meneer en mevrouw Orloff, zeggen dat ze de bel hadden moeten horen gaan als er iemand aan de deur was geweest. Toen mevrouw Gillespie hun deel van het huis verkocht, heeft ze de bel gewoon uit de keuken laten weghalen die nu van hen is, en aan de buitenkant van de gang laten plaatsen die van haar bleef. Ik heb het geprobeerd. Als er die avond iemand was geweest, hadden ze het moeten horen.'
Sarah keek hem aan. 'Dan is het tamelijk duidelijk dat het zelfmoord geweest moet zijn.'
'Voor mij niet, dokter Blakeney. In de eerste plaats ben ik van plan die beide alibi's grondig na te trekken en in de tweede plaats, als de moordenaar iemand was die mevrouw Gillespie kende, kan hij op het raam of aan de achterdeur hebben getikt zonder dat de Orloffs het gehoord hebben.' Hij sloeg zijn aantekenboekje dicht en stak het in zijn zak. 'We krijgen ze uiteindelijk wel. Misschien via vingerafdrukken.'
'Dus u gaat ermee door? Ik dacht dat uw baas had besloten de zaak te laten rusten.'
'We hebben een aantal vingerafdrukken in dat huis gevonden die niet van mevrouw Gillespie of de drie dames zijn die een sleutel bezaten. We gaan iedereen in het dorp die haar kende, en buiten-

staanders zoals u, om vingerafdrukken ter vergelijking verzoeken. Ik heb de inspecteur overgehaald uit te zoeken wie er verder naar binnen ging voor hij een streep onder deze zaak zet.'
'U schijnt zich de dood van mevrouw Gillespie erg persoonlijk aan te trekken.'
'Politiewerk is een vak zoals ieder ander, dokter. Hoe hoger je op de ladder komt, hoe beter het pensioen uiteindelijk is.' Zijn vriendelijke gezicht werd plotseling cynisch. 'Maar promotie heeft meer te maken met machtswellust dan vakkundigheid en tot nu toe heeft mijn licht altijd onder de korenmaat geschenen. Ik trek me de dood van mevrouw Gillespie persoonlijk aan. Het is mijn zaak.'
Sarah vond dit op sombere wijze amusant. Ze vroeg zich af hoe Mathilda het gevonden zou hebben dat een agent voordeel van haar dood zou hebben, aangenomen natuurlijk dat hij kon bewijzen dat het moord was en de moordenaar kon veroordelen. Ze had zich misschien prettiger gevoeld als ze er niet zo van overtuigd was geweest dat hij op beide punten zou scoren.

'Keith? Met Sarah Blakeney. Heeft Jack soms nog contact met jou opgenomen?' Ze speelde met de draad van de telefoon terwijl ze luisterde naar het geluid van de auto van Cooper dat in de verte verdween. Ze bedacht dat er in deze hal veel te veel schaduwen waren.
'De laatste tijd niet,' klonk de prettige stem van Keith Smollett. 'Had dat gemoeten?'
Het had geen zin om eromheen te draaien. 'We hebben ruzie gehad. Ik heb gezegd dat ik wilde scheiden en hij is er gepikeerd vandoor gegaan. Hij heeft een briefje achtergelaten dat ik via jou contact met hem kon opnemen.'
'O, goeie god, Sarah! Nou, ik kan niet voor jullie allebei optreden. Jack zal een andere advocaat moeten zoeken.'
'Hij heeft de voorkeur aan jou gegeven. Ik ben degene die iemand anders moet zoeken.'
'Niets mee te maken,' zei Keith opgewekt. '*Jij* bent mijn cliënt, lieverd. De enige reden dat ik ooit iets voor die godvergeten nietsnut heb gedaan, is omdat jij met hem bent getrouwd.' Hij en Sarah waren al vanaf hun studietijd bevriend en er was een tijd geweest, voordat Jack op de proppen kwam, dat Keith zelf een oogje op Sarah had gehad. Nu was hij gelukkig getrouwd, had drie stevige zonen en dacht alleen aan haar tijdens de zeldzame keren wanneer ze elkaar telefonisch spraken.

'Ja, nou ja, dat is op dit ogenblik niet belangrijk. Het belangrijkste is dat ik hem dringend moet spreken. Hij zal ongetwijfeld contact met je opnemen, dus wil je me laten weten waar hij is zodra hij dat doet? Het is heel erg belangrijk.' Ze keek even naar de trap. Haar gezicht was een bleek schijnsel in het weerkaatsende licht van de keuken. Veel te veel schaduwen.
'Doe ik.'
'Er is nog iets. Hoe sta ik, juridisch gezien, in verband met een politieonderzoek naar een mogelijke moord?' Ze hoorde hem inademen. 'Ik bedoel niet dat ik erbij betrokken ben of zo, maar ik denk dat ik informatie bezit die ik eigenlijk zou moeten doorgeven. De politie schijnt er niets van te weten, maar het ligt nogal gevoelig en het is uit de tweede hand en als het nergens mee te maken heeft, beschaam ik een vertrouwen en dat zal het leven van een aantal mensen behoorlijk beïnvloeden.' Ze zweeg. *Waarom had Ruth haar over de brief verteld en niet Cooper? Of had ze het Cooper ook verteld?* 'Ben ik een beetje duidelijk?'
'Niet erg. Als je mijn raad wilt hebben, houd dan niets achter voor de politie tenzij het geheime medische informatie over een patiënt betreft. Dwing ze de juiste weg te bewandelen. Dat doen ze uiteraard, maar dan heb jij jezelf niets te verwijten.'
'Ik heb de informatie niet eens van een patiënt.'
'Dan is er toch niets aan de hand?'
'Maar ik kan levens verwoesten door mijn mond voorbij te praten,' zei ze aarzelend. 'Dat is ethiek, Keith.'
'Nee, hoor. Ethiek bestaat niet buiten de kerk en ivoren torens. Dit is de grote, slechte wereld waar zelfs artsen de gevangenis ingaan als ze de politie bij hun verhoren dwarsbomen. Als blijkt dat je gegevens hebt achtergehouden die tot beschuldiging van moord hadden kunnen leiden, heb je geen poot om op te staan, meisje.'
'Maar ik weet niet zeker of het moord ís. Het ziet eruit als zelfmoord.'
'Waarom klinkt je stem dan twee tonen hoger dan gewoonlijk? Je lijkt Maria Callas wel als ze haar dag niet heeft. Ik doe natuurlijk maar een snelle gok, maar ik zou zo zeggen dat je honderd procent zeker bent dat je het over moord hebt en negenennegentig procent zeker dat je weet wie het heeft gedaan. Praat met de politie.'
Ze zweeg zo lang dat hij zich begon af te vragen of de verbinding was verbroken. 'Je hebt het mis wat betreft die negenennegentig procent,' zei ze ten slotte. 'Ik heb feitelijk geen idee wie het gedaan kan hebben.' Met een gedempte groet hing ze op.

De telefoon begon te rinkelen voor ze haar hand van de hoorn had teruggetrokken, maar ze was zo op van de zenuwen dat het even duurde voor ze de moed vond om hem op te pakken.

De volgende ochtend, zaterdag, reed een notaris van Poole naar Fontwell met het testament van Mathilda in zijn aktentas. Hij had de vorige avond naar Cedar House opgebeld om zich voor te stellen en zijn bom te laten ontploffen, namelijk dat alle vorige testamenten van Mathilda herroepen waren met het testament dat ze in zijn kantoor twee dagen voor haar dood had ondertekend. Mevrouw Gillespie had hem gevraagd het nieuws, zo snel als enigszins mogelijk was na de begrafenis, persoonlijk aan haar dochter en kleindochter te brengen en dit in de aanwezigheid van dokter Sarah Blakeney van Mill House in Long Upton. Dokter Blakeney was morgen vrij. Zou elf uur de dames Lascelles schikken?
De sfeer in de zitkamer van Mathilda was ijzig. Joanna stond bij de openslaande ramen en staarde de tuin in met haar rug naar Sarah en haar dochter toegekeerd. Ruth rookte voortdurend en wierp nijdige blikken naar de strakke rug van de ene vrouw en het duidelijk ongemak van de ander. Niemand sprak. Voor Sarah die altijd dol op deze kamer was geweest met het allegaartje van prachtig antiek: hoekkastjes uit de tijd van koning George, oude en verschoten chintz bekleding op de Victoriaanse bank en stoelen, negentiende-eeuwse Hollandse aquarellen en de Lyre-klok uit de tijd van Lodewijk XVI op de schoorsteenmantel, was deze onwelkome en onhartelijke terugkomst deprimerend.
Het geluid van banden op het grind buiten verbrak de spanning. 'Ik ga wel,' zei Ruth en sprong overeind.
'Ik kan me zelfs zijn naam niet meer herinneren,' kondigde Joanna aan en draaide zich om. 'Dougall, Douglas?'
'Duggan,' zei Sarah.
Joanna fronste haar wenkbrauwen. 'Kent u hem dan?'
'Nee. Ik heb zijn naam opgeschreven toen hij gisteravond opbelde.' Ze viste het stukje papier uit haar zak. 'Paul Duggan van Duggan, Smith en Drew, Hills Road, Poole.'
Joanna luisterde hoe haar dochter iemand bij de deur begroette. 'Mijn moeder schijnt bijzonder veel vertrouwen in u gehad te hebben, dokter Blakeney. Waarom was dat denkt u? U kunt haar slechts – wat – een jaar gekend hebben?' Haar gezicht stond neutraal – Sarah bedacht dat ze hierin geoefend had om haar jeugd te behouden – maar haar ogen stonden heel achterdochtig. Sarah

glimlachte zonder vijandigheid. Ze was in een uiterst moeizame positie geplaatst en ze vond het geen prettige ervaring. Ze had veel begrip voor Joanna en ze kreeg het steeds moeilijker met haar herinnering aan Mathilda. Hun verhouding, die hoe dan ook oppervlakkig was geweest, begon achteraf bekeken benauwend te worden en ze verzette zich tegen de veronderstelling van de oude vrouw dat ze haar arts na haar dood kon manipuleren zonder daar vooraf toestemming voor gehad te hebben. Het was Sarahs zaak niet om als bemiddelaar op te treden in een venijnig, juridisch gevecht tussen Joanna en haar dochter en daar voelde ze ook niets voor. 'Ik sta net zo goed voor een raadsel als u, mevrouw Lascelles, en ik ben vermoedelijk net zo geïrriteerd,' zei ze eerlijk. 'Ik moet mijn wekelijkse boodschappen nog doen, mijn huis schoonmaken en de tuin doen. Ik ben hier alleen omdat meneer Duggan zei dat als ik niet kwam, hij deze ontmoeting zou uitstellen tot ik wel kon. Ik dacht dat dit nog vervelender voor u en Ruth zou zijn' – ze haalde haar schouders op – 'dus heb ik erin toegestemd.'
Joanna stond op het punt om antwoord te geven toen de deur openzwaaide en Ruth binnenliep, gevolgd door een glimlachende man van middelbare leeftijd die een videorecorder droeg met een aktentas erbovenop. 'Meneer Duggan,' zei ze kort en plofte weer in haar stoel. 'Hij wil de televisie gebruiken. Kun je je voorstellen dat oma zo'n verdomd videotestament heeft gemaakt?'
'Dat klopt niet helemaal, jongedame,' zei de man die zich vooroverboog om de recorder op de grond naast de televisie te zetten. Hij kwam overeind en stak zijn hand uit naar Joanna van wie hij terecht vermoedde dat ze Mathilda's dochter was. 'Hoe maakt u het, mevrouw Lascelles.' Hij liep naar Sarah die was opgestaan en schudde haar ook de hand. 'Dokter Blakeney.' Hij gebaarde naar de stoelen. 'Neemt u alstublieft plaats. Ik weet dat onze tijd kostbaar is, dus ik zal niet meer tijd in beslag nemen dan nodig is. Ik ben hier als een van de mede-executeurs van het laatste geschreven testament van mevrouw Mathilda Beryl Gillespie. Ik zal u direct van kopieën voorzien waaruit u kunt opmaken dat dit inderdaad ieder eerder testament vervangt dat mevrouw Gillespie gemaakt heeft. De andere mede-executeur is de heer John Hapgood, de huidige directeur van de Barclay Bank op Hills Road, in Poole. In beide gevallen bezitten we onze verantwoordelijkheden als executeurs namens onze firma's, dus mocht een van ons zijn werk beëindigen bij de betreffende firma, dan wordt een andere executeur in onze plaats benoemd.' Hij zweeg even. 'Is dat allemaal duidelijk?' Hij

keek iedereen even aan. 'Mooi. Als u even geduld heeft, zal ik de video op de televisie aansluiten.' Hij haalde als een goochelaar een opgerold snoer uit zijn zak en duwde het ene eind in de televisie en het andere in de videorecorder. 'En nu een stopcontact,' mompelde hij en wikkelde het snoer met stekker af vanuit de achterkant van de video. 'Als ik het me goed herinner is er een boven de plint rechts van de haard. O, ja. Daar is het. Prima. En voor het geval u zich afvraagt hoe ik dat wist, laat me u dan vertellen dat mevrouw Gillespie me hier heeft uitgenodigd om een inventaris te maken van al haar bezittingen.' Hij keek hen stralend aan. 'Enkel en alleen om akelige ruzies tussen de betreffende partijen te voorkomen nadat het testament is voorgelezen.'
Sarah merkte dat haar mond had opengehangen sinds hij de kamer was binnengekomen. Ze deed hem nu bewust dicht en keek hoe hij handig de televisie afstelde om een signaal van de recorder op te vangen, toen zijn aktentas openmaakte en er een videoband uithaalde die hij in de recorder duwde voor hij een stap achteruit deed om Mathilda haar woordje te laten doen. Ze bedacht dat je een speld had kunnen horen vallen toen Mathilda's gezicht op het scherm verscheen. Zelfs Ruth zat als versteend met haar sigaret even vergeten tussen haar vingers.
De bekende stem met de scherpe klinkers van de betere klasse sprak vol zelfvertrouwen uit de versterker.
'Nou, lieve mensen' – Mathilda's lippen werden minachtend dunner – 'ik weet hoe jullie je zitten af te vragen waarom ik erop heb gestaan jullie op deze manier bij elkaar te brengen. Joanna vervloekt me inwendig ongetwijfeld, Ruth koestert weer een of andere wrok en Sarah begint te wensen dat ze me nooit had leren kennen, denk ik zo.' De oude vrouw liet een droog lachje horen. 'Ik ben inmiddels niet meer ontvankelijk voor je verwensingen, Joanna, dus als er iets na de dood bestaat, wat ik betwijfel, dan zal ik er geen last van hebben. En Ruth, je gewrok is de laatste tijd zo vermoeiend geworden dat ik er eerlijk gezegd genoeg van heb. Daar zal ik ook geen last meer van hebben.' Haar stem werd wat zachter. 'De irritatie die Sarah echter zonder twijfel voelt vanwege mijn eenzijdige beslissing om haar in mijn familiezaken te betrekken, treft me echter wel. Sarah, het enige dat ik kan zeggen is dat ik je vriendschap en je sterke persoonlijkheid heb gewaardeerd in de tijd dat ik je heb gekend en ik kan niemand anders bedenken die zelfs maar in de verste verte de last zou kunnen dragen, waarmee ik jou ga opzadelen.'

Het was even stil terwijl ze wat aantekeningen op haar schoot doornam. Voor Sarah, wier onkritische affectie nu naïef leek ten overstaan van de algemene afkeer die Mathilda in iedereen had opgeroepen die haar kende, leken de ogen van de oude vrouw ongekend wreed. Ze vroeg zich af waar Mathilda's gevoel voor humor was gebleven?

'Ik wil heel duidelijk maken dat Joanna niet de dochter van James Gillespie is, maar de dochter van mijn oom, Gerald Cavendish. Hij was de oudste broer van mijn vader en' – ze zocht naar de juiste woorden om zichzelf duidelijk te maken – 'onze verhouding begon zo'n vier jaar nadat hij mij en mijn vader had gevraagd bij hem in Cedar House te komen wonen na de dood van mijn moeder. Mijn vader had geen eigen geld, omdat het landgoed aan de oudste zoon, Gerald, was nagelaten. Het geld van mijn moeder ging na haar dood terug naar haar familie, afgezien van een erfenisje dat in een fonds voor mij werd beheerd. Als Gerald ons niet had gevraagd om bij hem in Cedar House te komen wonen, zouden mijn vader en ik dakloos zijn geweest. In dat opzicht was ik dankbaar. In ieder ander opzicht verachtte en haatte ik de man.' Ze glimlachte kil. 'Ik was een kind van dertien toen hij me voor het eerst verkrachtte.'

Sarah was geschokt – niet alleen door Mathilda's woorden, maar door de manier waarop ze het zei. Deze Mathilda kende ze niet. Waarom was ze zo lomp, zo kil berekenend?

'Hij was een dronken monster, net zoals mijn vader, en ik had aan hen allebei een hekel. Ze hebben me met zijn tweeën iedere mogelijkheid ontnomen om een duurzame en succesvolle verhouding op te bouwen. Ik heb nooit geweten of mijn vader wist wat Gerald deed, maar zelfs al wist hij het, dan twijfel ik er niet aan dat hij het zou hebben laten voortduren uit angst dat Gerald ons anders Cedar House zou uitzetten. Mijn vader was een uitzonderlijk lui mens die tot haar dood van het geld van de familie van zijn vrouw heeft geleefd, en vervolgens van dat van zijn broer. De enige keer dat ik ooit heb meegemaakt dat hij werkte, was toen hij zich verkiesbaar stelde voor het Lagerhuis en toen alleen maar omdat hij dat lidmaatschap als een gemakkelijke weg tot een ridderschap zag. Toen hij eenmaal gekozen was, veranderde hij weer in wat hij werkelijk was – een verachtelijk man.' Ze zweeg weer, met naar beneden getrokken mondhoeken in bittere herinnering.

'Gerald bleef mij twaalf jaar lang misbruiken tot ik het in wanhoop aan mijn vader vertelde. Ik kan niet goed verklaren waarom ik daar zo lang mee heb gewacht, alleen dat ik in voortdurende angst leefde voor hen allebei. Ik was financieel en sociaal een gevangene en ik werd opgevoed met het idee, zoals zovelen van mijn generatie, dat mannen de natuurlijke autoriteit binnen een gezin bezaten. Ik dank God dat die tijden voorbijgaan, omdat ik nu zie dat natuurlijke autoriteit bij hen ligt die het respect verdienen om die uit te oefenen, of dat nu mannen of vrouwen zijn.' Ze zweeg even. 'Mijn vader gaf mij natuurlijk de schuld van het gebeurde, noemde me een walgelijke slet en was niet bereid iets te ondernemen. Hij wilde de status-quo liever op mijn kosten handhaven. Maar hij had een zwakke plek. Hij was nu parlementslid en ik dreigde in wanhoop aan de conservatieve partij en de kranten te schrijven om het soort mensen dat de familie Cavendish in werkelijkheid was, aan de kaak te stellen. Als gevolg hiervan, werd er een compromis bereikt. Ik mocht met James Gillespie trouwen die in mij geïnteresseerd was en dan zou ik mijn mond houden. Onder deze omstandigheden deden we een poging om de draad van ons leven weer op te pakken hoewel mijn vader, uit angst dat ik mijn woord niet zou houden, erop stond dat ik direct met James zou trouwen. Hij verzekerde James van een positie bij het ministerie van Financiën en stuurde ons naar een flat in Londen.'

Dit keer volgde een langere stilte terwijl ze een nieuwe bladzijde van haar aantekeningen omsloeg en haar bril rechtzette. 'Helaas was ik al zwanger en toen Joanna nog geen vijf maanden na ons huwelijk werd geboren, besefte zelfs James, die toch werkelijk de slimste niet was, dat de baby onmogelijk van hem kon zijn. Daarna werd het leven erg moeilijk. Hij stoorde zich, begrijpelijk, aan ons allebei en dit leidde tot gewelddadige uitbarstingen wanneer hij te veel had gedronken. Op deze ongelukkige manier gingen we nog anderhalf jaar verder tot James gelukkig aankondigde dat hij een baan in het buitenland had aangenomen en de volgende dag zonder ons zou vertrekken. Ik heb het nooit jammer gevonden dat hij wegging en het interesseerde me geen zier wat er met hem gebeurde. Hij was een bijzonder vervelend mens.' De oude ogen staarden recht naar het scherm, arrogant en hooghartig, maar Sarah had het gevoel dat ze iets achterhield. Ze had de indruk dat Mathilda niet helemaal eerlijk was.

'Het is vervelend om de moeilijkheden van die maanden na zijn vertrek weer op te rakelen. Het is voldoende om te zeggen dat er weinig geld was. Joanna heeft dergelijke problemen meegemaakt toen Steven overleed. Het verschil was dat mijn vader weigerde mij te helpen – hij was inmiddels geridderd en er was voldoende tijd verstreken om mijn dreigement de familie aan de kaak te stellen minder belangrijk te vinden – terwijl ik jóu wel heb geholpen, Joanna, hoewel je me er nooit voor hebt bedankt. Toen het uiteindelijk duidelijk werd dat we inderdaad ons huis uitgezet dreigden te worden, heb ik Gerald in wanhoop geschreven en om ondersteuning voor de opvoeding van zijn dochter gevraagd. Ik neem aan dat hij toen voor het eerst van Joanna's bestaan hoorde' – ze glimlachte cynisch – 'en mijn brief zette hem aan tot de enige fatsoenlijke daad van zijn leven. Hij pleegde zelfmoord door te veel slaappillen in te nemen. Het is jammer dat hij niet het fatsoen heeft gehad om dat eerder te doen.' Haar stem klonk onvast van afkeer. 'Het werd op een ongeluk gehouden, maar ik kan me niet voorstellen dat die twee dingen los van elkaar stonden, vooral gezien de brief die hij naar zijn notaris had gestuurd, waarin Joanna al zijn eigendommen erfde.'

Ze kwam blijkbaar bij de laatste bladzijde van haar aantekeningen. 'Nu kom ik bij het deel dat me ertoe heeft aangezet deze film te maken. Joanna eerst. Je dreigde me aan de kaak te stellen als ik weigerde Cedar House onmiddellijk te verlaten en het huis aan jou over te dragen. Ik heb geen idee wie je heeft voorgesteld naar de brief van je vader te zoeken, hoewel' – ze glimlachte grimmig – 'ik wel mijn vermoedens heb. Maar je was niet goed op de hoogte van je rechten. Geralds belachelijke testament kon de aanspraak die zijn vader op het huis liet gelden niet tenietdoen. Daarin stond namelijk dat het naar de dichtstbijzijnde manlijke erfgenaam moest, en dat was mijn vader. Bij zijn overlijden vermaakte Gerald voorgoed de rijkdommen van de familie Cavendish aan zijn broer en diens erfgenamen. Dat wist hij ook. Denk alsjeblieft niet dat zijn pathetische codicil iets anders was dan een gebaar van goede wil van een zwak mens voor begane zonden. Misschien was hij naïef genoeg om te denken dat mijn vader de verplichting zou nakomen, misschien dacht hij dat God minder hard zou oordelen als hij toonde dat hij bereid was tot een schadevergoeding. Hij was hoe dan ook een sufferd. Maar hij had wel het benul om mij een kopie van het codicil te sturen en door te dreigen ermee naar de rechtbank te stappen om de erfenis aan te vechten, kon ik mijn vader beïnvloeden. Hij stemde erin toe jou en mij financieel te ondersteunen in Londen zolang hij leefde en de bezittingen na zijn dood aan mij na te laten. Zoals je weet, stierf hij binnen twee jaar en zijn jij en ik terug verhuisd naar Cedar House.' Haar ogen staarden nu strak in de lens en keken haar dochter aan. 'Je had me nooit moeten be-

dreigen, Joanna. Daar was geen reden voor, terwijl ik alle reden had mijn vader te bedreigen. Ik heb een bijzonder royale lijfrente voor je vastgesteld en vind dat ik aan al mijn verplichtingen jegens jou heb voldaan. Als je al niet naar de rechtbank bent gestapt wanneer je dit ziet, dan dring ik er bij je op aan je geld er niet aan te verspillen nadat ik ben overleden. Geloof me, ik heb je meer gegeven dan waarop je volgens de wet recht hebt.
'Tja, Ruth.' Ze schraapte haar keel. 'Je gedrag sinds je zeventiende verjaardag heeft me verbijsterd. Ik kan het op geen enkele manier verklaren of excuseren. Ik heb je altijd gezegd dat het huis voor jou is wanneer ik doodga. Ik had het over Cedar House, maar jij nam zonder meer aan, al had ik daar niets van gezegd, dat de inhoud en het geld ook voor jou zouden zijn. Dat was een verkeerde veronderstelling. Het is altijd mijn bedoeling geweest om de waardevollere spullen en het geld aan Joanna na te laten en het huis aan jou. Ik neem aan dat Joanna niet uit Londen weg wil en jij zou de keus gehad hebben om het huis of te verkopen of erin te blijven wonen, maar ik weet zeker dat je het verkocht zou hebben, omdat het huis zijn charme verloren zou hebben wanneer de goedkeuring was gekomen. Het beetje dat van het landgoed overbleef zou nooit voldoende voor jou zijn geweest, omdat je net zo inhalig bent als je moeder. Als gevolg daarvan kan ik alleen maar herhalen wat ik tegen Joanna heb gezegd: ik heb een bijzonder royale lijfrente op je afgesloten en vind dat ik meer dan mijn plicht jegens jou heb gedaan. Het kan natuurlijk het gevolg van inteelt zijn, maar ik ben tot de conclusie gekomen dat jullie geen van beiden in staat zijn tot een fatsoenlijke of grootmoedige gedachte.' Haar ogen werden kleiner achter haar brilleglazen. 'Daarom ben ik van plan om alles wat ik bezit na te laten aan dokter Sarah Blakeney van Mill House in Long Upton, Dorset. En ik weet zeker dat zij haar meevaller verstandig zal gebruiken. Voor zover ik ooit in staat ben geweest voor iemand genegenheid te koesteren, heb ik dat voor haar gevoeld.' Ze grinnikte plotseling. 'Wees niet boos op me, Sarah. Ik moet doodgegaan zijn zonder van gedachten te veranderen, anders zat je hier niet naar te kijken. Dus denk aan onze vriendschap en niet aan deze last die ik op je schouders heb gelegd. Joanna en Ruth zullen je haten, zoals ze mij hebben gehaat en ze zullen je van allerlei verschrikkelijks beschuldigen, net zoals ze mij hebben beschuldigd. Maar "gedane zaken nemen geen keer", dus neem het met mijn zegen en gebruik het om er iets moois te mijner nagedachtenis mee te doen. Vaarwel, lieverd.'

'Een ongeluk komt nooit alleen.' Ik ben bang dat het gedrag van Ruth dwangmatig aan het worden is, maar ik ben bang om haar erover aan de tand te voelen uit angst voor wat ze mij kan aandoen. Ze is rustig in staat haar hand op te heffen tegen een oude vrouw die haar verveelt en irriteert. Ik zie het aan haar ogen, een bewustzijn dat ik dood meer waard ben dan levend.
Het is een waar woord: 'Hij die sterft, betaalt alle schulden.'
Wist ik maar waar ze iedere dag naar toe ging, maar daar liegt ze net zo over, als over alle andere dingen. Kan het schizofrenie zijn? Ze heeft er wel de juiste leeftijd voor. Ik neem aan dat de school daar het volgende kwartaal iets aan zal doen. Ik ben niet sterk genoeg voor nog meer scènes en ik wil ook niet de schuld krijgen van iets dat nooit mijn schuld is geweest. God weet dat er slechts één slachtoffer bij dit alles was en dat was de kleine Mathilda Cavendish. Kon ik me haar maar herinneren, dat lieve, schattige kind, maar ze is net zo onwezenlijk voor me als de herinneringen aan mijn moeder. Allebei vergeten geestverschijningen, ongeliefd, misbruikt, verwaarloosd.

Goddank dat Sarah er is. Ze overtuigt me ervan dat ik evenals die trieste, oude man in Skakespeare "een mens ben die meer zonde ondervond dan deed"...'

Vijf

Paul Duggan zette de televisie af en verbrak de stilte: 'De video-opname heeft uiteraard geen rechtsgeldigheid, daarom refereerde ik aan het laatste *geschreven* testament van mevrouw Gillespie.' Hij haalde wat papieren uit zijn aktentas. 'Dit zijn slechts fotokopieën, maar het origineel ligt ter inzage bij de Barclay Bank in Hills Street.' Hij gaf elk van de vrouwen een kopie. 'Wat betreft de dames Lascelles' – hij glimlachte vriendelijk – 'stel ik voor dat u met uw eigen notaris bespreekt of u het document wenst aan te vechten. Wat dokter Blakeney betreft,' – hij wendde zich tot Sarah – 'meneer Hapgood en ik zullen de details zo snel mogelijk met u bespreken. U kunt volgende week uit drie ochtenden kiezen. Dinsdag, woensdag of donderdag. Het liefst in mijn kantoor, maar we kunnen wel naar Long Upton komen als dat nodig is. U zult echter wel begrijpen dat executeurs gerechtigd zijn onkosten in rekening te brengen.' Hij keek Sarah bemoedigend en stralend aan terwijl hij op antwoord wachtte. Hij scheen absoluut niets te merken van de broeiende vijandigheid in de kamer.

Sarah probeerde haar verwarde gedachten op een rijtje te zetten. 'Heb ik iets te zeggen in dit alles?'

'Waarin, dokter Blakeney?'

'Over het testament.'

'U bedoelt, of het u vrij staat de erfenis te weigeren?'

'Ja.'

'Er is een alternatieve bepaling: die staat op de laatste bladzijde van het document.' Joanna en Ruth bladerden door hun kopieën. 'Als u om welke reden dan ook niet in staat bent de erfenis te aanvaarden, heeft mevrouw Gillespie ons opgedragen haar complete nalatenschap te verkopen en de opbrengst aan het oude-van-dagen tehuis voor ezels in Seton te schenken. Ze zei dat als u haar geld niet kon of wilde hebben, het net zo goed naar ezels kon gaan die het verdienden.' Hij nam Sarah nauwlettend op en ze bedacht dat hij misschien toch niet zo zelfvoldaan was als hij had geleken. Hij vermoedde dat die opmerking raak was geweest. 'Dinsdag, woensdag of donderdag, dokter Blakeney? Ik wil er de nadruk op leggen dat een snelle afspraak essentieel is. We moeten bijvoorbeeld rekening houden met de toekomst van mevrouw Lascelles en haar dochter. Mevrouw Gillespie besefte dat zij in Cedar House woonachtig zouden zijn wanneer het testament voorgelezen zou worden en wenste absoluut niet dat wij als executeurs hun directe vertrek uit het pand zouden eisen. Daarom, en dat hoeft u niet persoonlijk te nemen' – hij glimlachte vriendelijk tegen de twee vrouwen – 'is er een volledige inventaris opgemaakt. Ik weet zeker dat we geen van allen een verbeten strijd willen hebben over wat er zich precies in het huis bevond op het ogenblik dat mevrouw Gillespie overleed.'

'O, nou wordt-ie helemaal mooi, zeg,' zei Ruth vernietigend, 'nu beschuldigt u ons van diefstal.'

'Helemaal niet, jongedame. Ik geef u de verzekering dat dit een standaardprocedure is.'

Ze krulde haar lip op onaantrekkelijke wijze. 'Wat heeft onze toekomst er overigens mee te maken? Ik dacht dat wij hadden opgehouden te bestaan.' Ze liet haar sigarettepeuk met opzet op het Perzische tapijt vallen en trapte hem met haar hak uit.

'Ik heb begrepen dat u nog een half jaar naar school moet voordat u eindexamen doet. Tot op heden heeft uw grootmoeder hiervoor betaald, maar er is geen bepaling in het testament voor verdere uitgaven betreffende uw opleiding. Of u op Southcliffe kunt blijven, hangt van dokter Blakeney af.'

Joanna keek op. 'Of van mij,' zei ze koeltjes. 'Ik ben tenslotte haar moeder.'

Het was even stil voor Ruth een hard lachje liet horen. 'God, wat ben je dom. Geen wonder dat oma je haar geld niet wilde nalaten. Hoe ben je van plan dat te betalen, lieve moeder? Je krijgt van geen mens meer een toelage, hoor, en je denkt toch zeker niet dat die lieve bloemstukjes vierduizend pond per kwartaal zullen opbrengen?'

Joanna glimlachte vaag. 'Ik neem aan dat in de tijd dat ik dit testament aanvecht, alles normaal doorloopt.' Ze keek Paul Duggan vragend aan. 'Heeft u enige bevoegdheid om dokter Blakeney het geld te geven wanneer ik er ook een claim op leg?'

'Nee,' gaf hij toe, 'maar u krijgt dan ook niets. Alles gaat niet normaal door, zoals u dat zegt. De nalatenschap van uw moeder zal bevroren worden tot de rechtbank een oordeel velt over de strij-

dende belanghebbenden.' Hij haalde zijn schouders op. 'En dat kan jaren duren.'
'Dus op korte termijn verliezen Ruth en ik in ieder geval?'
'Dat hoeft niet.'
Ze fronste haar wenkbrauwen. 'Dat begrijp ik niet goed.'
Ruth vloog van de bank af en rende naar het raam. 'God, waarom ben je zo traag van begrip? Als je je goed gedraagt moeder, voelt dokter Blakeney zich misschien zo schuldig over de enorme erfenis dat ze ons zal blijven onderhouden. Daar komt het toch op neer, hè?' Ze keek Duggan dreigend aan. 'Oma heeft de verantwoordelijkheid om te proberen iets behoorlijks van de familie Cavendish te maken, afgeschoven door alles aan haar arts te vermaken.' Ze verwrong haar mond. 'Wat een smerige rotmop! Ze heeft me er ook nog voor gewaarschuwd. Praat met dokter Blakeney. Zij weet wat je het beste kunt doen. Wat oneerlijk.' Ze stampvoette. 'Wat verdomd oneerlijk.'
Joanna keek peinzend. 'Is dat zo, meneer Duggan?'
'Dat hoeft niet. Ik geef toe dat mevrouw Gillespie dacht dat dokter Blakeney de steun die mevrouw Gillespie op zich had genomen ten opzichte van u en uw dochter, gedeeltelijk zou overnemen, maar ik moet er de nadruk op leggen dat dokter Blakeney dat niet hoeft te doen. Er staat niets over in het testament. Ze kan de wensen van uw moeder precies zo uitleggen als ze zelf wenst en als ze denkt dat ze iets waardevols kan opbouwen ter herinnering aan mevrouw Gillespie door u te negeren en in plaats daarvan een kliniek hier in het dorp te bouwen, dan mag ze dat doen.'
Het was weer stil. Sarah keek op van haar langdurige bestudering van het vloerkleed en ontdekte dat iedereen haar aankeek. Ze merkte dat Ruths woorden in haar hoofd weerklonken. *Wat een smerige rotmop.* 'Dinsdag,' zei ze met een zucht. 'Ik kom dinsdag naar uw kantoor en ik neem vermoedelijk mijn eigen notaris mee. Ik ben hier niet blij mee, meneer Duggan.'
'Arme dokter Blakeney,' zei Joanna met een strakke glimlach. 'Ik geloof dat u eindelijk begint te beseffen wat voor een keihard kreng mijn moeder was. Vanaf het ogenblik dat ze Gerald heeft verleid, heeft ze haar handen op de knip van de Cavendishes gehad en die heeft ze daar vijftig jaar lang met behulp van bedreigingen en chantage gehouden.' Er gleed een blik van medeleven over haar wonderlijk strakke gezicht. 'En nu heeft ze u aangewezen om haar tirannie voort te zetten. De dictator is dood.' Ze maakte een ironisch buiginkje. 'Leve de dictator.'

Sarah stond bij de auto van Paul Duggan toen hij de videorecorder in de kofferbak zette. 'Heeft de politie die band gezien?' vroeg ze toen hij overeind kwam.
'Nog niet. Ik heb over een half uurtje een afspraak met brigadier Cooper. Dan krijgt hij een kopie.'
'Had u het hun niet direct moeten tonen? Mathilda klonk mij niet in de oren als een vrouw die op het punt stond om zelfmoord te plegen. *Ik moet overleden zijn voordat ik van gedachten ben veranderd...* Dat zou ze niet gezegd hebben als ze van plan was om zelfmoord te plegen.'
'Dat ben ik met u eens.'
Zijn vollemaansgezicht keek haar stralend aan en ze fronste geïrriteerd haar wenkbrauwen. 'U doet er nogal gemakkelijk over,' zei ze scherp. 'Ik hoop voor u dat brigadier Cooper begrijpt waarom u heeft gewacht het hem te tonen. Ik begrijp het in ieder geval niet. Mathilda is twee weken dood en de politie zoekt zich een ongeluk om een bewijs voor moord te vinden.'
'Daar kan ik niets aan doen, dokter Blakeney,' zei hij beminnelijk. 'De band lag de afgelopen veertien dagen bij het opnamebedrijf om voorzien te worden van titels en muziek. Mevrouw Gillespie wilde Verdi op de achtergrond gespeeld hebben.' Hij grinnikte. 'Ze koos *Dies Irae* – De Dag des Toorns. Nogal toepasselijk, vindt u niet?' Hij wachtte even op een reactie, maar ze was er niet voor in de stemming. 'Ze wilde hem bovendien naderhand nog zien en er was haar gezegd dat ze over een maand kon terugkomen om hem te bekijken. Ik denk dat die dingen niet snel gedaan kunnen worden. Ze waren nogal geschrokken toen ze van mij hoorden dat ze al dood was. Het draagt allemaal wel bij tot uw idee dat ze niet van plan was om zelfmoord te plegen.' Hij haalde zijn schouders op. 'Ik was er niet bij toen ze hem maakte, dus ik wist niet wat erop stond. Voor zover ik wist was het een boodschap voor haar familie. Ik heb hem gisteravond voor het eerst gezien en toen heb ik een afspraak met de heren in het blauwe uniform gemaakt.' Hij keek even op zijn horloge. 'En zo kom ik nog te laat. Tot dinsdag dan.'
Sarah keek hem met een akelig, onzeker gevoel na toen hij wegreed. Ze had het moeten kunnen raden, erop voorbereid moeten zijn. Praat erover met dokter Blakeney. Zij weet wel wat je het beste kunt doen. En Jack? Had *hij* het geweten?
Ze voelde zich plotseling erg eenzaam.

Toen brigadier Cooper die middag kwam, was dokter Blakeney be-

zig bladeren bij elkaar te harken. Hij liep over het gras en keek naar haar. 'Zwaar werk,' mompelde hij vol sympathie.
'Ja.' Ze zette de hark tegen een boom en stak haar handen in de zakken van haar jas. 'Laten we maar naar binnen gaan. Daar is het warmer.'
'Voor mij hoeft dat niet,' zei hij. 'Ik blijf net zo lief buiten, dan kan ik roken.' Hij haalde een verfrommeld pakje Silk Cut uit zijn binnenzak en stak er met duidelijk genoegen een op. 'Walgelijke gewoonte,' mompelde hij en keek haar voorzichtig aan. 'Ik moet er eens mee ophouden.'
Sarah trok geamuseerd een wenkbrauw op. 'Waarom zitten rokers altijd zo vol schuldgevoelens?'
'Sigaretten onthullen een zwakte in ons karakter,' zei hij knorrig. 'Andere mensen geven het op, maar wij kunnen dat niet. Eerlijk gezegd heb ik nooit begrepen waarom de gemeenschap ons als paria's behandelt. Ik moet de eerste roker nog leren kennen die na een sigaret te veel zijn vrouw heeft geslagen of een kind heeft vermoord terwijl hij achter het stuur zat, maar ik kan u honderd gevallen van alcoholisten noemen die dat wel hebben gedaan. Mijns inziens is drank een veel gevaarlijker drug dan nicotine.'
Ze leidde hem naar een bank naast het pad. 'De morele meerderheid zal alcoholisten uiteindelijk ook veroordelen,' zei ze. 'En dan gaat iedereen bruisend van gezondheid trimmen in een joggingpak, groente eten, worteltjessap drinken en nooit meer iets doen dat in de verste verte nadelig is voor zijn gezondheid.'
Hij grinnikte. 'Moet u dat niet toejuichen, dokter?'
'Dan word ik werkloos.' Ze leunde met haar hoofd tegen de rugleuning aan. 'Bovendien heb ik een probleem met de morele meerderheid. Die mag ik niet zo. Ik heb liever te maken met vrijdenkende individualisten dan de politiek gezien juiste massa's die zich gedragen zoals ze is opgedragen omdat iemand anders heeft beslist wat sociaal aanvaardbaar is.'
'Kon u daarom met mevrouw Gillespie overweg?'
'Waarschijnlijk.'
'Vertelt u me eens over haar.'
'Ik kan werkelijk niets toevoegen aan wat ik u al verteld heb. Ze was echt uniek. Absoluut cynisch. Ze koesterde voor niets of niemand enig respect. Ze geloofde in God noch gebod. Ze minachtte de mens in het algemeen en de mensen in Fontwell in het bijzonder en ze keek op iedereen, zowel van vroeger als van nu, neer. De enige uitzondering daarop vormde Shakespeare. Die vond ze geniaal.' Ze zweeg.

'En u *mocht* haar?'
Sarah lachte. 'Ik denk dat ik haar anarchie bewonderde. Ze zei wat de meeste mensen alleen maar denken. Beter kan ik het niet uitdrukken. Ik verheugde me er altijd op om naar haar toe te gaan.'
'Het moet wederzijds zijn geweest, anders had ze u haar geld niet nagelaten.'
Sarah gaf niet direct antwoord. 'Ik had er geen idee van wat ze van plan was,' zei ze even later. Ze duwde met een hand haar haar wat omhoog. 'Het was een akelige schok. Ik heb het gevoel dat ik gemanipuleerd ben en dat vind ik niet prettig.'
Hij knikte. 'Volgens Duggan heeft mevrouw Gillespie de twee executeurs tot volledige geheimhouding gedwongen.' Hij bestudeerde de gloeiende askegel van zijn sigaret. 'Het probleem is dat we niet zeker weten of ze het zelf tegen niemand heeft gezegd.'
'Als dat zo was,' zei Sarah, 'zou ze vermoedelijk nog in leven zijn. Aangenomen dat ze vermoord werd, natuurlijk.
'U bedoelt dat wie haar ook vermoord heeft, niet wist dat u de erfgenaam was, maar dacht het zelf te zijn?'
Ze knikte. 'Zoiets.'
'Dan moet het de dochter of kleindochter zijn geweest.'
'Dat hangt af van wat er in het vorige testament stond. Misschien heeft ze andere legaten gemaakt. Er zijn wel mensen vermoord voor aanzienlijk minder dan Joanna en Ruth dachten te krijgen.'
'Maar dan gaan we ervan uit dat ze om haar geld is vermoord. En ook, dat noch u, noch iemand die van u afhankelijk is, haar heeft vermoord.'
'Dat is waar,' zei ze rustig.
'Heeft u haar vermoord, dokter Blakeney?'
'Dan had ik het niet op die manier gedaan, brigadier. Ik had er de tijd voor genomen.' Ze grinnikte even. Een beetje gedwongen, bedacht hij. 'Er was tenslotte geen haast bij. Ik heb geen schulden en ik zou haar dood zeker niet in verband willen brengen met een testament dat pas in mijn voordeel is veranderd.' Ze boog zich voorover en sloeg haar handen tussen haar knieën in elkaar. 'En het zou er ook erg natuurlijk hebben uitgezien. Artsen staan in het voordeel wanneer het op het plegen van de perfecte moord aankomt. Een tijdje ziek, gevolgd door een zachte dood. Niet zo dramatisch of traumatisch als het doorsnijden van polsen terwijl ze een folterwerktuig op had.'
'Het zou een geweldige bluf kunnen zijn,' zei hij vriendelijk. 'Zoals u zei, wie zou een arts verdenken iets dergelijks wreeds te doen

binnen een paar uur nadat een oude dame die persoon driekwart miljoen pond heeft nagelaten?'
Sarah staarde hem met uitgesproken afschuw in haar ogen aan. 'Driekwart miljoen?' herhaalde ze langzaam. 'Was ze zoveel waard?'
'Min of meer. Waarschijnlijk meer. Het is een voorzichtige schatting. Duggan schatte het huis met inhoud op zo'n vierhonderdduizend, maar de klokken alleen waren al verzekerd voor meer dan honderdduizend en dat was gebaseerd op een schatting van tien jaar geleden. Ik moet er niet aan denken wat die nu waard zijn. Dan is er het antieke meubilair, uiteraard haar sieraden, de flat van mevrouw Lascelles in Londen, plus talloze aandelen en effecten. U bent een rijke vrouw, dokter Blakeney.'
Sarah legde haar hoofd in haar handen. 'O, mijn god!' kreunde ze. 'U bedoelt dat zelfs de flat niet eens van Joanna is?'
'Nee. Die maakt deel uit van de erfenis van mevrouw Gillespie. Als de oude vrouw een beetje had nagedacht had ze hem stukje bij beetje aan haar dochter nagelaten om successierechten te vermijden. Zoals de zaken nu liggen heeft de belasting er bijna net zo'n groot voordeel van als u.' Hij klonk sympathiek. 'En u mag beslissen wat er verkocht moet worden om de rekening te betalen. Ik denk niet dat u erg geliefd zult worden bij de dames Lascelles.'
'Zeg dat wel,' zei Sarah somber. 'Waarom heeft Mathilda het toch gedaan?'
'De meeste mensen zouden de koning te rijk zijn.'
'U ook?'
'Natuurlijk, maar ik woon in een heel gewoon huis, ik heb drie volwassen kinderen die altijd geld van me willen hebben en ik droom van een vroeg pensioen om met mijn vrouw een cruise rond de wereld te maken.' Hij keek de tuin rond. 'Als ik in uw schoenen stond, zou ik waarschijnlijk net zo reageren zoals u doet. U zit niet direct krap bij kas en uw geweten zal niet toelaten dat u het aan uzelf besteedt. Ze had gelijk toen ze zei dat ze een last op uw schouders legde.'
Ze verwerkte dit even zwijgend. 'Betekent dat, dat u niet denkt dat ik haar heb vermoord?'
Hij keek haar geamuseerd aan. 'Waarschijnlijk.'
'Nou, dat is dan goddank één ding,' zei ze droog. 'Daar maakte ik me zorgen om.'
'Maar dat ligt anders voor mensen die afhankelijk van u zijn. Die hebben net zoveel voordeel als u van de dood van mevrouw Gillespie.'

Ze keek verbaasd. 'Er is niemand van mij afhankelijk.'
'U heeft een echtgenoot, dokter Blakeney. Er is mij verteld dat hij van u afhankelijk is.'
Ze porde met de punt van haar laars in wat bladeren. 'Niet meer. We zijn uit elkaar. Ik weet niet eens waar hij op het ogenblik is.'
Hij haalde zijn aantekenboekje te voorschijn en keek erin. 'Dat moet dan pas geleden gebeurd zijn. Volgens mevrouw Lascelles is hij twee dagen geleden op de begrafenis geweest, heeft naderhand op Cedar House thee gedronken en heeft vervolgens gevraagd of zij hem tegen zes uur hiernaar toe kon terugbrengen. En dat heeft ze gedaan.' Hij zweeg om haar aan te kijken. 'Dus wanneer is die scheiding ingegaan?'
'Hij is die avond weggegaan. Ik heb de volgende ochtend een briefje van hem gevonden.'
'Was dat zijn idee of het uwe?'
'Het mijne. Ik heb gezegd dat ik wilde scheiden.'
'Juist.' Hij nam haar bedachtzaam op. 'Was er een bepaalde reden om daar die avond voor uit te kiezen?'
Ze zuchtte. 'Ik was gedeprimeerd over de begrafenis van Mathilda. Ik zat over de geijkte dingen na te denken, de zin van het leven en ik vroeg me af wat de zin van *haar* leven was geweest. Ik besefte plotseling dat mijn eigen leven bijna net zo doelloos was.' Ze draaide haar hoofd om om hem aan te kijken. 'U vindt dat waarschijnlijk belachelijk klinken. Ik ben tenslotte arts en je begint niet aan de studie medicijnen zonder een zekere roeping. Het lijkt op politiewerk. We doen het omdat we denken dat we iets zinnigs kunnen doen.' Ze lachte met een hol geluid. 'Het is nogal arrogant om dat te denken. De veronderstelling is dat we weten wat we doen terwijl ik daar eerlijk gezegd helemaal niet zo zeker van ben. Artsen zetten zich er indringerig voor in om mensen in leven te houden, omdat de wet zegt dat ze dat moeten doen, en we praten hoogdravend over de kwaliteit van het leven. Maar wat *is* de kwaliteit van het leven? Ik hield Mathilda's pijn met behoorlijke medicijnen onder controle, maar de kwaliteit van haar leven was beroerd, niet vanwege de pijn, maar omdat ze eenzaam, bitter, bijzonder gefrustreerd en uitzonderlijk ongelukkig was.' Ze haalde haar schouders op. 'Ik heb mezelf en mijn man tijdens de begrafenis eens grondig onder de loep genomen en ik besefte dat hetzelfde feitelijk voor ons tweeën gold. We waren allebei eenzaam, allebei bitter, allebei gefrustreerd en allebei ongelukkig. Dus heb ik een scheiding voorgesteld en hij is vertrokken.' Ze glimlachte cynisch. 'Zo eenvoudig lag dat.'

Hij had met haar te doen. Niets was ooit zo eenvoudig en het klonk hem in de oren alsof ze met pokeren had gebluft en verloren. 'Had hij mevrouw Lascelles al eens ontmoet voor de begrafenis?'
'Voor zover ik weet niet. *Ik* niet, dus ik kan me niet voorstellen dat hij haar kende.'
'Maar hij kende mevrouw Gillespie wel?'
Ze keek de tuin door om tijd te winnen. 'Als hij haar kende dan was dat niet via mij. Hij heeft nooit gezegd dat hij haar had ontmoet.'
Brigadier Cooper raakte steeds meer in de afwezige Jack Blakeney geïnteresseerd. 'Waarom ging hij naar de begrafenis?'
'Omdat ik dat vroeg.' Ze ging rechterop zitten. 'Ik heb een hekel aan begrafenissen, maar ik heb altijd het gevoel dat ik ernaar toe moet gaan. Het lijkt zo onbeleefd om een patiënt de rug toe te keren zodra hij dood is. Jack was erg goed in steun verlenen.' Ze lachte onverwacht. 'Om u de waarheid te zeggen, geloof ik dat hij zichzelf erg knap vond in zijn zwarte overjas. Hij geniet ervan er duivels uit te zien.'
Duivels. De brigadier peinsde over het woord. Duncan Orloff had gezegd dat Mathilda op Blakeney gesteld was. Mevrouw Lascelles had hem beschreven als 'een vreemde man van weinig woorden die vervolgens naar huis gebracht wenste te worden'. Ruth had hem 'indrukwekkend ' gevonden. De dominee had aan de andere kant heel wat te vertellen gehad toen Cooper hem over de verschillende begrafenisbezoekers had benaderd. 'Jack Blakeney? Dat is een kunstenaar, maar geen erg succesvolle, die arme vent. Als Sarah er niet was, zou hij van de honger omkomen. Ik zie trouwens wel wat in zijn werk. Als hij zijn prijzen wat bijstelde zou ik een doek kopen, maar hij kent zijn waarde, of dat zegt hij tenminste, en hij weigert goedkoop te verkopen. Of hij Mathilda kende? Ja, dat moet wel. Ik heb hem op een dag met zijn schetsblok onder zijn arm uit haar huis zien komen. Ze was een schitterend onderwerp voor zijn soort werk. Dat had hij nooit kunnen afslaan.' Hij pakte de stier bij de horens. 'Dominee Matthews zei dat uw man een portret van mevrouw Gillespie heeft gemaakt. Hij moet haar goed gekend hebben om dat te doen.' Hij stak een nieuwe sigaret op en keek door de rook naar Sarah.
Ze bleef lange tijd stil zitten en keek in de verte naar een koe in een weiland. 'Ik heb zin om te zeggen dat ik niets meer zeg tot mijn advocaat aanwezig is,' mompelde ze ten slotte, 'alleen heb ik het akelige gevoel dat u dat verdacht zou vinden.' Hij zei niets, dus keek ze hem aan. Er lag geen blik van sympathie op het innemende

gezicht, alleen een geduldige overtuiging dat ze bevestigend zou antwoorden, met of zonder advocaat erbij. Ze zuchtte. 'Ik kan gemakkelijk ontkennen dat er een portret is. Ze liggen allemaal in het atelier en er is geen schijn van kans dat u dat van Mathilda zou herkennen. Jack schildert geen gezichten. Hij schildert karakters. En je moet zijn kleurencodes begrijpen en de manier waarop hij dynamische eigenschappen in vorm, diepte en perspectief omzet om te begrijpen wat hij heeft gedaan.'

'Maar u gaat het niet ontkennen?' vroeg hij.

'Alleen omdat Jack het niet zal doen en ik sta niet te popelen om meineed te plegen.' Ze glimlachte en er verscheen een geestdriftig lichtje in haar ogen. 'Het is feitelijk schitterend. Ik denk dat het het beste is dat hij ooit heeft gemaakt. Ik heb het gisteren gevonden, vlak voordat u kwam.' Ze trok een wrang gezicht. 'Ik wist dat het er was door iets dat Ruth had gezegd. Volgens haar had Jack het erover gehad dat Mathilda mij haar heksenmasker noemde.' Ze zuchtte weer. 'En dat kon hij niet geweten hebben tenzij Mathilda het hem had verteld, want ik heb nooit iets gezegd.'

'Mag ik dat schilderij zien?'

Ze negeerde de vraag. 'Hij zou haar niet vermoorden, brigadier, niet om geld, trouwens, Jack minacht materialisme. Hij ziet geld alleen als een gids voor de waarde van zijn genialiteit. Daarom verkoopt hij nooit iets. Hij schat zijn kunst hoger dan alle anderen.' Ze glimlachte om zijn ongelovig gefronste wenkbrauwen. 'In zekere zin is dat logisch, maar het is irritant, omdat het zo verwaand is. Het zit ongeveer als volgt in elkaar: de gemiddelde mens is niet in staat genialiteit te herkennen, dus is hij niet geïnteresseerd in het kopen van je werk, ongeacht de prijs. Terwijl aan de andere kant een universeel genie genialiteit herkent en er royaal voor zal betalen. Dus als je geniaal bent, houd je je prijzen hoog en wacht je tot de juiste man komt om je te ontdekken.'

'Neem me niet kwalijk, hoor, dokter Blakeney, maar dat is flauwekul.' Hij voelde zich behoorlijk nijdig. 'Die vent moet ongelooflijk verwaand zijn. Heeft iemand anders ooit gezegd dat hij geniaal is?'

'Niemand zei dat Van Gogh geniaal was tot na zijn dood.' Waarom werden mensen altijd geïrriteerd door Jacks vooringenomen eigendunk? Werkte zijn zekerheid bedreigend in een onzekere wereld? 'Het doet er eigenlijk niet toe,' zei ze kalm, 'wat voor soort kunstenaar Jack is. Goed, slecht, onverschillig. Ik vind hem toevallig goed, maar dat is een persoonlijke opvatting. Maar hij zou Mathilda nooit om haar geld vermoorden, aangenomen dat hij wist dat

ze het testament ten gunste van mij had gemaakt en dat betwijfel ik. Waarom zou ze het hem hebben verteld terwijl ze nooit iets tegen mij heeft gezegd?'
'Behalve dat hij dacht dat u van hem ging scheiden en hem in de kou zou laten staan.'
'Nauwelijks. Dan zou ik toch alleen van de buit genieten? Hoe zou hij aan de erfenis kunnen komen als we gescheiden waren?' *Ik wil een fifty-fiftyverdeling...* Ze zette die gedachte van zich af. 'En bovendien wist hij toen Mathilda veertien dagen geleden overleed niet dat ik van hem wilde scheiden. Hoe had hij het kunnen weten. Ik wist het zelf niet eens.'
Cooper nam dat met een korreltje zout. 'Dit soort dingen gebeuren niet onverwacht, dokter Blakeney. Hij moet er iets van gemerkt hebben dat het huwelijk niet gladjes meer liep.'
'U onderschat Jacks egoïsme,' antwoordde ze met enige bittere ironie. 'Hij is veel te veel met zichzelf bezig om te merken dat iemand ongelukkig is, tenzij hij die iemand schildert. Geloof me, mijn beslissing kwam werkelijk onverwacht. Voor hem tenminste.'
Hij trok peinzend aan zijn sigaret. 'Denkt u dat hij nog terugkomt?'
'O ja. Hij zal in ieder geval zijn schilderijen komen halen.'
'Mooi. Sommige vingerafdrukken kunnen best van hem zijn. Het zal helpen als we die kunnen elimineren. Die van u ook natuurlijk. Er komt woensdagochtend een team in Fontwell om vingerafdrukken te nemen. Ik neem aan dat u er geen bezwaar tegen hebt om de uwe te geven? Ze worden naderhand vernietigd.' Hij nam haar zwijgen op als een instemming. 'U zegt dat u niet weet waar uw man is, maar kunt u iemand bedenken die met hem in contact staat?'
'Alleen mijn advocaat. Hij heeft me beloofd het me te laten weten zodra hij iets hoort.'
De brigadier liet zijn sigaret in het vochtige gras vallen, stond op en trok zijn jas om zich heen. 'Geen vrienden waar hij naar toe kan zijn?'
'Ik heb iedereen die ik kon bedenken geprobeerd. Hij is bij niemand geweest.'
'Dan wilt u misschien zo vriendelijk zijn de naam en het telefoonnummer van uw advocaat op te schrijven terwijl ik dat schilderij bekijk.' Hij grinnikte. 'Gezien uw woorden, ben ik benieuwd om te zien of ik er iets van kan maken.'

Sarah vond zijn zorgvuldige waardebepaling van het schilderij nogal indrukwekkend. Hij stond er lange tijd zwijgend naar te kijken

en vroeg toen of Jack ooit een portret van haar had gemaakt. Ze haalde het hare uit de zitkamer en zette het naast dat van Mathilda. Hij bleef het zwijgend bestuderen.
'Tja,' zei hij ten slotte, 'u heeft helemaal gelijk. Ik zou nooit hebben gedacht dat dit een portret van mevrouw Gillespie was, net zo min als ik gedacht zou hebben dat dat een portret van u was. Ik zie waarom niemand hem geniaal vindt.'
Sarah was verbaasd om haar teleurstelling. Maar wat had ze verwacht? Hij was een kleinburgerlijk politiemannetje, geen universeel genie. Ze dwong zich tot een beleefd glimlachje dat haar automatische reactie was op de vaak grove commentaren van anderen op Jacks schilderkunst en vroeg zich niet voor het eerst af waarom zij de enige was die waardering voor hem scheen te kunnen opbrengen. Het kwam niet omdat ze verblind was door liefde – eerder integendeel – en toch vond ze het portret van Mathilda buitengewoon en schitterend. Jack had laag na laag aangebracht om een diepe gouden transparantie in het hart van het schilderij aan te brengen – Mathilda's gevoel voor humor, dacht ze, dat door de ingewikkelde blauwe en grijze tinten van wreedheid en cynisme heen scheen. En rondom het geheel de bruine kleuren van wanhoop en onderdrukking en het verroeste rood van ijzer; steno in Jacks werk voor ruggegraat en karakter, maar in dit geval afgebeeld in de vorm van het heksenmasker.
Ze haalde haar schouders op. Tenslotte was het misschien een geluk dat de brigadier het niet zag. 'Zoals ik zei, hij schildert karakters en geen gezichten.'
'Wanneer heeft hij dat van u gemaakt?'
'Zes jaar geleden.'
'En is uw karakter de afgelopen zes jaar veranderd?'
'Ik denk van niet. Karakters veranderen niet erg, brigadier, daarom schildert Jack ze graag. Je bent wat je bent. Een royaal mens blijft royaal. Een dwingeland blijft een dwingeland. Je kunt de scherpe kantjes wat bijslijpen, maar je kunt de kern niet veranderen. Wanneer het geschilderd is, is het karakter voor eeuwig vastgelegd.'
Hij wreef zijn handen afwachtend, als voor een uitdaging, over elkaar. 'Laten we dan eens kijken of ik zijn systeem kan uitplussen. Er zit veel groen in het uwe en uw duidelijkste karaktertrekken zijn sympathie – nee' – hij sprak zichzelf onmiddellijk tegen – 'empathie – u leeft mee met de gevoelens van een ander, u oordeelt niet. Dus empathie; eer – u bent een respectabele vrouw anders zou u

zich niet zo schuldig voelen over deze erfenis – eerlijk – de meeste mensen zouden over dit schilderij hebben gelogen – aardig.' Hij wendde zich om en keek haar aan. 'Telt aardigheid als karaktertrek of is dat te zwak?'

Ze lachte. 'Veel te zwak en u negeert de onprettige aspecten. Jack ziet in iedereen twee kanten.'

'Goed.' Hij staarde naar haar portret. 'U bent een erg koppige vrouw die genoeg zelfvertrouwen heeft om zich tegen een vaststaand feit te verzetten, anders zou u mevrouw Gillespie niet aardig hebben gevonden. Een logisch gevolg daarvan is dat u ook naïef bent, anders zouden uw denkbeelden niet zo afwijken van die van anderen. U heeft de neiging overijld te handelen, anders zou u geen spijt hebben van het vertrek van uw man en dat houdt een diepe genegenheid voor hopeloze gevallen in, daarom bent u vermoedelijk arts geworden en dat is vermoedelijk ook de reden waarom u zo dol was op het oude kreng op dit onvoorstelbare schilderij naast u. Hoe doe ik het voor een proletariër?'

Ze liet een verrast lachje horen. 'Nou, ik denk eigenlijk niet dat u dat bent,' zei ze. 'Jack zou dol op u zijn. Een universeel genie in al zijn glorie. Ze zijn goed, hè?'

'Hoeveel vraagt hij ervoor?'

'Hij heeft er maar eentje verkocht. Het was een portret van een van zijn minnaressen. Hij heeft er tienduizend pond voor gekregen. De man die het kocht was een handelaar uit Bond Street die zei dat Jack een van de stimulerendste kunstenaars was die hij ooit was tegengekomen. We dachten dat we er waren, maar drie maanden later was de arme man dood en sindsdien heeft niemand meer interesse getoond.'

'Dat is niet waar. Dominee Matthews heeft me verteld dat hij direct een doek zou kopen als ze goedkoper waren. Ik trouwens ook, dan. Heeft hij ooit een echtpaar gedaan? Ik ga tot tweeduizend voor mij en mijn vrouw, voor boven de schoorsteenmantel.' Hij bestudeerde Mathilda nauwkeurig. 'Ik neem aan dat het goud voor haar enige verzoenende eigenschap, haar gevoel voor humor, was. Mijn vrouw is heel goedlachs. Die zou door en door goud zijn. Dat zou ik graag eens zien.'

Er klonk geluid achter hen. 'En wat voor kleur zou u zijn?' vroeg Jack op geamuseerde toon.

Sarahs hart maakte een sprongetje, maar brigadier Cooper keek hem alleen even peinzend aan. 'Aangenomen dat ik deze schilderijen goed begrepen heb, dan zou ik zeggen een mengeling van blauw

en paars, voor hard cynisme samen met realisme, bekend bij uw vrouw en mevrouw Gillespie, wat groen dat volgens mij het fatsoen en de integriteit van dokter Blakeney vertegenwoordigt, omdat die duidelijk niet voorkomen in het portret van mevrouw Gillespie' – hij glimlachte – 'en heel veel zwart.'
'Waarom zwart?'
'Omdat ik in het duister tast,' zei hij met een zwaarwichtig gevoel voor humor en haalde een identiteitsbewijs uit zijn binnenzak. 'Brigadier Cooper van de recherche, meneer, van de politie van Learmouth. Ik onderzoek de dood van mevrouw Mathilda Gillespie van Cedar House in Fontwell. Misschien kunt u me vertellen waarom ze met het heksenmasker op haar hoofd voor u heeft geposeerd? Gezien de manier waarop ze is overleden, vind ik dat interessant.'

Artritis is monsterachtig. Het maakt een mens zo kwetsbaar. Als ik niet zo cynisch was, zou ik zeggen dat Sarah de gave tot genezen bezit, hoewel ik eerlijk gezegd geneigd ben te denken dat iedereen beter is dan die ouwe sufferd van een Hendry. Hij was natuurlijk lui en nam niet de moeite op de hoogte te blijven. Van Sarah hoor ik dat er grote vooruitgang is geboekt op het gebied waar hij duidelijk niets van wist. Ik heb zin om hem aan te klagen, als het al niet vanwege mij was, dan vanwege Joanna. Hij heeft haar duidelijk op het pad van verslaving gebracht.

Sarah vroeg me vandaag hoe het met me ging en ik antwoordde met een zin uit Koning Lear: *'Ik groei, ik bloei; Nu Goden, helpt de basterds!' Ze nam uiteraard aan dat ik het over mezelf had, lachte hartelijk en zei: 'Misschien een kreng, Mathilda, maar meer echt niet. Als je het over rotzakken hebt, dan is Jack dat.' Ik vroeg haar wat hij had gedaan om een dergelijke betiteling te verdienen. 'Hij neemt mijn liefde als iets vanzelfsprekends,' zei ze, 'en geeft de zijne aan iedereen die dom genoeg is om hem te vleien.'*

Wat zijn menselijke relaties toch breekbaar. Dit is niet de Jack die ik ken. Die beschermt zijn liefde net zo jaloers als zijn kunst. Ik denk dat Sarah zowel zichzelf als hem eigenlijk 'door een donkere bril' bekijkt. Ze denkt dat hij ontrouw is, maar ik denk alleen omdat ze bij haar beoordeling zijn effect op vrouwen als criterium gebruikt. Zijn hartstocht jaagt haar angst aan en ze is helemaal niet zo goed in staat om te zien wat hij met hen doet als ze wel denkt.

Ik aanbid die man. Hij moedigt me aan 'verdoemenis te tarten' want wat stelt het leven voor als het geen verzet tegen de dood is…

Zes

Violet Orloff stond roerloos in de keuken van Wing Cottage en luisterde naar de ruzie die in de gang van Cedar House was uitgebroken. Ze had de schuldige blik van een luistervink, en werd verscheurd door een tegenstrijdig gevoel van weggaan of blijven, maar in tegenstelling tot de meeste luistervinken hoefde ze niet bang te zijn om betrapt te worden en haar nieuwsgierigheid won het. Ze pakte een glas uit de afwasmachine, legde de rand tegen de muur en duwde haar oor tegen de onderkant. De stemmen werden direct duidelijker. Misschien was het maar goed dat ze zichzelf niet kon zien. Er was iets onfatsoenlijks en heimelijks aan de manier waarop ze gebogen stond te luisteren en op haar gezicht lag dezelfde uitdrukking die een gluurder waarschijnlijk heeft als hij door een raam kijkt om een naakte vrouw te zien. Opgewonden. Loerend. Vol verwachting.

'...denk dat ik niet weet wat je in Londen doet? Je bent een smerige hoer en dat wist oma ook. Dit is verdomme allemaal jouw schuld en nu ben je van plan met hem het nest in te duiken, zeker om mij erbuiten te houden.'

'Hoe durf je zo tegen me te spreken. Ik heb verdomd veel zin mijn handen van jou af te trekken. Denk je dat het mij ook maar iets kan schelen of jij gaat studeren of niet?'

'Dat is nou typisch iets voor jou. Jaloezie, jaloezie, verdomde JALOEZIE! Je kunt het niet uitstaan als ik iets doe dat jij niet hebt gedaan.'

'Ik waarschuw je, Ruth, ik luister niet langer.'

'Waarom niet? Omdat het de waarheid is en die niet prettig is?' De stem van het meisje klonk huilerig. 'Waarom kun je je niet eens als een moeder gedragen? Oma was meer een moeder dan jij. Je hebt me alleen maar gehaat. Ik heb er toch niet om gevraagd om geboren te worden?'

'Doe niet zo kinderachtig.'

'Je haat me omdat mijn vader van me hield.'

'Doe niet zo belachelijk.'
'Het is waar. Oma heeft het me verteld. Ze zei dat Steven in de wolken was over mij, mij zijn engeltje noemde en dat jij dan woedend werd. Ze zei dat als jij en Steven gescheiden waren, Steven niet dood was geweest.'
Joanna's stem klonk ijzig. 'En jij geloofde haar natuurlijk, omdat je dat wilde horen. Je bent precies je grootmoeder, Ruth. Ik dacht dat er een eind aan zou komen wanneer ze eenmaal dood was, maar ik heb me vreselijk vergist, hè? Je hebt ieder druppeltje gif geërfd dat zij bezat.'
'O, nou krijgen we het helemaal! Doe maar net alsof je er niets mee te maken hebt. Wanneer ga je eens een probleem onder ogen zien, moeder, in plaats van te doen alsof het niet bestaat? Oma zei altijd dat dit je enige, werkelijke vaardigheid was, om iedere moeilijkheid te ontlopen en dan door te gaan alsof er niets aan de hand was. Christus nog-an-toe-' – haar stem steeg tot een schreeuwhoogte – 'JE HEBT DE RECHERCHEUR TOCH GEHOORD.' Ze moest de aandacht van haar moeder hebben getrokken want ze dempte haar stem weer. 'De politie denkt dat oma is vermoord. Dus wat moet ik tegen ze zeggen?'
'De waarheid.'
Ruth liet een wild gelach horen. 'Mooi. Dan moet ik ze dus zeker vertellen waar jij je geld aan besteedt? Ik moet ze vertellen dat oma en dokter Hendry dachten dat jij zo knettergek was dat ze erover dachten om je te laten opnemen? Jezus' – haar stem brak – 'ik denk dat ik maar net zo goed echt eerlijk kan zijn en ze vertellen hoe je hebt geprobeerd mij te vermoorden. Of moet ik mijn mond houden omdat we anders geen schijn van kans hebben op een tegenvordering op het geld? Je mag geen munt slaan uit de moord op je moeder, weet je.'
De stilte duurde zo lang dat Violet Orloff zich begon af te vragen of ze naar een ander deel van het huis waren gegaan.
'Je moet het helemaal zelf weten, Ruth. Ik heb er geen enkel probleem mee om te zeggen dat jij hier was op de dag dat je grootmoeder overleed. Je had haar oorbellen niet moeten stelen, stom kreng. Trouwens, je had overal met je grijpgrage vingers van af moeten blijven. Je kende haar net zo goed als ik. Dacht je werkelijk dat ze het niet zou merken?' Joanna's stem klonk zanikend van sarcasme. 'Ze heeft een lijst gemaakt en die in de la van haar nachtkastje laten liggen. Als ik die niet had vernietigd, zou je nu gearresteerd zijn. Je maakt geen geheim van je paniek over dat idiote testa-

ment, dus de politie zal het niet moeilijk vinden te geloven dat als je wanhopig genoeg was om van je grootmoeder te stelen, je vermoedelijk ook wanhopig genoeg was om haar te vermoorden, dus stel ik voor dat we allebei onze mond maar dichthouden, wat vind je daarvan?'
Er werd zo hard een deur dichtgeslagen dat Violet het in haar keuken voelde dreunen.

Jack zat op zijn kruk, wreef over zijn ongeschoren kaak en keek met halfdicht geknepen ogen naar de politieman. Duivels, dacht brigadier Cooper van de recherche, dat woord paste goed bij hem. Hij was erg donker en had glinsterende ogen in een havikengezicht, maar hij had te veel lachrimpeltjes voor een Dracula. Als deze man een duivel was, dan was hij er een van een gezellige soort. Hij deed Cooper denken aan een Ierse recidivist zonder berouw die hij in een tijdsbestek van twintig jaar talloze malen had gearresteerd. Hij had dezelfde 'neem-me-maar-zoals-ik-ben'-uitdrukking, met zo'n verrassend uitdagende blik dat mensen die deze bezaten onmogelijk te negeren waren. Hij vroeg zich plotseling nieuwsgierig af of Mathilda Gillespie dezelfde uitdrukking had gehad. Hij had het op de video niet opgemerkt, maar de camera loog altijd. Als dat niet zo was, zou niemand hem ooit dulden.
'Ik doe het,' zei Jack abrupt.
De agent fronste zijn wenkbrauwen. 'Wat doet u, meneer Blakeney?'
'Ik schilder u en uw vrouw voor tweeduizend pond, maar ik hang u op aan de hoogste lantaarnpaal als u aan iemand vertelt wat u betaalt.' Hij strekte zijn armen omhoog en ontspande zijn rugspieren. 'Ik denk dat tweeduizend pond van u, tienduizend pond van mensen zoals Mathilda waard is. Misschien is het toch niet zo'n slecht idee wat minder te vragen.' Hij trok spottend zijn wenkbrauwen op. 'Met welk recht onthoud ik verarmde dominees en politiemensen mooie dingen? Dat ben je toch met me eens, hè Sarah?'
Ze schudde haar hoofd tegen hem. 'Waarom moet je altijd zo in de aanval zijn?'
'Die vent vindt mijn werk goed, dus ik bied hem een gesubsidieerd portret van hem en zijn vrouw aan in blauwe, paarse, groene en gouden tinten. Wat is daar voor aanvallerigs aan? Ik zou het een compliment noemen.' Hij keek Cooper geamuseerd aan. 'Paars vertegenwoordigt trouwens uw libido. Hoe dieper de kleuren, hoe wellustiger de mens, maar dat is alleen maar mijn interpretatie,

hoor, niet zoals u zichzelf ziet. Misschien ziet uw vrouw een illusie in duigen geslagen als ik u in diep paars afbeeld en haar in lichtlila.'
Brigadier Cooper grinnikte. 'Of andersom.'
Jacks ogen glansden. 'Precies. Ik probeer niet om mensen te vleien. Zolang u dat maar begrijpt, kunnen we vermoedelijk tot zaken komen.'
'En u heeft het geld vermoedelijk op het ogenblik nodig, meneer. Wilt u soms vooruitbetaald worden?'
Jack liet grijnzend zijn tanden zien. 'Natuurlijk. Met die prijs kunt u nauwelijks iets anders verwachten.'
'En welke garantie heb ik dat het portret ooit af komt?'
'Mijn woord. Als man van eer.'
'Ik ben politieman, meneer Blakeney. Ik geloof niemand op zijn woord.' Hij wendde zich tot Sarah. 'U bent een eerlijke vrouw, dokter. Is uw man een man van eer?'
Ze keek Jack aan. 'Dat is geen redelijke vraag.'
'Klinkt mij redelijk in de oren,' zei Jack. 'We hebben het over tweeduizend pond. De brigadier heeft het recht zichzelf in te dekken. Geef hem een antwoord.'
Sarah haalde haar schouders op. 'Goed. Als u mij vraagt: zal hij er met uw geld vandoor gaan? Dan, nee, dat doet hij niet. Hij zal uw schilderij maken en hij zal het goed doen.'
'Maar?' hield Jack aan.
'Je bent geen man van eer. Je bent veel te nonchalant en hebt veel te weinig respect. Je hebt alleen maar waardering voor je eigen mening, je bent ontrouw en ongevoelig. In feite' – ze schonk hem een verwrongen glimlach – 'ben je op alle fronten, behalve je kunst, een zak.'
Jack wees naar de politieman. 'Dus, heb ik een opdracht, brigadier, of werkte u alleen op zwakke plekken om haar zover te krijgen u te vertellen hoe ik ben?'
Cooper trok een stoel naar voren en bood die Sarah aan. Ze schudde haar hoofd, dus ging hij met een zuchtje van opluchting zitten. Hij werd te oud om te blijven staan als er een zitplaats aanwezig was. 'Ik zal eerlijk zijn, meneer, ik kan u op dit ogenblik geen opdracht geven.'
'Ik wist het wel,' zei Jack somber. 'U bent net zoals die slijmbal van een Matthews.' Hij deed het zangerige accent van de man uit Wales na. 'Ik vind je werk heel mooi, Jack, werkelijk waar, maar zoals je weet ben ik een arme man.' Hij sloeg met zijn vuist in zijn handpalm. 'Dus heb ik hem een van mijn eerdere werken voor een paar

duizend aangeboden en de zak probeerde met me te onderhandelen tot een miserabele driehonderd. Allemachtig!' grauwde hij. 'Hij krijgt meer voor een paar van die rottige preken.' Hij keek de brigadier dreigend aan. 'Waarom verwachten jullie alles voor niets? Ik zie u geen genoegen nemen met lager salaris' – hij wierp een blik op Sarah – 'mijn vrouw trouwens ook niet. Maar de staat betaalt u terwijl ik mezelf sta af te beulen.'

Het lag Cooper op de punt van de tong om Blakeney erop te wijzen dat hij deze weg zelf had gekozen en dat niemand hem ertoe had gedwongen. Maar hij hield zich in. Hij had te veel slopende ruzies met zijn kinderen achter de rug over precies hetzelfde onderwerp om het nu met een vreemde te gaan herhalen. Bovendien had de man hem verkeerd begrepen. Bewust, vermoedde hij. 'Ik verkeer niet in een positie om u *op het ogenblik* een opdracht te geven, meneer,' zei hij met zorgvuldige nadruk, 'omdat u een vrouw die, misschien wel of misschien niet, is vermoord tamelijk na staat. Als ik u om welke reden dan ook geld gaf zou dat bijzonder schadelijk voor u kunnen zijn, mocht u voor de rechtbank moeten verschijnen. Wanneer onze onderzoeken beëindigd zijn, ligt de zaak volkomen anders.'

Jack keek hem plotseling een stuk vriendelijker aan. 'Als ik *u* tweeduizend pond zou betalen, zou u misschien gelijk hebben, maar andersom niet. U stelt uw positie veilig, niet de mijne.'

Cooper grinnikte weer. 'Kunt u me ongelijk geven? Het slaat vermoedelijk nergens op, maar ik heb de kans op promotie nog niet helemaal opgegeven en smeergeld aan verdachten van moord zou koren op de molen van mijn baas zijn. De toekomst ziet er een stuk zonniger uit wanneer je het tot adjudant brengt.'

Jack bestudeerde hem even ingespannen, toen sloeg hij zijn armen over zijn slonzige trui over elkaar. Deze breedsprakige, nogal merkwaardige rechercheur met zijn gezellige glimlach begon zijn sympathie op te wekken. 'Dus, wat was de vraag? Waarom Mathilda voor me heeft geposeerd met het heksenmasker op haar hoofd?' Hij keek naar het portret. 'Omdat ze zei dat het de essentie van haar karakter vertegenwoordigde. Daar had ze ook gelijk in.' Hij kneep zijn ogen halfdicht bij de herinnering. 'Ik denk dat je haar het gemakkelijkst kunt beschrijven door te zeggen dat ze geremd was, maar die rem werkte twee kanten op.' Hij glimlachte vaag. 'Misschien is dat wel altijd zo. Ze is als kind misbruikt en is opgegroeid zonder haar gevoelens of liefde te kunnen uiten, dus ging ze zelf mishandelen. En het zowel actieve als passieve sym-

bool daarvan, was het heksenmasker. Het was haar omgedaan en zij heeft het haar dochter omgedaan.' Zijn ogen flitsten even naar zijn vrouw. 'De ironie is dat het ook een symbool was van haar liefde denk ik, of althans die onderbrekingen van vijandigheid die voor liefde doorgingen in het leven van Mathilda. Ze noemde Sarah haar heksenmasker en dat bedoelde ze als een compliment. Ze zei dat Sarah de enige was die ze ooit was tegengekomen die haar zonder vooroordeel tegemoet trad en haar nam zoals ze was.' Hij grinnikte beminnelijk. 'Ik heb geprobeerd uit te leggen dat dit echt niet zoiets bijzonders was – Sarah heeft veel zwakke punten, maar volgens mij is de ergste haar naïeve neiging iedereen te accepteren op zijn of haar eigen waarde – maar Mathilda wilde niet tegengesproken worden. En dat is alles wat ik weet,' eindigde hij oprecht.
Brigadier Cooper van de recherche stelde bij zichzelf vast dat Jack Blakeney vermoedelijk een van de minst oprechte mensen was die hij ooit was tegengekomen, maar hij speelde het spelletje mee om bepaald ook niet oprechte privé-redenen. 'Dank u wel, meneer. Ik heb mevrouw Gillespie nooit gekend en het is belangrijk voor me om haar karakter te begrijpen. Zou u zeggen dat ze een type was om zelfmoord te plegen?'
'Zonder twijfel. En ze zou het ook met een stanleymes hebben gedaan. Ze genoot minstens zo veel van een vertrek als van een entree. Misschien nog wel meer. Als ze ons drieën nu bezig ziet over haar verscheiden, kan ze haar geluk helemaal niet meer op. Tijdens haar leven werd er over haar gepraat omdat ze een kreng was, maar dat is niets vergeleken met de manier waarop er over haar wordt gepraat nu ze dood is. Ze zou van ieder sensationeel ogenblik hebben genoten.'
Cooper fronste zijn wenkbrauwen tegen Sarah. 'Bent u het daarmee eens, dokter Blakeney?'
'Er zit een belachelijke logica in, weet u. Ze *was* wel zo.' Ze dacht even na. 'Maar ze geloofde niet in een leven hierna of hooguit als made, en dat houdt in dat we allemaal kannibalen zijn.' Ze glimlachte om Coopers uitdrukking van walging. 'De mens sterft en wordt door maden opgegeten, de maden worden door vogels opgegeten, de vogels worden door katten opgegeten, de kat doet zijn ontlasting op de groente en wij eten de groente. Of een dergelijke variant.' Ze glimlachte weer. 'Het spijt me, maar zo zag Mathilda de dood. Waarom zou ze afbreuk aan haar laatste grote vertrek doen? Ik geloof eerlijk dat ze het zo lang mogelijk gerekt zou hebben en ondertussen zo veel mogelijk mensen zou hebben laten kronkelen.

Kijk bijvoorbeeld naar die video-opname. Waarom wilde ze er muziek en extra's aan toegevoegd hebben als die toch pas na haar dood werd vertoond? Ze wilde hem zelf nog zien en als iemand was binnengelopen terwijl ze daarmee bezig was, dan was dat wel zo mooi geweest. Het was bedoeld als een stok achter de deur voor Joanna en Ruth. Zo is het toch, hè Jack?'
'Vermoedelijk. Je hebt meestal gelijk.' Hij sprak zonder ironie. 'Over welke video hebben we het?'
Ze had vergeten dat hij hem niet had gezien. 'Mathilda's postume boodschap voor haar familie,' zei ze terwijl ze haar hoofd schudde. 'Jij zou er trouwens van genoten hebben. Ze zag eruit als Cruella Deville van *The Hundred and One Dalmatians.* Aan weerszijden zwartgeverfde vleugels, een haviksneus en als mond een scherpe streep. Buitengewoon plastisch.' Ze fronste haar wenkbrauwen. 'Waarom heb je me niet verteld dat je haar kende?'
'Je zou je ermee hebben bemoeid.'
'Hoe dan?'
'Je had wel een manier gevonden,' zei hij. 'Ik kan iemand niet schilderen wanneer jij jouw mening in mijn oor kakelt.' Hij praatte met een spottend hoog stemmetje. 'Maar ik mag haar, Jack. Ze is echt erg aardig. Ze is niet half zo slecht als iedereen zegt. Ze heeft een zacht hartje.'
'Zo praat ik nooit,' pareerde Sarah zijn opmerking.
'Je zou jezelf eens moeten horen af en toe. De donkere kant van mensen schrikt je af, dus sluit je je ogen ervoor.'
'Is dat zo verkeerd?'
Hij haalde zijn schouders op. 'Niet als je zonder emotie wilt leven.'
Ze keek hem even peinzend aan. 'Als emotie, confrontatie betekent, dan ja, dan geef ik er de voorkeur aan zonder emotie te leven. Ik heb het uiteenvallen van het huwelijk van mijn ouders meegemaakt. Ik zal mijn best doen om die ervaring niet te herhalen.'
Zijn ogen schitterden in zijn vermoeide gezicht. 'Dan schrikt je eigen donkere kant je misschien af. Is er een vuur daarbinnen dat erop wacht om onbeheerst op te laaien? Een schreeuw van frustratie die je zorgvuldig opgebouwde kaartenhuis in elkaar laat storten? Dan kun je maar beter bidden om vriendelijke briesjes en geen sterke wind, mijn engel, anders merk je dat je in een schijnwereld hebt gewoond.'
Ze gaf geen antwoord en het werd stil in de kamer, de drie aanwezigen vreemd abstract net zoals de portretten langs de muren. Het drong tot brigadier Cooper, die geboeid en als roerloos vast-

genageld in zijn stoel zat, door dat Jack Blakeney een vreselijke man was. Verslond hij iedereen op de manier waarop hij zijn vrouw verslond? *Een schreeuw van frustratie die je zorgvuldig opgebouwde kaartenhuisje in elkaar laat storten.* Cooper had zijn eigen schreeuw jarenlang onder controle gehouden, de schreeuw van een man die gevangen zit in het geploeter om eerlijkheid en verantwoordelijkheid. Waarom kon Jack Blakeney niet ook zo zijn?

Hij schraapte zijn keel. 'Heeft mevrouw Gillespie u ooit verteld wat ze met haar testament van plan was, meneer?'

Jack had Sarah ingespannen gadegeslagen. Nu keek hij weer naar de politieman. 'Niet in zoveel woorden. Ze heeft me een keer gevraagd wat ik zou doen als ik haar geld had.'

'Wat zei u toen?'

'Ik zei dat ik het uit zou geven.'

'Uw vrouw vertelde me dat u minachting voor materialisme koesterde.'

'Heel juist, dus zou ik het gebruiken om mijn spiritualiteit op te vijzelen.'

'Hoe?'

'Ik zou de hele handel aan drugs, alcohol en seks uitgeven.'

'Dat klinkt mij nogal materialistisch in de oren, meneer. Er is niets spiritueels aan het zich overgeven aan zintuiglijke genoegens.'

'Dat hangt ervan af hoe je het bekijkt. Als je stoïcijns bent, zoals Sarah, gaat de spirituele ontwikkeling via je plichts- en verantwoordelijkheidsgevoel. Als je een genotzuchtig mens bent zoals ik, hoewel ik erbij moet zeggen dat die arme oude Epicurus mij vermoedelijk niet als volgeling zou herkennen, gaat het via het voldoen van verlangens.' Hij trok geamuseerd een wenkbrauw omhoog. 'Helaas wordt er nogal met gefronste wenkbrauwen naar ons, moderne epicuristen, gekeken. Er is iets bijzonder verachtelijks aan een man die weigert zijn verantwoordelijkheden te erkennen, maar zich liever aan de fontein van plezier laaft.' Hij nam Cooper nauwkeurig op. 'Maar dat komt alleen omdat de gemeenschap uit schapen bestaat en schapen worden gemakkelijk door reclame gehersenspoeld. Ze geloven misschien niet dat een witte was van een vrouw een symbool van haar succes is, maar ze geloven wel degelijk dat hun keuken zo bacterievrij, hun glimlach zo wit, hun kinderen zo beleefd, hun man zo hard werkend en hun fatsoensnormen zo duidelijk mogelijk moeten zijn. Bij mannen is het bier. Dat moet hen ervan overtuigen dat ze stoer zijn, maar in werkelijkheid worden ze overtuigd dat ze een schone trui aan moeten trek-

ken, zich regelmatig moeten scheren, minstens drie vrienden moeten hebben, nooit dronken mogen worden en in de pub gezellig moeten praten.' Er verscheen een glimlach op zijn grimmige gezicht. 'Mijn probleem is dat ik liever volkomen high van de drugs ben en een zestien jaar oude maagd neuk, vooral als ik daarvoor haar gymnastiekbroekje langzaam heb moeten uittrekken.'
Jezus, dacht Cooper geschrokken en voelde de blik van de ander op zijn gebogen hoofd. Kon die rotzak ook gedachten lezen? Hij deed alsof hij iets in zijn aantekenboekje schreef. 'Heeft u dit ook zo plastisch aan mevrouw Gillespie uitgelegd, of heeft u het erop gehouden dat u haar geld zou uitgeven als u het bezat?'
Jack keek even naar Sarah, maar die staarde naar Mathilda's portret en keek niet op. 'Ze had een geweldige huid voor haar leeftijd. Ik geloof dat ik heb gezegd dat ik liever volkomen high van de drugs zou zijn en een oma neuken.'
Cooper die veel fatsoenlijker was dan hij wel wist, was geschokt en keek op. 'Wat zei ze toen?'
Jack genoot ervan. 'Ze vroeg me of ik haar naakt wilde schilderen. Ik zei dat ik dat wilde doen, dus trok ze haar kleren uit. Als het u interesseert, Mathilda droeg alleen haar heksenmasker toen ik mijn schetsen van haar maakte.' Hij glimlachte, zijn opmerkzame ogen zochten die van de politieman. 'Windt u dat op, brigadier?'
'Feitelijk wel,' zei Cooper neutraal. 'Was ze soms ook in bad?'
'Nee. Ze was bijzonder levend en lag in al haar glorie op bed.' Hij stond op en liep naar een kast in de hoek. 'En ze zag er trouwens verdomd goed uit.' Hij haalde een schetsblok uit de onderste la. 'Kijk maar.' Hij gooide het blok door de kamer en het fladderde op de grond voor de voeten van de politieman. 'Ga uw gang. Ze zijn allemaal van Mathilda. Een van de grootste persoonlijkheden in dit leven.'
Cooper pakte het blok op en sloeg de bladen om. Ze toonden inderdaad mevrouw Gillespie naakt op haar bed, maar een heel andere mevrouw Gillespie dan het dramatische lijk in bad of de bittere feeks met de harde mond op de video. Hij legde het blok op de grond naast zich. 'Heeft u met haar geslapen, meneer Blakeney?'
'Nee. Dat heeft ze me nooit gevraagd.'
'Zou u het hebben gedaan als ze het u hád gevraagd?' De vraag was eruit voor Cooper erover had nagedacht of het wel verstandig was. De uitdrukking op Jacks gezicht was ondefinieerbaar. 'Heeft dat iets met uw zaak te maken?'
'Ik ben geïnteresseerd in uw karakter, meneer Blakeney.'

'Juist. En wat zou het feit dat ik de uitnodiging van een oudere vrouw aanneem om met haar te slapen u dan zeggen? Dat ik pervers ben? Of dat ik uitzonderlijk meelevend ben?'
Cooper lachte even. 'Ik zou zeggen dat het een aanwijzing was dat u iets aan uw ogen moest laten doen. Zelfs in het donker kan mevrouw Gillespie nauwelijks voor een zestien jaar oude maagd zijn doorgegaan.' Hij haalde zijn sigaretten uit zijn zak. 'Mag ik?'
'Ga uw gang.' Hij schopte de prullenmand over de grond.
Cooper stak zijn sigaret met zijn aansteker aan. 'Mevrouw Gillespie heeft uw vrouw driekwart miljoen pond nagelaten, meneer Blakeney. Wist u dat?'
'Ja.'
Dat had de brigadier niet verwacht. 'Dus mevrouw Gillespie heeft u wel verteld wat ze van plan was.'
'Nee,' zei Jack en ging weer op de kruk zitten. 'Ik heb net twee heerlijke uren op Cedar House doorgebracht.' Hij staarde Sarah onaangedaan aan. 'Joanna en Ruth hebben het misplaatste idee dat ik enige invloed op mijn vrouw heb, dus doen ze hun uiterste best om aardig tegen me te zijn.'
Cooper krabde aan zijn kaak en vroeg zich af waarom dokter Blakeney dit allemaal accepteerde. De man speelde met haar zoals een weldoorvoede kat speels een klauw in een halfverminkte muis zet. Het raadsel was niet waarom ze zo plotseling van hem wilde scheiden, maar waarom ze het zo lang met hem had uitgehouden. Maar er hing een sfeer van een niet-aangenomen uitdaging, want een kat blijft slechts geïnteresseerd zolang de muis meespeelt en Cooper had sterk de indruk dat Jack het idee had dat Sarah hem in de kou liet staan. 'Wist u het vóór die tijd?'
'Nee.'
'Bent u verbaasd?'
'Nee.'
'Laten patiënten van uw vrouw haar dan vaak geld na?'
'Voor zo ver ik weet niet.' Hij grinnikte tegen de brigadier. 'Als dat zo is, heeft ze het me nooit verteld.'
'Waarom bent u dan niet verbaasd?'
'Geef me één goede reden waarom ik verbaasd zou moeten zijn. Als u me had verteld dat Mathilda haar geld aan het liefdadigheidsfonds van de politie had nagelaten of aan New Age-reizigers, dan zou me dat ook niet hebben verbaasd. Ze kon ermee doen wat ze wilde en veel plezier ermee. Maar begrijp me goed, ik ben blij dat de eer mijn *vrouw*' – hij legde een beledigende nadruk op het

woord – 'te beurt is gevallen. Het zal het aanzienlijk gemakkelijker voor mij maken. Ik vind het niet erg om toe te geven dat ik op het ogenblik een beetje krap bij kas zit.'
Sarah nam hem met een woedende blik van top tot teen op. 'Mijn god, Jack, als je eens wist hoe graag ik je een stomp in je zelfovertuigde maag zou willen geven.'
'Aha,' mompelde hij, 'eindelijk emotie.' Hij stond op en liep naar haar toe, spreidde zijn handen wijd en uitnodigend uit. 'Ga je gang. Leef je uit.'
'Volgende keer,' zei ze met op elkaar geklemde kiezen, 'sla ik het doek van Mathilda op je hoofd kapot. En dat zou zonde zijn, want het is waarschijnlijk het beste dat je ooit hebt gemaakt.' Maar dit keer verraste ze hem en schoot haar knie in zijn kruis.
'GODVERDOMME, MENS, DAT DOET PIJN!' brulde hij, greep zijn ballen beet en zakte op de kruk in elkaar. 'Ik vroeg om emotie, verdomme, niet om een castratie.'
Sarah kneep haar ogen halfdicht. 'Ik moest je toch pijn doen, idioot. Denk maar niet dat jij ooit een cent van Mathilda's geld zult krijgen. Als het aan mij ligt, krijg je in ieder geval niets van het mijne. Fifty-fifty? Vergeet het, maat. Ik verkoop de handel en geef het nog liever aan een tehuis voor zwerfkatten dan dat jij als God in Frankrijk gaat leven dankzij mijn harde werken.'
Hij stak zijn vingers in de zak van zijn spijkerbroek en haalde er een opgevouwen stukje papier uit. 'Mijn contract met Mathilda,' zei hij en gaf het haar terwijl hij zichzelf zachtjes met de andere hand betastte. 'Dat stomme, oude wijf ging de pijp uit voor ze me kon betalen, dus denk ik dat haar executeurs me tienduizend pond schuldig zijn en haar erfgenaam het schilderij krijgt. Jezus, Sarah, ik ben echt misselijk. Ik denk dat je iets kapot hebt gemaakt.'
Ze negeerde hem om te lezen wat er op het papier stond. 'Dit lijkt echt,' zei ze.
'Het *is* echt. Keith heeft het opgesteld.'
'Dat heeft hij me nooit verteld.'
'Waarom zou hij? Jij had er niets mee te maken. Ik hoop alleen dat ik een recht op de nalatenschap heb. Zoals het op het ogenblik gaat, is het contract waarschijnlijk niet rechtsgeldig omdat ze dood is.'
Sarah gaf het papier aan brigadier Cooper. 'Wat denkt u? Het zou jammer zijn als Jack gelijk had. Het is zijn tweede grote verkoop.'
Ze was echt blij voor die rotzak, dacht Cooper verbaasd. Wat een wonderlijk paar vormden ze. Hij haalde zijn schouders op. 'Ik ben

geen deskundige, maar ik heb altijd begrepen dat schulden betaald moeten worden uit de nalatenschap. Als u haar een nieuw vloerkleed had geleverd dat ze nog niet had betaald, zou de rekening vermoedelijk betaald worden. Ik zie niet in waarom dat met een schilderij anders zou zijn, vooral gezien het feit dat het onderwerp de overledene betreft. Je kunt het immers niet aan een ander verkopen?' Hij keek even naar het doek. 'Hoewel je natuurlijk wel moet bedenken dat het een probleem kan vormen om te bewijzen dat het mevrouw Gillespie is.'

'Waar zou ik dat moeten bewijzen? Voor de rechtbank?'

'Mogelijk.'

Zijn ogen glansden toen hij met zijn vingers tegen het contract knipte. 'Ik reken op jou, Sarah,' zei hij en stopte het papier weer in zijn zak.

'Om wat te doen?'

'Om de executeurs te vertellen niet te betalen, natuurlijk. Zeg maar dat je denkt dat het Mathilda niet is. Ik heb de publiciteit van een gevecht voor de rechtbank nodig.'

'Doe niet zo dom. Ik *weet* dat het Mathilda is. Als het contract rechtsgeldig is, moeten ze je betalen.'

Maar hij luisterde niet. Hij gooide zijn verf, penselen, flessen terpentine en lijnzaadolie in een weekendtas, en maakte toen het doek van Joanna Lascelles los van de ezel. 'Ik moet gaan. Luister, de rest van de spullen kan ik nog niet meenemen, want ik heb nog geen atelier gevonden, maar ik zal proberen alles eind van de week te komen halen. Is dat goed? Ik ben alleen gekomen om wat kleren te halen. Ik heb in de auto geslapen en dit spul is niet zo fris meer.' Hij liep naar de deur, zwaaide de weekendtas over zijn schouder en hield het schilderij in zijn hand.

'Een ogenblik, meneer Blakeney.' Cooper stond op en versperde hem de weg. 'Ik ben nog niet klaar met u. Waar was u op de avond dat mevrouw Gillespie overleed?'

Jack keek Sarah even aan. 'In Stratford,' zei hij koel, 'bij een actrice, een zekere Sally Benedict.'

Cooper keek niet op, likte alleen aan de punt van zijn potlood en schreef de naam op zijn blocnootje. 'En hoe kan ik die bereiken?'

'Via de RSC. Ze speelt Juliet in een van hun produkties.'

'Dank u wel. Tja, als iemand die in het bezit is van relevant bewijs, moet ik u waarschuwen dat als u van plan bent in uw auto te blijven slapen, u verzocht zal worden u iedere dag op het politiebureau te melden, want als u dat niet doet, zal ik genoodzaakt zijn een aan-

houdingsbevel aan te vragen. We hebben ook uw vingerafdrukken nodig, zodat we die van de rest kunnen onderscheiden die we in Cedar House hebben gevonden. Er komt woensdagochtend een team naar Fontwell om vingerafdrukken te nemen, maar als u verhinderd bent, zal ik regelingen moeten treffen dat u naar het bureau kunt komen.'
'Ik zal er zijn.'
'En waar verblijft u inmiddels, meneer?'
'Per adres mevrouw Joanna Lascelles, Cedar House, Fontwell.' Hij schopte de deur naar de gang open en liep door de deuropening. Dat had hij duidelijk vaker gedaan te zien aan de deuken en krassen op de verf.
'Jack!' riep Sarah.
Hij draaide zich om en keek haar met vragend opgetrokken wenkbrauwen aan.
Ze knikte naar het portret van Mathilda. 'Gefeliciteerd.'
Hij schonk haar een wonderlijke, intieme glimlach voor hij de deur achter zich liet dichtvallen.
De twee mensen die in het atelier achterbleven, luisterden naar zijn voetstappen op de trap toen hij op zoek ging naar kleren. 'Hij is wel wat excentriek, hè?' zei Cooper en trok peinzend aan zijn sigaret.
'Een van de grootste persoonlijkheden in dit leven,' zei Sarah en herhaalde bewust Jacks beschrijving van Mathilda, 'en erg moeilijk om mee te leven.'
'Dat begrijp ik.' Hij boog zich voorover om zijn peuk tegen de rand van de prullenmand uit te drukken. 'Maar net zo moeilijk om *zonder* te leven, denk ik zo. Hij laat een soort vacuüm achter.'
Ze wendde zich van hem af en keek het raam uit. Er was natuurlijk niets te zien – het was nu erg donker buiten – maar de politieman zag haar spiegelbeeld in het glas net zo duidelijk alsof het een spiegel betrof. Hij bedacht dat het beter was geweest als hij zijn mond had dichtgehouden, maar de openhartige sfeer die rondom de Blakeney's hing, werkte aanstekelijk.
'Hij is niet altijd zo,' zei Sarah. 'Hij is niet vaak zo toeschietelijk, maar ik weet niet zeker of dat voor u of voor mij was.' Ze zweeg en was zich ervan bewust dat ze hardop dacht.
'Voor u, natuurlijk.'
Ze hoorden de voordeur opengaan. 'Waarom "natuurlijk"?'
'Ik heb hem niet gekwetst.'
Ze keken elkaar in het weerkaatsende vensterglas aan.
'Het leven is niet gemakkelijk, hè, brigadier?'

Joanna's eisen ten opzichte van mijn portemonnee beginnen onverzadigbaar te worden. Ze zegt dat het mijn schuld is dat ze geen baan kan vinden, mijn schuld dat haar leven zo leeg is, mijn schuld dat ze met Steven moest trouwen en ook mijn schuld dat ze met een baby opgezadeld werd die ze niet wilde. Ik heb er van af gezien om haar duidelijk te maken dat ze niet wist hoe snel ze het bed van die jood in moest komen, of dat er al jaren voor zij zich zwanger liet maken een pil bestond. Ik kreeg zin om de ellende op te sommen die ik heb doorgemaakt – incestueuze verkrachting door mijn oom, een huwelijk met een perverse alcoholist, een tweede zwangerschap toen ik de eerste nauwelijks achter de rug had en de moed die het vergde om uit mijn bodemloze put te klauteren die zij zich met geen mogelijkheid kan voorstellen. Ik heb het natuurlijk niet gedaan. Ze jaagt me al voldoende schrik aan met haar kille afkeer van mij en Ruth. Ik moet er niet aan denken hoe ze zou reageren als ze ooit te weten kwam dat Gerald haar vader was.
Ze zegt dat ik een vrek ben. Nou, misschien ben ik dat wel. Geld is een goede vriend van me geweest en ik bewaak het net zo fel als anderen hun geheimen bewaken. God weet dat ik ieder vezeltje sluwheid dat ik bezit, heb moeten gebruiken om het te pakken te krijgen. Als er zakken in lijkwades zaten, zou ik het meenemen en 'ter helle, leenmansplicht!'. Wij zijn onze kinderen niets schuldig, maar zij zijn ons iets schuldig. Het enige dat ik jammer vind van doodgaan is dat ik Sarahs gezicht niet zal zien wanneer ze hoort wat ik haar heb nagelaten. Dat zou wel vermakelijk zijn, denk ik.
Die oude Howard haalde Hamlet vandaag voor me aan:
'We gaan een nietig plekje grond verov'ren,
Dat, ja, een naam bezit, maar waarde niet.' Ik lachte – o, hij is een bijzonder vermakelijk oud monster soms – en antwoordde uit De Koopman: *Die weltevreden is, is wel betaald…'*

Zeven

Violet Orloff liep naar haar man die in de zitkamer naar het vroege avondnieuws op de televisie zat te kijken. Ze zette het geluid wat zachter en plaatste haar hoekige figuur voor het scherm.
'Ik zat daarnaar te kijken,' zei hij op licht verwijtende toon.
Ze nam er geen notitie van. 'Die afschuwelijke vrouwen hiernaast stonden als viswijven tegen elkaar te schreeuwen en ik kon ieder woord verstaan. We hadden de raad van die expert moeten volgen en op een dubbele geluiddichte wand moeten staan. Wat gaat er gebeuren wanneer het aan een stel hippies wordt verkocht of mensen met kleine kinderen? Dan worden we *gek* gemaakt van de herrie.'
'Wacht het eerst maar af,' zei Duncan en vouwde zijn mollige handen op zijn brede schoot. Hij begreep nooit hoe het kwam dat de oude dag die hem een serene rust had geschonken, Violet alleen maar tot agressieve frustratie bracht. Hij voelde zich er schuldig over. Hij wist dat hij haar nooit had moeten terugbrengen om zo dicht naast Mathilda te wonen. Het was alsof je een madeliefje naast een orchidee zette en dan naar vergelijkingen zocht.
Ze keek hem dreigend aan. 'Je kunt me soms zo nijdig maken. Als we afwachten is het te laat om nog iets te doen. Ik denk dat we moeten eisen dat er iets gebeurt *voor* het verkocht wordt.'
'Ben je vergeten dat we ons dit huis alleen maar konden veroorloven omdat er geen geluiddichte muur was en Mathilda vijfduizend pond wilde aftrekken toen de expert op dit gebrek wees?' hielp hij haar vriendelijk herinneren. 'We bevinden ons niet direct in een positie om iets te eisen.'
Maar ze was niet bereid om eisen te bespreken. 'Viswijven,' zei ze weer, 'dat staat te schreeuwen tegen elkaar. De politie denkt nu blijkbaar dat Mathilda is *vermoord.* En weet je hoe Ruth haar moeder noemde? Een hoer. Ze zei dat ze wist dat haar moeder een hoer was in Londen. Nog *erger* eigenlijk. Ze zei dat Joanna een' – haar stem daalde tot gefluister terwijl haar lippen met overdreven bewegingen de woorden uitspraken – 'een *verdomde* hoer was.'

'Goeie god,' zei Duncan Orloff die uit zijn serene stemming opschrok.
'Precies. En Mathilda dacht dat Joanna gek was en dat ze heeft geprobeerd Ruth te vermoorden en ze geeft al haar geld uit aan iets waaraan ze het niet zou moeten uitgeven en het ergste van alles is dat Ruth in huis was op de avond dat Mathilda overleed en ze heeft Mathilda's oorbellen weggenomen. *En*,' zei ze met bijzondere nadruk alsof ze niet al ettelijke keren 'en' had gezegd, 'Ruth heeft ook nog andere dingen gestolen. Ze hebben daar blijkbaar niets van tegen de politie gezegd. Ik denk dat we het moeten melden.'
Hij keek een beetje geschrokken. 'Hebben wij er dan eigenlijk iets mee te maken, lieverd? We moeten hier tenslotte blijven wonen. Ik zou het akelig vinden als er nog meer narigheid van kwam.' Duncans serene wereld, die buitenstaanders eerder ongeïnteresseerd zouden noemen, was veertien dagen geleden opgeschrikt door het gegil van Jenny Spede en dat was bijzonder enerverend geweest.
Ze staarde hem met listige oogjes aan. 'Je hebt al die tijd geweten dat het moord was, hè? *En* je weet wie het heeft gedaan.'
'Doe niet zo belachelijk,' zei hij heviger geschrokken.
Ze stampte boos met haar voet op de grond. 'Waarom blijf je me toch als een kind behandelen? Denk je dat ik het niet *weet?* Ik weet het al veertig jaar, stommerd. Arme Violet. Ze is maar tweede keus. Wat heeft ze je verteld, Duncan?' Ze kneep haar ogen half-dicht. 'Ze heeft je *iets* verteld. Dat weet ik.'
'Je hebt weer gedronken,' zei hij koud.
'Je hebt Mathilda nooit van drinken beschuldigd, maar ja, *die* was volmaakt. Zelfs dronken was Mathilda volmaakt.' Ze wankelde een klein beetje. '*Ga* je nog vertellen wat ze zeiden? Of moet ik het doen? Als Joanna of Ruth haar heeft vermoord, verdienen ze het niet dat ze ermee wegkomen. Ik hoop niet dat je gaat zeggen dat het je niet kan schelen. Ik *weet* dat het je iets kan schelen.'
Natuurlijk kon het hem schelen – alleen voor Violet voelde hij een doffe onverschilligheid – maar had ze geen gevoel voor zelfbehoud? 'Ik neem niet aan dat Mathilda voor de lol is vermoord,' zei hij en bleef haar even aankijken, 'dus zou ik erop willen aandringen dat je erg voorzichtig bent in wat je zegt en hoe je het zegt. Ik denk dat het trouwens beter is als je het aan mij overliet.' Hij reikte langs haar heen om het geluid van de televisie weer harder te zetten. 'Het weerbericht,' legde hij uit en wuifde haar met een ernstig gezicht opzij, alsof de drukgebieden boven het Britse koninkrijk van enig

belang waren voor een dikke, pafferige, oude man die nooit uit zijn leunstoel kwam als hij dat enigszins kon vermijden.

Ruth maakte met een norse uitdrukking in haar donkere ogen de deur open voor Jack. 'Ik hoopte dat je niet terug zou komen,' zei ze botweg. 'Ze krijgt altijd haar zin.'
Hij grinnikte tegen haar. 'Ik ook.'
'Weet je vrouw dat je hier bent?'
Hij liep langs haar de gang in, plaatste het doek met Joanna erop tegen een muur en zette de weekendtas neer. 'Gaat dat jou iets aan?'
Ze haalde haar schouders op. 'Zij heeft het geld. We verliezen allemaal als jij en mam haar tegen de haren instrijken. Jullie moeten gek zijn.'
Hij vond het vermakelijk. 'Verwacht je dat ik nu uit Sarahs hand eet zodat jij er de rest van je leven je gemak van kunt nemen? Vergeet het maar, lieverd. De enige uit wiens hand ik eet, ben ikzelf.'
'Noem me geen lieverd,' snauwde ze.
Hij kneep zijn ogen halfdicht. 'Beoordeel me dan niet volgens je eigen maatstaven. Ruth, ik zou je willen aanraden om wat subtieler te worden. Er is geen grotere afknapper dan een tactloze vrouw.'
Ondanks al haar ogenschijnlijke volwassenheid, was ze nog een kind. Haar ogen schoten vol tranen. 'Ik haat je.'
Hij keek haar even aan, en ging toen op zoek naar Joanna.

Niemand zou Joanna van tactloosheid beschuldigen. Ze was een vrouw bij wie woorden te kort schoten, zowel in woorden, kleding als actie. Ze zat nu in de gedempt verlichte zitkamer met een open boek op haar schoot, een onbewogen gezicht en haar haren vormden een zilveren stralenkrans in het licht van de tafellamp. Haar ogen flitsten in de richting van Jack toen hij de kamer binnenkwam, maar ze zei niets, gebaarde alleen naar de bank waar hij op kon gaan zitten. Hij bleef liever bij de schoorsteenmantel naar haar staan kijken. Als hij aan haar dacht, dacht hij aan ijs: gletsjer, verblindend, statisch.
'Waar denk je aan?' vroeg ze na een paar minuten stilte.
'Dat Mathilda gelijk had wat jou betreft.'
Er lag geen uitdrukking in haar grijze ogen. 'In welk opzicht precies?'
'Ze zei dat je een raadsel was.'
Ze glimlachte vaag, maar zei niets.

'Ik mocht haar, hoor,' ging Jack even later verder.
'Dat zal wel. Ze minachtte vrouwen, maar keek op tegen mannen.'
Daar zat veel in, bedacht Jack. 'Maar ze mocht Sarah ook.'
'Denk je dat?'
'Ze heeft haar driekwart miljoen pond nagelaten. Ik zou zo zeggen dat dat een aardige indicatie was dat ze haar mocht.'
Joanna leunde met haar hoofd tegen de achterkant van de bank en staarde hem met een onthutsend doordringende blik aan. 'Ik dacht dat je mijn moeder beter kende. Ze *mocht* niemand. En waarom ken je haar een dergelijk wereldse motief toe? Ze zou een nalatenschap van driekwart miljoen pond in termen van de macht die het haar bezorgde zien, niet als een sentimentele gift aan iemand die lief tegen haar was geweest. Moeder is nooit van plan geweest om dat testament door te zetten. Het was een soort toneelstuk, dat Ruth en ik moesten zien. Geld verschaft net zo goed macht als je ermee dreigt het in te houden.'
Jack wreef peinzend over zijn kaak. Sarah had iets dergelijks gezegd. 'Maar waarom Sarah? Waarom liet ze het niet aan een hondenasiel na? Dat zou hetzelfde doel gediend hebben.'
'Dat heb ik me ook afgevraagd,' mompelde ze, haar ogen dwaalden naar het raam. 'Ik denk dat ze een nog grotere hekel aan jouw vrouw had dan aan mij. Denk je dat Ruth en ik ons rustig gehouden hadden als we die video hadden gezien toen mijn moeder nog leefde?' Ze streek ritmisch met haar hand over haar arm heen en weer terwijl ze sprak. Het was een bijzonder sensueel gebaar, maar ze scheen zich er niet bewust van te zijn. Ze keek weer op om Jack aan te kijken. Haar ogen stonden vreemd glazig. 'Je vrouw zou zich in een onhoudbare positie hebben bevonden.'
'Wat zou je gedaan hebben?' vroeg Jack nieuwsgierig.
Joanna glimlachte. 'Niet veel. Je vrouw zou binnen een half jaar al haar patiënten zijn kwijtgeraakt wanneer het bekend was geworden dat ze een rijke patiënte had overgehaald haar hele erfenis aan haar na te laten. Ze raakt ze trouwens toch kwijt.'
'Waarom?'
'Moeder is onder verdachte omstandigheden overleden en jouw vrouw is de enige die voordeel bij haar dood heeft.'
'Sarah heeft Mathilda niet vermoord.'
Joanna glimlachte bij zichzelf. 'Vertel dat de mensen van Fontwell maar.' Ze stond op en streek haar zwarte jurk glad over haar platte buik. 'Ik ben zo ver,' zei ze.
Hij fronste zijn wenkbrauwen. 'Waarvoor?'

'Seks,' zei ze nonchalant. 'Daar ben je toch voor gekomen. We nemen moeders kamer. Ik wil dat je met me vrijt zoals je met haar hebt gevreeën.' Haar wonderlijke ogen bleven op hem rusten. 'Je zult er met mij veel meer van genieten, hoor. Moeder hield niet van seks, maar ik neem aan dat je dat zelf wel hebt gemerkt. Ze deed het nooit voor haar plezier, alleen om er beter van te worden. Ze vond dat gestoot van een man walgelijk. Ze zei dat het haar aan honden deed denken.'
Jack vond dat een boeiende opmerking. 'Ik dacht dat je zei dat ze tegen mannen opkeek?'
Joanna glimlachte. 'Alleen omdat ze wist hoe ze die moest manipuleren.'

Het nieuws dat Mathilda Gillespie dokter Blakeney driekwart miljoen pond had nagelaten, ging als een lopend vuurtje door het dorp. De verhalen kwamen los na de ochtenddienst op zondag, maar het bleef een raadsel wie er precies mee was begonnen. Er was echter geen twijfel aan dat Violet Orloff het interessante nieuwtje had losgelaten dat Jack Blakeney onderdak had gekregen in Cedar House. Zijn auto was de hele zaterdagnacht op het grindpad blijven staan en het leek erop alsof die daar zou blijven staan. De tongen begonnen zich te roeren.

Jane Marriott zorgde ervoor een neutrale uitdrukking op haar gezicht te houden toen Sarah op woensdag onverwacht rond lunchtijd verscheen. 'Ik had je niet verwacht,' zei ze. 'Moet je niet onderweg zijn naar Beeding?'
'Ik moest mijn vingerafdrukken laten nemen in het parochiehuis.'
'Koffie?'
'Ik neem aan dat je het gehoord hebt. Iedereen heeft het gehoord.'
Jane zette water op. 'Over het geld of over Jack?'
Sarah lachte zonder vrolijkheid. 'Dat maakt het leven veel gemakkelijker. Ik heb net een uur voor het parochiehuis in de rij staan luisteren naar wenken met de voorhamer van mensen die jaren geleden al de diagnose van hersendood hadden moeten krijgen. Zal ik je vertellen wat de huidige denktrant schijnt te zijn? Jack is bij me weg en bij Joanna ingetrokken omdat hij net zo geschokt is als alle anderen dat ik mijn positie als Mathilda's huisarts heb gebruikt om haar over te halen voor mij haar plicht jegens haar familie te vergeten. Dat is dan dezelfde Jack Blakeney die vorige week nog met liefde door iedereen werd gehaat omdat hij zich door zijn arme vrouw liet onderhouden.'

'Och jé,' zei Jane.
'Straks zeggen ze nog dat ik die ouwe heks heb vermoord voor ze haar testament weer kon veranderen.'
'Nou en of,' zei Jane kalm. 'Je hoeft je hoofd echt niet in het zand te steken.'
'Dat meen je niet.'
Jane gaf haar een kopje zwarte koffie. 'Ik meen het wel, lieverd. Vanochtend zaten twee patiënten het in de wachtkamer te bespreken. Het gaat ongeveer zo: niemand van de plaatselijke bewoners had redenen om Mathilda het afgelopen jaar meer dan gebruikelijk te haten, dus niemand van hen zal haar vermoord hebben. Daarom moet het een nieuweling zijn en jij bent de enige nieuweling met een motief die toegang tot haar had. Je man is bang voor zijn eigen leven en dat van mevrouw Lascelles en is bij haar ingetrokken om haar te beschermen. Ruth is veilig omdat ze op school is. En ten slotte, niet te vergeten, waarom is Victor Sturgis onder zulke vreemde omstandigheden overleden?'
Sarah staarde haar aan. 'Je meent het *echt*, hè?'
''k Ben bang van wel.'
'Begrijp ik het goed dat ik Victor ook vermoord moet hebben?'
Jane knikte.
'Hoe? Heb ik hem in zijn gebit laten stikken?'
'Dat schijnt de heersende mening te zijn.' Janes ogen begonnen te schitteren door een plotselinge lachbui. 'Och jé, ik zou niet moeten lachen, echt waar niet. Die arme, oude vent, het was erg genoeg dat hij het zelf heeft ingeslikt, maar het idee dat jij met een drieënnegentigjarige aan het worstelen bent om zijn gebit door zijn strot te duwen' – ze zweeg even om haar ogen af te vegen – 'ik moet er niet aan denken. De wereld zit vol erg domme en jaloerse mensen, Sarah. Die misgunnen je je geluk.'
Sarah overwoog dit. 'Denk je dat ik geluk heb?'
'Goeie god, ja. Het is hetzelfde als de voetbaltoto winnen.'
'Wat zou jij met het geld doen als Mathilda het aan jou had nagelaten?'
'Een cruise gaan maken. De wereld bekijken voor die onder het gewicht van zijn eigen vervuiling wegzakt.'
'Dat schijnt de meest populaire keus te zijn. Het moet te maken hebben met het feit dat we een eiland zijn. Iedereen wil eraf.' Ze roerde met het topje van haar vinger in haar koffie en likte het afwezig af.
Jane was razend nieuwsgierig. 'Wat ga je ermee doen?'

Sarah zuchtte. 'Gebruiken om een fatsoenlijke advocaat in de arm te nemen, denk ik zo.'

Brigadier Cooper van de recherche stopte die avond onderweg naar huis voor Mill House. Sarah bood hem een glas wijn aan dat hij aannam. 'We hebben een brief over u gehad,' vertelde hij haar terwijl ze de wijn inschonk.
Ze gaf hem het glas. 'Van wie?'
'Niet ondertekend.'
'Wat staat erin?'
'Dat u een oude man heeft vermoord. Een zekere Victor Sturgis, vanwege zijn walnotenbureau.'
Sarah trok een wrang gezicht. 'Hij heeft me inderdaad zijn bureau nagelaten en het is een heel mooi bureau ook nog. De directrice van het verzorgingstehuis heeft het me na zijn dood gegeven. Ze zei dat hij wilde dat ik het kreeg. Ik was er erg door geroerd.' Ze trok vermoeid haar wenkbrauwen op. 'Staat er in hoe ik hem heb vermoord?'
'U heeft hem laten stikken.'
'Het klopt op een vreemde manier wel. Ik probeerde zijn gebit uit zijn keel te wurmen. Die arme kerel had het ingeslikt toen hij in zijn stoel indutte.' Ze zuchtte. 'Maar hij was dood voor ik zelfs maar begon. Ik had een vage hoop op mond-op-mond-beademing als ik zijn luchtweg maar vrij kon krijgen. Ik denk dat het er van een afstand uitgezien kan hebben alsof ik hem smoorde.'
Cooper knikte. Hij had het verhaal grondig nagetrokken. 'We hebben een paar brieven gehad trouwens en ze gaan niet allemaal over u.' Hij haalde een envelop uit zijn zak en gaf die aan haar. 'Dit is de interessantste. Kijk maar of u er iets van kunt maken.'
'Mag ik hem aanraken?' vroeg ze aarzelend. 'Hoe zit dat met vingerafdrukken?'
'Nou, dat is op zichzelf al interessant. De schrijver had handschoenen aan.'
Ze haalde de brief uit de envelop en legde hem op tafel. Hij was geschreven in grote blokletters:

> RUTH LASCELLES WAS IN CEDAR HOUSE OP DE DAG DAT MEVROUW GILLESPIE OVERLEED. ZE HEEFT EEN PAAR OORBELLEN GESTOLEN. JOANNA WEET DAT ZE DIE HEEFT WEGGENOMEN. JOANNA LASCELLES IS EEN PROSTITUÉE IN LONDEN. VRAAG HAAR WAAR ZE HAAR GELD AAN BESTEEDT.

VRAAG HAAR WAAROM ZE PROBEERDE HAAR DOCHTER TE VERMOORDEN. VRAAG HAAR WAAROM MEVROUW GILLESPIE DACHT DAT ZE GEK WAS.

Sarah draaide de envelop om om naar het stempel te kijken. Hij was in Learmouth gepost. 'En u heeft geen idee wie het heeft geschreven?'

'Geen idee.'

'Het kan niet waar zijn. U heeft me zelf verteld dat Ruth onder het waakzame oog van haar mentrix op school was.'

Hij keek geamuseerd. 'Zoals ik u al zei, hecht ik nooit veel waarde aan alibi's. Als die jongedame ervandoor wilde, denk ik niet dat haar mentrix haar daarvan heeft kunnen weerhouden.'

'Maar Southcliffe ligt vijftig kilometer verderop,' protesteerde Sarah. 'Ze kan hier niet zonder auto gekomen zijn.'

Hij veranderde van onderwerp. 'Hoe zit dat met die verwijzing naar krankzinnigheid? Heeft mevrouw Gillespie ooit iets tegen u gezegd dat haar dochter gek was?'

Ze dacht hier even over na. 'Gek zijn is een relatief begrip, buiten de context zegt het niets.'

Hij was onverstoorbaar. 'Dus mevrouw Gillespie heeft het er wel eens over gehad?'

Sarah gaf geen antwoord.

'Vooruit, dokter Blakeney. Het is uw patiënte niet, dus u schendt geen vertrouwen. En laat ik u nog iets vertellen , ze doet u op het ogenblik ook geen plezier, hoor. Volgens haar moest u de oude dame verdomd snel vermoorden voor ze tijd had haar testament te herzien en ze houdt haar verdachtmakingen niet voor zich.'

Sarah gleed met haar vinger om het wijnglas. 'Het enige dat Mathilda er ooit over heeft gezegd was dat haar dochter labiel was. Ze zei dat Joanna er niets aan kon doen, maar dat het aan de onverenigbaarheid van Mathilda's genen en die van Joanna's vader lag. Ik zei toen dat ze onzin kletste, ik wist niet dat Joanna's vader Mathilda's oom was. Ik denk dat ze zich zorgen maakte over de problemen van recessieve genen, maar aangezien we er niet verder op doorgegaan zijn, kan ik ook niet meer met zekerheid zeggen.'

'Met andere woorden, inteelt?'

Sarah gaf met een licht schouderophalen toe. 'Vermoedelijk.'

'Mag u mevrouw Lascelles?'

'Ik ken haar nauwelijks.'

'Uw man schijnt goed met haar overweg te kunnen.'

'Dat is een trap onder de gordel, brigadier.'
'Ik begrijp niet waarom u de moeite nog neemt om haar te verdedigen. Ze ontziet u ook allesbehalve.'
'Geeft u haar ongelijk?' Ze leunde met haar kin op haar hand. 'Hoe zou u zich voelen als u binnen een paar weken ontdekte dat u het produkt van een incestueuze relatie was, dat uw vader zelfmoord had gepleegd met een overdosis slaappillen, dat uw moeder op gewelddadige wijze om het leven was gekomen, hetzij door zelfmoord, hetzij door het werk van een moordenaar en dat als klap op de vuurpijl de zekerheid waar u aan gewend was, op het punt staat weggesnaaid te worden om aan een volkomen vreemde gegeven te worden? Ik vind haar, gezien de omstandigheden, opvallend normaal.'
Hij nam een slok uit zijn glas. 'Weet u iets over het feit dat ze een prostituée is?'
'Nee.'
'Of waar ze haar geld aan uitgeeft?'
'Nee.'
'Enig idee?'
'Daar heb ik niets mee te maken. Waarom vraagt u het haar niet?'
'Dat heb ik gedaan. Ze vertelde me dat ik me met mijn eigen zaken moest bemoeien.'
Sarah grinnikte. 'Dat had ik ook gezegd.'
Hij staarde haar aan. 'Heeft iemand u ooit verteld dat u te goed voor deze wereld bent, dokter Blakeney?' Er klonk een vleug sarcasme in zijn woorden.
Ze hield stand onder zijn blik, maar zei niets.
'Vrouwen in uw positie rijden met de auto van hun man door de voordeur van hun rivale, of ze nemen een kettingzaag om het meubilair van de rivale te ruïneren. Ze voelen tenminste een felle verbittering. Waarom voelt u die niet?'
'Ik ben bezig mijn kaartenhuis overeind te zetten,' zei ze cryptisch. 'Neemt u nog wat wijn.' Ze schonk haar eigen glas vol en toen het zijne. 'Dit is geen slechte. Australische Shiraz en niet zo duur.'
Hij had de indruk dat Joanna Lascelles de minst raadselachtige van deze twee vrouwen was. 'Zou u zeggen dat u en mevrouw Gillespie bevriend waren?' vroeg hij.
'Natuurlijk.'
'Waarom "natuurlijk"?'
'Ik noem iedereen die ik goed ken een vriend of vriendin.'
'Ook mevrouw Lascelles.'

'Nee. Die heb ik pas twee keer ontmoet.'
'Je zou het niet denken als je u hoorde.'
Ze grinnikte. 'Ik sta sympathiek tegenover haar, brigadier, net zoals ik dat tegenover Ruth en Jack sta. U voelt zich bij geen van ons op uw gemak. Joanna of Ruth had het kunnen doen als ze niet hadden geweten dat het testament was veranderd, Jack of ik had het kunnen doen, als we het wel geweten hadden. Op het eerste gezicht lijkt Joanna de meest waarschijnlijke en daarom blijft u me vragen over haar stellen. Ik denk dat u haar tamelijk grondig aan de tand hebt gevoeld wanneer ze voor het eerst hoorde wie haar vader was, dus u weet wel dat ze haar moeder dreigde er ruchtbaarheid aan te geven?' Ze keek hem vragend aan en hij knikte. 'En u denkt dat Mathilda er op dat ogenblik genoeg van kreeg en heeft gezegd: nog meer van dat soort dreigementen en ik onterf je helemaal. Dus Joanna stopt haar moeder onder de slaapmiddelen en snijdt de polsen van de oude dame door, zich onbewust van het feit dat Mathilda haar testament al had veranderd.'
'Waarom denkt u dat ik geen vrede heb met dat scenario?'
'U heeft me verteld dat Joanna die avond in Londen was.'
Hij haalde zijn schouders op. 'Haar alibi is erg zwak. Het concert eindigde om halftien en dat betekent dat ze meer dan genoeg tijd had om hiernaar toe te rijden en haar moeder te vermoorden. De patholoog-anatoom schat de tijd van de dood ergens tussen negen uur zaterdagavond en drie uur zondagochtend.'
'Wat denkt hijzelf?'
'Voor middernacht,' gaf Cooper toe.
'Dan zal haar advocaat er geen draad van heel laten. In ieder geval zou Mathilda de moeite niet hebben genomen om te doen alsof. Ze zou Joanna ronduit hebben gezegd dat ze haar testament had veranderd.'
'Misschien geloofde mevrouw Lascelles haar niet.'
Sarah wuifde dat glimlachend weg. 'Mathilda vertelde altijd de waarheid. Daarom had iedereen een hekel aan haar.
'Misschien vermoedde mevrouw Lascelles alleen maar dat haar moeder haar testament wilde veranderen.'
'Dat zou geen verschil gemaakt hebben wat Joanna betreft. Ze was bezig het codicil van haar vaders testament te gebruiken om haar moeder voor het gerecht te slepen. In dat stadium deed het er geen fluit toe aan wie Mathilda het geld naliet, niet als Joanna kon bewijzen dat ze er om te beginnen geen recht op had.'
'Misschien is het niet om geld gedaan. Je blijft je afvragen wat de

betekenis van het heksenmasker is. Misschien nam mevrouw Lascelles wraak.'
Maar Sarah schudde haar hoofd. 'Ze zag haar moeder zelden. Ik geloof dat Mathilda zei dat ze het afgelopen jaar één keer bij haar was geweest. Het moet een uitzonderlijke woede geweest zijn die zich tijdens zo'n lange afkoelingsperiode in die mate in stand kon houden.
'Niet als mevrouw Lascelles labiel is,' mompelde Cooper.
'Mathilda is niet in woede vermoord,' zei Sarah langzaam. 'Het is allemaal uiterst zorgvuldig gedaan, zelfs tot en met de bloemen. U zei zelf dat die bloementooi moeilijk na te bootsen was zonder hulp.'
De brigadier dronk zijn glas leeg en stond op. 'Mevrouw Lascelles werkt free-lance voor een bloemist in Londen. Ze is gespecialiseerd in bruidsboeketten en kransen. Ik denk niet dat ze veel problemen met wat brandnetels en madeliefjes zal hebben.' Hij liep naar de deur. 'Goedenavond, dokter Blakeney. Ik kom er zelf wel uit.'
Sarah staarde in haar wijnglas terwijl ze luisterde naar zijn galmende voetstappen in de gang. Ze had wel willen schreeuwen, maar was te bang om het te doen. Haar kaartenhuis had nog nooit zo kwetsbaar geleken.

Er school een bewuste erotiek in iedere beweging die Joanna maakte en Jack vermoedde dat ze eerder model had gestaan, vermoedelijk voor foto's. Om het geld of uit zelfbevrediging? Hij dacht het laatste. Haar ijdelheid was gigantisch.
Ze was geobsedeerd van Mathilda's bed en Mathilda's slaapkamer, en imiteerde de houding van haar moeder tegen de opgestapelde kussens. Maar de tegenstelling tussen de twee vrouwen was onvoorstelbaar. Mathilda's seksualiteit was vriendelijk en beheerst geweest, hoofdzakelijk omdat ze er geen interesse in had; Joanna was mechanisch en opdringerig alsof dezelfde visuele stimulansen alle mannen te allen tijde op dezelfde manier konden opwinden. Jack kon niet zeggen of ze toneelspeelde uit verachting voor hem of uit verachting voor mannen in het algemeen.
'Is je vrouw preuts?' wilde ze abrupt weten na een lange periode van zwijgend schetsen.
'Waarom vraag je dat?'
'Omdat mijn manier van doen je choqueert.'
Hij was geamuseerd. 'Sarah heeft een heel open en gezond libido

en wat jij doet, choqueert me niet, maar het is beledigend. Ik heb er bezwaar tegen gecatalogiseerd te worden als het soort man dat opgewonden kan worden door een goedkope pornografische houding.'
Ze keek de andere kant op naar het raam en was op een vreemde manier geheel in zichzelf verzonken terwijl haar lichte ogen nergens in het bijzonder naar keken. 'Vertel me dan wat Sarah doet om je op te winden,' zei ze ten slotte.
Hij bestudeerde haar even met een onpeilbare blik. 'Ze is geïnteresseerd in wat ik met mijn werk probeer te bereiken. Dat windt me op.'
'Daar heb ik het niet over. Ik heb het over seks.'
'Aha,' zei hij verontschuldigend, 'dan hebben we het over verschillende dingen. *Ik* had het over liefde.'
'Wat vreselijk zoetelijk.' Ze lachte even. 'Je zou haar moeten haten, Jack. Ze moet iemand anders hebben gevonden anders had ze jou er niet uitgezet.'
'Haat is te alomtegenwoordig,' zei hij zachtzinnig. 'Dan is er geen plaats meer voor iets anders.' Met een knip van zijn vingers gooide hij een uitgescheurde bladzijde uit zijn schetsblok naar haar toe en keek hoe die op bed naast haar neerdwarrelde. 'Lees dat,' nodigde hij haar uit. 'Als het je interesseert, dat is mijn beoordeling van jouw karakter na drie keer poseren. Ik schrijf mijn indrukken op zoals ze zich voordoen.'
Met een opmerkelijk gebrek aan nieuwsgierigheid – de meeste vrouwen zouden er met enthousiasme naar gegrepen hebben, bedacht hij – pakte ze het op en wierp een korte blik op beide zijden van het papier. 'Er staat niets op.'
'Precies.'
'Wat goedkoop.'
'Ja,' was hij met haar eens, 'maar je geeft me niets om te schilderen.' Hij stak haar het schetsblok toe. 'Ik doe geen glanzende naaktmodellen en tot nu toe is dat het enige dat je me hebt geboden, afgezien van een saaie en ononderbroken voorstelling van een Elektra-complex, of juister gezegd een half Elektra-complex. Er is geen band met een vader, alleen een dwangmatige vijandigheid ten opzichte van een moeder. Je hebt sinds ik hier ben nergens anders over gesproken.' Hij haalde zijn schouders op. 'Zelfs je dochter komt nergens voor. Je hebt het arme kind niet een keer genoemd sinds ze is teruggegaan naar school.'
Ze stapte van het bed af, hulde zich in haar ochtendjas en liep naar het raam. 'Je begrijpt het niet,' zei ze.

'O, ik begrijp het wel,' mompelde hij. 'Je kunt een oplichter niet beduvelen, Joanna.'
Ze fronste haar wenkbrauwen. 'Waar heb je het over?'
'Over een van de grootste ego's die ik ooit ben tegengekomen, en god weet dat ik daarover kan oordelen. Je mag de rest van de wereld wijsmaken dat Mathilda je onrechtvaardig heeft behandeld, maar mij niet. Je hebt haar je leven lang beduveld' – hij wees met een vinger naar haar – 'hoewel je tot voor kort vermoedelijk niet wist waarom je dat zo goed kon.'
Ze zei niets.
'Ik gok dat je jeugd één grote woedebui was die Mathilda in toom probeerde te houden met het heksenmasker. Klopt dat?' Hij zweeg even. 'En toen? Je was vermoedelijk intelligent genoeg om een manier te vinden haar daarmee op te laten houden.'
Haar toon was ijzig. 'Ik was doodsbang voor dat afschuwelijke ding. Iedere keer wanneer ze het te voorschijn haalde, joeg ze me de stuipen op het lijf!'
'Geen kunst aan,' zei hij geamuseerd. 'Dat heb ik zelf als kind ook gedaan als het me uitkwam. Dus hoe oud was je toen je daarachter kwam?'
Haar vreemde gefixeerde blik bleef op hem hangen, maar hij voelde de toenemende onrust die eronder lag. 'De enige keer dat ze me ooit enige genegenheid heeft getoond, was wanneer ze het heksenmasker over mijn hoofd trok. Dan legde ze haar armen om me heen en wreef met haar wang tegen het raamwerk. "Arm liefje," zei ze dan. "Mammie doet dit voor Joanna." Ze draaide zich weer naar het raam. 'Ik haatte dat. Ik kreeg het gevoel dat ze me alleen maar lief vond als ik op mijn lelijkst was.' Ze zweeg even. 'In één opzicht heb je gelijk. Pas toen ik uitvond dat Gerald mijn vader was, begreep ik waarom mijn moeder bang voor me was. Ze dacht dat ik gek was. Dat had ik nooit eerder beseft.'
'Heb je haar nooit gevraagd waarom ze bang was?'
'Je zou die vraag niet gesteld hebben als je mijn moeder werkelijk had gekend.' Het glas besloeg door haar adem. 'Er waren zoveel geheimen in haar leven dat ik weldra leerde haar nooit iets te vragen. Ik moest zelf een fantasieachtergrond verzinnen toen ik naar kostschool ging, omdat ik zo weinig over die van mij wist.' Ze veegde het beslagen gedeelte met een ongeduldig gebaar van haar hand weg en keek de kamer weer in. 'Ben je klaar? Ik heb nog meer te doen.'
Hij vroeg zich af hoe lang hij haar dit keer kon tegenhouden voor ze

aan de verlangens van haar verslaving moest toegeven en haastig naar de badkamer zou lopen. Ze was altijd veel interessanter wanneer ze onder de stress van abstinentie zat dan wanneer ze onder invloed verkeerde. 'Southcliffe' vroeg hij. 'Dezelfde school als waar Ruth nu op zit?'
Ze lachte hol. 'Niet bepaald. Moeder was toen niet zo gemakkelijk met haar geld. Ik ben naar een goedkope school gestuurd die geen poging ondernam om me op te voeden, alleen vee klaarstoomde voor de veemarkt. Moeder was van plan me met iemand te laten trouwen met een titel. Vermoedelijk' – ging ze cynisch verder – 'omdat ze hoopte dat een of ander wonder zonder kin zelf zo ingeteeld was dat hij mijn waanzin niet zou opmerken.' Ze keek even naar de deur. 'Aan Ruth is veel meer geld besteed dan ooit aan mij en niet omdat moeder dol op haar was, geloof dat maar niet.' Haar mond verwrong. 'Het werd allemaal gedaan om het joodse in haar uit te vagen na mijn faux pas met Steven.'
'Hield je van hem?'
'Ik heb nooit van iemand gehouden.'
'Je houdt van jezelf,' zei hij.
Maar Joanna was al weg. Hij hoorde haar koortsachtig door de toilettafel in de badkamer rommelen. Hij vroeg zich af waar ze naar op zoek was? Kalmerende middelen? Cocaïne? Wat het ook was, ze spoot het niet in. Haar huid was net zo smetteloos en prachtig als haar gezicht.

Sarah Blakeney vertelt me dat haar man kunstenaar is. Een schilder van persoonlijkheden. Ik vermoedde al iets dergelijks. Dat zou ikzelf ook gekozen hebben: kunst of literatuur.
'Ik weet toch van uw beschilderingen, al te goed; God heeft u een gezicht gegeven en gij maakt u een ander;' Grappig genoeg had dat voor Sarah geschreven kunnen zijn. Ze projecteert zichzelf als een eerlijk en open mens met sterke, vastomlijnde oordelen en geen verborgen tegenstrijdigheden, maar in veel opzichten is ze erg onzeker. Ze heeft zonder meer een hekel aan confrontaties, geeft eerder de voorkeur aan instemmen dan aan niet instemmen en zal altijd sussen. Ik heb haar gevraagd waar ze bang voor was en ze zei: 'Ik ben opgevoed om meegaand te zijn. Het is de vloek van het vrouw-zijn. Ouders willen niet met oude vrijsters blijven zitten, dus leren ze hun dochters om op alles behalve seks "ja" te zeggen.'
De tijden zijn dus niet veranderd...

Acht

Sarah stond voor de ingang van de Barclay Bank in Hills Street te wachten toen Keith Smollett er aankwam. Ze had de kraag van haar jas tegen haar oren opgeslagen en zag er bleek en flets uit in het grijze novemberlicht. Hij omhelsde haar warm en kuste haar koude wang. 'Je ziet er niet bepaald uit als een vrouw die net de loterij heeft gewonnen,' merkte hij op, hield haar op een armslengte afstand en bestudeerde haar gezicht. 'Wat is er aan de hand?'
'Niets,' zei ze kortaf. 'Ik denk alleen toevallig dat er meer in het leven bestaat dan geld.'
Hij glimlachte, zijn magere gezicht stond irritant sympathiek. 'Hebben we het soms over Jack?'
'Nee, dat hebben we niet,' snauwde ze. 'Waarom gaat iedereen er toch van uit dat mijn gemoedsrust afhankelijk is van een oppervlakkig, onoprecht stinkdier dat als enige ambitie in het leven heeft om iedere vrouw die het tegenkomt zwanger te maken?'
'Aha!'
'Wat bedoel je daarmee?' wilde ze weten.
'Alleen maar, aha!' Hij stopte haar hand onder zijn arm. 'Het ziet er dus op het moment niet zo rooskleurig uit?' Hij wees naar de weg. 'Hoe moeten we naar het kantoor van Duggan?'
'De heuvel op. En nee, het ziet er op het moment niet zo rooskleurig uit. Op het ogenblik gaat het goed. Ik heb me in jaren niet zo rustig en zo beheerst gevoeld.' Haar sombere uitdrukking was in tegenspraak met haar woorden. Ze liet zich meetrekken, het trottoir op.
'Of zo eenzaam, misschien?'
'Jack is een rotzak.'
Keith grinnikte. 'Vertel mij wat nieuws.'
'Hij woont bij de dochter van Mathilda Gillespie.'
Keith ging langzamer lopen en keek haar peinzend aan. 'Mathilda Gillespie is de oude lieverd die jou haar buit heeft nagelaten?'
Sarah knikte.

'Waarom zou hij bij haar dochter willen wonen?'
'Dat hangt ervan af naar wie je luistert. Of omdat hij zich schuldig voelt omdat ik, zijn inhalige vrouw, die arme Joanna van haar erfrecht heb beroofd, of omdat hij haar en zichzelf beschermt tegen mijn moorddadige neigingen met een stanleymes. Niemand schijnt enige waarde aan de meest voor de hand liggende reden te hechten.'
'En die is?'
'Ordinaire wellust. Joanna Lascelles is erg mooi.' Ze wees naar een deur zo'n tien meter verderop. 'Dat is het kantoor van Duggan.'
Hij stond stil en trok haar opzij. 'Ik wil dit even goed begrijpen. Zeggen de mensen dat jij die oude vrouw om het leven hebt gebracht vanwege haar geld?'
'Het is een van de theorieën die de ronde doen,' zei ze droog. 'Mijn patiënten laten me bij bosjes in de steek.' Haar wimpers schitterden vochtig. 'Het is echt afschuwelijk. Sommigen steken zelfs de weg over om me te ontwijken.' Ze snoot agressief haar neus. 'En mijn partners zijn er ook niet blij mee. Hun spreekuur loopt over terwijl het mijne leeg is. Als dit zo doorgaat, zit ik straks zonder baan.'
'Dat is belachelijk,' zei hij boos.
'Niet absurder dan een oude vrouw die alles wat ze bezit aan een zo goed als vreemde nalaat.'
'Ik heb Duggan gisteren aan de telefoon gehad. Hij zei dat mevrouw Gillespie duidelijk heel erg op je gesteld was.'
'Ik ben erg op jou gesteld, Keith, maar ik ben niet van plan je al mijn geld na te laten.' Ze haalde haar schouders op. 'Ik zou waarschijnlijk niet verbaasd zijn geweest als ze me honderd pond had nagelaten of zelfs haar heksenmasker, maar de hele handel, dat is niet normaal. Ik heb niets gedaan om dat te verdienen, ik heb alleen af en toe om haar grapjes gelachen en wat pijnstillers voorgeschreven.'
Hij haalde op zijn beurt zijn schouders op. 'Misschien was dat genoeg.'
Ze schudde haar hoofd. 'Mensen onterven hun familie niet voor een vage kennis die één keer per maand voor een half uurtje langs komt. Het is volkomen belachelijk. Oude mannen die helemaal weg zijn van jonge meisjes zijn misschien gek genoeg om dat te doen, maar taaie, oude rakkers zoals Mathilda niet. En als ze dat van plan was, waarom heeft ze het Jack dan niet nagelaten? Volgens hem kende hij haar zo goed dat ze zich met alle plezier naakt door hem liet schilderen.'

Keith voelde zich onredelijk geïrriteerd toen hij de deur van het kantoor van Duggan, Smith en Drew openduwde en Sarah voor liet gaan. Hij bedacht dat er iets bijzonder aanstootgevends aan Jack Blakeney was die een beklagenswaardige, oude vrouw zich voor hem liet uitkleden. En waarom zou ze dat trouwens hebben willen doen? Hij kon het allemaal niet volgen. Maar de aantrekkingskracht van Blakeney, voor zover die al bestond, ontging Keith toch. Hij hield meer van conventionele types die gezellige anekdotes vertelden, hun eigen borrel betaalden en het evenwicht niet verstoorden door voor hun beurt te praten. Hij troostte zichzelf met het idee dat het verhaal niet waar was. Maar diep in zijn hart wist hij dat dit wel zo was. De narigheid met Jack Blakeney was dat vrouwen zich inderdaad voor hem uitkleedden.

De bespreking duurde eindeloos, en werd vertraagd door technische details over bekrachtiging van een testament, successierechten, Sarahs rechten, Joanna's rechten, de nalatenschap en Mathilda's bevoegdheden. Pas toen Sarah nadrukkelijk op haar horloge keek, drong John Hapgood, de bankdirecteur, er bij Paul Duggan op aan de zaak af te ronden.
'Mooi. Samengevat zien de executeurs het zo dat mevrouw Lascelles kan proberen het testament aan te vechten, maar daar vermoedelijk niet in slaagt. Op juridisch gebied staat echter nooit iets vast, en het is misschien het overdenken waard om zowel mevrouw Lascelles als Ruth een eenmalige som geld zonder voorbehoud aan te bieden.'
Sarah tilde haar hoofd op. 'Het lijkt me dat u een beetje op de zaken vooruit loopt, meneer Duggan. Ik heb nog niet gezegd dat ik bereid ben de nalatenschap van mevrouw Gillespie te aanvaarden.'
Wanneer hij wilde kon hij snel ter zake komen. 'Waarom zou u niet?'
'Zelfbescherming.'
'Dat begrijp ik niet.'
'Misschien omdat u de afgelopen drie weken geen politieman voor uw deur geparkeerd had staan. Mathilda is onder bijzonder raadselachtige omstandigheden gestorven en ik ben de enige die voordeel bij haar dood heeft. Ik zou zo zeggen dat me dat aardig kwetsbaar maakt, u niet?'
'Niet als u niets van de erfenis wist.'
'En hoe bewijs ik dat, meneer Duggan?'
Hij glimlachte op zijn beminnelijke wijze. 'Laat ik het anders stel-

len, dokter Blakeney, hoe kan een weigering van de erfenis bewijzen dat u haar niet heeft vermoord? Zou iedereen dan niet juist zeggen dat u bang bent geworden omdat uw poging om het op zelfmoord te laten lijken, niet heeft gewerkt?' Hij zweeg even, maar ging verder toen ze niets zei. 'En niemand zal u toejuichen om uw grootse gebaar, hoor, want het geld gaat niet naar mevrouw Lascelles of haar dochter, maar naar een stelletje ezels. Als u de erfenis aanvaardt, hebben ze tenminste nog kans op een aardige som geld.'
Sarah staarde langs hem heen naar het raam. 'Waarom heeft ze het gedaan?'
'Ze zei dat ze erg op u gesteld was.'
'Heeft u dat helemaal niet in twijfel getrokken? Ik bedoel, krijgt u regelmatig rijke, oude dames die uit het niets verschijnen en zeggen dat ze een nieuw, geheim testament willen maken waarvan hun familie niets mag weten? Had u niet moeten proberen haar hiervan af te brengen? Het kan een opwelling geweest zijn waar we nu allemaal mee zitten omdat ze is doodgegaan.'
Hij draaide zijn potlood om in zijn vingers. 'Het was geen opwelling. Ze kwam drie maanden geleden voor het eerst bij me en ja, ik heb trouwens geprobeerd haar ervan af te brengen. Ik heb haar erop gewezen dat familiekapitaal over het algemeen het beste in de familie kan blijven, ongeacht de hekel die iemand aan zijn of haar kinderen heeft. Ik heb zonder enig succes gepraat, gezegd dat ze de rijkdom van de familie Cavendish niet als de hare moest zien, maar als een soort geërfd kapitaal dat doorgegeven moest worden aan volgende generaties.' Hij haalde zijn schouders op. 'Ze wilde niet, dus heb ik geprobeerd om haar het eerst met u te laten bespreken, maar dat wilde ze helaas ook niet. Ze was er heel beslist over dat u zou erven, maar er niet van tevoren over in kennis gesteld zou worden. Ik denk dat ze vermoedde dat u het zou afwijzen.'
Sarah was ontsteld. '*Drie maanden,*' herhaalde ze langzaam. 'Heeft u dat tegen de politie gezegd?'
Hij knikte. 'Ze gingen er ook van uit dat het een opwelling was geweest.'
Ze legde een trillende vinger tegen haar lippen. 'Ik zou misschien kunnen bewijzen dat ik er niets van kon weten als ze het testament twee dagen voor ze overleed had gemaakt. Ik kan met geen mogelijkheid onwetendheid bewijzen als ze het al drie maanden van plan was.'
John Hapgood schraapte zijn keel. 'Volgens mij concentreert u zich op een volkomen verkeerd punt, dokter Blakeney. Mevrouw Gil-

lespie is op een zaterdagavond overleden, als ik het me goed herinner. Waar was u die avond en wat deed u? Laten we vaststellen wat u nodig heeft om uw onwetendheid betreffende de erfenis te kunnen bewijzen.'
'Ik was thuis en had oproepdienst. Ik heb dat nagekeken toen ik voor het eerst van het testament hoorde.'
'En heeft u telefoontjes gekregen?'
'Een maar, even voor achten. Het was niets ernstigs, dus dat heb ik telefonisch afgehandeld.'
'Was uw man bij u?'
'Nee, die zat dat weekend in Stratford. Ik was alleen.' Ze glimlachte een beetje. 'Ik ben geen complete idioot, meneer Hapgood. Als ik een alibi had, dan was ik daar nu wel mee komen aanzetten.'
'Dan denk ik dat u meer vertrouwen in de politie moet hebben, dokter Blakeney. Ondanks wat u in de kranten leest, zijn ze waarschijnlijk toch de beste ter wereld.'
Ze bestudeerde hem geamuseerd. 'Misschien heeft u gelijk, meneer Hapgood, maar eerlijk gezegd heb ik absoluut geen vertrouwen in mijn vermogen om te bewijzen dat ik Mathilda niet om haar geld heb vermoord en ik heb het akelige gevoel dat de politie dat weet.' Ze stak haar vingers omhoog en telde ze stuk voor stuk af. 'Ik had een motief, ik had de gelegenheid en ik heb een aandeel in minstens de helft van de manier waarop het is gebeurd.' Haar ogen glansden. 'Voor het geval u het niet weet, ze was bedwelmd door slaappillen die ik haar had voorgeschreven voor de sneden in haar polsen werden aangebracht. Bovendien heb ik een jaar op de afdeling pathologie gewerkt omdat ik een carrière op een gerechtelijk laboratorium heb overwogen voor ik huisarts werd, dus als er iemand is die zou weten hoe hij een zelfmoord moet suggereren, dan ben ik dat wel. En geef me nu maar een goede reden die ik ter verdediging kan aanvoeren wanneer de politie besluit me te arresteren.'
Hij spitste zijn vingers onder zijn kin. 'Het is een interessant probleem, hè?' Hij trok zijn vooruitstekende, witte wenkbrauwen in een meedogenloze frons. 'Wat heeft u die zaterdag gedaan?'
'Gewone dingen. Getuinierd, huishoudelijk werk. Ik geloof dat ik die zaterdag hoofdzakelijk heb doorgebracht met het snoeien van de rozen.'
'Heeft iemand u gezien?'
'Wat doet het ertoe of iemand me heeft gezien of niet?' Haar toon was behoorlijk geïrriteerd. 'Mathilda is te eniger tijd die avond vermoord en ik tuinierde echt niet in het donker.'

'Wat deed u wel?'
Jack vervloeken. Medelijden met mezelf hebben. 'Ik was een van de slaapkamers aan het verven.'
'Nadat u de hele dag had getuinierd?'
'Iemand moest het doen,' zei ze kortaf.
Het was even stil.
'U bent duidelijk een workaholic,' zei meneer Hapgood zwakjes. Ze deed hem aan zijn vrouw denken, altijd bezig, altijd rusteloos, die zat ook nooit lang genoeg stil om vast te stellen waar ze naar toe ging.
Sarah schonk hem een glimlachje. 'Zo zijn de meeste vrouwen. We kunnen de verantwoordelijkheid van het huishouden niet van ons afzetten alleen maar omdat we een carrière willen. We hebben in beide werelden aan het kortste eind getrokken toen we de manlijke bolwerken bestormden.' Ze duwde haar duim en wijsvinger in haar vermoeide ogen. 'Luister, dit heeft allemaal niets te maken met de reden waarom we hier zijn. Voor zover ik het kan bekijken, heeft Mathilda me in een onmogelijke positie gebracht. Wat ik ook doe, ik zal met een schuldgevoel opgezadeld worden betreffende haar dochter en kleindochter. Kan ik er op geen enkele manier onderuit en het ze zelf laten uitvechten?'
'Niets kan u tegenhouden het aan hen terug te geven in de vorm van een schenking wanneer het eenmaal van u is,' zei Duggan. 'Maar het zou een bijzonder weinig effectieve manier van met geld omgaan zijn. De belasting zou enorm zijn.' Hij glimlachte verontschuldigend. 'Het zou ook lijnrecht tegen de wensen van mevrouw Gillespie in zijn. Hoe goed of slecht het ook is, ze wilde niet dat een van de dames Lascelles de erfenis kreeg.'
Keith pakte zijn aktentas. 'Is er enige haast geboden bij de beslissing van dokter Blakeney?' vroeg hij verstandig, 'of kan ik voorstellen dat ze de hele zaak nog eens een dag of veertien goed overweegt tot de politie dit op de een of andere manier heeft opgelost? Ik kan me niet aan de indruk onttrekken dat dokter Blakeney het gemakkelijker zal vinden haar beslissing te nemen wanneer het gerechtelijk vooronderzoek achter de rug is.'
En dat gebeurde, hoewel het voor Sarah eenvoudig het uitstel was van een reeds genomen beslissing.

Keith en Sarah lunchten in een klein restaurant onder aan de heuvel. Keith keek haar over de rand van zijn glas wijn aan. 'Was dat toneelspel of ben je echt bang om gearresteerd te worden?'

Ze haalde haar schouders op. 'Doet het er iets toe?' Hij bedacht dat Jacks vertrek haar toch wel diep geraakt had. Hij had nooit eerder bitterheid bij Sarah opgemerkt.
'Natuurlijk doet het er iets toe,' zei hij botweg. 'Als je je zorgen maakt, stel ik voor dat ik nu met je meega om het met de politie uit te praten. Wat heeft het voor zin om jezelf gek te maken over iets dat misschien nooit gebeurt?'
Ze glimlachte een beetje. 'Het was toneelspel,' zei ze. 'Ik kreeg er genoeg van dat ze me zaten te bespreken alsof ik er niet bij was. Ik had net zo dood als Mathilda kunnen zijn. Alleen het geld interesseert hen.'
Onredelijk, bedacht hij. Beide mannen hadden hun uiterste best gedaan om plezierig te zijn in de moeilijke situatie waarin Sarah zich bevond, maar ze was vastbesloten iedereen als vijand te zien. *Hemzelf ook?* Moeilijk vast te stellen. Hij draaide het glas om en liet de prozaïsche muurverlichting door de rode wijn flonkeren.
'Wil je Jack terug? Ben je daarom zo boos? Of ben je alleen maar jaloers omdat hij iemand anders heeft gevonden?'
'Kan iemand *alleen maar* jaloers zijn?'
'Je weet wel wat ik bedoel.'
Ze glimlachte weer, een bittere glimlach die haar mond verwrong. 'Nee, Keith, ik ben al jaren jaloers geweest. Jaloers op zijn kunst, jaloers op zijn vrouwen, jaloers op zijn talent, jaloers op hem en zijn vaardigheid ieder verdomd mens dat hij tegenkomt te verblinden. Wat ik nu voel is niets in vergelijking met de jaloezie die ik wel eerder heb gevoeld. Misschien is het er wel, maar als het er is, wordt het overspoeld door zo veel andere emoties dat het moeilijk te isoleren is.'
Keith fronste zijn wenkbrauwen. 'Wat bedoel je, zijn vaardigheid om iedereen die hij tegenkomt te verblinden? Ik kan die vent niet uitstaan en dat heb ik nooit gekund.'
'Maar je denkt aan hem. Hoofdzakelijk met irritatie en boosheid, denk ik, maar je denkt aan hem. Bij hoeveel mannen blijf je zo geobsedeerd stilstaan als bij Jack? De politieman die mijn sporen volgt, omschreef het vrij aardig; hij zei: "Hij laat een soort vacuüm achter."' Ze bleef Keith aankijken. 'Dat is een van de beste beschrijvingen die ik ooit van hem heb gehoord, omdat het waar is. Op het ogenblik bevind ik me in een vacuüm en dat vind ik niet prettig. Voor het eerst in mijn leven weet ik niet wat ik moet doen en dat maakt me bang.'
'Doe dan iets en maak de scheiding officieel. Onzekerheid is angstaanjagend. Zekerheid is dat nooit.'

Met een zucht duwde ze haar bord opzij. 'Je lijkt mijn moeder wel. Die heeft voor iedere situatie haar woordje klaar en daar word ik gek van. Probeer een veroordeelde maar te vertellen dat zekerheid niet angstaanjagend is. Ik betwijfel of hij het met je eens zal zijn.'
Keith wenkte om de rekening. 'Op het gevaar af dat je weer mijn hoofd afbijt, stel ik voor dat je een lange wandeling langs zee gaat maken om alle hersenspinsels uit je hoofd te laten waaien. Je laat je oordeel beïnvloeden door gevoelens. Je moet op dit soort ogenblikken aan twee dingen denken: ten eerste, *jij* hebt Jack verteld dat hij kon vertrekken; en ten tweede, je had er alle reden toe. Het doet er niet toe hoe eenzaam, hoe afgewezen of hoe jaloers je je nu voelt, het raakt het punt waar het om draait niet, namelijk dat jij en Jack niet als man en vrouw met elkaar overweg kunnen. Ik zou je aanraden een fatsoenlijke man te zoeken die je tot steun is wanneer je hem nodig hebt.'
Ze lachte plotseling. 'Daar is niet veel kans op. De fatsoenlijken zijn allemaal al bezet.'
'En wie zijn schuld is dat? Je hebt je kans gehad, maar je wilde hem niet nemen.' Hij gaf zijn creditcard aan de serveerster, keek haar na toen ze wegliep en vestigde zijn blik toen weer op Sarah. 'Ik denk niet dat je ooit zult weten hoe je me gekwetst hebt, tenzij je nu iets voelt dat daarop lijkt.'
Ze gaf niet direct antwoord. 'Wie is er nu sentimenteel?' zei ze ten slotte, maar hij dacht dat haar ogen weer vochtiger werden. 'Je bent vergeten dat je me pas echt begerenswaardig vond nadat je me kwijt was en toen was het te laat.'
En de narigheid was dat hij wist dat ze gelijk had.

De deur van Cedar House ging ongeveer een decimeter wijd open toen Keith aanbelde. Hij glimlachte vriendelijk. 'Mevrouw Lascelles?'
Er verscheen een lichte frons op haar voorhoofd. 'Ja.'
'Ik ben de advocaat van Jack Blakeney. Ik heb gehoord dat hij hier logeert.'
Ze gaf geen antwoord.
'Mag ik even binnenkomen om met hem te praten? Ik ben helemaal uit Londen gekomen.'
'Hij is er op het ogenblik niet.'
'Weet u waar ik hem kan vinden? Het is belangrijk.'
Ze haalde met een onverschillig gebaar haar schouders op. 'Wat is uw naam? Ik zal zeggen dat u bent geweest.'

'Keith Smollett.' Ze deed de deur dicht.

Violet Orloff stond verdekt opgesteld bij de hoek van het huis en wenkte hem toen hij terugliep naar zijn auto. 'Ik hoop dat u niet denkt dat ik me ergens mee *bemoei*,' zei ze luidruchtig ademend, 'maar ik hoorde toevallig wat u zei. Ze is in een vreemde bui op het ogenblik, ze wil met niemand praten en als u helemaal uit Londen bent gekomen...' Ze liet de rest van de zin onuitgesproken.
Keith knikte. 'Dat is zo, dus als u me kunt vertellen waar Jack is, zou ik u erg dankbaar zijn.'
Ze wierp een zenuwachtige blik op Joanna's deur en gebaarde toen snel naar het pad dat om de andere hoek van het huis liep. 'In de tuin,' fluisterde ze. 'In het tuinhuisje. Dat gebruikt hij als atelier.' Ze schudde haar hoofd. 'Maar zeg niet tegen *haar* dat ik dat tegen u heb gezegd. Ik dacht dat Mathilda een scherpe tong had, maar *Joanna's'* – ze richtte haar ogen naar boven – 'ze noemt meneer Blakeney een homoseksueel.' Ze maakte een wegwuivend gebaar tegen hem. 'Snel nou, anders ziet ze dat u met me praat en dan wordt Duncan *woedend*. Hij is namelijk zo bang.'
Een beetje verward door dit excentrieke gedrag, knikte Keith als dank en liep dezelfde weg die Sarah met Ruth had genomen. Ondanks de kou stonden de deuren van het tuinhuisje wijdopen en hij kon een vrouw een liedje van Cole Porter horen zingen toen hij over het grasveld dichterbij kwam.
De stem was onmiskenbaar, diep en meeslepend, begeleid door eenvoudige pianomuziek.

Every time we say goodbye, I die a little,
Every time we say goodbye, I wonder why a little,
Why the gods above me, who must be in the know,
Think so little of me they allow you to go...

Keith stond stil in de ingang. 'Sinds wanneer ben jij een fan van Cleo Laine, Jack? Ik dacht dat Sarah dat was.' Hij duwde op de 'eject'-knop van de bandrecorder en haalde het bandje eruit om het met de hand geschreven etiket te lezen. 'Nou, nou. Tenzij ik me heel erg vergis, is dit de band die ik voor jullie huwelijk voor haar heb gemaakt. Weet ze dat jij hem hebt?'
Jack sloeg hem door halfdichte ogen gade. Hij stond op het punt hem te vertellen zich koest te houden, zijn gebruikelijke reactie op Smolletts onveranderlijke kritische openingsopmerkingen toen hij

zich bedacht. Hij was voor een keer blij die opgeblazen zak te zien. Hij gaf zelfs diep in zijn hart toe dat hij zo verdomd blij was dat hij geneigd was zijn gewoonten van de afgelopen zes jaar te veranderen en hem als vriend te begroeten in plaats van als een gevaar voor zijn huwelijk. Hij zette zijn penseel in een pot terpentine, veegde zijn handen af aan de voorkant van zijn trui en bood een enorme met verf besmeurde handpalm als vredesoffer aan. 'Ik neem aan dat Sarah je heeft gestuurd.'
Keith deed alsof hij de hand niet zag, keek in plaats daarvan naar de slaapzak die in een slordige hoop in een hoek lag en trok toen een stoel bij. 'Nee,' zei hij en nestelde zich erin. 'Ik heb haar in Poole achtergelaten. Ze weet niet dat ik hier ben. Ik ben gekomen om te kijken of er met jou te praten valt.' Hij bestudeerde het portret. 'Dat is zeker mevrouw Lascelles.'
Jack sloeg zijn armen over elkaar. 'Wat dacht je?'
'Van haar of van het schilderij?'
'Allebei.'
'Ik heb maar een decimeter of zo van haar gezien door een spleet van de deur.' Hij hield zijn hoofd schuin om het schilderij te bestuderen. 'Je bent nogal tekeergegaan met de paarse kleuren. Is ze nymfomane? Of hoop je dat alleen maar?'
Jack ging voorzichtig op de stoel tegenover hem zitten – de kou en de planken van de vloer waren een pest voor zijn rugspieren – en hij vroeg zich af of het netter was om Keith nu een dreun op zijn neus te geven of te wachten tot de man even niet oplette. 'Niet altijd,' zei hij en beantwoordde de vraag ernstig, 'alleen wanneer ze high is.'
Keith verwerkte dit even zwijgend. 'Heb je dat tegen de politie gezegd?'
'Wat?'
'Dat ze verslaafd is.'
'Nee.'
'Dan denk ik dat het beter is dat jij mij nooit iets gezegd hebt en ik het nooit gehoord heb.'
'Waarom?'
'Omdat ik aan de kant van de wet sta en ik heb niet jouw vrijheid om me te gedragen zoals ik wil.'
'Geef je beroep niet de schuld van je gebrek aan vrijheid, Smollett,' gromde Jack, 'geef jezelf er de schuld van.' Hij knikte naar het huis. 'Ze heeft hulp nodig en de aangewezen persoon daarvoor wil ze niet zien. Met andere woorden: Sarah. Wat kan een politieman nu voor haar doen?'

‘Hij zou haar ervan kunnen weerhouden iemand anders te vermoorden.’
Jack wreef bedachtzaam over zijn ongeschoren kaak. ‘Je bedoelt dat als ze wanhopig genoeg is om drugs te nemen, ze dus ook getikt genoeg is om haar moeder te vermoorden. Dat is flauwekul en dat weet je.’
‘Ze heeft een verdomd veel beter motief dan waar Sarah mee is opgezadeld. Het is een dure hobby, nog afgezien van het effect op de persoonlijkheid. Als ze die oude vrouw niet om haar geld heeft vermoord, dan is ze vermoedelijk geschift genoeg om het in een vlaag van woede gedaan te hebben.’
‘Jij zou er geen problemen mee hebben een advocaat met die onzin te instrueren, hè?’ mompelde Jack.
‘Absoluut niet, vooral niet als het om Sarah gaat.’ Keith draaide het bandje in zijn vingers om en legde het toen naast de bandrecorder. ‘Je weet dat ze zich grote zorgen maakt over het feit dat ze patiënten kwijtraakt en gearresteerd kan worden wegens moord, denk ik, terwijl jij hier je tijd verbeuzelt met een aan drugs verslaafde nymfomane. Waar ligt je loyaliteit, man?’
Jack vroeg zich af of dit Sarahs woorden waren. Hij hoopte van niet. ‘Verbeuzelen’ was geen woord dat hij uit haar woordenschat herkende. Daar had ze te veel zelfrespect voor. Hij geeuwde uitvoerig. ‘Wil Sarah me terughebben? Ben je daarom hier? Ik geef zonder meer toe dat ik meer dan genoeg heb van die verdomde kou in dit rottige onderkomen.’
Keith ademde diep in door zijn neus. ‘Ik *weet* niet wat ze wil,’ zei hij en balde zijn vuisten in zijn schoot. ‘Ik ben gekomen omdat ik het belachelijke idee had dat jij en ik deze toestand op een volwassen manier konden uitpraten zonder dat de een de ander tergde. Ik had moeten weten dat het onmogelijk was.’
Jack tuurde naar de gebalde vuisten terwijl hij zich afvroeg of Keith ooit zover gebracht zou kunnen worden om ze te gebruiken. ‘Heeft ze je verteld waarom ze een scheiding wil?’
‘Niet precies.’
Hij sloeg zijn handen achter zijn hoofd in elkaar en staarde naar het plafond. ‘Ze kreeg iets tegen me toen ze een abortus moest regelen voor mijn minnares. Sindsdien is het bergafwaarts gegaan.’
Keith was echt geschokt. *Dat* verklaarde Sarahs bitterheid wel degelijk. Hij schudde zijn hoofd, stond op uit de stoel en ging bij de deur naar de tuin kijken. ‘Als ik niet zo zeker wist dat ik zou verliezen, zou ik je uitnodigen om een robbertje te knokken. Je bent

een zak, Jack. JE-ZUS!' zei hij toen de volle betekenis van de woorden langzaam tot hem doordrong. 'Je hebt het verdomde lef gehad Sarah *jouw* baby te laten vermoorden. Dat is zo verdomd verachtelijk dat ik het nauwelijks kan geloven. Ze is je vrouw, niet een of andere slonzige aborteur uit een achterafstraatje die voor geld non-stop aan het slachten slaat. Geen wonder dat ze wil scheiden. Heb je dan helemaal geen gevoel?'
'Blijkbaar niet,' zei Jack bedaard.
'Ik heb haar gewaarschuwd om niet met jou te trouwen.' Hij draaide zich om en kneep met zijn vingers in de lucht omdat hij de moed niet had Jack met een vuist te lijf te gaan. 'Ik wist dat het niet blijvend zou zijn, ik heb haar precies verteld wat ze kon verwachten, wat voor man je was, hoeveel vrouwen je had gebruikt en weggedaan. Maar dit niet. Dit nooit. Hoe kun je zoiets *doen*?' Hij was bijna in tranen. 'Verdomme, ik zou de baby niet eens willen afstaan, maar om je eigen vrouw verantwoordelijk te stellen voor de moord erop!... Je bent niet goed wijs! Weet je dat wel? Je bent niet goed wijs.'
'Als je het zo stelt, heb je gelijk.'
'Als het aan mij ligt, krijg je geen cent uit die scheiding,' zei hij woest. 'Je beseft wel dat ik haar dit vertel en ervoor zorg dat ze het voor de rechtbank gebruikt, hè?'
'Ik reken erop.'
Keith keek hem achterdochtig aan. 'Wat bedoel je daarmee?'
'Ik bedoel, Smollett, dat ik verwacht dat je ieder woord van dit gesprek letterlijk zult herhalen.' Zijn uitdrukking was onpeilbaar. 'Doe me nu een plezier en verdwijn voor ik iets doe waar ik misschien spijt van krijg. Sarahs vriendschappen zijn natuurlijk voor haar eigen rekening, maar ik moet toegeven dat ik nooit heb begrepen waarom ze altijd dominante mannetjes aantrekt die denken dat ze kwetsbaar is.' Hij draaide de band om, stopte hem terug in de bandrecorder en duwde op de 'play'-knop. Dit keer was het Richard Rodney Bennett met 'I never went away' dat in schitterende melancholie door de lucht dreef.

No matter where I travelled to,
I never went away from you...
I never went away...

Jack deed zijn ogen dicht. 'Smeer 'm nou,' mompelde hij, 'voor ik je armen uit je lijf trek. En vergeet niet iets te zeggen over de slaapzak, dan ben je een brave jongen.'

Duncan en Violet Orloff zijn een bespottelijk echtpaar. Ze brengen de hele middag op het grasveld door terwijl Duncan half zit te slapen en Violet non-stop tegen hem aan zit te kwetteren. Ze is net een geobsedeerd vogeltje, dat voortdurend haar hoofd van de ene naar de andere kant beweegt uit angst voor roofdieren.
Als gevolg daarvan keek ze niet één keer naar Duncan en was ze zich volkomen onbewust van het feit dat hij er geen woord van hoorde. Ze was als kind al een leeghoofd en het is er met de jaren niet beter op geworden. Ik weet nog steeds niet of het nu een goed of een slecht idee was om hun Wing Cottage aan te bieden toen Violet schreef en zei dat ze vast van plan waren hun pensioen in Fontwell door te brengen.
'We willen heel graag naar huis,' was haar walgelijk sentimentele manier om het uit te drukken.
Het geld kwam erg goed van pas natuurlijk – Joanna's flat was vreselijk duur evenals de opleiding van Ruth –, maar over het algemeen genomen moet je buren vermijden. Het is een relatie die maar al te gemakkelijk op gedwongen intimiteit kan uitlopen. Violet noemde me vorige week al gedachteloos 'meid' en kreeg vervolgens een hysterische toeval toen ik haar daarop wees. Ze sloeg met haar handen op haar borst en ging als een jammerende boerin tekeer. Het was eerlijk gezegd een weerzinwekkend schouwspel. Ik zou bijna denken dat ze seniel aan het worden is.
Duncan is uiteraard weer een heel ander verhaal. Het verstand is er nog, zij het wat trager door gebrek aan oefening. En dat is nauwelijks verbazingwekkend wanneer het veertig jaar lang afgestompt is door Violets gebrek aan hersens. Ik vraag me soms af hoeveel ze zich van het verleden herinneren. Ik maak me zorgen dat Violet er op een dag tegen Joanna of Ruth over gaat kwetteren en dan dingen zegt die beter verzwegen hadden kunnen blijven. We hebben allemaal veel te veel geheimen.
Ik heb mijn vroegere dagboeken nog eens doorgelezen en heb enigs-

zins tot mijn ontsteltenis ontdekt dat ik Violet de week voor haar huwelijk heb verteld dat het nooit stand zou houden. Als het arme ding enig gevoel voor humor had, zou ze met recht kunnen stellen dat wie het laatst lacht…

Negen

Joanna leek niet verbaasd toen ze Sarah de volgende dag voor de deur zag staan. Ze schonk haar een vaag glimlachje, deed een stap naar achteren de gang in en nodigde de andere vrouw binnen. 'Ik zat de krant te lezen,' zei ze alsof Sarah haar een specifieke vraag had gesteld. Ze liep voor haar uit naar de zitkamer. 'Ga zitten. Als u voor Jack bent gekomen, die is buiten.'

Dit was een andere ontvangst dan Keith de vorige avond had beschreven en Sarah vroeg zich af wat Joanna's motieven waren. Ze twijfelde eraan of het iets met de drugsverslaving te maken had waar Keith zo over had doorgezaagd en dacht dat ze vermoedelijk nieuwsgierig was geworden. Dat was logisch. Ze was een dochter van Mathilda en Mathilda was onverzadigbaar nieuwsgierig geweest.

Ze schudde haar hoofd. 'Nee, ik ben voor u gekomen.'

Joanna ging weer op haar eigen stoel zitten en gaf geen commentaar.

'Ik heb dit altijd een mooie kamer gevonden,' zei Sarah langzaam. 'Ik vond het zo comfortabel. Uw moeder zat altijd daar' – ze wees naar een stoel met een hoge rugleuning voor de openslaande ramen – 'en wanneer de zon scheen, leken haar haren net een zilveren stralenkrans. U lijkt qua uiterlijk erg op haar, maar ik denk dat u dat wel weet.'

Joanna staarde haar met wonderlijk nietszeggende ogen aan.

'Denkt u dat het zou helpen als u en ik over haar praten?'

Weer gaf Joanna geen antwoord en voor Sarah, die alles van tevoren had geoefend in de veronderstelling dat de andere vrouw welwillend tegenover hun gesprek stond, was de stilte net zo effectief als een stenen muur. 'Ik had gehoopt dat we konden proberen een soort gemeenschappelijk uitgangspunt op te bouwen,' zei ze. Ze zweeg even, maar er kwam geen reactie. 'Omdat ik eerlijk gezegd niet gelukkig ben met het idee alles aan de notarissen over te laten. Als we dat doen, kunnen we het geld net zo goed nu verbranden,

dan zijn we ervan af.' Ze glimlachte onzeker. 'Ze eten alles tot op het bot toe op en laten ons met het waardeloze skelet zitten. Zou u dat willen?'
Joanna wendde haar gezicht naar het raam en bekeek de tuin. 'Maakt het u niet boos dat uw man hier bij mij is, dokter Blakeney?'
Opgelucht dat het ijs gebroken was, hoewel niet op de manier die ze zelf gekozen zou hebben, volgde Sarah haar blik. 'Dat doet er niet zo heel veel toe. Als we Jack erbij halen, komen we nergens. Hij heeft de irritante gewoonte om vrijwel ieder gesprek te monopoliseren waar ik mee te maken heb en ik zou hem liever buiten dit gesprek houden als dat kan.'
'Denkt u dat hij met mijn moeder heeft geslapen?'
Sarah zuchtte bij zichzelf. 'Vindt u dat belangrijk?'
'Ja.'
'Dan, nee, ik denk van niet. Ondanks al zijn zonden maakt hij nooit misbruik van mensen.'
'Ze kan het hem gevraagd hebben.'
'Dat betwijfel ik. Mathilda had daar veel te veel waardigheid voor.'
Joanna draaide zich met een frons om. 'Ik neem aan dat u weet dat ze naakt voor hem model heeft gestaan. Ik heb een van de schetsen in haar bureau gevonden. Het liet niets aan duidelijkheid te wensen over, dat kan ik u verzekeren. Noemt u dat waardigheid? Ze was oud genoeg om zijn moeder te kunnen zijn.'
'Dat hangt ervan af hoe je het bekijkt. Als je een vrouwelijk naakt ziet als in wezen vernederend of bewust provocerend, dan ja, ik denk dat je het dan onwaardig van Mathilda kunt noemen.' Ze haalde haar schouders op. 'Maar dat is een gevaarlijke denkwijze die in de duistere middeleeuwen werd gehuldigd en ten tijde van de minder tolerante godsdiensten. Als u aan de andere kant een naaktfiguur, of dat nou mannelijk of vrouwelijk is, als een natuurlijke creatie ervaart en dus net zo prachtig en buitengewoon als wat dan ook op deze planeet, dan vind ik het geen schande als een schilder dat weergeeft.'
'Ze heeft het gedaan omdat ze wist dat het hem zou opwinden.' Ze sprak de woorden vol overtuiging en Sarah vroeg zich af of het verstandig was verder te gaan – Joanna's vooroordeel tegen haar moeder was te vastgeroest voor een redelijk argument. Maar het agressieve van de verklaring irriteerde haar voldoende om Jack te verdedigen, al was het alleen maar omdat ze zelf dezelfde soort enorme stupiditeiten had moeten aanhoren.
'Jack heeft veel te veel naakte vrouwen gezien om van naakt op-

gewonden te raken,' zei ze luchtig. 'Naaktheid is alleen erotisch als je dat wilt. Je kunt net zo goed zeggen dat ik iedere keer opgewonden raak wanneer een manlijke patiënt zich voor me uitkleedt.'
'Dat is wat anders. U bent arts.'
Sarah schudde haar hoofd. 'Dat is niet anders, maar ik ga daar niet in discussie over met u. Het zou zonde van onze tijd zijn.' Ze streek met haar vingers door haar haren. 'Uw moeder was in ieder geval te sterk gehandicapt door haar artritis en had te veel pijn om geslachtsgemeenschap met een viriele man die dertig jaar jonger was, te kunnen wensen. Het is belangrijk om de zaken in de juiste proporties te houden, mevrouw Lascelles. Het was misschien anders geweest als ze haar hele leven seksueel actief was geweest, of erg dol op mannen was geweest, maar dat was geen van beide het geval bij uw moeder. Ze heeft me een keer verteld dat de reden waarom er tegenwoordig zoveel scheidingen zijn, was omdat relaties die op seks gebaseerd zijn, gedoemd zijn te mislukken. Het genot van het orgasme is te vluchtig om de resterende saaie en teleurstellende uren de moeite waard te maken.'
Joanna ging verder met de tuin te bestuderen. 'Waarom trok ze haar kleren dan uit?' Het scheen erg belangrijk voor haar te zijn. Sarah vroeg zich af of dat kwam omdat ze jaloers was, of omdat ze door moest gaan met Mathilda te verachten?
'Ik denk dat het hoe dan ook niet belangrijk was en ze was voldoende in kunst op zich geïnteresseerd om Jack te helpen de onconventionele kant van haar aard te onderzoeken. Ik zie niet in dat ze er een andere bedoeling mee gehad kan hebben.'
Het was even stil terwijl Joanna dit overwoog. 'Mag u haar nog steeds nu ze dood is?'
Sarah sloeg haar handen tussen haar knieën en staarde naar het vloerkleed. 'Dat weet ik niet,' zei ze eerlijk. 'Ik ben zo boos over het testament, dat ik haar op het ogenblik niet objectief kan beoordelen.'
'Zeg dan dat u de nalatenschap weigert. Laat mij en Ruth hem hebben.'
'Was het maar zo gemakkelijk, maar geloof me, als ik hem weiger, moet u die liefdadige ezelinstelling aanvechten en ik zie eerlijk gezegd niet hoe dat uw kansen verbetert tenzij u kunt aantonen dat Mathilda nooit gewild heeft dat dit testament haar laatste was.' Ze keek op en zag dat Joanna's lichte ogen haar indringend bestudeerden. 'U bent een heel bijzondere vrouw, dokter Blakeney,' zei ze langzaam. 'U moet beseffen dat het doodeenvoudig voor mij is om

te bewijzen dat mijn moeder vermoord is en dat u het heeft gedaan. Het past tenslotte zo netjes in elkaar. U wist dat het testament alleen maar een dreigement was om Ruth en mij in de pas te laten lopen, dus vermoordde u moeder snel voor ze het kon veranderen. Wanneer u eenmaal veroordeeld bent, zal geen rechtbank ter wereld de ezels nog voor laten gaan.'

Sarah knikte. 'En als u mijn man zover kunt krijgen dat hij verklaart dat ik het testament van tevoren kende, zit u op rozen.' Ze trok vragend een wenkbrauw op. 'Maar zoals ik denk dat u begint te merken, is Jack niet zo vriendelijk en ook niet zo oneerlijk. En het zou ook geen verschil maken als u hem kon overhalen met u naar bed te gaan. Ik ken hem zes jaar en het enige dat ik over hem kan zeggen is dat hij niet te koop is. Hij slaat zichzelf veel te hoog aan om leugens tegen wie dan ook te vertellen, ongeacht onder welke druk hij gezet wordt.'

Joanna lachte kort. 'U bent er erg overtuigd van dat ik nog niet met hem heb geslapen.'

Sarah voelde medeleven met haar. 'Mijn notaris heeft me gisteravond opgebeld om te vertellen dat Jack in uw tuinhuisje kampeerde, maar dat wist ik toch al zeker. U bent erg kwetsbaar op het ogenblik en ik ken mijn man goed genoeg om te weten dat hij daar geen misbruik van zou maken.'

'U klinkt alsof u hem bewondert.'

'Ik zou hem nooit zoveel kunnen bewonderen als hij zichzelf bewondert,' zei ze droog. 'Ik hoop dat hij het daar erg koud heeft. Ik heb jaren onder zijn kunst geleden.'

'Ik heb hem een petroleumkacheltje gegeven,' zei Joanna met gefronste wenkbrauwen. De herinnering irriteerde haar blijkbaar.

Sarahs ogen liepen plotseling over van vrolijkheid. 'Was hij dankbaar?'

'Nee. Hij zei dat ik het voor de deur kon neerzetten.' Ze staarde door het raam. 'Hij is een moeilijk mens.'

'Dat ben ik helaas met u eens,' zei Sarah. 'Het komt nooit bij hem op dat andere mensen kwetsbare ego's hebben die van tijd tot tijd aandacht nodig hebben. Het betekent dat je vertrouwen in zijn liefde moet hebben als je een relatie met hem aangaat.' Ze grinnikte met een diep geluid. 'En vertrouwen heeft de akelige gewoonte je in de steek te laten wanneer je het het meeste nodig hebt.'

Het was lange tijd stil. 'Praatte u zo met mijn moeder?' vroeg Joanna ten slotte.

'Hoe?'

Joanna zocht naar de juiste woorden. 'Zo – gemakkelijk.'
'Bedoelt u of ik haar gemakkelijk vond om mee te praten?'
'Nee.' Er verscheen een gejaagde blik in haar ogen. 'Ik bedoel, was u niet bang voor haar?'
Sarah staarde naar haar handen. 'Dat hoefde ik niet te zijn, mevrouw Lascelles. Ze kon me niets doen, ziet u, want ze was mijn moeder niet. Er waren geen emotionele banden waar naar willekeur aan getrokken kon worden wanneer ze daar zin in had; geen gemeenschappelijke familiegeheimen die me bloot konden stellen aan haar scherpe tong; geen zwakheden uit mijn jeugd die ze in mijn volwassen leven naar willekeur kon gebruiken om me te kleineren. Als ze het had geprobeerd, was ik natuurlijk weggelopen, omdat ik dat alles jarenlang van mijn eigen moeder heb moeten dulden en absoluut niet van een vreemde accepteer.'
'Ik heb haar niet vermoord. Bent u gekomen om dat uit te zoeken?'
'Ik ben gekomen om te kijken of we nader tot elkaar konden komen.'
'In uw voordeel of in het mijne?'
'In ons beider voordeel, hoopte ik.'
Joanna glimlachte verontschuldigend. 'Maar ik heb er niets bij te winnen om vriendschappelijk met u om te gaan, dokter Blakeney. Het zou hetzelfde zijn om toe te geven dat moeder gelijk had en dat kan ik niet doen, niet als ik het testament voor de rechtbank wil aanvechten.'
'Ik hoopte u over te kunnen halen dat er andere mogelijkheden zijn.'
'Die allemaal afhankelijk van uw barmhartigheid zijn.'
Sarah zuchtte. 'Is dat zo vreselijk?'
'Natuurlijk. Ik heb veertig jaar voor mijn erfenis gewerkt. U één. Waarom zou ik bij u moeten bedelen?'
Ja, waarom? Sarah kon er ook de gerechtigheid niet van inzien. 'Heeft het zin dat ik hier nog eens kom?'
'Nee.' Joanna stond op en streek de kreukels uit haar rok. 'Het kan de zaken alleen maar erger maken.'
Sarah glimlachte wrang. 'Kan het érger worden?'
'O, ja,' zei ze met een gedwongen glimlachje. 'Ik zou u aardig kunnen gaan vinden.' Ze wees afwijzend naar de deur. 'U weet de weg, denk ik.'

Brigadier Cooper van de recherche staarde peinzend naar Sarahs auto toen ze de voordeur uitkwam. 'Was dat verstandig, dokter Blakeney?' vroeg hij toen ze dichterbij kwam.

'Was wat verstandig?'
'Het hol van de leeuw binnengaan.'
'Hebben leeuwen eigenlijk holen?' mompelde ze.
'Het was bij wijze van spreken.'
'Dat dacht ik al.' Ze keek hem geamuseerd en vriendelijk aan. 'Verstandig of niet, brigadier, het was leerzaam. Mijn bezorgdheid is afgenomen en zoals iedere dokter u zal vertellen, is dat het beste geneesmiddel.'
Hij keek tevreden. 'U heeft de zaken met uw man uitgepraat?'
Ze schudde haar hoofd. 'Jack is voor levenslang, dat is geen bezorgdheid.' Haar donkere ogen glansden ondeugend. 'Misschien had ik beter moeten luisteren toen mijn moeder haar voorspellingen betreffende onze toekomst deed.'
'Haastig getrouwd, snel berouwd?' vroeg hij.
'Meer iets van eigen schuld, dikke bult.' Ze trok een zuur gezicht. Maar probeer "Hey Jude" of "Twenty-four hours from Tulsa" maar uit je hoofd te krijgen. Die hebben net zoals Jack een akelige gewoonte om in je hoofd te blijven hangen.'
Hij grinnikte. 'Ik ben meer iemand van "White Christmas", maar ik weet wat u bedoelt.' Hij keek even naar het huis. 'Dus als uw man u niet van uw zorgen heeft afgeholpen dan moet het mevrouw Lascelles geweest zijn. Betekent dat dat ze het testament heeft aanvaard?'
Weer schudde Sarah haar hoofd. 'Nee. Ze heeft mij ervan overtuigd dat ze haar moeder niet heeft vermoord.'
'En hoe heeft ze dat voor elkaar gekregen?' Hij keek erg sceptisch.
'Vrouwelijke intuïtie, brigadier. U zou het waarschijnlijk naïveteit noemen.'
'Jazeker.' Hij klopte haar op een vaderlijke manier op haar arm. 'U moet echt eens leren om niet zo beschermend op te treden, dokter. U zult de dingen dan in een heel ander daglicht zien.'
'Beschermend?' herhaalde Sarah verbaasd.
'We kunnen het altijd anders noemen. Misschien intellectueel snobisme, of eigendunk. Die vallen net zo goed onder de dekmantel van naïveteit, maar naïveteit klinkt uiteraard veel minder bedreigend. U bent een bijzonder gedecideerde vrouw, dokter Blakeney, maar u gedraagt zich vaak als een olifant in een porseleinkast, niet uit domheid, maar uit een overweldigende overtuiging dat u het beter weet. Ik onderzoek hier een moord.' Hij glimlachte grimmig. 'Ik doe niet alsof ik mevrouw Gillespie ooit gemogen zou hebben, omdat ik de neiging heb de algemeen aanvaarde mening te huldi-

gen dat ze een naar, oud kreng was dat het leuk vond mensen te kwetsen. Maar dat geeft niemand nog het recht haar voor haar tijd om het leven te brengen. Waar ik de nadruk bij u op wil leggen, is dat wie haar ook heeft vermoord, erg handig is. Mevrouw Gillespie heeft links en rechts vijanden gemaakt en dat wist ze; ze was een feeks; ze was hard; en ze walste over de gevoelens van mensen heen. Toch is iemand zo dicht bij haar gekomen dat die een duivelse hoofdtooi bij haar kon aanbrengen, haar vervolgens half bewusteloos in bad kon leggen om vervolgens haar polsen door te snijden. Wie het ook was, hij zal u niet zomaar iets van zijn betrokkenheid laten merken. Integendeel zelfs, hij zal u beslist van zijn niet-betrokken-zijn overtuigen en uw belachelijke veronderstelling dat u na een eenvoudig gesprek intuïtief kunt zeggen wie wel en wie niet schuldig is, is van een intellectuele arrogantie van het ergste soort. Als het zo verdomd gemakkelijk was – ja, sorry hoor – om moordenaars van de rest van de gemeenschap te onderscheiden, denkt u dan niet dat we ze inmiddels hadden opgesloten en criminele moorden tot de rariteitenpagina van het geschiedenisboek zouden behoren?'

'O, jé,' zei ze, 'ik heb geloof ik iets verkeerds gezegd. Het spijt me.'

Hij zuchtte gefrustreerd. 'Nu doet u beschermend tegen mij.'

Ze maakte haar portier open. 'Misschien is het beter als ik wegga, anders zou ik in de verleiding kunnen komen ook beledigend te worden.'

Hij keek geamuseerd. 'Dat doet me niets,' zei hij beminnelijk. 'Ik word wel erger beledigd.'

'Dat verbaast me niets,' zei ze en gleed achter het stuur. 'Ik kan niet de enige zijn die er een hekel aan krijgt wanneer u zich laat gelden. U weet niet eens zeker of Mathilda is vermoord, maar we moeten allemaal in paniek met onze armen zwaaien. Wat kan het nu voor verschil uitmaken als ik mezelf gerust wil stellen dat mevrouw Lascelles zichzelf niet heeft buitengesloten van een deel van de erfenis door de oude dame die het testament heeft gemaakt een kopje kleiner te maken?'

'Het zou veel verschil voor u moeten maken,' zei hij vriendelijk. 'Het zou uw dood worden.'

Ze was bijzonder smalend. 'Waarom?'

'Heeft u een testament gemaakt, dokter Blakeney?'

'Ja.'

'In het voordeel van uw man?'

Ze knikte.

'Dus als u morgen overlijdt, krijgt hij alles, inclusief vermoedelijk wat mevrouw Gillespie u heeft nagelaten.'
Ze startte de auto. 'Suggereert u dat Jack van plan is me te vermoorden?'
'Niet direct.' Hij keek peinzend. 'Ik ben meer geïnteresseerd in het feit dat hij – mogelijk – een bijzonder begeerlijke echtgenoot is. Aangenomen natuurlijk dat u sterft voordat u uw testament kunt veranderen. Het is de moeite van het overdenken waard, hè?'
Sarah keek hem door het raampje dreigend aan. 'En dan zegt u dat Mathilda boosaardig was?' Woedend zette ze de auto in de versnelling. 'Ze had nog wat van u kunnen leren. Julia tegenover uw Iago. En als u die analogie niet begrijpt, dan stel ik voor dat u uw Shakespeare eens nakijkt.' Ze liet de koppeling met een schok opkomen en het regende grind tegen zijn benen toen ze wegreed.

'Bent u bezig, meneer Blakeney, of heeft u even tijd?' Cooper leunde tegen de deurknop van het tuinhuisje en stak een sigaret op.
Jack keek hem even aan en ging toen verder met schilderen. 'Zou u weggaan als ik zei dat ik bezig was?'
'Nee.'
Jack haalde zijn schouders op, hield het penseel tussen zijn tanden, pakte een grovere uit de pot aan de ezel en gebruikte die om een patroon in de zachte verf te maken die hij net had aangebracht. Cooper rookte zwijgend en keek toe. 'Oké,' zei Jack ten slotte, zette de penselen in de terpentine en draaide zich om om de brigadier aan te kijken. 'Wat is er aan de hand?'
'Wie was Iago?'
Jack grinnikte. 'U bent niet hier gekomen om me dat te vragen.'
'Daar heeft u helemaal gelijk in, maar ik wil het toch graag weten.'
'Het is een figuur uit *Othello*. Een Machiavelli die de emoties van mensen bespeelde en hen op die wijze vernietigde.'
'Was Othello die zwarte kerel?'
Jack knikte. 'Iago dreef hem tot zo'n jaloezie dat Othello zijn vrouw Desdemona vermoordde en vervolgens zichzelf toen hij hoorde dat Iago's woorden op leugens gebaseerd waren. Het is een verhaal over een geobsedeerde hartstocht en beschaamd vertrouwen. U zou het eens moeten lezen.'
'Misschien doe ik het wel. Wat deed Iago om Othello jaloers te maken?'
'Hij werkte op Othello's onzekerheid door hem te vertellen dat Desdemona een verhouding had met een jongere, aantrekkelijker

man. Othello geloofde hem omdat hij daar zo bang voor was.' Hij strekte zijn lange benen voor zich uit. 'Voordat Othello zich in zijn zwaard stortte, beschreef hij zichzelf als "iemand, die, verdwaasd, te heftig minde". Het wordt tegenwoordig verkeerd gebruikt door mensen die het citaat wel kennen, maar het verhaal niet. Ze vertalen het als een verwijzing naar een verkeerde partnerkeus, maar Othello gaf feitelijk zijn eigen domheid toe, dat hij een vrouw op wie hij dol was, niet vertrouwde. Hij kon gewoon niet geloven dat de aanbidding wederzijds was.'
Cooper maakte zijn sigaret onder de hak van zijn schoen uit. 'Actuele materie dus,' mompelde hij en keek even naar de slaapzak. 'Uw vrouw heeft op het ogenblik niet te verstandig lief, maar u moedigt haar ook niet bepaald aan om iets anders te doen. U bent wel een beetje hard, vindt u niet?'
Jack begon de man steeds meer te mogen. 'Niet half zo hard als ik zou moeten zijn. Waarom wilde u dat over Iago weten?'
'Uw vrouw haalde hem aan, ze zei dat ik Iago was en mevrouw Gillespie, Julia.' Hij glimlachte zijn vriendelijke glimlach. 'Je moet wel bedenken dat ik net suggereerde dat als zij een ontijdige dood zou sterven, u een begerenswaardige vangst zou zijn voor iemand anders.' Hij haalde een nieuwe sigaret te voorschijn, bestudeerde die even en legde hem weer terug. 'Maar ik zie mevrouw Gillespie niet als Julia. Koning Lear misschien, vooropgesteld dat ik gelijk heb en koning Lear degene was wiens dochter zich tegen hem keerde.'
'Dochters,' verbeterde Jack hem. 'Hij had er twee, of twee die hem aanstonden in ieder geval. De derde probeerde hem te redden.' Hij wreef over zijn ongeschoren kaak. 'Dus u heeft het op Joanna voorzien? Vooropgesteld dat ik uw redenering goed heb begrepen, dan heeft Joanna haar moeder vermoord om het geld te erven, merkte tot haar ontsteltenis dat Mathilda haar testament ondertussen had veranderd, dus begon ze onmiddellijk mij te versieren om me bij Sarah weg te krijgen met het idee Sarah zo snel mogelijk een kopje kleiner te maken en zichzelf dan verder aan mij vast te klampen.' Hij grinnikte. 'Of misschien denkt u dat we het samen hebben gedaan. Dat is een schitterende samenzweringstheorie.'
'Er zijn wel vreemder dingen gebeurd, meneer.'
Hij ontspande zijn stijve schouders. 'Over het algemeen zie ik meer in Joanna's versie. Die is rationeler.'
'Ze beschuldigt uw vrouw.'
'Dat weet ik. En het zit goed in elkaar. De enige zwakke plek erin is

dat Sarah het nooit gedaan zou hebben, maar ik kan het Joanna niet kwalijk nemen dat ze dat verkeerd ziet. Ze kijkt niet verder dan haar eigen jaloezie.'
Cooper fronste zijn wenkbrauwen. 'Jaloezie op u?'
'God, nee.' Jack lachte bulderend. 'Ze mag me niet eens bijzonder. Ze denkt dat ik homoseksueel ben omdat ze mijn gebrek aan interesse op geen enkele andere manier kan uitleggen.' Zijn ogen glansden om de uitdrukking op Coopers gezicht, maar hij weidde er niet over uit. 'Op haar moeder natuurlijk. Ze was heel tevreden met haar hekel aan Mathilda en ook dat Mathilda een hekel aan haar had, tot ze ontdekte dat ze een rivale had. Jaloezie heeft veel meer te maken met eigendomsrechten dan met liefde.'
'Wilt u zeggen dat ze van de relatie van uw vrouw met haar moeder af wist voor haar moeder overleed?'
'Nee. Als dat zo was geweest, had ze er vermoedelijk iets aan gedaan.' Hij streek weer over zijn baardstoppels en kneep zijn ogen peinzend halfdicht. 'Maar het is nu te laat en dat kan de jaloezie alleen maar erger maken. Ze begint de fouten van haar moeder te vergeten, fantaseert over de relatie die Sarah met Mathilda had en kwelt zichzelf over haar eigen gemiste kansen. Laten we het onder ogen zien, we willen allemaal geloven dat onze moeders van ons houden. Het moet de enige verhouding zijn waar we van op aankunnen.'
Cooper stak nog een sigaret op en staarde nadenkend naar het gloeiende puntje. 'U zegt dat mevrouw Lascelles jaloers is op de vertrouwelijkheid van uw vrouw met mevrouw Gillespie. Waarom is ze niet jaloers op haar dochter? Volgens de jongedame zelf kon ze opperbest met haar grootmoeder overweg.'
'Gelooft u dat?'
'Er is niets dat op het tegendeel wijst. De mentrix van haar kostschool zegt dat mevrouw Gillespie regelmatig schreef en altijd heel aardig was wanneer ze daar kwam. Veel aardiger en geïnteresseerder blijkbaar dan mevrouw Lascelles die onregelmatig langskwam en weinig of geen interesse toonde in het doen en laten van haar dochter.'
'Dat vertelt me alleen maar dat Mathilda een gigantische huichelaarster was. Je kunt haar snobisme niet over het hoofd zien, weet je, niet zonder het beeld te verstoren. Southcliffe is een dure meisjeskostschool. Mathilda zou zich nooit laten kennen in een dergelijke omgeving. Ze had het altijd over "Ons Soort Mensen" en miste het gebrek eraan in Fontwell.'

De brigadier schudde ongelovig zijn hoofd. 'Dat komt niet overeen met wat u me eerder heeft verteld. U noemde haar een van de grootste persoonlijkheden aller tijden. Nu zegt u dat ze naar de hogere klassen flirtte om zichzelf sociaal acceptabel te maken.'
'Niet bepaald. Ze was een Cavendish en daar was ze bijzonder trots op. Dat zijn jarenlang hoge pieten hier in de buurt geweest. Haar vader, Sir William Cavendish, heeft zijn ridderschap gekocht door zijn taak als parlementslid van het district te vervullen. Ze was al sociaal acceptabel, zoals u dat noemt, en hoefde met niemand meer te flirten.' Hij fronste nadenkend zijn wenkbrauwen. 'Nee, wat haar zo bijzonder maakte, was dat ze diep in haar hart vol tegenstellingen zat, ondanks alle vertoon van klasse en het ontzag dat ze opwekte en uitstraalde om het volk zijn plaats te wijzen. Misschien had het seksuele misbruik van haar oom daarmee te maken, maar ik denk dat ze in feite in de verkeerde generatie geboren is en het verkeerde leven leidde. Ze had het intellectuele vermogen om alles te doen wat ze wilde, maar haar sociale conditionering was zodanig dat ze aan die ene rol vastzat waar ze niet geschikt voor was, namelijk een huwelijk en moederschap. Het is werkelijk bedroevend. Ze heeft het grootste deel van haar leven tegen zichzelf gestreden en haar dochter en kleindochter zijn in die strijd gehandicapt geraakt. Ze kon het niet uitstaan toen ze merkte dat hun opstandigheid succes had en de hare niet.'
'Heeft ze u dit allemaal verteld?'
'Niet in die woorden. Ik heb het opgemaakt uit dingen die ze zei en ze vervolgens in het portret verwerkt. Maar het is allemaal waar. Ze wilde een volledige uitleg van dat schilderij, iedere kleurnuance en penseelstreek, dus' – hij haalde zijn schouders op – 'heb ik haar die gegeven op min of meer dezelfde manier als ik u net heb verteld en aan het eind zei ze dat er maar één ding verkeerd was en het was verkeerd omdat het ontbrak. Maar ze wilde me niet vertellen wat dat was.' Hij zweeg nadenkend. 'Het had vermoedelijk te maken met het misbruik van haar oom. Daar wist ik niets van. Ik wist alleen van haar vader die haar het leven zuur had gemaakt met het heksenmasker.'
Maar Cooper was geïnteresseerder in iets dat hij daarvoor had gezegd. 'U kunt niet zeggen dat mevrouw Lascelles succes heeft gehad met haar opstandigheid. Ze heeft zichzelf met een waardeloze heroïneverslaafde opgezadeld die dood is gegaan zonder een cent achter te laten.' Zijn blik bleef op het portret hangen.
Op Jacks donkere gezicht verscheen weer een grijns. 'U heeft een

bijzonder beschermd leven geleid als u denkt dat opstandigheid iets is dat met geluk bereiken te maken heeft. Het heeft te maken met woede en verzet en een maximumhoeveelheid schade aan een gehate autoriteit toebrengen.' Hij trok spottend een wenkbrauw op. 'Zo gezien zou ik zeggen dat Joanna een spectaculair succes heeft geboekt. Als u haar man nu waardeloos noemt, wat denkt u dan in hemelsnaam dat Mathilda's gelijken indertijd over hem gezegd hebben? Vergeet niet dat ze een erg trotse vrouw was.'

Cooper trok heftig aan zijn sigaret en keek naar het huis. 'Uw vrouw is net bij mevrouw Lascelles geweest. Wist u dat?'

Jack schudde zijn hoofd.

'Ik kwam haar tegen bij het weggaan. Ze vertelde me dat ze ervan overtuigd is dat mevrouw Lascelles haar moeder niet heeft vermoord. Zou u het daarmee eens zijn?'

'Waarschijnlijk wel.'

'Maar toch heeft u me net verteld dat de opstandigheid van mevrouw Lascelles erop gericht was een maximum aan schade toe te brengen aan het voorwerp van haar haat. Is de dood dan niet de meeste schade?'

'Ik had het over zo'n twintig jaar geleden. U heeft het over nu. Opstandigheid is voor de jeugd, brigadier, niet voor de middelbare leeftijd. Er wordt tegen mensen van middelbare leeftijd aangetrapt, omdat zij degenen zijn die compromissen met hun principes hebben gesloten.'

'En hoe verzet Ruth zich?'

Jack bestudeerde hem op zijn gemak vanonder zijn halfdichte oogleden. 'Waarom vraagt u dat niet aan haar?'

'Omdat ze niet hier is,' zei Cooper verklarend, 'en u wel.'

'Vraag het dan aan haar moeder. U wordt ervoor betaald om zich overal mee te bemoeien' – hij trok die irritante wenkbrauw weer op – 'en ik niet.'

Cooper keek hem stralend aan. 'Ik mag u, meneer Blakeney, hoewel god mag weten waarom. Ik mag uw vrouw ook, als u dat interesseert. U bent beiden eerlijke types die me aankijken wanneer u met me spreekt en u kunt het geloven of niet, maar dat is hartverwarmend, want ik probeer werk te doen dat me is opgedragen, maar waarvoor ik meestal uitgescholden word. En voor zover ik weet, heeft een van u, of u allebei, die arme oude vrouw daar vermoord en moet ik u arresteren en het feit dat ik u mag zal me dat niet beletten, want ik ben een ouderwetse zak die gelooft dat de gemeenschap alleen kan draaien als ze steunt op normen en regels

die meer vrijheid verschaffen dan beperken. Maar tegelijkertijd mag ik mevrouw Lascelles of haar dochter niet, en als ik het soort man was dat mensen arresteerde die ik niet mocht, dan had ik ze een paar weken geleden al opgesloten. Ze zijn allebei even kwaadaardig. De ene richt haar kwaadaardigheid op uw vrouw, de ander tegen haar moeder, maar geen van beiden heeft iets gezegd dat de moeite van het luisteren waard was. Hun beschuldigingen zijn vaag en zonder enige inhoud. Ruth zegt dat haar moeder een hoer zonder principes is en mevrouw Lascelles zegt dat uw vrouw een moordenares is, maar wanneer ik ze vraag het te bewijzen, kunnen ze het niet.' Hij gooide zijn peuk op het gras. 'Het gekke is dat u en dokter Blakeney samen meer schijnen te weten over deze twee vrouwen en hun relatie met mevrouw Gillespie dan zijzelf, maar vanwege een of ander verkeerd soort altruïsme wilt u er niet over praten. Misschien is het politiek gezien niet helemaal in de haak onder rijke intellectuelen om hun vingers vuil te maken aan de zelfkant van het leven, maar vergis u niet. Als er niet meer boven water komt, zal de dood van mevrouw Gillespie een onopgelost raadsel blijven en de enige die daaronder te leiden zal hebben, zal dokter Blakeney zijn, omdat zij de enige is met een aanvaardbaar motief. Als ze onschuldig aan de moord op haar patiënt is, kan haar onschuld alleen bewezen worden als er iemand anders in staat van beschuldiging wordt gesteld. Vertelt u me nu eens eerlijk, denkt u zo min over uw vrouw dat u haar reputatie door het slijk laat sleuren alleen maar omdat u de politie niet wilt helpen?'
'Mijn god!' zei Jack met werkelijk enthousiasme. 'U moet me dat portret van u laten maken. Tweeduizend. Dat hadden we toch afgesproken?'
'U heeft mijn vraag niet beantwoord,' zei de politieman geduldig.
Jack pakte zijn schetsblok en bladerde tot hij een lege bladzijde had gevonden. 'Blijf daar even staan,' mompelde hij, pakte een stuk houtskool en zette snel een paar lijnen op het papier. 'Dat was me een speech. Is uw vrouw net zo fatsoenlijk en eerbaar als u?'
'U houdt me voor de gek.'
'Dat doe ik eigenlijk niet.' Jack keek hem even met half dichtgeknepen ogen aan voor hij zich weer op zijn tekening concentreerde. 'Ik denk toevallig dat de relatie tussen de politie en de gemeenschap uit haar evenwicht raakt. De politie is vergeten dat ze er slechts op onze uitnodiging is; terwijl de gemeenschap is vergeten dat ze, omdat ze de wetten kiest die alles regelen, een verantwoordelijkheid heeft en die staande moet houden. De relatie zou elkaar

over en weer moeten bijstaan; in plaats daarvan zijn ze wederzijds achterdochtig en antagonistisch.' Hij wierp Cooper een ontwapenende, aantrekkelijke glimlach toe. 'Ik ben bijzonder blij een politieman te ontmoeten die mijn zienswijze deelt. En, nee, natuurlijk denk ik niet zo min over Sarah dat ik haar reputatie daaronder zou laten lijden. Is dat echt waarschijnlijk?'
'U bent niet veel buitenshuis geweest sinds u hiernaar toe bent verhuisd.'
'Dat doe ik nooit wanneer ik aan het werk ben.'
'Dan wordt het misschien tijd dat u vertrekt. Er is een volksgericht gaande in Fontwell en uw vrouw is hun lievelingsdoel. Ze is tenslotte een nieuweling en u heeft haar niet geholpen door bij de oppositie in te trekken. Ze is al een flink aantal patiënten kwijtgeraakt.'
Jack hield het schetsblok op een armslengte afstand om ernaar te kijken. 'Ja,' zei hij. 'Ik zal u met plezier maken.' Hij begon zijn weekendtas in te pakken. 'Het is hier toch veel te koud en ik heb genoeg van Joanna om dat thuis af te kunnen maken. Wil Sarah me terughebben?'
'Dat moet u haar zelf maar vragen. Ik word niet betaald om me met huiselijke twisten te bemoeien.'
Jack stak zijn vinger op ten teken dat hij het begreep. 'Goed,' zei hij, 'het enige dat ik over Ruth weet, is wat Mathilda me heeft verteld. Ik geef geen garantie voor de precieze details, dus die moet u zelf natrekken. Mathilda hield een bedrag van vijftig pond in een geldkistje opgeborgen in haar nachtkastje. Op een dag maakte ze het open omdat ze wilde dat ik naar de winkel ging en wat boodschappen voor haar deed. Het was leeg. Ik zei dat ze het geld misschien al had uitgegeven en dat was vergeten. Ze zei nee, dat kwam ervan als je een kleindochter had die dievegge was.' Hij haalde zijn schouders op. 'Het kan net zo goed zijn dat ze een smoesje over Ruth verzon om haar eigen vergeetachtigheid te verdoezelen, maar ze weidde er niet over uit en ik vroeg niet verder. Meer kan ik u niet vertellen.'
'Wat een gedesillusioneerde familie,' zei de brigadier. 'Geen wonder dat ze haar geld liever aan een ander naliet.'
'Daarover zijn onze meningen verdeeld,' zei Jack, stond op en rekte zich uit naar het plafond. 'Het zijn Mathilda's creaties. Ze had geen enkele reden om er Sarah mee op te schepen.'

Ik ben vandaag vreselijk geschrokken. Ik liep volkomen onvoorbereid de wachtkamer van de dokter binnen en daar zag ik Jane Marriott achter de balie zitten. Waarom heeft niemand me verteld dat zij terug waren? Dan was ik er tenminste op verdacht geweest. Jane wist natuurlijk dat onze paden elkaar op een dag moesten kruisen en was de rust zelve. 'Goedemorgen, Mathilda,' zei ze. 'Je ziet er goed uit.' Ik kon geen woord uitbrengen. Die dwaas van een dokter Dolittle had me het goede nieuws kunnen brengen dat Jane en Paul hadden besloten naar Rosett House terug te komen nadat hun huurder overleden was. Ik denk dat Paul invalide is – chronisch emfyseem – en dat de vrede en rust van Fontwell goed voor hem zullen zijn na de ontberingen van Southampton. Maar wat doe ik met Jane? Zal ze haar mond houden? Of nog erger, zal ze me verraden?
Is er dan niemand die ziet hoe ik lijd?
Ik zou me niet zo wanhopig voelen als Ruth niet terug was gegaan naar school. Het huis is leeg zonder haar. Er zijn hier te veel geesten en de meeste zijn onrustig. Gerald en mijn vader achtervolgen me genadeloos. Er zijn tijden, niet vaak, wanneer ik het jammer vind dat ze dood zijn. Maar ik heb hoge verwachtingen van Ruth. Ze is intelligent voor haar leeftijd. Er komt nog iets goeds uit de Cavendishes voort, dat weet ik zeker. Zo niet, dan zijn al mijn inspanningen voor niets geweest.
'Sst! Sst! Zwijg, iedereen! Mathilda Gillespie prevelt haar gebeden.'
Ik heb tegenwoordig zo'n last van hoofdpijn. Misschien is het nooit Joanna geweest die gek was, maar was ik het alleen maar...

Tien

Ruth, die uit de scheikundeles was gehaald, liep schuchter de kamer in die door haar mentrix voor brigadier Cooper gereserveerd was en stond met haar rug naar de deur. 'Waarom moest u terugkomen?' vroeg ze hem. 'Het is gênant. Ik heb u alles verteld wat ik weet.' Ze had haar gewone kleren aan en zag er met haar haren weggetrokken uit haar gezicht in een strakke knot ouder uit dan zeventien.

Cooper kon haar gêne wel begrijpen. Iedere school was een glazen huisje, maar een kostschool helemaal. 'Politieonderzoeken zijn vaak niet helemaal af,' verontschuldigde hij zich. 'Er zijn te veel losse eindjes die nog opgelost moeten worden.' Hij gebaarde naar een stoel. 'Ga toch zitten.'

Ze ging onelegant zitten en hij ving even een glimp op van de klungelige tiener onder de pseudo-verfijning aan de buitenkant. Hij liet zijn stevige lichaam in een stoel tegenover haar zakken en bestudeerde haar ernstig, maar niet onvriendelijk.

'Twee dagen geleden hebben we een brief over jou ontvangen,' zei hij. 'Het was een anonieme brief. Daarin werd beweerd dat jij op de sterfdag van je grootmoeder in Cedar House bent geweest en dat je een paar oorbellen hebt gestolen. Kloppen deze feiten, jongedame?'

Ze sperde haar ogen wijder open, maar zei niets.

'Sinds die tijd,' ging hij vriendelijk verder, 'heb ik van betrouwbare zijde vernomen dat je grootmoeder wist dat je stal. Ze beschuldigde je ervan dat je geld van haar hebt gestolen. Klopt dat ook?'

Alle kleur verdween uit haar gezicht. 'Ik wil een advocaat.'

'Waarom?'

'Dat is mijn recht.'

Hij stond op en knikte. 'Uitstekend. Heb je een advocaat? Als dat zo is, kun je je mentrix het telefoonnummer geven en haar vragen hem op te bellen. Zo niet, dan weet ik zeker dat ze met alle plezier de advocaat van de school opbelt. Ze zullen de kosten wel bij het

schoolgeld optellen.' Hij liep naar de deur. 'Misschien biedt ze wel aan erbij te komen zitten om je belangen te verdedigen. Daar heb ik uiteraard ook geen bezwaar tegen.'
'Nee,' zei ze scherp, 'ik wil de dienstdoende advocaat.'
'Welke?' Hij vond haar doorzichtigheid wonderlijk aandoenlijk.
'De advocaat bij de politie.'
Hij overwoog dit tijdens een langdurige en peinzende stilte. 'Bedoel je de pro deo-advocaten op politiebureaus die mensen vertegenwoordigen die geen eigen verdedigers hebben?'
Ze knikte.
Hij klonk oprecht sympathiek. 'Ruth, dat is met de beste wil van de wereld onmogelijk. We leven in een tijd van bezuinigingen en je bent een bevoorrechte jongedame, omringd door mensen die je rechten maar al te graag behartigen. We zullen je mentrix vragen contact met een advocaat op te nemen. Ik weet zeker dat ze daar geen bezwaar tegen heeft. Afgezien daarvan, zal ze, bij wijze van spreken, alle narigheid achter gesloten deuren willen houden. Ze moet tenslotte aan de reputatie van de school denken.'
'Rotzak!' snauwde ze. 'Dan geef ik gewoon geen antwoord.'
Hij deed alsof hij verbaasd was. 'Begrijp ik dat je dus toch geen advocaat wilt?'
'Nee. Ja.' Ze sloeg haar armen om zich heen. 'Maar ik zeg niets.'
Cooper liep terug naar zijn stoel. 'Dat is je goed recht. Maar als ik geen antwoord van je krijg, dan zal ik mijn vragen ergens anders moeten stellen. Volgens mijn ervaring stelen dieven meestal niet van slechts één mens. Ik vraag me af wat er gebeurt als ik de rest van je klas bij elkaar roep en hun allemaal vraag of er het laatste jaar dingen zijn verdwenen. De conclusie zal zonder meer duidelijk zijn, want ze weten dat mijn enige relatie met de school via jou is.'
'Dat is chantage.'
'Standaard politieprocedure, jongedame. Als een diender zijn gegevens niet op de ene manier kan krijgen, dan is het zijn plicht een andere manier te proberen.'
Ze keek woedend. 'Ik heb haar niet vermoord.'
'Heb ik dat dan gezegd?'
Het scheen dat ze de verleiding om antwoord te geven niet kon weerstaan. 'Dat dacht u. Als ik daar was, dan moest ik haar hebben vermoord.'
'Ze stierf vermoedelijk in het begin van de avond, tussen negen uur en middernacht. Was je er toen?'
Ze keek opgelucht. 'Nee. Ik ben om vijf uur weggegaan. Ik moest

op tijd terug zijn voor natuurkunde. Het is een van mijn examenvakken en ik moest aan het eind mijn dankwoord doen.'
Hij haalde zijn aantekenblok te voorschijn. 'Hoe laat begon die les?'
'Om halfacht.'
'En je was er voor die begon?'
'Ja.'
'Hoe heb je dat gedaan? Je hebt duidelijk geen vijftig kilometer binnen tweeënhalf uur gelopen.'
'Ik heb een fiets geleend.'
Hij keek erg sceptisch. 'Hoe laat ben je bij je grootmoeder aangekomen?'
'Dat weet ik niet. Rond halfvier, denk ik.'
'En hoe laat ben je van school weggegaan?'
'Na de lunch.'
'Juist,' zei hij zwaarwichtig, 'dus je hebt binnen twee uur vijftig kilometer de ene kant op gefietst, hebt anderhalf uur bij je grootmoeder uitgerust en bent toen vijftig kilometer teruggefietst. Je moet een bijzonder sportieve jongedame zijn. Mag ik weten van wie je die fiets hebt geleend?' Hij likte aan de punt van zijn potlood en hield die boven het blad.
'Dat weet ik niet. Ik heb hem zonder te vragen meegenomen.'
Hij schreef iets op. 'Zullen we er maar rond voor uitkomen en ophouden met doen-alsof? Je bedoelt dat je hem hebt gestolen. Zoals de oorbellen en de vijftig pond.'
'Ik heb hem teruggezet. Dat was geen stelen.'
'Waar teruggezet?'
'In de fietsenstalling.'
'Mooi, dan kun je hem voor me aanwijzen.'
'Dat weet ik niet zeker. Ik heb gewoon de beste eruit gehaald die ik kon vinden. Wat doet het ertoe welke fiets het was?'
'Omdat je er weer op gaat zitten en ik je dan ga volgen, helemaal naar Fontwell.' Hij keek geamuseerd. 'Kijk jongedame, ik geloof niet dat je vijftig kilometer in twee uur kunt rijden, maar je mag best bewijzen dat ik het fout heb. Daarna kun je anderhalf uur uitrusten voor je weer terugrijdt.'
'Dat kunt u niet doen. Dat is verdomme gewoon' – ze zocht naar een woord – 'pesten.'
'Natuurlijk kan ik dat wel doen. Het heet reconstructie. Je bent op de dag van de misdaad op de plek van de misdaad geweest, je bent lid van de familie van het slachtoffer en had gemakkelijk toegang

tot haar huis en je dacht dat je geld van haar zou erven. Dat plaatst je allemaal hoog op het lijstje van mogelijke verdachten. Of je bewijst dat je met de fiets bent geweest, of je vertelt me nu hoe je er werkelijk bent gekomen. Iemand heeft je er met de auto naar toe gebracht, hè?'

Ze zweeg koppig, en trok haar teen heen en weer over het vloerkleed. 'Ik heb gelift,' zei ze plotseling. 'Dat wilde ik niet zeggen omdat ze daar op school de zenuwen van zouden krijgen als ze het wisten.'

'Leefde je grootmoeder nog toen je Cedar House om vijf uur verliet?'

Ze leek geschrokken door de plotselinge verandering in het gesprek. 'Dat moet toch wel, want ik heb haar niet vermoord.'

'Dus je hebt haar gesproken?'

Ruth keek hem vermoeid aan. 'Ja,' mompelde ze. 'Ik had mijn sleutel op school laten liggen en moest aanbellen.'

'Dan zal ze je wel gevraagd hebben hoe je daar was gekomen. Als je gelift had, kwam je onverwacht.'

'Ik heb gezegd dat ik een lift van een kennis had gehad.'

'Maar dat was niet waar, en waarom heb je niet aan je grootmoeder gevraagd of zij je terug wilde brengen, gezien het feit dat je wist dat je op een donkere novemberavond weer terug naar school moest liften? Ze had een auto en volgens jou was ze dol op je. Ze had het vast zonder meer gedaan. Waarom zou je zoiets gevaarlijks doen als liften in het donker?'

'Ik heb er niet over nagedacht.'

Hij zuchtte. 'Waar vandaan heb je gelift, jongedame? Fontwell zelf, of heb je de vijf kilometer langs Gazing Lane naar de hoofdweg gelopen? Als het in Fontwell was, dan zullen we de persoon die je heeft meegenomen wel vinden.'

'Ik ben Gazing Lane afgelopen,' zei ze gehoorzaam.

'Op wat voor schoenen?'

'Gymschoenen.'

'Dan zullen ze vol modder zitten van de laan. Het regende het grootste deel van de middag. De jongens van het gerechtelijk laboratorium zullen het heerlijk hebben. Je schoenen zullen vaststellen of je de waarheid vertelt. En als dat niet het geval is' – hij glimlachte grimmig – 'maak ik je leven tot een hel, jongedame. Als het nodig is, ondervraag ik elk meisje hier op school, om te horen met wie je omgaat, wie je gedekt heeft toen je ervandoor was, wat je steelt en waarom je steelt. En als je aan het eind nog enige geloofwaardig-

heid bezit, begin ik weer van voren af aan. Is dat duidelijk? Nou, wie heeft je naar je grootmoeder gebracht?'
De tranen stonden haar in de ogen. 'Het heeft niets met oma's dood te maken.'
'Dan kun je het mij ook best vertellen.'
'Ik word van school gestuurd.'
'Je wordt nog veel sneller van school gestuurd als ik moet uitleggen waarom ik je kleren meeneem voor een gerechtelijk onderzoek.'
Ze verborg haar gezicht in haar handen. 'Mijn vriendje,' mompelde ze.
'Naam?' wilde hij meedogenloos weten.
'Dave – Dave Hughes.'
'Adres?'
Ze schudde haar hoofd. 'Dat kan ik niet zeggen. Hij vermoordt me.'
Cooper fronste zijn wenkbrauwen tegen het gebogen hoofd. 'Hoe heb je hem leren kennen?'
Ze tilde een betraand gezichtje op. 'Hij heeft het asfalt voor de schoolingang gemaakt.' Ze zag de afkeuring in zijn ogen en verdedigde zichzelf snel. 'Het is niet wat u denkt.'
'Wat denk ik?'
'Ik ben geen slet. We houden van elkaar.'
Haar seksuele moraal was het laatste waar hij aan dacht, maar het was kennelijk erg belangrijk voor haar. Hij had met haar te doen. Ze beschuldigde zichzelf, dacht hij, toen ze haar moeder een hoer had genoemd.'Is het huis van hem?'
Ze schudde haar hoofd. 'Het is een kraakpand.'
'Maar hij moet telefoon hebben, anders had je geen contact met hem kunnen opnemen.'
'Het is een draagbare.'
'Mag ik het nummer hebben?'
Ze keek geschrokken. 'Hij zal woedend zijn.'
Reken maar, dacht Cooper. Hij vroeg zich af waar Hughes in verwikkeld was. Drugs? Seks met minderjarigen? Pornografie? Weggestuurd worden van school was nog het minst erge als een van deze dingen waar was. Hij toonde geen ongeduld om het adres en het telefoonnummer van haar te krijgen. 'Vertel me eens iets over hem,' nodigde hij haar in plaats daarvan uit. 'Hoe lang ken je hem? Hoe oud is hij?'
Hij moest de gegevens met een engelengeduld uit haar los peuteren. Terwijl ze sprak en zichzelf hoorde praten, zag hij de bevesti-

ging dagen van haar grootste angst; dit was geen Romeo en Julia-verhaal over een verboden, onschuldige liefde, maar eerder een slonzig verslag van bezwete halfuurtjes achter in een witte Ford bestelwagen. Er ontbrak maar al te duidelijk zelfs de geringste erotiek in en Cooper vond het relaas, net zoals Ruth, onplezierig. Hij deed zijn best om het haar gemakkelijk te maken, maar haar verlegenheid was aanstekelijk en ze ontweken elkaars blikken steeds vaker.

Het was al een halfjaar aan de gang, sinds de werkploeg de oprit had gemaakt en de details van het begin waren heel gewoon. Een school vol meisjes; Dave die daar wel oog voor had; zij was gevleid door zijn duidelijke bewondering, en nog meer toen de andere meisjes opmerkten dat hij alleen maar naar haar keek; een spijtig gevoel toen het asfalt klaar was en de ploeg vertrok; gevolgd door een schijnbaar toevallige ontmoeting toen ze alleen liep; hij was een straatjongen van achtentwintig; zij was een van romantiek dromende, eenzame zeventienjarige. Hij respecteerde haar, hij hield van haar, hij zou eeuwig op haar wachten, maar (wat was 'maar' toch een groot woord in het leven van de mensheid, bedacht Cooper) hij had haar binnen een week achter in zijn bestelbus. Als ze de viezigheid van een laken op een zeildoek van zich af kon zetten, kon ze zich het plezier en de opwinding herinneren. Ze was om twee uur 's nachts uit een raam van de benedenverdieping gekropen en in de armen van haar minnaar gevallen. Ze hadden bij kaarslicht in de privacy van het geparkeerde bestelbusje gerookt, gedronken en gepraat en, nou ja, goed, hij was niet zo bijzonder goed ontwikkeld of zelfs maar bijzonder welbespraakt, maar dat deed er niet toe. En als de dingen die daarna waren gebeurd geen onderdeel van haar plannen hadden uitgemaakt, dan gaf dat ook niet, want als het erop aankwam (haar ogen logenstraften haar woorden) was ze net zo graag met hem naar bed gegaan als hij met haar.

Cooper had graag willen vragen waarom. Waarom ze zichzelf zo laag schatte. Waarom ze het enige meisje van de school was dat ervoor was gevallen. Waarom ze een relatie met een onontwikkelde arbeider was aangegaan. En bovendien, waarom ze zo lichtgelovig was om te denken dat hij iets meer wilde dan gratis seks met een schone maagd? Hij vroeg het natuurlijk niet. Zo gemeen was hij niet.

De verhouding had daarmee klaar kunnen zijn, als ze hem niet door pure pech (Coopers interpretatie, niet de hare) op een dag tijdens de vakantie was tegengekomen. Ze had niets meer van hem gehoord sinds de nacht in het bestelbusje en haar hoop was in een depressie omgeslagen. Ze bracht Pasen bij haar grootmoeder in Fontwell door (ze ging meestal naar Fontwell, vertelde ze Cooper, omdat ze beter met haar grootmoeder overweg kon) en had de bus naar Bournemouth genomen om boodschappen te doen. En plotseling was Dave er en hij was zo blij om haar te zien, maar ook boos, omdat ze zijn brief niet had beantwoord. (Cooper stelde zich het roerende tafereel met een zuur gezicht voor. Wat voor brief? Nou, die ene brief die in de post verloren was geraakt natuurlijk.) Daarna waren ze elkaar achter in de Ford in de armen gevallen, voordat Dave naar huis was gereden en had beseft (Coopers uitleg weer, die tussen de lijntjes door las) dat Ruth misschien wel meer waard was dan alleen maar een snelle wip wanneer hij zich hitsig voelde. 'Hij heeft me die vakantie overal mee naar toe genomen. Het was heerlijk. De fijnste tijd die ik ooit heb gehad.' Maar ze sprak de woorden zonder veel intonatie uit, alsof zelfs aan de herinnering de vonk ontbrak.

Ze was wel zo handig om haar grootmoeder niet te vertellen wat ze deed – zelfs in haar stoutste dromen dacht ze niet dat Mathilda Dave zou goedkeuren – dus in plaats daarvan verzon ze smoesjes voor haar afwezigheid, net zoals een ontrouwe echtgenoot.

'En je grootmoeder geloofde je?'

'Ik denk dat haar artritis toen nogal erg was. Ik zei meestal dat ik ergens naar toe ging, maar 's avonds was ze vergeten waarheen.'

'Bracht Dave je thuis?'

'Eén keer. Dat vond ik niet zo prettig.'

'Heeft hij voorgesteld dat je van je grootmoeder zou stelen? Of was dat jouw idee?'

'Zo was het helemaal niet,' zei ze ongelukkig. 'Het geld raakte op, dus heb ik op een dag wat uit haar tas geleend.'

'En je kon het niet terugbetalen?'

'Nee.' Ze zweeg.

'Wat deed je toen?'

'Er was van alles. Sieraden. Ornamenten. Zilverwerk. Ze vond het meeste niet eens mooi. En ze was zo gierig. Ze had me meer zakgeld kunnen geven, maar dat heeft ze nooit gedaan.'

'Dus stal je dingen van haar die Dave verkocht.'

Ze gaf geen antwoord.

'Wat is er met Daves baan bij de werkploeg gebeurd ?'

'Geen werk.' Ze haalde haar schouders op. 'Daar kan hij niets aan doen. Hij zou wel werken als hij kon.'

Geloofde ze dat echt? 'Dus bleef je dat laatste schoolkwartaal en de zomervakantie van je grootmoeder stelen?'
'Het was geen stelen. Ik zou het toch krijgen.'
Dave had haar goed geïndoctrineerd – of was dit Ruth zelf? 'Alleen kreeg je het niet.'
'De dokter heeft er geen recht op. Ze is zelfs geen familie.'
'Het adres van Dave, graag, Ruth.'
'Dat kan ik niet geven,' zei ze werkelijk bang. 'Hij vermoordt me.'
Zijn geduld was op. 'Nou, eerlijk gezegd zal dat, hoe je het ook bekijkt, geen groot verlies zijn. Je moeder zal niet om je rouwen en voor de rest van de gemeenschap ben je niet meer dan een statistiek. Gewoon weer een meisje dat zich door een man liet gebruiken en misbruiken.' Hij schudde zijn hoofd minachtend. 'Ik denk dat het ergste van dit alles nog is dat er zoveel geld aan je opleiding is verspild.' Hij keek de kamer rond. 'Mijn kinderen zouden er wat voor geven om jouw mogelijkheden gehad te hebben, maar ja, die zijn natuurlijk een stuk intelligenter dan jij.' Hij wachtte even, deed zijn aantekenboekje dicht en stond zuchtend op. 'Je dwingt me het via je mentrix te doen.'
Ruth sloeg weer haar armen om zich heen. 'Ze weet nergens van. Hoe zou ze het weten?'
'Ze weet de naam van de firma die de opdracht had gekregen om de oprit te maken. Ik vind hem op die manier wel.'
Ze veegde met haar vochtige neus langs haar mouw. 'Maar u begrijpt het niet, ik moet gaan studeren.'
'Waarom?' wilde hij weten. 'Zodat jij en je vriendje je lol kunnen hebben met goedgelovige studenten? Waar handelt hij in? Drugs?'
De tranen stroomden rijkelijk over haar wangen. 'Ik weet niet hoe ik anders weg moet komen bij hem. Ik heb gezegd dat ik naar Exeter ging, maar dat ga ik niet. Ik probeer universiteiten in het noorden, omdat die het verst weg zijn.'
Cooper was wonderlijk geroerd. Hij vermoedde dat dit waarschijnlijk waar was. Ze zag weglopen als de enige mogelijkheid die voor haar openstond. Hij vroeg zich af wat Dave had gedaan dat ze zo bang voor hem was. Was hij misschien ongeduldig geworden en had hij mevrouw Gillespie vermoord om Ruths erfenis te bespoedigen? Hij ging weer zitten. 'Je hebt je vader natuurlijk nooit gekend, Ruth. Ik denk dat het logisch is dat jij iemand zoekt die zijn plaats inneemt. Maar de universiteit is geen oplossing. Je hebt misschien twee kwartalen rust voor Dave je vindt, maar niet meer. Hoe ben je van plan dat geheim te houden? Was je van plan tegen de

school te zeggen dat ze nooit mochten vertellen naar welke universiteit je was gegaan? Was je van plan tegen je moeder en al je vriendinnen hetzelfde te zeggen? Vroeg of laat komt er een plausibel telefoontje en iemand verstrekt de informatie.'
Ze leek voor zijn ogen in elkaar te krimpen. 'Dan kan ik niets doen.'
Hij fronste zijn wenkbrauwen. 'Je kunt beginnen met mij te vertellen waar ik hem kan vinden.'
'Gaat u hem arresteren?'
'Waarvoor?'
'Stelen van oma. Dan moet u mij ook arresteren.'
Hij haalde zijn schouders op. 'Ik moet daar met de executeurs van je grootmoeder over praten. Zij vinden misschien dat het beter is geen slapende honden wakker te maken.'
'Dan gaat u hem gewoon vragen stellen over de dag waarop oma is gestorven?'
'Ja,' zei hij en nam aan dat ze dat wilde horen.
Ze schudde haar hoofd. 'Hij is vreselijk wanneer hij kwaad is.' Haar ogen stonden weer vol tranen. 'Als u hem niet in de gevangenis zet, vertel ik u niet waar u hem kunt vinden. U begrijpt gewoon niet hoe hij is. Hij zal me straffen.'
'Hoe?'
Maar ze schudde haar hoofd nog heftiger. 'Dat kan ik u niet vertellen.'
'Hier ben je veilig.'
'Hij zei dat hij zou komen en een scène op school zou maken als ik ooit iets deed dat hij niet prettig vond. Ze sturen me van school af.'
Cooper stond er versteld van. 'Als je je zo druk maakt over dat van school gestuurd worden, waarom ben je dan ooit met hem begonnen? Je was acuut van school gestuurd als ze je gesnapt hadden.'
Ze draaide haar vingers in de zoom van haar trui. 'Ik wist toen niet hoe graag ik wilde gaan studeren,' fluisterde ze.
Hij knikte. 'Daar is een oud spreekwoord voor, "als het kalf verdronken is, dempt men de put".' Hij glimlachte zonder vijandigheid. 'Maar we denken altijd maar dat alles kan, dus daarin sta je niet alleen. Wat dacht je van: zachte heelmeesters maken stinkende wonden? Ik stel voor dat je alles aan je mentrix opbiecht, je als het ware aan haar genade overlevert, voor ze het van mij of Hughes hoort. Misschien heeft ze er wel begrip voor. Je weet maar nooit.'
'Ze wordt woest.'
'Heb je een keus?'

'Ik kan zelfmoord plegen,' zei ze met een nerveus stemmetje.
'Alleen de zwakken van geest zien onthoofden als de enige oplossing voor hoofdpijn,' zei hij vriendelijk. Hij sloeg zijn handen op zijn knieën. 'Schraap je moed bij elkaar, kind. Geef me het adres van Dave en zoek de zaak dan met je mentrix uit.'
Haar lip trilde. 'Wilt u dan met me meegaan?'
O, lieve help, dacht hij, had hij al niet genoeg gehad aan zijn eigen kinderen? 'Goed,' zei hij, 'maar als ze vraagt of ik wegga, zal ik moeten gaan. Ik heb niets over jou te zeggen, hoor.'
'Palace Road 23, Bournemouth,' fluisterde ze. 'U heeft van mijn moeder gehoord dat ik heb gestolen, hè?' Ze klonk wanhopig eenzaam alsof ze besefte dat er voor haar niemand meer was.
'Nee,' zei Cooper meelevend. 'Het is erg jammer, maar je moeder heeft me niets verteld.'

Toen Sarah die vrijdagmiddag laat haar oprit opreed, werd ze begroet door het onverwachte beeld van Jacks auto en die van Cooper, die gezellig naast elkaar tegen de muur stonden. Haar eerste neiging was te keren en weer weg te rijden. Ze had geen zin in een confrontatie met een van beiden, en nog minder om haar ziel en zaligheid te tonen waar Cooper bij was terwijl haar man de laatste banden doorsneed. Maar bij nader inzien bleef ze toch. Verdomme – ze sloeg met haar vuist boos tegen het stuur – het was *haar* huis. Ze was gek als ze urenlang zou rondrijden alleen om die zak van een man van haar en een opgeblazen politieman te ontlopen.
Ze kwam rustig de voordeur binnen en dacht er half en half over het atelier voorbij te lopen, dan kon ze zich in de keuken terugtrekken voor ze wisten dat ze er was. Zoals haar moeder eens had gezegd toen ze de keukendeur voor de neus van Sarahs vader dichtsloeg: Voor een Engelsman mag het oost west, thuis best zijn, maar de keuken van de Engelse vrouw is de plek waar hij een toontje lager moet zingen. Ze hoorde echter in de gang al het geluid van stemmen en ze wist dat de keuken al bezet was. Met een zucht verzamelde ze al haar waardigheid en hield die als een schild om zich heen toen ze doorliep.
Jack, brigadier Cooper van de recherche en Ruth Lascelles keken op van hun glazen met wijn. Ze vertoonden verschillende maten van geschrokkenheid en in verlegenheid gebracht zijn.
'Hoi,' verbrak Sarah de stilte. 'Jullie hebben de Cheval Blanc van '83 dus zonder problemen gevonden.'
'Neem wat,' zei Jack en pakte een schoon glas van het afdruiprek. 'Hij is lekker.'

'Dat zal best,' zei ze. 'Het is een St. Emilion, Premier Grand Cru Classé, en het heeft me een klein vermogen gekost om hem op te laten leggen.'
'Doe niet zo duf, mens. Je moet het af en toe toch eens proberen, anders zit je straks met een verzamelaarsstuk dat absoluut niet te drinken is.' Hij vulde het glas en schoof het over de tafel, zijn ogen schitterden ondeugend. Ze voelde een golf van genegenheid voor die aantrekkelijke rotzak – liefde, dacht ze, was de koppigste ziekte die er bestond – maar ze verborg het onder een woedende blik. 'De algemene mening van ons drieën,' ging hij opgewekt verder, 'is een donkerrode kleur, briljante benen en een bijzonder exotische neus – fruitig als aalbessen, sigarendoos en vleugjes kruiden en specerijen.'
'Het is een kwaliteitswijn, stommerd. Die moet gewaardeerd en gefavoureerd worden en niet om vijf uur 's middags aan de keukentafel gedronken. Ik durf te wedden dat je hem niet hebt laten ademen. Ik durf te wedden dat je hem als Lucozade hebt uitgeschonken.'
Cooper schraapte zijn keel. 'Het spijt me heel erg, dokter Blakeney. We hebben gezegd dat thee ook goed was.'
'Kleinzielige rat,' zei Jack met onverstoorbaar goed humeur. 'Je stond te kwijlen toen ik de fles onder je neus zwaaide. Nou vooruit, meid, je kunt hem net zo goed proberen. We staan allemaal te popelen om een tweede glas, maar we dachten dat het tactvol zou zijn om te wachten tot jij er was voor we een tweede open maakten.'
'Je levensverwachting zou nul komma nul zijn, als je dat had gedaan,' zei ze, zette haar tas neer en liet haar jas op de grond vallen. 'Goed. Geef hier, maar ik kan je nu al vertellen dat hij niet te drinken is. Hij moet nog minstens drie jaar liggen.' Ze ging in de lege stoel zitten en trok het glas naar zich toe, ze bedekte het met een hand en draaide het zachtjes in het rond om het bouquet te laten ontsnappen. Ze rook er waarderend aan. 'Wie rook de sigarendozen?'
'Ik,' zei Cooper zenuwachtig.
'Dat is goed. In het boek staat dat het bouquet gerookte eik en ceder moet zijn. Fruitig als aalbessen?'
Cooper wees weer op zichzelf. 'Ik.'
'Heeft u dit wel vaker gedaan?' Hij schudde zijn hoofd. 'U zou ermee moeten beginnen. U heeft er duidelijk een neus voor.'
'Ruth en ik roken de kruiden en specerijen,' zei Jack. 'Wat is het oordeel?'

Sarah nam een slokje en liet de aroma's over haar tong glijden. 'Geweldig,' zei ze uiteindelijk, 'maar je maakt verdomme geen tweede fles open. In het boek staat nog drie jaar en ik volg het boek. Je kunt de huiswijn gebruiken om bij te vullen. Wat doen jullie hier trouwens allemaal?' Haar ogen bleven op Ruth rusten. 'Moet jij niet op school zijn?'
Er viel een ongemakkelijke stilte.
'Ruth is van school gestuurd,' zei Jack. 'We vroegen ons allemaal af of ze hier bij jou en mij kan logeren tot er iets permanenters is gevonden.'
'Juist, ja.'
Sarah nam nog een slok wijn en keek hem bedachtzaam aan. 'Jou en mij?' herhaalde ze liefjes. 'Betekent dat dat je van plan bent me weer met jouw gezelschap op te schepen?'
Het donkere gezicht werd iets zachter. 'Dat hangt er nogal van af, mijn engel.'
'Of ik bereid ben je terug te nemen of niet?'
'Nee. Of ik terugkom op mijn voorwaarden of de jouwe.'
'De mijne,' zei ze botweg, 'of helemaal niet.'
Hij glimlachte heel vluchtig. 'Jammer,' mompelde hij.
Sarah hield even stand onder zijn blik, toen richtte ze haar aandacht op Ruth. 'En waarom ben jij van school gestuurd?'
Ruth, die naar haar handen had zitten staren sinds Sarah was binnengekomen, keek even zijdelings naar Cooper. 'De brigadier weet het.'
'Ik hoor het liever van jou.'
'Ik heb me niet aan de schoolregels gehouden.' Ze hervatte het bestuderen van haar handen.
'Heb je alle regels overtreden, of een in het bijzonder?'
'Ik ben zonder toestemming weggegaan.'
'De tijden zijn dus niet veranderd. Een vriendin van mij is van school gestuurd omdat ze via de brandtrap naar beneden sloop en onderaan met een paar jongens stond te praten. Ze is alleen gesnapt omdat de rest van ons uit het raam hing te giechelen. We maakten zo'n herrie dat de mentrix ons hoorde en haar ter plekke van school heeft gestuurd. Ze is nu advocate. Een vrij goede zelfs.'
'Ik heb met iemand geslapen,' fluisterde Ruth, 'en de mentrix zei dat ik een slechte invloed op de anderen had. Ze zei dat ik immoreel was.'
Sarah trok vragend haar wenkbrauwen op tegen Cooper die knikte. 'Aha, nou, misschien zijn de tijden dan toch veranderd,' zei ze

nonchalant. 'Ik kan me niet voorstellen dat een van ons het lef had iets dergelijks gewaagds te doen, niet nadat we er zo diep van doordrongen waren dat een toekomstige echtgenoot altijd kon merken of een meisje nog maagd was.' Ze lachte een beetje schor. 'We wisten heel wat van liefdesbeetjes en de verwondende effecten van Frans kussen, maar helemaal niets over de rest. We wisten zeker dat we groen zouden uitslaan of door puisten overdekt zouden worden als we een man zouden toestaan onder de halslijn te komen. Het was een beetje een schok om te ontdekken dat we met een leugen waren opgezadeld.' Ze nam nog een slok wijn. 'Was het de moeite waard om voor van school gestuurd te worden?'
'Nee.' Er gleed een traan over het gezicht van het meisje en die belandde op tafel. 'Ik weet niet wat ik moet doen. Ik wil gaan studeren.'
'Het zou zonder meer het verstandigst zijn om terug te gaan naar Cedar House en je moeder. Zij moet een andere school voor je zoeken.' Waarom had Cooper haar trouwens hier gebracht? *Of had Jack haar soms gebracht?*
Cooper kwam brommend tot leven. 'Haar vriendje zou wel eens lastig kunnen worden wanneer ik met hem heb gesproken en hij gaat dan natuurlijk als eerste naar Cedar House. Ik weet dat het veel gevergd is, maar zo een-twee-drie wist ik geen andere plek, niet na de manier waarop de school haar heeft behandeld.' Hij keek nogal van streek. 'Er werd haar verteld een koffer te pakken terwijl zij een taxi belden om haar naar huis te brengen, dus heb ik gezegd, vergeet die taxi maar, ik neem haar wel mee. Ik heb nog nooit zoiets meegemaakt. Je zou denken dat ze een zware misdaad had begaan zoals ze daar tekeergingen. En het ergste was nog dat ze nergens van af geweten zouden hebben als ik haar niet had overgehaald het zelf te vertellen. Ik voel me echt verantwoordelijk, maar ik dacht dat ze het zouden waarderen dat ze eerlijk was en haar er met een berisping van af zouden laten komen. Dat zou ik gedaan hebben.'
'Weet je moeder ervan?' vroeg Sarah aan Ruth.
'Jack heeft me laten opbellen.'
'Vindt ze het goed dat je hier logeert?'
'Ik weet het niet. Ze zei alleen dat ze het van juffrouw Harris had gehoord en hing toen op. Ze klonk woedend.' Ruth liet haar hoofd hangen en depte haar ogen met een zakdoek.
Sarah trok een zuur gezicht tegen Jack. 'Dan zal ik het haar dus mogen vertellen. Ik sta weliswaar op het ogenblik niet erg hoog aangeschreven en ik denk niet dat ze er erg blij mee zal zijn.'

‘Ik heb het al geprobeerd. Ze hangt bij mij ook op.’
Het lag Sarah voor in de mond om te vragen waarom, maar ze beheerste zich. Jack kennende zou het antwoord net zo plagend helder zijn als het antwoord op het leven zelf. Ze stond nog het meest versteld van de snelheid van alles, als een bal in een flipperkast die een onverwachte wending had genomen. Vanochtend had ze alleen een eenzaam weekend in het vooruitzicht gehad – *en nu?* ‘Nou, iemand zal het haar moeten vertellen,’ zei ze geïrriteerd, en hield zich vast aan het enige feit waar ze houvast aan had. Ze keek de brigadier aan. ‘U moet het doen. Ruth kan rustig blijven logeren, maar alleen als haar moeder weet waar ze is.’
Cooper keek gekweld. ‘Misschien zou het beter zijn als we het RIAGG erbij haalden,’ stelde hij voor, ‘als bemiddelaar, als het ware.’
Sarah kneep haar ogen halfdicht. ‘Ik ben over het geheel genomen een bijzonder soepel mens, maar ik heb er iets tegen als er misbruik van mijn goedheid wordt gemaakt. Niets voor niets brigadier, en ik wil u er graag aan helpen herinneren dat u net een bijzonder dure St. Emilion van mij heeft helpen opdrinken, die, als ik een voorzichtige schatting maak en de inflatie in acht neem, dik over de zeven pond per glas kost. Met andere woorden, u bent me iets schuldig, dus probeert u niet uw verantwoordelijkheden en de toekomst van dit kind op de schouders van een of andere overwerkte en onderbetaalde sociaal werker af te schuiven wiens enige oplossing voor het probleem zal zijn haar in een tehuis voor gestoorde tieners te plaatsen.’
Coopers ellende nam toe.
‘U heeft ook, door de ouderwetse ethiek die nog steeds op meisjeskostscholen bestaat te onderschatten, veroorzaakt dat een jonge vrouw die vlak voor de belangrijkste examens van haar leven staat, van school gestuurd is. En in een wereld waarin het huren van een baarmoeder van de vrouw nog steeds de enige betrouwbare manier is die mannen hebben ontdekt om zichzelf te reproduceren, is het minste dat ze terug kunnen doen, hun vrouwen toestaan voldoende opleiding te krijgen om het levenslange vonnis van kinderen grootbrengen draagbaar te maken. Het is tot daaraan toe om naar een lege muur te blijven zitten staren; maar het is iets heel anders om de mogelijkheden, de kennis en het zelfvertrouwen te hebben om die muur tot een mogelijke en aanhoudende stimulans te maken. En dat is het negeren van de positieve invloed die opgeleide en intelligente vrouwen op toekomstige generaties hebben. Ruth wil studeren. Om dat te doen moet ze examen doen. Het is belangrijk dat

Joanna zo snel mogelijk een andere school vindt. En dat betekent dat iemand' – ze stak een vinger naar hem uit – 'namelijk *u* haar moet uitleggen dat Ruth hier is, dat ze hier om een goede reden is en dat Joanna moet komen praten voor Ruth de mogelijkheid ontnomen wordt om haar opleiding zo goed mogelijk te voltooien.' Ze wendde zich tot het meisje. 'En als je me nu durft te vertellen, Ruth, dat je je toekomst hebt opgegeven, dan haal ik je door de eerste de beste mangel die ik kan vinden en geloof me, dat wordt geen prettige ervaring.'

Het bleef lange tijd stil.

Eindelijk bewoog Jack zich. 'Nu zie je wat Sarahs voorwaarden zijn. Er is geen ruimte voor menselijke zwakte. Ik geef toe, er zijn bladzijden met voetnoten en kleine lettertjes die het hebben over de vreselijke tekortkomingen waar de meesten van ons aan leiden – namelijk ontoereikendheid, gebrek aan zelfvertrouwen, twee kanten van de medaille zien en geen partij kiezen – maar er zijn grijze gebieden die ze met eindeloos geduld behandelt. En neem maar van mij aan dat je haar dat op eigen verantwoording laat doen. Het ondergraaft het beetje zelfrespect dat je nog had.' Hij keek Cooper stralend en vol genegenheid aan. 'Ik leef met je mee, ouwe jongen, maar Sarah heeft zoals gewoonlijk gelijk. Iemand moet met Joanna praten en jij bent degene die de meeste brokken heeft gemaakt. Tenslotte is Ruth door *u* van school gestuurd en heeft *u* een glas wijn gedronken dat meer dan zeven pond heeft gekost.'

Cooper schudde zijn hoofd. 'Ik hoop dat Ruth het uithoudt met jullie. Ik weet zeker dat ik het niet zou kunnen. Ik zou binnen de kortste keren stapelgek worden.'

Sarah hoorde het 'met jullie'. 'Hoe komt het toch dat u zo veel meer over mijn huiselijke omstandigheden weet dan ikzelf, brigadier?' vroeg ze terloops.

Hij grinnikte hartelijk en kwam overeind. 'Omdat ik nooit nooit zeg, dokter.' Hij knipoogde tegen haar. 'Zoals iemand eens tegen me heeft gezegd, het leven zit vol valkuilen. Het bekruipt je van achteren en neemt je te pakken op het moment wanneer je het het minst verwacht.'

Sarah voelde dat het meisje begon te trillen toen ze de deur van de logeerkamer opendeed en het licht aandraaide. 'Wat is er?' vroeg ze. 'Het is beneden,' gooide ze eruit. 'Als Dave komt, kan hij zo binnenkomen.'

'Dat was niet mijn idee. Geoffrey Freeling heeft dat zo gemaakt. Hij heeft het huis ondersteboven gezet zodat de ontvangstkamers het beste uitzicht hadden. We zijn bezig het langzaam weer in oorspronkelijke staat te brengen, maar dat kost tijd.' Ze duwde een verbindingsdeur open. 'Er is een eigen badkamer bij.' Ze keek even over haar schouder naar het meisje en zag de gekwelde blik op haar gezicht. 'Je bent bang, hè? Zou je liever boven in mijn kamer slapen?'

Ruth barstte in tranen uit. 'Het spijt me zo,' huilde ze. 'Ik weet niet wat ik moet doen. Dave vermoordt me. Op school zat ik veilig. Daar kon hij niet binnenkomen.'

Sarah sloeg haar armen om de magere schouders van het meisje en trok haar stevig tegen zich aan. 'Kom maar boven,' zei ze vriendelijk. 'Je bent veilig bij mij. Jack kan hier wel slapen.'

En dat was net goed voor die rotzak. *Ha, ha! Voor één keer stond de wet der dwazen aan de kant van de engelen.* Ze had de ethische kant van een medicinale castratie al overwogen, maar ze was bereid een compromis te sluiten met een koud bed en een onderworpen verontschuldiging. Het was een bijzonder eenzijdig compromis. Ze was zo verdomd blij dat hij terug was dat ze wel kon juichen.

Joanna is verleden week naar de flat in Londen verhuisd en voor het eerst sinds haar vruchteloze poging tot een huwelijk woon ik als enige in Cedar House. Het is een soort overwinning, maar ik heb het gevoel van een anticlimax. Het bezit van de zaak is het eind van het vermaak, denk ik. Ik ben eenzaam.
Het dringt tot me door dat Joanna en ik elkaar op een wonderlijke manier nodig hebben. Het valt niet te ontkennen dat er een soort begrip tussen ons bestaat. We kunnen weliswaar niet met elkaar overweg, maar vergeleken met het feit dat we verder ook met niemand overweg kunnen, valt dat in het niet. Er ging iets troostends uit van de tredmolen van gebruikelijke beledigingen die zo afgezaagd en vaak gebruikt waren dat ze grotendeels onopgemerkt bleven, en zo hobbelden we heel tevreden door. Ik mis die dingetjes. De manier waarop ze Spede op zijn nek zat over de tuin, en die arme man de les las als hij een onkruidje over het hoofd had gezien. Haar scherpe opmerkingen over mijn kookkunst. En vreemd genoeg haar eindeloze zwijgende perioden, ook al irriteerden die me op het moment zelf. Misschien heeft gezelschap uiteindelijk wel minder met gesprekken te maken dan met het comfort van een ander aanwezig, levend wezen, hoe egocentrisch dat wezen ook mag zijn.
Ik ben erg bang dat ik, door haar eruit te zetten en voor zichzelf te laten zorgen, ons allebei heb gekortwiekt. Zolang we bij elkaar waren, hielden we tenminste de ergste uitspattingen van de ander nog in toom. En nu? De weg naar de hel is geplaveid met goede voornemens…

Elf

Pas de volgende middag, een zaterdag, had brigadier Cooper het idee dat hij voldoende gegevens over Dave Hughes had om een zinvolle toenadering te wagen. Hij was pessimistisch over de aanklacht van diefstal, maar gezien de dood van Mathilda was er enige ruimte voor optimisme. Toen Ruth het over een witte Ford bestelwagen had gehad, had dat bekend geklonken en nadat hij de verklaringen die in en rond Fontwell waren afgenomen in de dagen nadat het lijk was gevonden, zorgvuldig had nagelezen, had hij een gouden vondst gedaan. Toen er aan de herbergier van de 'Three Pigeons', de heer Henry Peel was gevraagd of hij de vorige zaterdag iets bijzonders had opgemerkt, had deze gezegd:

> Ik durf er geen eed op te doen dat het iets met mevrouw Gillespie te maken had, maar er stond die zaterdagmiddag- en avond een witte Ford bestelwagen op mijn voorplein geparkeerd. Er zat een jonge vent in voor zover ik kon zien. De eerste keer bleef hij tien minuten staan en reed toen in de richting van de kerk om iemand op te pikken. Ik heb hem die avond weer gezien. Ik heb er mijn vrouw nog op gewezen en gezegd dat een of andere schooier ons pleintje gebruikte, maar niet in de pub kwam. Ik weet helaas geen kenteken.

Daaronder stond een korte aantekening van een agent:

> Mevrouw Peel is het er niet mee eens. Ze zegt dat haar man dit verwart met een andere keer toen er twee keer op een dag witte bestelwagens waren, maar volgens haar zijn de wagens anders. Drie van onze vaste klanten rijden met witte bestelwagens, zei ze.

Cooper besprak het probleem met zijn inspecteur. 'Ik moet Hughes ondervragen, Charlie, wat vind je, zal ik een team meenemen of

niet? Volgens het meisje woont hij in een kraakpand, dus hij zal niet alleen zijn en ik heb weinig zin informatie uit hem te peuteren onder het toeziend oog van een stel krakers. Vooropgesteld dat ze me binnenlaten. Het is wel een zootje, hè?' mopperde hij. 'Het eigendom van een ander en zij nemen de hele boel maar in bezit. De enige manier waarop de arme eigenaar het terug kan krijgen is door zich blauw te betalen voor een bevel tot uitzetting en tegen die tijd is de hele zaak in een beerput veranderd.'
Op het gezicht van Charlie Jones lag nog steeds een sombere uitdrukking die Cooper altijd aan een trieste pekinees deed denken. Hij leek echter meer op een terriër die, wanneer hij zijn tanden eenmaal ergens in had zitten, zelden meer losliet. 'Kunnen we hem aanklagen wegens diefstal op basis van de mededelingen van Ruth Lascelles?'
'Dat zou kunnen, maar dan staat hij binnen een paar uur weer op straat. Hij is bekend in Bournemouth. Hij is drie keer opgepakt en iedere keer kon hij weer weggaan. Allemaal min of meer dit soort vergrijpen, dat wil zeggen, jongelui overhalen voor hem te stelen. Het is een handige zwendel.' Hij klonk geïrriteerd. 'De kinderen pakken alleen hun familie en tot nu toe hebben de ouders geweigerd mee te werken wanneer ze ontdekten dat vervolging van Hughes inhield dat hun dochters er ook bij betrokken zouden raken.'
'Hoe is hij trouwens ter sprake gekomen?'
'Omdat drie verontwaardigde vaders onafhankelijk van elkaar hem ervan hebben beschuldigd hun dochters tot stelen aangezet te hebben en eisten dat hij ervan werd beschuldigd. Maar wanneer de meisjes ondervraagd werden, vertelden ze een ander verhaal, ontkenden de dwang en hielden vol dat ze op eigen initiatief stalen. Het is echt een lekker dier, hoor. Je kunt hem niet pakken zonder de dochters en dat willen de vaders niet.' Hij glimlachte cynisch. 'Te veel onplezierige publiciteit.'
'Wat voor achtergrond was het?'
'Middenklasse, welgesteld. De meisjes zijn allemaal boven de zestien, dus er is geen sprake van seks met minderjarigen. Maar ik ben ervan overtuigd dat deze drie en Ruth Lascelles pas het topje van een hele grote ijsberg zijn. Het klinkt mij in de oren alsof hij er een verfijnde kunst van heeft gemaakt.'
'*Dwingt* hij ze echt?'
Cooper haalde zijn schouders op. 'Het enige dat Ruth Lascelles zegt, is dat hij vreselijke dingen doet als hij boos is. Hij heeft gedreigd een scène op school te maken als ze niet deed wat hij wilde,

maar toen ik daar op doorging in de auto onderweg naar dokter Blakeney, met andere woorden, nadat die specifieke bedreiging van de baan was omdat ze al van school was gestuurd, weigerde ze iets te zeggen en barstte in tranen uit.' Hij trok peinzend aan zijn neus. 'Hij moet een of ander dwangmiddel hebben, want ze is als de dood dat hij haar zal vinden. Ik vroeg me af of hij video's had gemaakt, maar toen ik in Bournemouth vroeg of ze materiaal bij hem hadden gevonden, zeiden ze van niet. Zeg het maar, Charlie. Hij heeft een zekere macht over die meisjes en het moet angst zijn, want ze proberen wanhopig buiten zijn bereik te blijven zodra de zaak is uitgekomen. Maar wat er precies aan de hand is, weet ik niet.'

De inspecteur fronste zijn wenkbrauwen. 'Waarom zijn ze niet bang om zijn naam te noemen?'

'Vermoedelijk omdat hij hun toestemming heeft gegeven dat te doen als ze gesnapt worden. Luister, hij moet weten hoe gemakkelijk het voor ons is om hem op te sporen. Als Ruth Lascelles de gegevens niet had verstrekt, hoefde ik alleen maar naar de mentrix te gaan, naar de naam van die wegenbouwfirma te vragen en van daaruit verder te gaan. Ik denk dat zijn manier van werken ongeveer als volgt gaat: eerst een meisje uitzoeken dat jong en beschermd genoeg is om zeker te zijn van de bescherming van haar ouders, dan een of ander dreigement gebruiken waardoor hij er zeker van is dat ze zichzelf net zo hard zal beschuldigen als hem wanneer ze wordt gesnapt. Op die manier loopt hij geen risico dat er een aanklacht tegen hem zal worden ingediend en als dat wel zo is, trekt hij haar met zich mee. Misschien werkt zijn dreigement zo eenvoudig.'

De inspecteur twijfelde hieraan. 'Hij kan er niet veel beter van worden. Hoe lang duurt het voor de ouders erachter komen?'

'Daar zou je van versteld staan. Een van de meisjes gebruikte maandenlang de creditcard van haar moeder voor haar vader navraag begon te doen naar de hoeveelheid geld die zijn vrouw uitgaf. Het was een gezamenlijke creditcard, de bedragen werden automatisch van de lopende rekening afgetrokken en geen van beiden merkte dat die tot vijfhonderd pond per maand waren opgelopen. En toen ze het merkten, namen ze aan dat de ander er meer van wist. Het is een andere wereld, Charlie. Beide ouders werken en verdienen een slordige cent en er zit voldoende geld in kas om de diefstal van hun dochter te verdonkeremanen. Toen ze er eenmaal op begonnen te letten, ontdekten ze dat ze zilver had verkocht en sieraden die haar moeder nooit droeg, een paar waardevolle eerste uitgaven van haar vader en een camera van vijfhonderd pond die haar vader dacht in de trein te hebben laten liggen. Ik denk dat Hughes het heel aardig geregeld heeft, vooral als hij er meer dan één tegelijk heeft.'

'Allemachtig! Hoeveel heeft Ruth Lascelles dan gestolen?'

Cooper haalde een papiertje uit zijn zak. 'Ze heeft een lijstje gemaakt van wat ze zich kon herinneren. Dit.' Hij legde het op het bureau. 'Hetzelfde patroon als bij dat andere meisje. Sieraden die haar grootmoeder was vergeten. Zilveren haarborstels uit de logeerkamers die nooit gebruikt werden. Chinese decoraties en potten die in kasten werden bewaard omdat mevrouw Gillespie ze niet mooi vond en een paar eerste uitgaven uit de bibliotheek. Ze zei dat Hughes haar vertelde welke dingen ze moest nemen. Waardevolle dingetjes die niet gemist zouden worden.'

'En geld?'

'Twintig pond uit de tas van haar grootmoeder, vijftig pond van het nachtkastje en een paar weken later vijfhonderd pond van de rekening van de oude dame. Ze ging doodgemoedereerd naar de bank met een vervalste cheque en een brief die zogenaamd van Mathilda was en waarin stond dat ze de poen moesten overhandigen. Volgens haar heeft mevrouw Gillespie het nooit gemerkt. Maar dat was natuurlijk wel het geval, want ze heeft het tegen Jack Blakeney over de diefstal van de vijftig pond gehad en toen ik de bank er vanochtend over navroeg, vertelden ze me dat ze naar die afschrijving van vijfhonderd pond had geïnformeerd en dat zij haar vertelden dat Ruth die op haar instructie had opgenomen.' Hij krabde aan zijn kaak. 'Volgens hen gaf ze toe dat zij zich had vergist en ondernam ze verder geen actie.'

'Wanneer was dat?'

Cooper keek zijn aantekening na. 'De cheque werd in de laatste week van oktober geïnd, dus tijdens Ruths herfstvakantie en mevrouw Gillespie belde de bank op zodra ze haar afschrift kreeg en dat was in de eerste week van november.'

'Dus niet lang voor haar dood en *nadat* ze had besloten haar testament te veranderen. Het is een rotsituatie. Ik kan het niet helemaal volgen.' Hij dacht even na. 'Wanneer stal Ruth die vijftig pond?'

'Begin september voor ze weer terug naar school ging. Ze dacht blijkbaar dat ze Hughes kon afkopen. Ze zei: "Ik dacht dat hij me met rust zou laten als ik hem wat geld gaf."'

'Lieve god,' zei Charlie somber. 'Hoe komt ze op het idee. Heb je

haar gevraagd of Hughes erop had aangedrongen dat ze vijfhonderd pond incasseerde in de herfstvakantie?'
'Ja. Ze zei: "Nee, nee, nee. Ik heb het gestolen omdat ik dat wilde," en begon weer te huilen.' Hij keek erg spottend. 'Ik heb de zaak verder aan dokter Blakeney overgelaten. Ik heb vanmorgen telefonisch met haar gesproken en in grote lijnen verteld wat Hughes op zijn geweten had en haar gevraagd te proberen uit te zoeken waarom geen van de meisjes zich tegen hem keert. Misschien komt zij ergens, maar ik reken nergens op.'
'En de moeder? Zou Ruth met haar praten?'
Cooper schudde zijn hoofd. 'In de eerste plaats moet je *haar* zover zien te krijgen dat ze met Ruth praat. Het is gewoon onnatuurlijk, hoor. Ik ben gisteravond langs geweest om haar te vertellen dat haar dochter bij de Blakeney's logeert en ze keek me aan alsof ik net uit het riool was geklauterd. Het enige dat haar interesseert, was of ik dacht dat het feit dat Ruth van school was gestuurd, betekende dat ze haar grootmoeder had vermoord. Ik zei, nee, dat er voor zover mij bekend geen statistieken waren die spijbelen en willekeurige seksuele relaties in verband met moord brachten, maar dat er een groot aantal in verband met beroerd ouderschap stonden. Dus vertelde ze me dat ik kon oprotten.' Hij grinnikte tevreden bij de herinnering.
Charlie Jones bromde geamuseerd. 'Ik ben op het ogenblik meer geïnteresseerd in onze vriend Hughes, dus laten we het in hapklare brokken verdelen. Heeft Bournemouth geprobeerd de drie gezinnen samen te brengen zodat de meisjes steun aan elkaar zouden hebben?'
'Twee keer. Beide keren zonder resultaat. De ouders hebben officieel juridisch advies gekregen en iedereen houdt zijn lippen op elkaar.'
Charlie kneep zijn lippen op elkaar. 'Het is vaker voorgekomen, weet je. George Joseph Smith heeft het honderd jaar geleden gedaan. Hij schreef schitterende referenties voor mooie dienstmeisjes en zocht baantjes voor ze in welgestelde huishoudens. Binnen een paar weken nadat ze waren begonnen, stalen ze waardevolle spullen van hun werkgevers en brachten ze trouw naar George die alles in contanten omzette. Dat was er ook zo één met een buitengewone aantrekkingskracht voor vrouwen.'
'George Smith?' zei Cooper verbaasd. 'Ik dacht dat die vrouwen liet *verdwijnen.* Was dat niet de bruid-in-bad-moordenaar?'
'Dat is hem. Hij begon met echtgenotes te laten verdrinken tot hij

ontdekte hoe gemakkelijk het was ze voor het huwelijk testamenten in zijn voordeel te laten maken. Interessant, hè, gezien de manier waarop mevrouw Gillespie is overleden.' Hij zweeg even. 'Ik heb nog niet zo lang geleden een boek over Smith gelezen. De auteur beschreef hem als een professional en een echte lady-killer. Ik vraag me af of hetzelfde voor Hughes geldt.' Hij trommelde met zijn knokkels op de bovenkant van zijn bureau. 'Laten we hem eens hier halen voor een verhoor.'

'Hoe? Met een arrestatiebevel?'

Charlie pakte de telefoon. 'Nee. Ik vraag wel of Bournemouth hem morgenochtend oppakt en hem vasthoudt tot jij en ik komen.'

'Het is morgen zondag, Charlie.'

'Met een beetje geluk heeft hij dan een kater. Ik wil de uitdrukking op zijn gezicht zien wanneer ik hem vertel dat er reden is om aan te nemen dat hij mevrouw Gillespie heeft vermoord.'

Cooper was sceptisch. 'Is die er dan? De verklaring van de herbergier houdt niet lang stand als erop wordt doorgegaan, vooral niet als zijn vrouw beweert dat hij zich vergist.'

Er verscheen een wolfachtige grijns op het gezicht van de inspecteur en de trieste pekinees veranderde in een dobermannpincher. 'Maar we weten dat hij er die middag was, omdat Ruth ons dat verteld heeft en verder heb ik een rijke fantasie. Hij heeft de kleindochter van mevrouw Gillespie gebruikt om haar geld af te persen. Hij heeft een voorgeschiedenis van gewetenloos uitbuiten van vrouwen en hij houdt er vermoedelijk een dure gewoonte op na, want zijn uitgaven gaan zijn inkomen verre te boven. Als dat niet het geval was, zou hij niet in een kraakpand hoeven te wonen. Ik denk dat zijn profielschets er ongeveer als volgt uitziet: een gevaarlijke, labiele, psychopathische verslaafde wiens haat ten opzichte van vrouwen onlangs een dramatische verandering heeft ondergaan en van ruwe manipulaties is veranderd in verwoesting. Hij zal het produkt van een gebroken gezin en onvoldoende opleiding zijn, en aan zijn meeste daden zal een jeugdangst voor zijn vader ten grondslag liggen.'

Cooper keek nog sceptischer. 'Je hebt te veel gelezen, Charlie.'

Jones lachte even. 'Maar dat weet Hughes toch niet? Laten we dus proberen zijn charisma een beetje een deuk te geven en kijken of we hem er niet van kunnen weerhouden de dochters van anderen te gebruiken om zijn vuile werk op te knappen.'

'Ik probeer een moord op te lossen,' zei Cooper protesterend. 'Daar wil ik antwoorden op hebben.'

'Maar je moet me er nog steeds van overtuigen dat het moord *was*, ouwe jongen.'

Ruth sloop zachtjes de trap af, stond aan een kant van de ingang van het atelier en keek in haar handspiegeltje naar de weerkaatsing van Jack. Niet dat ze hem erg goed kon zien. Hij zat met zijn rug naar het raam aan een portret te werken, en omdat de ezel direct tussen hem en de deur stond, waren alleen zijn benen te zien. Vanuit het slaapkamerraam had ze gezien dat Sarah twee uur geleden was weggereden, dus ze wist dat ze alleen waren. Zou Jack het merken wanneer ze langs de deur liep? Ze wachtte tien minuten in paniekerige onzekerheid en was te bang om een stap te verzetten.
'Als je iets wilt eten,' mompelde hij ten slotte in de stilte, 'dan zou ik naar de keuken gaan. Als je met iemand wilt praten, dan zou ik binnenkomen, en als je iets zoekt om te stelen, neem dan Sarahs verlovingsring, die is nog van mijn grootmoeder geweest en werd vier jaar geleden op tweeduizend pond geschat. Hij ligt in de linkerla van haar toilettafel.' Hij boog zich naar een kant zodat ze zijn gezicht in haar spiegel zag. 'Je kunt net zo goed te voorschijn komen. Ik zal je niet opeten.' Hij knikte kort toen ze langs de deurknop liep. 'Sarah heeft me strenge instructies gegeven om sympathiek, geduldig en behulpzaam te zijn. Ik zal mijn best doen, maar ik waarschuw je van tevoren, ik kan mensen die in een zakdoekje staan te snotteren en op hun tenen rondsluipen niet uitstaan.'
Het beetje kleur dat op Ruths wangen had gezeten, verdween. 'Denk je dat ik een kop koffie zou mogen zetten?' Ze zag er bijzonder onaantrekkelijk uit met haar vochtige haren tegen haar hoofd gekleefd en een gezicht dat opgezet en vlekkerig van het huilen was. 'Ik wil niet lastig zijn.'
Jack ging verder met schilderen, zodat ze de geïrriteerde blik in zijn ogen niet zag. Zelfbeklag bij anderen ergerde hem altijd mateloos. 'Als je ook wat voor mij maakt. Zwart, zonder suiker, alsjeblieft. De koffie staat bij de ketel, suiker zit in de bus waar "suiker" op staat, melk staat in de koelkast en de lunch zit in de oven. Die is over een half uur klaar, dus tenzij je doodgaat van de honger, zou ik het ontbijt maar overslaan en daarop wachten.'
'Komt dokter Blakeney thuis om te lunchen?'
'Dat betwijfel ik. Polly Graham is aan het bevallen en Sarah heeft met een thuisbevalling ingestemd, dus ze kan nog uren wegblijven.'
Ruth bleef even hangen en liep toen naar de keuken, maar ze veranderde weer van gedachten. 'Heeft mijn moeder opgebeld?' gooide ze eruit.

'Had je dat verwacht?'
'Ik dacht –' Ze zweeg.
'Nou, probeer in plaats daarvan eens te denken aan koffie zetten voor mij. Als je er niet over was begonnen, had ik er waarschijnlijk geen zin in gehad, maar dat heb je wel en nu wil ik koffie. Vooruit, mens, doe wat. Dit is geen hotel en ik ben niet bepaald in een beste bui nadat ik naar de logeerkamer ben verbannen.'
Ze vluchtte door de gang naar de keuken en toen ze vijf minuten later met een blad en twee kopjes terugkwam, sidderden haar handen zo erg dat de kopjes tegen elkaar aan trilden alsof ze angstig klappertandden. Jack deed of hij niets merkte, maar pakte het blad aan en zette het op een tafel bij het raam. 'Ga zitten,' zei hij en wees op een stoel met een harde rugleuning en draaide zijn kruk zodat hij haar aan kon kijken. 'Ben je nou bang voor mij, of je vriendje, of voor alle mannen, of omdat Sarah niet thuiskomt om te lunchen, of de politie, of maak je je zorgen om wat er met je zal gebeuren?'
Ze deinsde terug alsof hij haar had geslagen.
'Voor mij dus.' Hij schoof zijn kruk een meter naar achteren om haar meer ruimte te geven. 'Waarom ben je bang voor mij, Ruth?'
Haar handen bewogen onrustig in haar schoot. 'Ik ben – je –' Ze sperde haar ogen doodsbenauwd open. 'Dat ben ik niet.'
'Je voelt je volkomen veilig en op je gemak in mijn aanwezigheid?'
'Ja,' fluisterde ze.
'Je hebt een vreemde manier om dat te tonen.' Hij pakte zijn kopje koffie. 'Hoe oud was je toen je vader stierf?'
'Ik was een baby.'
'En sindsdien heb je bij je moeder en grootmoeder gewoond en de laatste tijd met een troep vrouwen op kostschool.' Hij nam een slok koffie. 'Heb ik goed begrepen dat die Hughes je eerste vriendje was?'
Ze knikte.
'Dus hij vormt de enige ervaring die je met mannen hebt?'
Ze staarde naar haar handen.
'Ja of nee?' wilde hij weten, de woorden klonken ongeduldig.
'Ja,' fluisterde ze weer.
'Dan heb je duidelijk lessen nodig over het wezen *man*. Je moet drie dingen onthouden. Ten eerste: de meeste mannen hebben vrouwen nodig die ze vertellen wat ze moeten doen. Zelfs seks wordt beter wanneer vrouwen de moeite nemen om de man de juiste richting te wijzen. Ten tweede: vergeleken met vrouwen schieten de meeste mannen te kort. Ze zijn niet zo opmerkzaam, hebben

vrijwel geen intuïtie, hebben minder mensenkennis en zijn daardoor kwetsbaarder voor kritiek. Ze vinden agressie bijzonder intimiderend omdat ze dat niet mogen voelen en zijn kortweg de gevoeligste van de twee geslachten. Ten derde: iedere man die niet in dit beeld past, moet vermeden worden. Dat is een stoere, onopgeleide bruut met zo weinig intellect dat hij zichzelf alleen maar een greintje autoriteit kan geven door iedereen die dom genoeg is om met hem op te trekken, te vernederen en ten slotte zal hem dat ene ontbreken dat alle fatsoenlijke kerels in overvloed hebben, namelijk een diepe en duurzame bewondering voor vrouwen.' Hij pakte haar koffiekopje op en hield dat onder haar neus zodat ze het moest aanpakken. 'Nou wil ik niet doen alsof ik een toonbeeld ben, maar ik ben bepaald geen bruut en tussen jou en mij en de deurknop, ik ben bijzonder op mijn opvliegende vrouw gesteld. Ik geef toe dat mijn gedrag twijfelachtig was, maar je kunt van mij aannemen dat ik maar om één reden naar Cedar House ben gegaan en dat was eenvoudig om je moeder te schilderen. De verleiding om twee generaties uit één familie te schilderen was onweerstaanbaar.' Hij keek haar beschouwend aan. Bijna zo onweerstaanbaar dacht hij, als de verleiding om de derde generatie vast te leggen. 'En als mijn zwaar belaste vrouw niet precies dat ogenblik had verkozen om mij de deur te wijzen' – hij haalde zijn schouders op – 'dan had ik niet hoeven doodvriezen op de grond in het tuinhuisje van je moeder. Stelt dit alles je enigszins gerust, of blijf je iedere keer als je me ziet, sidderen als een grote gelatinepudding?'
Ze staarde hem met een onderworpen blik aan. Eigenlijk was ze toch mooi, dacht hij, maar het was een tragische schoonheid. Net als die van haar moeder. Net als die van Mathilda.
'Ik ben in verwachting,' zei ze ten slotte en de uitgeputte tranen gleden over haar wangen.
Het was even stil.
'Ik dacht – ik hoopte – mijn moeder –' Ze veegde met een kletsnat papieren zakdoekje over haar ogen. 'Ik weet niet wat – ik zou moeten gaan – ik had het je niet moeten vertellen.'
Ergens diep in zijn hart bloosde Jack. Was het zelfmedelijden van een kind onder ondraaglijke stress zo hinderlijk dat hij het moest aanvallen? Hij pakte haar hand en trok haar van de stoel in zijn armen, hield haar stevig vast en streelde haar haren zoals haar vader gedaan zou hebben als hij nog in leven was geweest. Hij liet haar lange tijd huilen voor hij sprak. 'Je grootmoeder heeft eens tegen me gezegd dat de mens verdoemd was tenzij hij leerde te

communiceren. Ze was een wijze, oude vrouw. We praten veel, maar we communiceren zelden.' Hij trok haar van zijn borst weg en hield haar op een armslengte afstand zodat hij haar kon aankijken. 'Ik ben blij dat je het me hebt verteld. Ik voel me nogal gevleid dat je vond dat je het kon zeggen. De meeste mensen zouden hebben gewacht tot Sarah thuis was.'

'Ik wilde –'

Hij onderbrak haar met een grinnik en zette haar weer op haar stoel. 'Laat me mijn illusie koesteren. Laat me één keer geloven dat iemand dacht dat ik net zo gemakkelijk was om een hart tegen uit te storten als Sarah. Het is natuurlijk niet waar. Geen mens ter wereld kan zo goed luisteren als mijn vrouw, of zo goed raad verschaffen. Ze zal je helpen, dat verzeker ik je.'

Ruth snoot haar neus. 'Ze zal boos op me zijn.'

'Denk je dat?'

'Je zei dat ze opvliegend was.'

'Dat is ze ook. Maar dat is niet zo griezelig. Je blijft gewoon in dekking tot er geen pannen meer door de lucht vliegen.'

Ze veegde fanatiek over haar ogen. 'Pannen? Gooit ze –'

'Nee,' zei hij vastbesloten. 'Dat was bij wijze van spreken. Sarah is erg aardig. Ze brengt gewonde duiven mee naar huis, spalkt hun vleugels en kijkt met een uitdrukking van zeldzame sympathie op haar gezicht hoe ze langzaam en met vreselijke pijn doodgaan. Dat soort dingen leren ze op de medische faculteit.'

Ze keek geschrokken. 'Dat is afschuwelijk!'

'Het was maar een grapje,' zei hij spottend. 'Sarah is de verstandigste arts die ik ken. Ze zal je helpen een beslissing te nemen en dan zien we wel verder. Ze zal je niet dwingen de baby te krijgen en ze zal je niet dwingen hem niet te krijgen.'

De tranen kwamen weer. 'Ik wil het niet.' Ze wrong haar handen in haar schoot. 'Denk je dat dat verkeerd is?'

'Nee,' zei hij eerlijk. 'Als ik in jouw schoenen stond, zou ik het ook niet willen.'

'Maar ik heb hem gemaakt. Het was mijn schuld.'

'Er zijn twee mensen nodig om een baby te maken, Ruth en ik denk niet dat je vriendje erg enthousiast zal zijn wanneer de baby er eenmaal is en ligt te bleren. Het is jouw keus, niet de zijne. Sperma is er zat en het meeste verdwijnt in de wasbak. Baarmoeders en hun foetussen zijn bijzonder zeldzaam. Sarah heeft gelijk wanneer ze zegt dat het levenslang is.'

'Maar is het niet iets levends? Pleeg ik geen moord?'

Hij was een man. Hoe kon hij ook maar in de verste verte de ellende begrijpen die een vrouw doormaakt omdat een biologisch toeval hun de macht over leven en dood heeft gegeven? Hij kon alleen maar eerlijk tegen haar zijn. 'Ik weet het niet, maar ik zou zeggen dat het nu alleen maar leeft omdat jij leeft. Het kan niet op eigen krachten leven.'
'Maar dat kan komen – als ik het toesta.'
'Natuurlijk. Maar zo bekeken heeft ieder ei dat iedere vrouw maakt en elk spermacelletje dat iedere man maakt, een mogelijkheid tot leven en niemand beschuldigt jonge mannen, telkens wanneer ze hun zaad op de grond achter het fietsenschuurtje verspillen, ervan moordenaars te zijn. Ik denk dat voor elk van ons geldt dat ons eigen leven de overhand heeft op het mogelijke leven dat in ons bestaat. Ik wil bepaald niet doen alsof het een gemakkelijk besluit is, of zelfs een zwart-wit, maar ik denk wel dat jij op dit ogenblik belangrijker bent dan een leven dat tot stand kan komen als jij bereid bent daarvoor te betalen, op emotioneel, lichamelijk, sociaal en financieel gebied. En je draagt de kosten alleen, Ruth, want de waarschijnlijkheid dat Hughes een cent betaalt is nul komma nul.'
'Hij zegt toch dat het niet van hem is.'
Jack knikte. 'Dat doen sommige mannen helaas. Het is zo gemakkelijk voor ze. Hun lichaam staat erbuiten.'
Ze verborg haar gezicht in haar handen. 'Je begrijpt het niet.' Ze sloeg haar armen om haar hoofd. *Om zichzelf te beschermen? Om zichzelf te verbergen?* 'Het kan van een van de anderen zijn. Weet je, ik moest – hij liet me – o god, ik wilde –' Ze ging niet verder, maar krulde zich op tot een stevige bal en snikte.
Jack voelde zich volkomen hulpeloos. Haar pijn was zo hevig dat hij zich door gigantische golven overspoeld voelde. Hij kon alleen maar in gemeenplaatsen denken – *niets is zo erg dat het niet erger kan zijn... na regen komt zonneschijn* – maar wat hadden gemeenplaatsen voor zin bij een meisje wier leven in scherven voor haar lag? Hij strekte een onhandige hand uit en legde die op haar hoofd. Het was een instinctief, troostend gebaar dat leek op een priesterlijke zegening. 'Vertel eens wat er is gebeurd,' zei hij. 'Misschien is het niet zo erg als je denkt.'
Maar dat was het wel. Wat ze hem op een toon van hopeloze doodsangst vertelde, liet de basis van zijn eigen menselijkheid op zijn grondvesten schudden. Hij was zo geschokt dat hij er letterlijk misselijk van werd.

Toen Sarah om halfvier thuiskwam, nadat ze Polly Graham van een

gezonde dochter had laten bevallen, vond ze hem in de tuin. Hij werkte vlijtig bij wat rozen en gooide handenvol kunstmest rondom de struiken. 'Het is bijna december,' zei ze. 'Alles slaapt. Je verspilt je tijd.'
'Dat weet ik.' Hij keek op en ze meende sporen van tranen in zijn ogen te zien. 'Ik moest alleen iets doen.'
'Waar is Ruth?'
'Die slaapt. Ze had hoofdpijn, dus heb ik haar wat codeïne gegeven en weer in bed gestopt.' Hij veegde met een modderige hand het haar van zijn voorhoofd. 'Ben je klaar voor vandaag?'
Ze knikte. 'Wat is er gebeurd?'
Hij leunde op de hark en staarde over de akkers. De langzame schemering verleende het landschap een mistige aanblik met grazende koeien en bomen zonder bladeren die als filigrein kantwerk tegen de hemel afstaken. 'Dat is het Engeland waar mannen en vrouwen voor sterven,' zei hij bars.
Ze volgde zijn blik met licht gefronste wenkbrauwen.
Er glinsterden tranen op zijn wimpers. 'Ken jij dat gedicht van Rupert Brooke? "The Soldier". Dat gaat zo:

"If I should die, think only this of me:
That there's some corner of a foreign field
That is for ever England. There shall be
In that rich earth a richer dust concealed;
A dust whom England bore, shaped, made aware..."'

(Als ik zou sterven, denk dan alleen zo aan mij
Dat er ergens een hoek van een veld is, hier ver vandaan
Dat altijd Engels zal blijven. Er is bij
Die vruchtbare aarde iets nog vruchtbaarders gegaan
Verstopt, een stof die door Engeland
is gedragen, gevormd en bewust gemaakt...)

Hij zweeg. Toen hij weer sprak, trilde zijn stem. 'Mooi, hè Sarah? Engeland *is* prachtig.'
Ze veegde de tranen van zijn gezicht. 'Je huilt,' zei ze en had met hem te doen. 'Ik heb je nog nooit eerder zien huilen. Wat is er gebeurd, Jack?'
Hij scheen haar niet te horen. 'Rupert Brooke is in 1915 gestorven. Een oorlogsslachtoffer. Hij was pas achtentwintig, jonger dan wij en hij gaf zijn leven met al die miljoenen, waar ze ook vandaan

kwamen, voor de kinderen van andere mensen. En weet je wat ik zo ten hemel schreiend vind?' Zijn donkere ogen zwierven bij haar vandaan en zagen een persoonlijke misère die hij alleen kon waarnemen. 'Dat een man die een van de meest volmaakte dichtwerken over zijn vaderland schreef zichzelf heeft opgeofferd voor het tuig dat Engeland tegenwoordig voortbrengt.'
'Niemand is door en door slecht, Jack, en niemand is door en door goed. We zijn gewoon menselijk. Het arme kind zoekt alleen maar liefde.'
Hij veegde met een vermoeide hand langs zijn kaak. 'Ik heb het niet over Ruth, Sarah. Ik heb het over de kerels die haar hebben genomen. Ik heb het over dat beest dat haar gehoorzaamheid leerde door haar in een vrachtwagen op te sluiten met een groep minderwaardig gajes dat haar vijf uur lang om de beurt heeft verkracht om haar wil te breken.' Hij staarde weer over de akkers. 'Ze had er blijkbaar bezwaar tegen toen Hugh haar vertelde dat ze Mathilda moest bestelen, ze zei dat ze het niet wilde doen. Dus sloot hij haar in de vrachtwagen op met zijn maatjes die haar een levendige demonstratie gaven van wat er zou gebeuren telkens wanneer ze weigerde te doen wat hij zei. Ik heb moeten beloven dat ik hier met niemand over zou praten, behalve met jou. Ze is absoluut doodsbenauwd dat ze haar zullen vinden en het weer zullen doen en ik dacht dat ze erin bleef toen ik zei dat we het bij de politie zouden aangeven. Hughes heeft haar verteld dat als ze ooit gepakt zou worden, ze alleen maar moest zeggen dat het stelen haar idee was. Zolang ze dat doet en niet over het verkrachten praat, zal hij haar in de toekomst met rust laten.' Zijn lippen werden smaller. 'Maar als ze iets zegt, stuurt hij zijn belagers achter haar aan om haar te straffen en het kan hem niets schelen hoe lang hij moet wachten om het te doen. Politiebescherming zal haar niet redden, een huwelijk zal haar niet redden. Als het moet wacht hij jaren, maar voor ieder jaar dat haar straf wordt uitgesteld, voegt hij een extra uur toe aan de uiteindelijke beproeving. Ze moet een heel bijzonder mens zijn, wil ze met een dergelijk dreigement boven haar hoofd met de politie praten.'
Sarah was zo geschokt dat ze niet kon reageren. 'Geen wonder dat ze bang was om beneden te slapen,' zei ze ten slotte.
'Ze heeft al weken nauwelijks geslapen, voor zover ik het begrepen heb. De enige manier waarop ik haar zover kon krijgen om codeïne te nemen was om bij herhaling te beloven dat ik het huis niet uit zou gaan. Ze is doodsbang dat ze alleen gesnapt wordt en ze is doodsbang voor de politie dat die nog meer vragen gaat stellen.'

'Maar de brigadier weet dat er iets aan de hand is,' waarschuwde Sarah hem. 'Hij heeft vanochtend opgebeld en me gevraagd te proberen uit te zoeken wat het was. Hij gebruikte het woord dwang. Hugh moest dwang gebruiken, zei hij, maar we kunnen niet veel doen tenzij we weten welke dwang. Ruth is niet de enige die het is overkomen. Ze weten van minstens drie anderen af en ze denken dat het nog maar het topje van de ijsberg is. Ze zwijgen allemaal.'
'Ze is in verwachting,' zei Jack op vlakke toon. 'Ik heb gezegd dat jij wel zou weten wat ze moest doen. JE-ZUS!' Hij gooide de hark als een speer in het midden van het grasveld, zijn schreeuw van woede brulde door de lucht. 'IK-ZOU-DIE-GODVERGETEN-KLOOTZAK-KUNNEN-VERMOORDEN!'
Sarah legde een hand op zijn arm om hem te kalmeren. 'Hoeveel weken is ze?'
'Dat weet ik niet,' zei hij en veegde over zijn ogen. 'Dat heb ik niet gevraagd. Ik wilde bij god dat jij hier was geweest. Ik heb mijn best gedaan, maar ik was zo verdomd nutteloos. Ze had een vrouw nodig om mee te praten, geen onhandige sufferd die begon met haar te vertellen dat mannen zulke aardige wezens zijn. Ik heb haar verdomme een preek gegeven over het fatsoen van de man.'
Ze suste hem toen zijn stem weer harder werd. 'Ze had niet met je gepraat als ze zich niet op haar gemak had gevoeld met jou. Hoe lang slaapt ze al?'
Hij keek op zijn horloge. 'Een paar uur.'
'Goed, dan laten we haar nog wat langer liggen, daarna ga ik wel naar haar toe.' Ze stak haar arm door de zijne. 'Ik denk niet dat je al gegeten hebt.'
'Nee.'
Ze trok hem naar het huis. 'Kom mee, dan. Alles ziet er altijd erger uit met een lege maag.'
'Wat moeten we doen, Sarah?'
'Wat het beste voor Ruth is.'
'En we laten alle toekomstige meisjes die in zijn handen vallen, verrekken?'
'We kunnen maar één ding tegelijk doen, Jack.' Ze keek hem erg ongerust aan.

Ha! 't Is onverdraaglijk, onuitstaanbaar, slecht!' Ruth huilt weer en ik word er gek van. Ik kan er gewoon niet tegen. Ik wil dat vreselijke kind oppakken en door elkaar schudden tot haar tanden ervan klapperen, haar slaan, alles om dit irritante gejammer op te laten houden. Mijn woede verdwijnt nooit. Zelfs wanneer ze stil is, merk ik dat ik zit te wachten tot ze weer begint.
Het is zo oneerlijk dat ik hetzelfde met Joanna doormaakte. Als ze maar een beetje interesse in haar dochter toonde zou het niet zo erg zijn, maar ze doet haar uiterste best om haar te ontlopen. Ik heb vanmorgen in wanhoop geprobeerd het heksenmasker op Ruths hoofd te zetten, maar toen Joanna dat zag, schrok ze zich kapot. Ik heb Hugh Hendry weer gebeld en dit keer had hij het benul kalmerende middelen voor te schrijven. Hij zei dat ze overspannen was. Hadden ze in mijn tijd maar valium gehad. Zoals altijd stond ik er alleen voor...

Twaalf

Toen de auto van brigadier Cooper later op die avond nog maar nauwelijks voor Mill House tot stilstand was gekomen, maakte Jack het andere portier al open en ging naast hem zitten. 'Doe me een lol, man, en rijd zo zacht mogelijk achteruit en dan een paar kilometer de weg af.' Hij knikte goedkeurend toen Cooper de auto in de versnelling zette. 'En bel de volgende keer eerst even op, hè?'
Cooper, blijkbaar niet uit het lood geslagen door dit weinig respectvolle gedrag tegenover een vertegenwoordiger van de wet, reed achteruit het hek door en draaide voorzichtig aan het stuur om geknars op het grind te voorkomen. 'Vertrouwt ze me niet?' vroeg hij toen hij de auto in de eerste versnelling zette en in de richting van Fontwell reed.
'Het is niet persoonlijk. Het gaat om de politie. Ongeveer een kilometer verderop is een parkeerplaats. Neem die maar en dan loop ik wel terug.'
'Heeft ze iets gezegd?'
Jack gaf geen antwoord en Cooper keek hem even van terzijde aan. Zijn gezicht stond strak in het weerkaatsende licht van de koplampen, maar het was te donker om de uitdrukking op zijn gezicht te lezen.
'U bent wettelijk verplicht de politie bij haar onderzoek te helpen, meneer Blakeney.'
'Ik heet Jack,' zei hij. 'Hoe heet u, brigadier?'
'Precies wat je al verwacht,' zei Cooper droog. 'Thomas. Die goeie, ouwe Tommy Cooper.'
Jacks tanden glinsterden in een glimlach. 'Moeilijk.'
'Inderdaad. Iedereen verwacht dat ik leuk ben. Waar is die parkeerplaats van jou?'
'Over zo'n honderd meter.' Hij tuurde door het raam. 'Direct rechts nu.'
Cooper reed over de weg, parkeerde de auto en hield de ander tegen door zijn hand op Jacks arm te leggen terwijl hij de motor

uitzette en de lichten doofde. 'Vijf minuten,' zei hij. 'Ik moet je werkelijk een paar vragen stellen.'
Jack liet de portierkruk los. 'Goed, maar ik waarschuw je dat er heel weinig is dat ik je kan vertellen behalve dat Ruth doodsbenauwd is en bijzonder gereserveerd staat tegenover verder contact met de politie.'
'Ze heeft misschien geen keus. We besluiten misschien tot een vervolging.'
'Waarvoor? Bestelen van een familielid dat de moeite niet eens heeft genomen de paar prulletjes aan te geven die ze heeft weggenomen? Daar kunt je Ruth niet voor vervolgen, Tommy. En bovendien staat Sarah, als erfgename, erop dat alle aanklachten worden ingetrokken. Haar positie is moeizaam genoeg zonder het kind dat ze met goed gevolg heeft onterfd, met een misdaaddossier op te zadelen.'
Cooper zuchtte. 'Noem me Cooper,' zei hij, 'dat doen de meeste mensen. Tommy is geen naam, dat is gewoonweg gênant.' Hij haalde een sigaret te voorschijn. 'Waarom noem je Ruth Lascelles een kind? Het is een jonge vrouw, Jack. Zeventien jaar en wettelijk gezien verantwoordelijk voor haar daden. Als ze vervolgd wordt, zal een volwassen rechtbank over haar oordelen. Je moet je gevoelens niet laten overheersen bij het vormen van je oordeel. We hebben het hier niet over een paar prulletjes. Ze heeft haar grootmoeder een maand geleden vijfhonderd pond afhandig gemaakt zonder met haar ogen te knipperen. En op de dag van de moord heeft ze een paar oorbellen gestolen die tweeduizend pond waard waren.'
'Heeft Mathilda gerapporteerd dat het geld gestolen was?'
'Nee,' gaf Cooper toe.
'Dan zal Sarah het vast ook niet doen.'
Cooper zuchtte weer. 'Ik denk dat je met een advocaat hebt gesproken die je heeft gezegd je mond dicht te houden, ongeacht wat Hughes anderen aandoet.' Hij streek een lucifer af en hield die bij de punt van zijn sigaret terwijl hij Jack in het flikkerende licht opnam. De woede stond op het gezicht van de ander te lezen, het was te zien aan de agressieve stand van zijn kaken, aan de op elkaar geklemde lippen en de half samengeknepen ogen. Hij scheen een gigantische zelfbeheersing te moeten uitoefenen om zichzelf in de hand te houden. Met een tik van zijn duimnagel maakte Cooper de lucifer uit en de auto werd weer in duisternis gehuld. Alleen de gloed van de brandende tabak bleef achter. 'Hughes werkt volgens een patroon,' zei hij. 'Ik heb vanochtend je vrouw uitgelegd wat we tot nu toe te weten zijn gekomen. In wezen –'

'Ze heeft het me verteld,' onderbrak Jack hem. 'Ik weet wat hij doet.'
'Goed,' zei Cooper gemoedelijk, 'dan weet je hoe belangrijk het is om hem tegen te houden. Reken maar dat er andere Ruths komen en wat hij ook met deze meisjes doet om ze te dwingen voor hem te werken, dat zal alleen maar toenemen naarmate de tijd verstrijkt. Dat is de aard van het beestje.' Hij trok aan zijn sigaret. 'Hij dwingt ze, hè?'
'Jij bent de politieman, Cooper. Arresteer het tuig en vraag het hem.'
'Dat zijn we ook van plan. Morgen. Maar we staan veel sterker als we weten *waarover* we hem moeten ondervragen. We tasten op het ogenblik in het duister.'
Jack zei niets.
'Ik kan een bevel krijgen voor de arrestatie van Ruth Lascelles en haar naar het politiebureau halen. Hoe zou ze zich onder die psychologische duimschroeven houden, denk je? Je hebt het je misschien niet gerealiseerd, maar zij wijkt af van de andere meisjes die Hughes heeft gebruikt. Ze heeft geen ouders waarop ze kan rekenen dat ze haar beschermen.'
'Dat doen Sarah en ik,' zei Jack kort. 'We zijn op het ogenblik in loco parentis.'
'Maar je hebt wettelijk gezien geen rechten. We zouden erop kunnen staan dat de moeder tijdens het verhoor aanwezig is, en als het je interesseert, het enige waar mevrouw Lascelles gisteravond belang in stelde was of het van school gestuurd worden van haar dochter iets met de moord op mevrouw Gillespie te maken had. Ze breekt Ruths wil als ze denkt dat het haar zou helpen beslag op het geld van de oude dame te leggen.'
Jack lachte even. 'Dat is allemaal grootspraak, Cooper. We weten allebei dat je veel te aardig bent om zoiets te doen. Neem nou maar van mij aan dat je het voor de rest van je leven op je geweten zou hebben als je de schade die dat arme kind al heeft opgelopen, nog groter maakt.'
'Het is dus erg.'
'Zo zou je dat wel kunnen stellen, ja.'
'Je moet het me vertellen, Jack. We bereiken niets bij Hughes als je het me niet vertelt.'
'Dat kan ik niet. Ik heb het Ruth beloofd.'
'Breek die belofte dan.'
Jack schudde zijn hoofd. 'Nee. Bij mij is een man een man, een

woord een woord.' Hij dacht even na. 'Maar ik kan wel iets doen. Bezorg hem mij en dan bezorg ik hem jou. Wat dacht je daarvan?'
Cooper klonk oprecht spijtig. 'Dat heet meehelpen en uitlokken. Dan kan ik mijn pensioen wel vergeten.'
Jack lachte zachtjes. 'Denk er eens over,' zei hij en pakte de portierkruk om de deur open te maken. 'Het is mijn beste aanbod.' De rook van Coopers sigaret kringelde achter hem aan toen hij uitstapte. 'Ik hoef alleen maar een adres te hebben, Tommy. Bel me maar wanneer je zover bent.' Hij sloeg het portier dicht en verdween in de duisternis.

Violet Orloff liep op haar tenen de slaapkamer van haar man in en fronste ongerust haar wenkbrauwen tegen hem. Hij lag in een ochtendjas van meters Paisley gewikkeld en leunde achterover als een dikke, oude boeddha tegen zijn kussens met een mok chocola in de ene hand, een sandwich met kaas in de ander en de kruiswoordpuzzel van de *Daily Telegraph* op zijn knieën. 'Ze huilt weer.'
Duncan tuurde haar over zijn dubbelfocusbril heen aan. 'Dat zijn onze zaken niet, lieverd,' zei hij flink.
'Maar ik *hoor* haar. Ze huilt tranen met tuiten.'
'Het zijn onze zaken niet.'
'Alleen blijf ik maar denken, stel dat we iets hadden *gedaan* als we Mathilda hadden gehoord, zou ze dan nu dood geweest zijn? Ik vind dat geen prettig idee, Duncan.'
Hij zuchtte. 'Ik weiger me schuldig te voelen omdat Mathilda's wreedheden tegenover haar familie, al dan niet op waarheid gebaseerd, een van hen ertoe hebben aangezet haar te vermoorden. We hadden niets kunnen doen om dat tegen te gaan en zoals je me blijft helpen herinneren, is er niets dat we nu kunnen doen om haar terug te brengen. We hebben de politie op een mogelijk motief geattendeerd. Ik denk dat we het daarbij moeten laten.'
'Maar Duncan,' jammerde Violet, 'als we *weten* dat het Joanna of Ruth was, dan moeten we het de politie vertellen.'
Hij fronste zijn wenkbrauwen. 'Doe niet zo raar, Violet. We weten niet wie het heeft gedaan, en we zijn er, eerlijk gezegd, ook niet in geïnteresseerd. Logisch gezien moet het iemand zijn geweest die een sleutel had of iemand die ze voldoende vertrouwde om binnen te laten en de politie heeft mij niet nodig om ze dat te vertellen.' De frons werd dieper. 'Waarom blijf je me toch overhalen me ermee te bemoeien? Het lijkt bijna wel alsof je wilt dat Joanna en Ruth worden gearresteerd.'

‘Niet *allebei.* Ze hebben het toch niet samen gedaan?’ Ze maakte een afschuwelijke grimas en vertrok haar gezicht tot een belachelijke karikatuur. ‘Maar Joanna huilt *wel* weer en ik denk dat we iets moeten doen. Mathilda zei altijd dat het huis vol geesten zat. Misschien is ze teruggekomen.’
Duncan staarde haar openlijk geschrokken aan. ‘Je bent toch niet ziek of zo?’
‘Natuurlijk ben ik niet ziek,’ zei ze boos. ‘Ik denk dat ik even een kijkje ga nemen, eens zien of alles in orde is, met haar praten. Je weet nooit, misschien besluit ze wel me in *vertrouwen* te nemen.’
Met een boogje liep ze weer op haar tenen weg en even later hoorde hij het geluid van de voordeur die werd opengemaakt.
Duncan schudde perplex zijn hoofd toen hij naar zijn kruiswoordpuzzel terugkeerde. *Was* dit nu het begin van dementie? Violet was of erg dapper of erg dwaas om zich te bemoeien met een emotioneel gestoorde vrouw die heel duidelijk haar moeder voldoende had gehaat om haar te vermoorden. Hij kon zich levendig voorstellen wat Joanna’s reactie zou zijn op de naïeve verklaringen van zijn vrouw dat ze meer wist dan ze tegen de politie had gezegd. Die gedachte maakte hem ongerust genoeg om hem uit zijn warme bed te dwingen, zijn pantoffels aan te trekken voor hij naar beneden achter haar aan ging.

Maar wat de reden voor Joanna’s verdriet ook was, die avond zou dat raadsel voor de Orloffs onopgelost blijven. Ze weigerde de deur open te maken toen Violet aanbelde en pas zondag in de kerk hoorden ze geruchten over Jack Blakeney die weer bij zijn vrouw terug was en dat Ruth te bang was om terug naar Cedar House en haar moeder te gaan. En dat ze er de voorkeur aan had gegeven bij de Blakeney’s te gaan wonen. Er werd gezegd dat Southcliffe haar had verzocht te vertrekken vanwege het schandaal dat op het punt stond boven het hoofd van de familie Lascelles los te breken. Dit keer vestigden de fanatieke roddelkousen hun achterdocht op Joanna.

Als Cooper eerlijk bij zichzelf was, kon hij de aantrekkelijkheid van Dave Hughes voor jonge meisjes uit de middenklasse zien. Hij had persoonlijkheid, was wat ruw, aantrekkelijk, lang met het knappe, gespierde uiterlijk van een Chippendale, donker haar tot op zijn schouders, helderblauwe ogen en een aantrekkelijke glimlach. Hij leek absoluut ongevaarlijk en het was pas in de besloten

sfeer van een verhoorkamer van de politie van Bournemouth dat hij zijn tanden liet zien die achter zijn glimlach lagen. Cooper besefte dat het uiterlijk een bijzonder professionele verpakking was. Joost mocht weten wat daaronder lag.
Inspecteur Charlie Jones was ook zo iemand bij wie de verpakking de werkelijke man verhulde. Cooper vond het aardig om te zien hoe Hughes het trieste pekinezengezicht ernstig onderschatte dat hem op zo'n vriendelijke, verontschuldigende manier opnam. Charlie pakte de stoel aan de andere kant van de tafel, tegenover Hughes, en rommelde tamelijk hulpeloos door zijn aktentas. 'Aardig van u om te komen,' zei hij. 'Ik begrijp dat uw tijd kostbaar is. We zijn dankbaar voor uw medewerking, meneer Hughes.'
Hughes haalde beminnelijk zijn schouders op. 'Als ik had geweten dat ik een keus had, was ik waarschijnlijk niet gekomen. Waar gaat het dan over?'
Charlie had een verkreukeld papiertje gevonden en spreidde dat op tafel uit. 'Juffrouw Ruth Lascelles. Ze zegt dat u haar minnaar bent.'
Hughes haalde weer zijn schouders op. 'Jazeker. Ik ken Ruth. Ze is zeventien. Sinds wanneer is seks met een zeventienjarige een misdaad?'
'Dat is het niet.'
'Wat is het probleem dan?'
'Diefstal. Ze heeft gestolen.'
Hughes keek naar behoren verbaasd, maar zei niets.
'Wist u dat ze stal?'
Hij schudde zijn hoofd. 'Ze heeft altijd gezegd dat haar oma haar geld gaf. Ik heb haar geloofd. Dat oude kreng rolde in het geld.'
'*Rolde*. U weet dus dat ze dood is.'
'Jazeker. Ruth heeft me verteld dat ze zelfmoord heeft gepleegd.'
Charlie gleed met zijn vinger over het blad. 'Ruth zegt dat u zei dat ze zilveren haarborstels, sieraden en waardevolle eerste uitgaven uit de bibliotheek van mevrouw Gillespie moest stelen. Dezelfde soort dingen feitelijk die juffrouw Julia Sefton van u van haar ouders moest stelen, naar ze beweert. Kleine spulletjes die niet gemist worden, maar gemakkelijk van de hand gedaan konden worden voor contanten. Wie verkocht dat, meneer Hughes. U of Ruth?'
'Doe me een lol, inspecteur. Ik ben toch niet iemand die zich laat gebruiken door een bijzonder bevoorrechte middenklasdel die me acuut weer laat vallen zodra het in de gaten loopt? Jezus,' zei hij vol afkeer, 'ik heb nog wel wat gezond verstand. Ze trekken alleen

maar met me op omdat ze zich stom vervelen met die sufferds die hun ouders goedkeuren. En dat zou u iets moeten vertellen over het soort meisjes dat ze zijn. Bij mij thuis werden dat dellen genoemd en stelen zit ze net zo in het bloed als hoereren. Als Ruth zegt dat ik haar heb opgehitst, dan probeert ze zichzelf schoon te praten. Dat is toch verdomd gemakkelijk? Ik ben alleen maar vuil uit zo'n verdomd kraakpand en zij is juffrouw Lascelles van de meisjesschool in Southcliffe. Wie gelooft mij nou?'
Charlie glimlachte zijn naargeestige glimlach. 'Ach ja,' mompelde hij, 'het gaat hier feitelijk niet om geloof, hè? We weten allebei dat je liegt en dat Ruth de waarheid spreekt, maar de vraag is of we haar kunnen overhalen naar de rechtbank te stappen en de *hele* waarheid te vertellen. U heeft een slechte keus gedaan, meneer Hughes. Ze heeft geen vader, weet u, alleen een moeder en u weet waarschijnlijk net zo goed als ik dat vrouwen veel harder tegenover hun dochters zijn dan mannen ooit zouden kunnen zijn. Mevrouw Lascelles zal Ruth niet beschermen zoals Julia's vader *haar* heeft beschermd. Afgezien hiervan, heeft ze ronduit een hekel aan het meisje. Het zou misschien anders zijn geweest als mevrouw Gillespie nog in leven was. Zij zou het waarschijnlijk vanwege de naam van de familie hebben gesust, maar aangezien ze er niet meer is, denk ik niet dat iemand zich voor Ruths belangen inzet.'
Hughes grinnikte. 'Nou, ga uw gang dan maar. Vervolg het stelende kreng. Het zal mij een zorg zijn.'
Charlie keek nu verbaasd. 'Mag u haar niet?'
'Ze was goed voor een vluggertje, niets bijzonders, maar goed genoeg. Luister, ik heb al gezegd, ze gaan alleen maar met me om omdat ze hun eigen familie willen ergeren. Dus wat moet ik dan doen? Onderdanig zijn uit dankbaarheid dat ik hun doodgewone lichamen mag gebruiken? Ik kan het zaterdags minstens zo goed, zo niet beter, in de nachtclub krijgen.' Hij grinnikte weer, een fascinerende, slechte grijns, die zonder twijfel vrouwenharten deed smelten, maar absoluut niet besteed was aan Jones en Cooper. 'Ik doe mijn plicht bij ze, verstrek ze opwinding en ik klaag alleen wanneer ze proberen hun rottige gejat op mijn schouders af te schuiven. Daar krijg ik echt iets van als u het wilt weten. Het is zo'n zootje sukkels. Een mooi gezichtje, een duur accent, een zielig verhaal en bingo, haal Dave Hughes hier en laat hem werken. U wilt gewoon niet inzien dat het dellen zijn, net zoals de hoertjes op de straten in de rosse buurt.'
Charlie keek peinzend. 'Dat is de tweede keer dat u Ruth Lascelles

een del heeft genoemd. Wat is uw definitie van een del, meneer Hughes?'
'Dezelfde als die van u, denk ik.'
'Een vulgaire, grove vrouw die haar lichaam voor geld verkoopt. Die beschrijving gaat niet op voor Ruth Lascelles, lijkt me.'
Hughes keek geamuseerd. 'Een del is een gemakkelijke wip. Ruth was zo verdomd gemakkelijk, dat het gewoon zielig was.'
'U zei dat ze niets bijzonders was om te naaien,' ging Charlie onverstoorbaar verder. 'Dat is een bijzonder onthullende bekentenis, vindt u niet?'
'Waarom?'
'Het zegt meer over u dan over haar. Vond ze u niet leuk? Moest u haar dwingen? Wat vindt u zo leuk waar zij u niet leuk genoeg voor vindt om aan mee te doen? Ik vind dat boeiend.'
'Ik heb het wel eens beter gehad, dat is alles wat ik bedoelde.'
'Beter wat, meneer Hughes.'
'Minnaressen, verdomme. Vrouwen die weten wat ze doen. Vrouwen die zichzelf en mij verdomme met meer onderscheidingsvermogen aanraken. Ruth naaien was hetzelfde als een pudding naaien. Ik moest al het werk doen terwijl zij me daar maar lag te vertellen hoeveel ze van me hield. Ik kreeg er werkelijk kotsgenoeg van.'
Charlie fronste zijn wenkbrauwen. 'Waarom nam u die moeite dan?'
Hughes glimlachte cynisch om de maar al te duidelijke val. 'Waarom niet? Ze was vrij, ze was beschikbaar en ik word net zo gemakkelijk wellustig als ieder ander. Gaat u me schuldig verklaren omdat ik iets natuurlijks doe?'
Charlie dacht even na. 'Bent u ooit in Cedar House geweest?'
'Het huis van dat ouwe wijf?' Hij schudde zijn hoofd. 'Geen denken aan. Ze zou de zenuwen gekregen hebben als ze had gemerkt met wie Ruth omging. Ik zoek geen moeilijkheden, hoewel u versteld zou staan van die meisjes. De helft denkt dat hun ouders mij met open armen zullen ontvangen.' Hij deed de afgebeten manier van praten van de upperclass na. 'Mammie, pappie, ik wil jullie voorstellen aan mijn vriend Dave.' De jongensachtige grijns weer. 'U hebt er geen idee van hoe verdomd stom ze zijn.'
'Er zijn dus heel wat van die meisjes geweest. Dat dachten we al.'
Hughes liet zijn stoel schuin achterover wippen, ontspannen, zelfgenoegzaam en met ongelooflijk veel zelfvertrouwen. 'Ik trek ze aan, inspecteur. Dat is een gave van me. Vraag me niet waar het

vandaan komt, want dat zou ik u niet kunnen zeggen. Misschien is het mijn Ierse bloed.'
'Van moeders zijde, blijkbaar.'
'Hoe raadde u dat?'
'U bent een prototype, meneer Hughes. Vermoedelijk de illegale zoon van een hoer die alles naaide voor geld, als uw uitzonderlijke vooringenomenheid ten opzichte van prostituées tenminste een vingerwijzing is. U heeft vermoedelijk geen idee wie uw vader was, omdat hij een van de vijftig mannen was die haar in de week van uw conceptie hebben genomen. Vandaar uw verachting en haat voor vrouwen en uw onvermogen om een volwassen relatie aan te gaan. U had geen manlijk voorbeeld om van te leren of te trachten te evenaren. Vertel me eens,' mompelde hij, 'verschaft het feit dat u het voor niets kunt krijgen, u een superieur gevoel ten opzichte van het zielige, anonieme mannetje dat ervoor moest betalen om u te verwekken? Is het daarom zo belangrijk?'
De blauwe ogen werden nijdig halfdicht geknepen. 'Dit hoef ik niet aan te horen.'
'Toch wel. Kijk, ik ben erg geïnteresseerd in uw ziekelijke afkeer van vrouwen. U kunt niet over ze spreken zonder in de aanval te gaan. Dat is niet normaal, meneer Hughes, en omdat brigadier Cooper en ik een bijzonder vreemde misdaad aan het onderzoeken zijn, schrik ik van uw houding. Ik zal u eens een definitie van een psychopathische persoonlijkheidsafwijking geven.' Hij keek weer op het papier. 'Het manifesteert zich in slechte of geen arbeidsuitoefening, aanhoudende criminaliteit, willekeurige seksuele relaties en agressief seksueel gedrag. Mensen met deze afwijking zijn onverantwoordelijk en uitzonderlijk ongevoelig; ze voelen zich niet schuldig over hun asociale gedrag en vinden het moeilijk om langdurige verhoudingen in stand te houden.' Hij keek op. 'Dat is een redelijke goede beschrijving van u, vindt u niet? Bent u ooit behandeld voor dit soort afwijkingen?'
'Nee, dat ben ik verdomme niet,' zei hij woedend. 'Jezus, wat is dat trouwens voor flauwekul? Sinds wanneer is stelen een abnormale misdaad?'
'We hebben het niet over stelen.'
Hughes keek plotseling vermoeid. 'Waar hebben we het dan over?'
'De dingen die u de meisjes aandoet.'
'Ik kan u niet volgen.'
Charlie boog zich agressief naar voren, zijn ogen stonden zo hard als graniet. 'O, jawel, dat kun je wel, smerig zwijn. Je bent pervers,

Hughes, en wanneer je opgepakt wordt en de andere gevangenen merken waarvoor je bent opgepakt, zul je eens leren hoe het is om aan de ontvangende kant van agressief gedrag te staan. Ze slaan je verrot, plassen over je eten en bewerken je met een scheermes als ze je onder de douche alleen te pakken krijgen. Dat is een van de wonderlijke dingen uit het gevangenisleven. Normale gedetineerden hebben een hekel aan seksuele misdadigers, vooral seksuele misdadigers die alleen maar een stijve kunnen krijgen bij kinderen. Wat ze zelf ook gedaan hebben, valt in het niet bij wat jij en mensen zoals jij weerloze kinderen aandoen.'

'Jezus! Ik doe niets met kinderen. Ik haat die verdomde kinderen.'

'Julia Sefton was net zestien geworden toen je het haar aandeed. Ze had bijna je dochter kunnen zijn.'

'Dat is geen misdaad. Ik ben niet de eerste vent die met iemand heeft geslapen die jong genoeg is om zijn dochter te kunnen zijn. Kom op, inspecteur.'

'Maar je neemt altijd jonge meisjes. Wat hebben jonge meisjes dat je zo opwindt?'

'Ik neem ze niet. Ze nemen mij.'

'Jagen oudere vrouwen je angst aan? Dat is het gebruikelijke patroon met jouw soort zwijnen. Jullie moeten wel kinderen nemen, want jullie zijn als de dood voor volwassen vrouwen.'

'Hoe vaak moet ik het u nog zeggen? Ik doe niets met kinderen.'

Plotseling veranderde Jones van onderwerp. 'Ruth heeft zaterdag de zesde november diamanten oorbellen van haar grootmoeder gestolen; op dezelfde dag heeft mevrouw Gillespie zelfmoord gepleegd. Heb jij Ruth daar die dag naar toe gebracht?'

Hughes zag eruit alsof hij op het punt stond het te ontkennen, toen haalde hij zijn schouders op. 'Ze vroeg het me.'

'Waarom?'

'Wat waarom?'

'Waarom vroeg ze je om haar te brengen? Wat wilde ze daar doen?'

Hughes keek vaag. 'Dat heeft ze niet gezegd. Maar ik ben nooit op die verrekte plek geweest en ik wist niet dat ze van plan was van die verdomde oorbellen te stelen.'

'Dus ze belde naar je kraakpand, vroeg je om helemaal naar Southcliffe te komen om haar op te halen en haar vandaar naar Fontwell te brengen en weer terug naar Southcliffe zonder een woord van uitleg.'

'Ja.'

'En meer heb je niet gedaan? Je bent haar chauffeur geweest en hebt voor Cedar House gewacht toen zij naar binnen ging?'

'Ja.'
'Maar je hebt toegegeven dat je haar niet mocht. Eigenlijk minachtte je haar. Waarom zou je zoveel moeite doen voor iemand die je niet mag?'
'Het was een wip waard.'
'Een wip met pudding?'
Hughes grinnikte. 'Ik was er die dag voor in de stemming.'
'Ze zei tegen mijn brigadier dat ze zo'n zes uur van school weg was. Het is vijftig kilometer van Southcliffe naar Fontwell, dus laten we zeggen dat het je veertig minuten heen en veertig terug heeft gekost. Dan blijft er zo'n vierenhalf uur over. Wil je me vertellen dat je vierenhalf uur in je bestelauto in Fontwell zat duimen te draaien terwijl Ruth binnen bij haar grootmoeder was?'
'Zo lang was het niet. We zijn op de terugweg gestopt voor een wip.'
'Waar heb je precies geparkeerd in Fontwell?'
'Dat weet ik niet meer. Ik stond altijd ergens op haar te wachten.'
Charlie legde zijn vingers op het verkreukelde stuk papier. 'Volgens de herbergier van de "Three Pigeons" stond je bestelauto die middag op zijn pleintje geparkeerd. Na tien minuten ben je weggereden, maar hij zag je naast de kerk stoppen om iemand mee te nemen. We moeten aannemen dat het Ruth was, tenzij je me gaat vertellen dat je nog iemand naar Fontwell hebt meegenomen op de dag dat mevrouw Gillespie zelfmoord heeft gepleegd.'
De vermoeide blik was weer terug in Hughes' ogen. 'Het was Ruth.'
'Goed, wat deden jij en Ruth dan vierenhalf uur lang, meneer Hughes? Je naaide haar zeker niet. Het kost geen vierenhalf uur om pudding te naaien. Of misschien wel bij iemand die aan een psychopathische persoonlijkheidafwijking lijdt. Misschien kost het je zo lang om hem omhoog te krijgen.'
Hughes liet zich niet op stang jagen. 'Ik denk dat ik dat stomme kreng ook niet in bescherming hoef te nemen. Goed, ze vroeg me om haar naar die juwelier in een achterafstraatje in Southampton te brengen. Ik vroeg niet waarom, ik heb het alleen gedaan. Maar dat kunt u mij niet aanrekenen. Ik heb alleen maar als taxi dienst gedaan. Als ze een paar oorbellen heeft gestolen en verkocht, wist ik daar niets van. Ik was alleen maar de klungel met het vervoer.'
'Volgens Ruth Lascelles heeft ze jou het geld gegeven direct nadat ze de oorbellen had verkocht. Ze zei dat het zeshonderdvijftig pond in contanten was en dat je haar toen regelrecht naar school hebt gebracht zodat ze op tijd was voor haar natuurkundeles.'

Hughes zei niets.
'U profiteerde van een misdaad, meneer Hughes. Dat is illegaal.'
'Ruth liegt. Ze heeft me nooit geld gegeven en, zelfs al heeft ze dat gedaan, dan moet u maar bewijzen dat ze het gejat had. Ze zal zeggen dat het allemaal haar idee was. Luister, ik ontken niet dat ze me van tijd tot tijd wat toestopte, maar ze zei dat het haar geld was en ik geloofde dat. Waarom zou ik niet? Die oude oma rolde erin. Het was niet meer dan logisch dat Ruth er ook in rolde.' Hij grinnikte weer. 'Dus wat gaf het als ze me van tijd tot tijd wat toestopte? Hoe moest ik weten dat dat stomme kreng het stal? Ze was me wat schuldig voor de benzine die ik verspilde door in de vakantie voor haar verdomde chauffeur te spelen.'
'Maar die dag heeft ze u niets toegestopt?'
'Ik zei al van niet en ik bedoel ook nee.'
'Had u geld bij zich?'
'Misschien vijf pond.'
'Hoe heette die juwelier in het achterafstraatje in Southampton?' vroeg Charlie abrupt.
'Geen idee. Ik ben er niet naar binnen gegaan. Dat moet u Ruth vragen. Ze heeft me alleen gezegd naar een straat te gaan en aan het eind ervan te stoppen.'
'Hoe heette die straat?'
'Weet ik niet. Ze had een kaart en zei rechts, links, rechtdoor, stop. Ik heb precies gedaan wat me verteld werd. Dat moet u Ruth vragen.'
'Ze weet het niet. Ze zegt dat u ernaar toe bent gereden, haar verteld heeft naar welke winkel ze moest gaan, naar wie ze moest vragen en wat ze moest zeggen.'
'Ze liegt.'
'Dat denk ik niet, meneer Hughes.'
'Bewijs het maar.'
Charlie dacht snel na. Hij twijfelde er niet aan dat Hughes de waarheid sprak toen hij zei dat hij Cedar House of de juwelier niet was binnen geweest, niet samen met Ruth tenminste. Het mooie van zijn zwendelpraktijken was dat hij de gestolen goederen zelf niet aanraakte, hij vervoerde de meisjes en de goederen alleen maar naar iemand die dat wel deed. Op die manier was het meisje de enige die hem ooit ergens van kon beschuldigen en dat deed ze niet omdat ze om welke reden dan ook te bang voor hem was. 'Dat ben ik van plan, meneer Hughes. Laten we beginnen uw stappen eens na te gaan nadat u Ruth weer bij school had afgezet. Bent u toen

naar de nachtclub gegaan waar u het over had? Die zal duur zijn, dat zijn ze meestal en coke en XTC zijn ook niet goedkoop, en ik vermoed dat u beide gebruikt. Mensen zullen zich u herinneren, vooral wanneer u met geld smeet.'

Hughes zag een nieuwe val en giechelde. 'Ik heb al gezegd dat ik geen geld had, inspecteur. Ik heb wat rondgereden en ben terug gegaan naar het kraakpand.'

'Hoe laat was dat?'

Hij haalde zijn schouders op. 'Geen idee.'

'Dus als ik iemand vind die zegt dat er een witte bestelauto geparkeerd stond in de buurt van een nachtclub van Bournemouth die avond, dan zegt u dat het de uwe niet geweest kan zijn, omdat u gewoon wat rondreed.'

'Daar komt het wel op neer.'

Charlie ontblootte zijn tanden in een roofdierachtige glimlach. 'Ik moet u vertellen, meneer Hughes, dat u binnenkort naar het politiebureau van Learmouth wordt gebracht waar u langdurig aan de tand gevoeld zult worden over de moord op mevrouw Mathilda Gillespie.' Hij raapte zijn papieren bij elkaar en propte ze weer in zijn zak.

'Barst!' zei Hughes boos. 'Met wat voor onzin probeert u me nu op te schepen? U zei dat ze zelfmoord had gepleegd.'

'Ik loog. Ze is vermoord en ik heb redenen om aan te nemen dat u betrokken bent bij die moord.'

Hughes kwam agressief overeind. 'Ik heb u gezegd dat ik dat verdomde huis nooit ben binnen geweest. Die herbergier is trouwens mijn alibi. Hij heeft me op zijn parkeerplaats gezien en gezien dat ik Ruth oppikte. Hoe kon ik die oude dame vermoorden als ik de hele tijd in mijn bestelwagen was?'

'Ze is niet om halfdrie vermoord. Ze is later die avond vermoord.'

'Ik was daar niet later op de avond.'

'Uw bestelauto wel. De herbergier zegt dat u die avond bent teruggekomen en zoals u onszelf net heeft verteld, hebben u en uw bestelauto geen alibi voor de zesde november. U reed wat rond, weet u nog wel?'

'Ik was hier in Bournemouth en de bestelauto ook.'

'Bewijs het maar.' Charlie stond op. 'Tot die tijd houd ik u vast op verdenking van moord.'

'U gaat werkelijk te ver. Ik neem een advocaat in de arm.'

'Doe dat. U mag een telefoongesprek voeren in Learmouth.'

'Waarom zou ik die ouwe totebel trouwens willen vermoorden?'

Charlie trok een ruige wenkbrauw op. 'Omdat u een voorgeschiedenis heeft van het terroriseren van vrouwen. Dit keer bent u te ver gegaan.'
'Ik vermoord ze verdomme niet.'
'Wat doet u er wel mee?'
'Ik naai ze, meer niet. En ik beduvel ze ook niet. Ik heb nog nooit klachten gehad.'
'Dat zei de Yorkshire Ripper vermoedelijk ook iedere keer wanneer hij thuiskwam met zijn hamer en beitel in de kofferbak van zijn auto.'
'U gaat veel te ver,' zei Hughes weer en stampvoette. 'Ik kende het oude kreng niet eens. Ik *wilde* haar niet kennen. Jezus, klootzak, hoe kan ik iemand vermoorden die ik niet eens ken?'
'U bent toch ook geboren?'
'Wat moet dat nou weer betekenen?'
'Geboorte en dood, Hughes. Ze gebeuren toevallig. Uw moeder kende uw vader niet, maar u werd toch geboren. Het niet-kennen doet niet ter zake. U was er die dag, u gebruikte haar kleindochter om van haar te stelen en mevrouw Gillespie wist dat. U moest haar het zwijgen opleggen voor ze tegen ons zou praten.'
'Zo ga ik niet te werk.'
'Hoe dan wel?'
Maar Hughes weigerde om nog een woord te zeggen.

Ik heb Joanna en haar baby mee naar huis genomen om bij me te komen wonen. Ik schrok me dood van de smeerboel waar ik ze in vond toen ik in Londen kwam. Joanna had alle pogingen opgegeven om voor het kind te zorgen of zelfs maar om de meest elementaire hygiënische maatregelen te treffen. Ze is duidelijk niet in staat om alleen te wonen en hoewel ik die ellendige jood met wie ze trouwde, verafschuwde, deed ze toen hij nog leefde tenminste nog een beetje alsof ze normaal was.
Ik ben erg bang dat de schok van Stevens dood haar het laatste duwtje heeft gegeven. Ze was vanmorgen in de kamer van de baby en hield een kussen boven de wieg. Ik vroeg haar wat ze deed en ze zei: 'Niets.' Maar ik twijfel er niet aan dat als ik de kamer een paar minuten later was binnengekomen, het kussen op het gezicht van de baby had gelegen. Het afschuwelijke ervan is dat ik mezelf daar zag staan, als een walgelijke weerkaatsing in een verwrongen spiegel. Het was een enorme schok voor me. Vermoedt Joanna iets? Vermoedt iemand iets, behalve Jane?
Er is geen genezing voor krankzinnigheid als gevolg van inteelt. 'Onnatuurlijk doen, Baart onnatuurlijk wee...'

Dertien

Toen de volgende ochtend de laatste patiënt weg was, marcheerde Jane Marriott Sarahs spreekkamer van de praktijk in Fontwell binnen en ging vastbesloten op een stoel zitten. Sarah keek haar even aan. 'Je kijkt erg boos,' merkte ze op terwijl ze wat papieren ondertekende.

'Ik ben ook boos.'

'Waarover?'

'Jou.'

Sarah sloeg haar armen over elkaar. 'Wat heb ik gedaan?

'Je bent je medegevoel kwijtgeraakt.' Jane tikte met een strenge vinger op haar horloge. 'Ik weet dat ik je op je kop gaf omdat je zoveel tijd aan je patiënten besteedde, maar ik bewonderde je omdat je zoveel moeite deed. Nu zijn ze plotseling met een sneltreinvaart binnen en weer buiten. Die arme mevrouw Henderson was bijna in tranen. "Wat heb ik gedaan om de dokter van streek te maken?" vroeg ze me. "Ze had bijna geen goed woord voor me over." Je moet die zaak met Mathilda niet zo hoog opnemen, Sarah. Dat is niet eerlijk tegenover anderen.' Ze haalde kort adem en zei waarschuwend: 'En vertel me niet dat ik alleen maar de receptioniste ben en jij de arts. Artsen zijn ook feilbaar, net zoals de rest van de mensheid.'

Sarah schoof met de punt van haar potlood wat papieren over haar bureau. 'Weet je wat de eerste woorden van mevrouw Henderson waren toen ze binnenkwam? "Ik neem aan dat het veilig is om bij u terug te komen, dokter, nu ik zie dat dat kreng van een dochter het heeft gedaan." En ze heeft tegen je gelogen. Ik had *geen* goed woord voor haar over. Ik heb haar voor een keer de waarheid gezegd, dat het enige dat haar mankeert, een verbitterd hart is en dat dit direct genezen kon worden als ze eens naar het goede in de mensen zocht in plaats van naar het slechte.' Ze bewoog haar potlood onder Janes neus. 'Ik begin vrij snel tot de conclusie gekomen dat Mathilda gelijk had. Dit dorp is een van de akeligste plekjes op aarde, de mensen zijn volkomen onnozele, kwaadaardige kwezels die niets beters met hun leven weten te doen dan oordelen te zitten vellen over iedereen die niet past in hun gewone, bekrompen stereotypen. Ik ben mijn medeleven niet kwijt, maar mijn oogkleppen.'

Jane haalde de potloden uit Sarahs hand voor er een in haar neus terechtkwam. 'Ze is een eenzame, oude weduwe zonder veel opleiding en ze probeerde zich op haar bijzonder onhandige manier te verontschuldigen voor het feit dat ze ooit aan je heeft getwijfeld. Als jij niet de grootheid kunt opbrengen om begrip te hebben voor haar onbeholpen diplomatie, dan ben je niet de vrouw die ik dacht dat je was. En als je het weten wilt, nu denkt ze dat ze aan een heel ernstige ziekte lijdt, namelijk aan een verbitterd hart en dat jij weigert dat te behandelen. En dat wijt ze aan de bezuinigingen van de gezondheidszorg en het feit dat zij, als oude vrouw, nu als onbelangrijk wordt beschouwd.'

Sarah zuchtte. 'Ze was de enige niet. Ze zijn allemaal uitgelaten omdat ze denken dat Joanna het heeft gedaan en ik heb er bezwaar tegen dat ze mij en mijn praktijk gebruiken om het van haar te winnen.' Ze streek met haar vingers door haar haren. 'Want dat is alles wat er vandaag aan de hand was, Jane, een kinderachtig boeroepen naar hun laatste slachtoffer en als Jack niet zo stom had gedaan, was er ook niet zoveel te roddelen geweest.'

'Denk dat maar niet,' zei Jane scherp. 'Als ze niets meer weten, verzinnen ze wel wat.'

'Ha! En jij hebt het lef mij de les te lezen over cynisme!'

'O, denk maar niet dat ik me niet minstens zo erger aan hun domheid als jij. Natuurlijk wel, maar ik verwacht niet anders. Ze zijn niet veranderd omdat Mathilda is doodgegaan, hoor, en ik moet zeggen dat het nogal wat is om mevrouw Henderson ervan te beschuldigen dat ze alleen maar het slechte in de mensen ziet wanneer de grootste vertegenwoordigster daarvan jou net een klein kapitaal heeft nagelaten. Het beeld dat mevrouw Henderson van mensen heeft, is ronduit heilig vergeleken met dat van Mathilda. *Die* had echt een verbitterd hart.'

'Goed. Ik heb je begrepen. Ik zal op weg naar huis nog even bij mevrouw Henderson langsgaan.'

'Nou, ik hoop dat je het kunt opbrengen je tegenover haar te verontschuldigen. Misschien ben ik overgevoelig, maar ze leek van streek en het is niets voor jou om hard te zijn, Sarah.'

'Ik voel me hard,' gromde ze. 'En mag ik eens weten of je tegen de manlijke artsen ook zo praat?'

'Nee.'
'Juist.'
Jane gooide het hoofd in de nek. 'Niets juist. Ik ben op jou gesteld. Als je moeder hier was, zou ze hetzelfde zeggen. Je moet de omstandigheden nooit toestaan je humeur te bederven, Sarah. Laat die specifieke zwakte over aan de Mathilda's van deze wereld.'
Sarah voelde een golf van genegenheid voor de oudere vrouw met de appelwangetjes die roze van verontwaardiging waren geworden. Haar moeder zou natuurlijk nooit iets dergelijks zeggen, die zou alleen haar lippen op elkaar knijpen en verklaren dat ze altijd had geweten dat Sarah een zuur karakter had. Er was iemand met Janes ruimdenkendheid voor nodig om te zien dat andere mensen diplomatiek onbekwaam of zwak of gedesillusioneerd waren. 'Je vraagt me om tegen mijn principes in te gaan,' zei ze vriendelijk.
'Nee, lieverd, ik vraag je ze trouw te blijven.'
'Waarom zou ik mevrouw Henderson toestaan Joanna een moordenares te noemen? Er is niet meer bewijs tegen haar dan er tegen mij is en als ik me verontschuldig is dat een stilzwijgende instemming.'
'Onzin,' zei Jane vastberaden. 'Het is beleefdheid tegenover een oude dame. Hoe je met Joanna omgaat is een heel andere zaak. Als je niet goedkeurt hoe het dorp haar behandelt, dan moet je dat op heel duidelijke wijze kenbaar maken zodat niemand eraan twijfelt waar je sympathie ligt. Maar' – haar oude ogen werden zachter toen ze op de jongere vrouw bleven rusten – 'reageer je ergernis niet af op die arme Dolly Henderson, lieverd. Je kunt niet verwachten dat zij de dingen ziet zoals jij en ik doen. Ze heeft nooit een opvoeding genoten zoals wij.'
'Ik zal me verontschuldigen.'
'Dank je wel.'
Sarah boog zich plotseling voorover en kuste de ander op de wang. Jane keek verbaasd. 'Waarom was dat?'
'O, ik weet het niet.' Sarah glimlachte. 'Misschien omdat je de plaats van mijn moeder inneemt. Ik vraag me soms af of plaatsvervangers niet beter zijn dan de originelen. Mathilda deed het ook, weet je. Ze had niet *alleen maar* een verbitterd hart. Ze kon net zo lief zijn als jij als ze dat wilde.'
'Zorg je daarom voor Ruth? Als een soort tegenprestatie?'
'Keur je het af?'
Jane zuchtte. 'Ik keur het niet goed en niet af. Ik heb alleen het idee dat het onder de gegeven omstandigheden een beetje provocerend

is. Wat je redenen ook mogen zijn, het dorp maakt er het ergste van. Je weet dat ze zeggen dat Joanna op het punt staat gearresteerd te worden vanwege de moord op haar moeder en dat Ruth daarom bij jou is ingetrokken, hè?'

'Ik had me niet gerealiseerd dat het zo erg was.' Sarah fronste haar wenkbrauwen. 'God, ze zijn wel belachelijk. Waar halen ze de onzin vandaan?'

'Ze tellen twee en twee bij elkaar op en komen uit op twintig.'

'Het probleem is...' Ze zweeg even. '...dat ik er niet veel aan kan doen.'

'Maar lieverd, je hoeft alleen maar een verklaring te geven waarom Ruth bij jou logeert,' stelde Jane voor, 'en dan kun je alle geruchten de kop indrukken. Er moet er tenslotte een zijn.'

Sarah zuchtte. 'Het is aan Ruth om een uitleg te geven en op het ogenblik is ze daar niet voor in de stemming.'

'Verzin er dan een,' zei Jane botweg. 'Vertel het mevrouw Henderson wanneer je haar vanmiddag ziet en morgenavond weet het hele dorp het. Je moet vuur met vuur bestrijden, Sarah. Dat is de enige manier.'

Mevrouw Henderson was geroerd door de verontschuldiging van dokter Blakeney voor haar slechte humeur tijdens het spreekuur, en ze vond het heel vriendelijk van haar dat ze de moeite had genomen naar haar huisje te komen en ze was het er volkomen mee eens dat als je de hele nacht op was geweest om voor een zeventienjarige te zorgen die alle symptomen van klierkoorts had, je de volgende morgen alle reden had om kortaangebonden te zijn. Ja, ze begreep niet helemaal waarom Ruth bij dokter Blakeney en haar man moest logeren onder de gegeven omstandigheden. Zou het niet passender zijn als ze bij haar moeder bleef? Veel passender, zei Sarah vastbesloten en Ruth had dat natuurlijk ook veel liever gedaan, maar zoals mevrouw Henderson wist was klierkoorts een bijzonder pijnlijke en slopende virusinfectie en vanwege de waarschijnlijkheid dat het terugkwam als er niet goed voor de patiënt werd gezorgd en gezien het feit dat dit Ruths eindexamenjaar was, had Joanna aan Sarah gevraagd haar bij zich te nemen en zo snel mogelijk weer gezond te krijgen. Onder de omstandigheden, met het testament van mevrouw Gillespie (Sarah keek naar behoren gegeneerd) kon ze toch nauwelijks weigeren, was het wel?

'Niet wanneer jij degene bent die al het geld heeft gekregen,' was het antwoord van mevrouw Henderson, maar haar vochtige ogen

keken verbaasd. 'Gaat Ruth dan terug naar Southcliffe wanneer ze beter is?'
'Waar zou ze anders naar toe gaan?' mompelde Sarah zonder te blozen. 'Zoals ik al zei, het is haar eindexamenjaar.'
'Nou, nou! Er wordt wat afgelogen, hoor. Wie heeft mevrouw Gillespie dan vermoord, als u het niet was en de dochter ook niet?'
'God mag het weten, mevrouw Henderson.'
'Dat zal hij ook wel, het is een schande. Hij vertelt het niet verder. Hij veroorzaakt een boel last door die informatie voor zich te houden.'
'Misschien heeft ze zelfmoord gepleegd.'
'Nee,' zei de oude vrouw beslist. 'Dat zal ik nooit geloven. Ik wil niet zeggen dat ik haar graag mocht, maar mevrouw Gillespie was geen lafaard.'

Sarah wist dat Joanna in Cedar House was, ondanks de koppige stilte waarmee haar aanbellen werd begroet. Ze had het strakke, witte gezicht in de schaduwen achter in de zitkamer gezien en de korte flits van herkenning voor Joanna de gang inglipte en buiten zicht kwam. Sarah was nijdiger over de flits van herkenning dan om haar weigering om de deur open te maken. Dit ging om Ruth, niet om Mathilda's testament of Jacks streken en hoewel ze begrip kon hebben voor Joanna's weerzin om de deur voor de politie open te maken, kon ze haar niet vergeven dat ze de deur gesloten hield voor de persoon die haar dochter onderdak verleende. Sarah liep grimmig het pad af dat om het huis liep. Ze vroeg zich af wat voor vrouw haar persoonlijke vijandigheid vóór haar bezorgdheid ten opzichte van het welzijn van haar dochter stelde?
In gedachten zag ze het portret waar Jack mee bezig was. Hij had Joanna vastgelegd in een driehoekig prisma van spiegels met haar persoonlijkheid gespleten als gebroken licht. Het was een buitengewone afbeelding van verwarde identiteit, des te meer omdat er van iedere afbeelding een enkel beeld werd teruggekaatst door de enorme, allesomringende spiegel die het doek omsloot. Sarah had hem gevraagd wat dat ene beeld voorstelde. 'Joanna, zoals ze gezien wil worden. Bewonderd, aanbeden, prachtig.'
Ze wees naar de afbeeldingen van de prisma's. 'En wat zijn dat?'
'Dat is de Joanna die ze met drugs onderdrukt,' zei hij. 'De lelijke, ongeliefde vrouw die door moeder, man en dochter is afgewezen. Alles in haar leven is een illusie, vandaar het spiegelmotief.'
'Dat is triest.'

'Word nou niet sentimenteel tegen me, Sarah, of over haar. Joanna is de meest egoïstische vrouw die ik ooit ben tegengekomen. Ik denk dat de meeste verslaafden dat zijn. Ze zegt dat Ruth haar afgewezen heeft. Dat is kolder. Joanna heeft haar afgewezen, omdat Ruth huilde zodra Joanna haar oppakte. Het was een vicieuze cirkel. Hoe meer de baby huilde, hoe minder zij genegen was ervan te houden. Ze beweerde dat Steven haar afwees omdat hij door haar zwangerschap werd afgestoten, maar in de volgende zin gaf ze toe dat ze de manier waarop hij Ruth vertroetelde niet kon uitstaan. Ik denk dat zij hém heeft afgewezen.'
'Maar waarom? Daar moet een reden voor zijn.'
'Ik denk dat het heel eenvoudig is. De enige van wie ze houdt of van wie ze kan houden, is zichzelf en omdat haar dikke buik haar in haar eigen ogen minder aantrekkelijk maakte, stoorde ze zich aan de twee mensen die daar verantwoordelijk voor waren, namelijk haar man en haar baby. Ik durf er wat onder te verwedden dat zij degene was die de zwangerschap weerzinwekkend vond.'
'Niets is ooit zo eenvoudig, Jack. Het zou iets heel ernstigs kunnen zijn. Onbehandelde postnatale depressie. Narcistische persoonlijkheidsproblemen. Zelfs schizofrenie. Misschien had Mathilda gelijk en *is* ze labiel.'
'Misschien, maar als ze dat is, dan is dat helemaal Mathilda's schuld. Van wat ik eruit kan opmaken, heeft ze van het begin af aan te veel notitie van Joanna en Joanna's aanstellerij genomen.' Hij gebaarde naar het schilderij. 'Toen ik zei dat alles in haar leven een illusie was, bedoelde ik alles: alles is onecht. Dit is de fantasie waar ze in wil geloven, maar ik ben er voor negenennegentig procent van overtuigd dat ze het zelf niet gelooft.' Hij legde zijn wijsvinger op de centrale driehoek van het prisma waar vooralsnog niets in stond. 'Daar zal de echte Joanna zijn, in de enige spiegel die haar gestileerde beeld van zichzelf niet kan weerspiegelen.'
Knap werk, dacht Sarah, maar is het waar? 'En hoe is de echte Joanna?'
Hij staarde naar het schilderij. 'Bijzonder meedogenloos, denk ik,' zei hij langzaam, 'volkomen en compleet meedogenloos om haar eigen zin te krijgen.'
De keukendeur was dicht, maar de sleutel die Mathilda onder de derde bloempot rechts had verstopt, was er nog en met een triomfantelijke uitroep schoot Sarah erop af en stak hem in het Yale-slot. Pas nadat ze de deur had opengemaakt en de sleutel eruit haalde om hem op de keukentafel te leggen, vroeg ze zich af of iemand de

politie had verteld dat het gemakkelijk was om Cedar House binnen te komen als je wist wat er onder de bloempot lag. *Zij* had het in ieder geval niet verteld, maar ze was het helemaal vergeten tot de noodzaak om binnen te komen haar geheugen had opgefrist. Ze had hem een keer gebruikt, maanden geleden, toen Mathilda's artritis zo erg was geweest dat ze niet uit de stoel had kunnen komen om de voordeur open te maken.
Ze legde de sleutel voorzichtig op de tafel en staarde ernaar. Haar intuïtie vertelde haar plotseling dat wie de sleutel voor het laatst had gebruikt, Mathilda Gillespie had vermoord en ze hoefde geen Einstein te zijn om te begrijpen dat als diens vingerafdrukken erop hadden gestaan, zij die net onbruikbaar had gemaakt met de hare.
'O, jezus!' zei ze.
'Hoe durf je ongevraagd mijn huis binnen te komen,' verkondigde Joanna met een nerveuze stem vanuit de gang.
Sarah keek haar zo nijdig aan dat de ander een stap achteruit deed. 'Wil je een toontje lager zingen en niet zo belachelijk opgeblazen doen,' snauwde ze. 'We zitten allemaal tot onze nek in de problemen en het enige wat jij doet is zo verdomde op je ponteneur staan.'
'Schei uit met vloeken. Ik kan mensen die vloeken niet uitstaan. Je bent nog erger dan Ruth en die klinkt als een bootwerker. Je bent geen dame. Ik begrijp niet waarom mijn moeder met jou optrok.'
Sarah haalde boos diep adem. 'Je bent onnatuurlijk, Joanna. In welke eeuw denk je dat we leven? En wat is een dame? Iemand zoals jij die nog nooit in haar leven een poot heeft opgetild, maar ermee door kan omdat ze geen godslasteringen uit?' Ze schudde haar hoofd. 'Voor mij geldt dat niet. De enige echte dame die ik ken is achtenzeventig jaar, komt uit een achterbuurt van Londen, werkt met de armoedzaaiers van Londen en vloekt als een dragonder. Word wakker, mens. Het is je bijdrage die respect afdwingt, geen zuinige toewijding aan een of ander verouderd principe van vrouwelijke reinheid die niet meer bestaat sinds de dag dat vrouwen ontdekt hebben dat ze niet veroordeeld waren tot een leven van eindeloze zwangerschappen en kinderen opvoeden.'
Joanna kneep haar lippen op elkaar. 'Hoe ben je binnengekomen?'
Sarah knikte naar de tafel. 'Ik heb de sleutel gebruikt die onder de bloempot lag.'
Joanna fronste nijdig haar wenkbrauwen. 'Welke sleutel?'
'Die, en raak hem niet aan. Ik weet zeker dat degene die je moeder heeft vermoord hem gebruikt moet hebben. Kan ik de telefoon even gebruiken? Ik ga de politie opbellen.' Ze wrong zich langs

Joanna de gang in. 'Ik moet Jack ook opbellen om hem te zeggen dat ik laat thuiskom. Vind je dat erg? De kosten zullen wel van je moeders nalatenschap worden afgetrokken.'
Joanna achtervolgde haar. 'Ja, ik vind het erg. Je hebt geen enkel recht om hier binnen te dringen. Dit is mijn huis en ik wil je hier niet hebben.'
'Nee,' zei Sarah kortaf en pakte de telefoon op die op het gangtafeltje stond, 'volgens het testament van je moeder, is Cedar House van mij.' Ze bladerde door haar agenda op zoek naar het telefoonnummer van Cooper. 'En jij bent alleen maar hier, omdat ik ertegenop zie je eruit te zetten.' Ze hield de hoorn tegen haar oor, draaide het nummer van het politiebureau van Learmouth en keek ondertussen naar Joanna. 'Maar ik begin aardig van gedachten te veranderen. Eerlijk gezegd zie ik geen enkele reden waarom ik meer consideratie met jou zou hebben dan jij met je dochter hebt. Brigadier Cooper van de recherche, alstublieft. Zeg dat dokter Blakeney hem wil spreken en dat het dringend is. Ik ben in Cedar House in Fontwell. Ja, ik blijf aan de lijn.' Ze legde haar hand voor het mondstuk. 'Ik wil dat je met me mee naar huis gaat en met Ruth praat. Jack en ik doen ons best, maar we kunnen jou niet vervangen. Ze heeft haar moeder nodig.'
Er trilde een ticje bij Joanna's mondhoek. 'Ik heb bezwaren tegen jouw bemoeizucht met zaken die je niets aangaan. Ruth kan uitstekend voor zichzelf zorgen.'
'Mijn god, je bent echt onnatuurlijk,' zei Sarah verbaasd. 'Het kan je geen donder schelen, hè?'
'U doet het expres, dokter Blakeney.'
'Als je het over mijn vloeken hebt, dan heb je volkomen gelijk, ja,' zei Sarah. 'Ik wil dat je net zo geschokt bent door mij als ik door jou. Waar is je verantwoordelijkheidsgevoel, *rot* kreng dat je bent? Ruth is niet uit het niets verschenen. Jij en je man hebben een *verdomd* leuke tijd gehad toen je haar maakte en denk daar maar eens aan.' Abrupt richtte ze haar aandacht op de telefoon. 'Hallo brigadier, ja, ik ben in Cedar House. Ja, die is er ook. Nee, geen problemen, alleen denk ik dat ik weet hoe Mathilda's moordenaar binnen is gekomen. Heeft iemand u verteld dat ze een sleutel bewaarde onder een bloempot achter bij het kolenhok? Ik weet het, maar ik ben het vergeten.' Ze trok een gezicht. 'Nee, hij ligt er niet meer. Hij ligt op de keukentafel. Ik heb hem gebruikt om binnen te komen.' Ze hield de hoorn een eindje van haar oor af. 'Ik heb het niet expres gedaan,' zei ze even later op kille toon. 'Jullie hadden in het

begin wat grondiger moeten zoeken, dan was het niet gebeurd.' Ze legde de hoorn met onnodige kracht neer. 'We moeten hier allebei blijven tot de politie komt.'
Maar Joanna's zelfbeheersing was verdwenen. 'VERDWIJN UIT MIJN HUIS!' schreeuwde ze. 'IK WENS IN MIJN HUIS NIET ZO TOEGESPROKEN TE WORDEN!' Ze rende de trap op. 'HIER KOM JE NIET MEE WEG! IK MELD DIT BIJ HET MEDISCH TUCHTCOLLEGE! WAAR ROOK IS, IS VUUR, IK ZAL ZE VERTELLEN DAT JE EERST MENEER STURGIS HEBT VERMOORD EN VERVOLGENS MIJN MOEDER.'
Sarah liep achter haar aan, keek hoe ze de slaapkamer in rende en de deur dichtsloeg; ze liet zich op de grond zakken en ging er in kleermakerszit voor zitten. 'Scènes en stuipen kunnen wonderen bewerkt hebben bij Mathilda, maar bij mij werken ze verdommenog-an-toe niet. VERDOMME!' brulde ze plotseling met haar mond tegen de deur van eikehouten panelen. 'Je bent een veertigjarige vrouw van middelbare leeftijd, stomme idioot, dus gedraag je dan ook zo.'
'SPREEK NIET ZO TEGEN ME!'
'Maar ik krijg schoon genoeg van je, Joanna. Ik heb alleen maar minachting voor mensen die niet kunnen functioneren tenzij ze tot over hun oren onder de dope zitten.' Jack dacht kalmerende middelen.
Geen antwoord.
'Je hebt hulp nodig,' ging ze nonchalant verder, 'en de beste persoon daarvoor zit in Londen. Het is een psychiater die gespecialiseerd is in allerlei drugsverslavingen, maar hij neemt je niet als je niet bereid bent ermee op te houden. Als je wilt, zal ik je naar hem doorverwijzen, als je niet wilt, dan moest je je maar eens gaan voorbereiden op de gevolgen op de lange duur van dit soort dingen op het menselijk lichaam; te beginnen met datgene wat je absoluut niet wilt. Je zult veel sneller oud worden dan ik, Joanna, omdat jouw lichamelijke, scheikundige reacties voortdurend aangevallen worden en de mijne niet.'
'Ga mijn huis uit, dokter Blakeney.' Ze begon rustiger te worden.
'Dat kan ik niet voor brigadier Cooper hier is. En het is jouw huis niet, het is het mijne. Wat slik je?'
'Het bleef heel lang stil. 'Valium,' zei Joanna uiteindelijk. 'Dokter Hendry heeft het me voorgeschreven toen ik hier terugkwam nadat Steven was overleden. Ik heb geprobeerd Ruth in haar wieg te smoren, dus heeft moeder hem erbij geroepen en hem gesmeekt me iets te geven.'

'Waarom probeerde je Ruth te smoren?'
'Het leek me het verstandigste. Ik kon het niet zo geweldig goed aan.'
'En hielpen de kalmerende middelen?'
'Ik herinner het me niet meer. Ik was altijd moe, dat weet ik nog wel.'
Sarah geloofde haar, omdat ze het van Hugh Hendry kon geloven. Klassieke symptomen van een zware postnatale depressie en in plaats van de arme vrouw antidepressiva te geven om haar wat op te beuren, had de idioot haar handig in een staat van lethargie geschoven door haar kalmerende middelen te geven. Geen wonder dat ze het zo moeilijk vond om met Ruth om te gaan, wanneer een van de dramatische gevolgen van postnatale depressie, als het niet naar behoren wordt behandeld, was dat moeders het moeilijk vonden een natuurlijke, liefdevolle verhouding met hun baby's te ontwikkelen die ze als de oorzaak zagen van hun plotselinge onvermogen om zich te redden. God, het verklaarde heel veel over deze familie als de vrouwen neiging tot postnatale depressie vertoonden. 'Ik kan je helpen,' zei ze. 'Wil je je door mij laten helpen?'
'Er zijn talloze mensen die valium slikken. Het is volkomen legaal.'
'En erg effectief onder de juiste omstandigheden en onder het juiste toezicht. Maar jij krijgt het jouwe niet van een arts, Joanna. De problemen van verslaving aan diazepam zijn zo goed bekend dat geen enkele, verantwoordelijke arts door zou gaan het jou voor te schrijven. En dat betekent dat je een privé-bron hebt en de tabletten niet goedkoop zullen zijn. Dat zijn drugs van de zwarte markt nooit. Laat me je helpen,' zei ze weer.
'Jij bent nooit bang geweest. Hoe weet jij nou ergens van als je nooit bang bent geweest?'
'Waar ben je bang voor?'
'Ik was bang om te gaan slapen. Jarenlang was ik bang om te gaan slapen.' Ze lachte plotseling. 'Maar nu niet meer. Ze is dood.'
Er werd gebeld.

Brigadier Cooper was in een bijzonder slechte bui. De afgelopen vierentwintig uur waren frustrerend voor hem geweest en niet alleen omdat hij tijdens het weekend had moeten werken en de zondagse lunch met zijn kinderen en kleinkinderen had moeten missen. Zijn vrouw, die zelf moe en prikkelbaar was, had de onvermijdelijke lijst afgewerkt van zijn gebrek aan aandacht voor zijn gezin.

'Je moet je eens laten gelden,' vertelde ze hem. 'Je bent niet het eigendom van het politiekorps, Tommy.'
Ze hadden Hughes op het politiebureau van Learmouth laten overnachten, maar hadden hem zonder aanklacht rond lunchtijd laten lopen. Na een aanhoudende weigering de vorige middag om zijn mond nog open te doen, was hij die ochtend teruggekomen op zijn oorspronkelijke verklaring, namelijk dat hij doelloos had rondgereden voor hij naar zijn kraakpand was teruggegaan. Hij zei dat hij om negen uur was thuisgekomen. Cooper, die door Charlie Jones was weggestuurd om de jeugdigen te ondervragen met wie hij het kraakpand deelde, was bijzonder geïrriteerd teruggekomen.
'Het is afgesproken werk,' vertelde hij de inspecteur van de recherche. 'Ze kennen hun alibi op hun duimpje. Ik heb om de beurt met ze gesproken, ze gevraagd me te vertellen wat ze op de avond van zaterdag zes november hebben gedaan en ze vertelden me allemaal hetzelfde verhaal. Ze zaten naar de draagbare televisie te kijken en bier te drinken in Hughes' kamer toen Hughes om negen uur binnenkwam. Hij is daar de hele nacht gebleven evenals zijn bestelauto die op straat buiten geparkeerd stond. Ik heb het niet één keer over Hughes gehad, en ik heb evenmin gesuggereerd dat ik in hem geïnteresseerd was of in die verdomde bestelauto van hem. Ze verstrekten de gegevens gratis en zonder geheugensteuntje.'
'Hoe konden zij weten dat hij negen uur tegen ons heeft gezegd?'
'De advocaat?'
Charlie schudde zijn hoofd. 'Onwaarschijnlijk. Ik krijg de indruk dat hij niet meer met zijn cliënt op heeft dan wij.'
'Dan is het van tevoren geregeld. Als er ondervraagd wordt, zegt Hughes altijd dat hij om negen uur in het kraakpand thuiskomt.'
'Of ze zeggen de waarheid.'
Cooper snoof verachtelijk. 'Vergeet het maar. Het was tuig. Ik mag ter plekke doodvallen als een van hen die avond zoet televisie zat te kijken. Het is veel waarschijnlijker dat ze oude dames in elkaar sloegen of voetbalsupporters van verschillende clubs met messen bewerkten.'
De inspecteur overwoog dit. 'Een alibi dat in alle situaties toe te passen is, bestaat niet,' zei hij peinzend. 'Niet tenzij Hughes er een gewoonte van maakt misdaden na negen uur 's avonds te plegen en we weten dat hij dat niet doet, omdat Ruth de oorbellen van haar grootmoeder om halfdrie 's middags heeft gestolen.' Hij zweeg.
'Wat wil je daarmee zeggen?' vroeg Cooper toen hij niet verder ging. 'Dat ze de waarheid zeggen?' Hij schudde agressief zijn hoofd. 'Dat geloof ik niet.'

‘Ik vraag me af waarom Hughes gisteren niet met dit alibi kwam. Waarom zweeg hij zo lang tot hij wist dat zijn makkers hem zouden steunen?’ Hij gaf langzaam antwoord op zijn eigen vraag: ‘Omdat zijn advocaat vanmorgen uit mij heeft gekregen hoe laat mevrouw Gillespie op zijn vroegst kan zijn overleden. En dit betekent dat Hughes hem al verteld had dat hij niets te vrezen had vanaf negen uur en hopla, daar komt het alibi te voorschijn.’
‘In hoeverre helpt ons dat?’
‘Het helpt niet,’ zei Jones opgewekt. ‘Maar als het de doorgestoken kaart was die jij dacht, dan moet hij die avond iets hebben gedaan waar een alibi vanaf negen uur voor nodig is. We hoeven alleen maar uit te zoeken wat dat was.’ Hij pakte de telefoon. ‘Ik zal eens met mijn collega in Bournemouth praten. Eens kijken wat die op het strafblad van de avond van zaterdag zes november heeft staan.’
Het antwoord was: niets.
Niets althans dat ook maar in de verte op de manier van werken van David Mark Hughes leek.
Vandaar dat Cooper geïrriteerd was.
Hij maakte afkeurende geluiden tegen Sarah toen hij de sleutel op de tafel onderzocht. ‘Ik dacht dat u verstandiger was, dokter Blakeney.’
Sarah kon met moeite haar geduld bewaren en dacht aan Janes reprimande om de omstandigheden haar humeur niet te laten beïnvloeden. ‘Dat weet ik. Het spijt me.’
‘U kunt maar beter hopen dat we de vingerafdrukken van iemand anders te pakken krijgen, anders zou ik wel eens kunnen denken dat het een truc was.’
‘Wat voor truc?’
‘Een manier om uw vingerafdrukken er op een acceptabele manier op te zetten.’
Ze was hem ver voor. ‘Aangenomen dat ik degene was die hem had gebruikt en Mathilda had vermoord en was vergeten om mijn vingerafdrukken er toen af te vegen, neem ik aan?’ zei ze scherp.
‘Niet helemaal,’ zei hij zachtaardig. ‘Ik dacht meer in de richting van de goede Samaritaan die een ander helpt. Wie is er volgens u dit keer absoluut onschuldig, dokter Blakeney?’
‘U bent niet erg dankbaar, meneer Cooper,’ zei ze. ‘Ik had u er niets over kunnen zeggen. Ik had hem rustig terug kunnen leggen en mijn mond dicht kunnen houden.’
‘Moeilijk. Hij zit vol met uw vingerafdrukken en uiteindelijk zou iemand hem gevonden hebben.’ Hij keek even naar Joanna. ‘Wist u echt niet dat die daar was, mevrouw Lascelles?’

'Dat heb ik u al gezegd, brigadier. Nee. Ik had een sleutel voor de voordeur.'
Er was iets heel vreemds aan de hand tussen haar en dokter Blakeney, dacht hij. De lichaamstaal klopte niet. Ze stonden heel dicht bij elkaar, hun armen raakten elkaar bijna, maar ze schenen elkaar niet aan te willen kijken. Als het man en vrouw was geweest, zou hij gezegd hebben dat hij ze in een pijnlijke situatie had betrapt. Zoals de situatie nu lag, zei zijn intuïtie dat ze een geheim deelden, hoewel hij zich afvroeg wat dat geheim was en of het iets met de dood van mevrouw Gillespie te maken had.
'En Ruth?'
Joanna haalde onverschillig haar schouders op.'Ik heb geen idee, maar ik denk van niet. Ze heeft het nooit tegen me gezegd en bij mijn weten gebruikte ze alleen de sleutel van de voordeur. Het is ook niet logisch om helemaal om te lopen als je er aan de voorkant in kunt. Er is aan deze kant geen toegang.' Ze keek of ze het werkelijk vreemd vond. 'Het moet iets zijn waar moeder de laatste tijd pas mee is begonnen. Ze deed het in ieder geval niet toen ik hier nog woonde.'
Hij keek naar Sarah die haar handen in een hulpeloos gebaar spreidde. 'Ik weet alleen dat ze de tweede of derde keer toen ik haar kwam opzoeken, de deur niet openmaakte, dus liep ik om naar de openslaande ramen en keek de zitkamer in. Ze zat volkomen vast, die arme, oude vrouw en was niet in staat om zich uit haar stoel te hijsen omdat haar polsen die dag volkomen stijf waren. Ze gebaarde met haar mond door het glas. 'Sleutel. Derde bloempot. Kolenhok.' Ik denk dat ze die daar bewaarde voor dit soort noodgevallen. Ze maakte zich steeds zorgen over het achteruitgaan van haar mobiliteit.'
'Wie wist het verder nog?'
'Dat weet ik niet.'
'Heeft u het tegen iemand gezegd?'
Sarah schudde haar hoofd. 'Ik kan het me niet herinneren. Misschien heb ik het er in de praktijk over gehad. Het was trouwens tijden geleden. Ze reageerde erg goed op de nieuwe medicijnen die ik haar gaf en de situatie deed zich niet meer voor. Ik herinnerde het me pas toen ik vanmiddag omliep en de bloempotten zag.'
Cooper pakte een paar plastic zakjes uit zijn zak en gebruikte er een om de sleutel van de tafel in een ander zakje te doen. 'En waarom liep u om, dokter Blakeney? Weigerde mevrouw Lascelles om u aan de voorkant binnen te laten?'

Voor de eerste keer keek Sarah even naar Joanna. 'Ik weet niet of ze dat weigerde. Misschien hoorde ze de bel niet.'
'Maar u moest haar blijkbaar erg dringend spreken, anders was u niet zo vastbesloten geweest om binnen te komen. Zou u me willen vertellen wat dat was? Het betreft Ruth kennelijk.' Hij was een te oude en ervaren rot in het vak om de opgeluchte blik op Joanna's gezicht over het hoofd te zien.
'Jazeker,' zei Sarah luchtig. 'U kent mijn mening over opleidingen. We hadden het over Ruths toekomstige onderwijs.'
Ze loog, dacht Cooper en schrok van het gemak waarmee haar dit afging. Met een inwendige zucht nam hij zich voor om alles wat ze hem had verteld nog eens onder de loep te nemen. Hij had gedacht dat ze een eerlijke, zij het naïeve, vrouw was, maar de naïveteit kwam van zijn kant, besefte hij nu. Hoe ouder hoe gekker, dacht hij bitter.
Maar ja, die malle, oude Tommy was een beetje verliefd geworden.

Er is geen gezegde dat meer waarheid bevat dan: 'Wraak is zoet.' Het is des te zoeter omdat ik moet wachten. Het enige wat ik er jammer aan vind, is dat ik mijn triomf niet wereldkundig kan maken. Helaas zelfs niet aan James die de gedupeerde is, maar het niet weet.
Vanochtend hoorde ik van mijn bank dat hij een cheque van 12.000 pond had geïnd en dus bij ontstentenis met de verzekeringsafspraak akkoord gaat. Dat wist ik wel. Wanneer er geld in het spel is, heeft James de onmatige inhaligheid van een kind. Hij geeft het uit als water, want contanten in zijn hand is het enige wat hij begrijpt. O, kon ik maar even een kijkje nemen om te zien hoe hij woont, maar ik kan het trouwens wel raden. Drank en sodomie. Er was zelden iets anders in het leven van James.
Ik ben vandaag 36.500 pond rijker dan ik gisteren was en ik geniet ervan. De cheque van de verzekeringsmaatschappij voor de verschillende voorwerpen die met Kerstmis uit de safe zijn gestolen toen Joanna en ik in Cheshire waren, bestond uit een verbazingwekkend bedrag van 23.500 pond; het meeste was voor het paar diamanten sieraden die van mijn grootmoeder zijn geweest. De tiara was alleen al voor 5500 pond verzekerd, hoewel ik me voor kan stellen dat hij meer waard was, omdat ik hem niet meer heb laten schatten sinds de dood van mijn vader. Heel wonderlijk om zo'n meevallertje te krijgen voor spullen die ik persoonlijk afschuwelijk vind. Er zijn weinig dingen zo lelijk of lomp als protsige Victoriaanse sieraden. De klokken van James zijn daarentegen allesbehalve vulgair, vermoedelijk omdat zijn vader ze heeft gekocht en James niet. Ik heb ze meegenomen naar Sotheby om getaxeerd te worden en hoorde dat ze het dubbele van de 12.000 pond waard zijn waarvoor ze verzekerd zijn. Dus, nadat ik James 12.000 pond heb betaald, bewaar ik de 11.500 pond van de verzekeringscheque en heb een fraaie investering ter waarde van 25.000 pond van mijn verachtelijke man in handen gekregen.
Zoals ik al zei, wraak is zoet...

Veertien

Eerder die middag was er een lange, opvallende man in het kantoor van Paul Duggan in Poole verschenen. Hij noemde zich James Gillespie en haalde rustig een paspoort en zijn huwelijksakte met Mathilda Beryl Gillespie te voorschijn om het te bewijzen. Hij was zich ervan bewust dat hij een bom had laten ontploffen, ging op een lege stoel zitten en sloeg zijn handen over elkaar om het handvat van zijn wandelstok en bestudeerde Duggan geamuseerd van onder een paar ruige witte wenkbrauwen. 'Dat is schrikken, hè?' zei hij. Zelfs aan de andere kant van het bureau was de geur van whisky in zijn adem onmiskenbaar.

De jongere man bestudeerde het paspoort zorgvuldig en legde het toen op het vloeiblad voor zich. 'Onverwacht, jazeker,' zei hij droog. 'Ik ging ervan uit dat mevrouw Gillespie weduwe was. Ze heeft het nooit over een echtgenoot gehad of' – hij legde zorgvuldig nadruk op het volgende woord – 'over een ex-echtgenoot die nog in leven was.'

'Echtgenoot,' gromde de ander nadrukkelijk. 'Dat zou ze niet doen, nee. Het kwam haar beter uit om als weduwe gezien te worden.'

'Waarom bent u nooit gescheiden?'

'Daar was geen reden toe.'

'Dit paspoort is in Hongkong uitgegeven.'

'Uiteraard. Ik heb daar veertig jaar lang gewoond. Op verschillende banken gewerkt. Ben pas teruggekomen toen ik besefte dat het geen oord was om mijn laatste dagen te slijten. Te veel angst nu. Peking is onvoorspelbaar. Ongemakkelijk voor een man van mijn leeftijd.' Hij sprak in korte staccato zinnetjes als iemand die haast heeft of iemand die geen tijd heeft voor sociale aardigheidjes.

'En waarom bent u naar mij toe gekomen?' Duggan keek hem nieuwsgierig aan. Hij was zonder meer een opvallende persoonlijkheid met zijn dikke, witte haar, zijn olijfkleurige huid en diepe rimpels rond zijn ogen en mond, maar bij nadere inspectie werd een

zekere armoede zichtbaar onder het oppervlakkige air van welstand. Zijn kleren waren vroeger goed geweest, maar de tijd en het dragen hadden hun tol geëist en zowel het pak als de cameljas die hij droeg waren dun.
'Ik zou denken dat dat duidelijk is. Nu ze dood is, kom ik terughalen wat van mij is.'
'Hoe wist u dat ze dood was?'
'Zoiets hoor je,' zei de ander.
'Hoe wist u dat ik haar executeur was?'
'Zoiets hoor je,' zei de ander weer.
Duggans nieuwsgierigheid groeide. 'En wat zou u terug willen halen?'
De oude man haalde zijn portefeuille uit zijn binnenzak, haalde er wat opgevouwen documenten van heel dun papier uit en spreidde die op het bureau uit. 'Dit is een inventaris van de boedel van mijn vader. Het is bij zijn dood, zevenenveertig jaar geleden, verdeeld onder zijn drie kinderen. Mijn aandeel waren de dingen waar de initialen JG achter staan. U zult zien dat minstens zeven ervan op uw inventaris van Mathilda's boedel voorkomen. Die zijn niet van haar. Die zijn nooit van haar geweest. Ik wil ze nu terughebben.'
Duggan las de documenten behoedzaam door. 'Over welke dingen heeft u het precies, meneer Gillespie?'
De enorme, witte wenkbrauwen kwamen bij elkaar in een woedende frons. 'Spot niet met me, meneer Duggan. Ik heb het uiteraard over de klokken. De twee Thomas Tompions, de Knibbs, de lange mahoniehouten klok uit de zeventiende eeuw, de Lodewijk XVI Lyre-klok, de achttiende-eeuwse 'pendule d'officier' en de crucifixklok. Mijn vader en grootvader waren verzamelaars.'
Duggan legde zijn handen op de inventaris. 'Mag ik vragen waarom u denkt dat een van deze dingen op de inventarislijst van mevrouw Gillespie staat?'
'Wilt u me vertellen dat dit niet het geval is?'
De notaris vermeed een direct antwoord. 'Als ik u goed heb begrepen, bent u veertig jaar uit het land weg geweest. Hoe kunt u weten wat wel en niet in het bezit van uw vrouw was op de dag dat ze overleed?'
De oude man snoof. 'Die klokken waren het enige waardevolle dat ik had en Mathilda heeft veel moeite gedaan om ze van me te stelen. Ze zal ze zeker niet hebben verkocht.'
'Hoe kan uw vrouw ze van u gestolen hebben als u nog getrouwd was?'

'Afhandig gemaakt dan, maar het blijft diefstal.'
'Ik ben bang dat ik het niet begrijp.'
Gillespie haalde een luchtpostbrief uit zijn portefeuille en reikte die aan over het bureau. 'Dit verklaart alles, denk ik.'
Duggan vouwde de brief open en las de beknopte regels. De afzender was Cedar House en de brief was op april 1961 gedateerd.

> Beste James,
> Ik vind het vervelend je te moeten vertellen dat er hier met Kerstmis is ingebroken en dat er veel waardevolle dingen zijn gestolen, onder andere jouw verzameling klokken. Ik heb vandaag een cheque van de verzekeringsmaatschappij ontvangen en ik sluit hun factuur hier bij in waarop staat dat ze me een som van 23.500 pond hebben gestuurd. Ik heb er 11.500 pond afgetrokken die mij verschuldigd waren voor de sieraden van mijn grootmoeder en ik sluit een cheque van 12.000 pond in wat de verzekerde waarde van jouw zeven klokken was. Ik heb je verteld toen je vertrok dat ik de verantwoordelijkheid om daarop te letten niet op me wilde nemen, dus stel me alsjeblieft niet verantwoordelijk voor het verlies ervan. Ik neem aan dat we nooit meer hoeven te communiceren.
> Mathilda

Duggans beminnelijke gezicht kreeg een verwilderde uitdrukking. 'Ik begrijp het nog niet.'
'Ze waren niet gestolen, is het wel?'
'Maar ze heeft u er twaalfduizend pond voor gegeven. Dat was in 1961 een klein vermogen.'
'Het was fraude. Ze vertelde me dat de klokken gestolen waren terwijl dat niet zo was. Ik heb het geld in goed vertrouwen aangenomen. Het is nooit in me opgekomen dat ze loog.' Hij stampte nijdig met zijn wandelstok op de grond. 'Je kunt het op twee manieren bekijken. Eén, ze heeft de klokken zelf gestolen en de verzekeringsmaatschappij opgelicht. In mijn ogen is dat een misdaad. Twee, er waren andere dingen gestolen ter waarde van drieëntwintig en een half duizend pond en ze zag haar kans schoon om mij de klokken te ontfutselen. Ook een misdaad. Het was mijn eigendom.' Zijn oude mondhoeken gingen omlaag. 'Ze kende de waarde, wist dat het haar beste bezit was. Ik ben zelf naar Sotheby geweest. Een ruwe schatting uiteraard, met slechts omschrijvingen in de inventa-

rislijst om van uit te gaan, maar we hadden het over zo'n honderdduizend bij een veiling, misschien zelfs aanzienlijk meer. Ik wil ze terug, meneer.'
Duggan dacht even na. 'Ik geloof niet dat de situatie zo duidelijk ligt als u denkt, meneer Gillespie. Er ligt een stapel bewijs hier. Ten eerste moet u aantonen dat mevrouw Gillespie u bewust heeft opgelicht; ten tweede moet u aantonen dat de klokken in de boedel van mevrouw Gillespie precies dezelfde klokken zijn die door uw vader aan u waren nagelaten.'
'U heeft beide inventarislijsten gelezen. Wat zou het anders kunnen zijn?'
Even vermeed Duggan de vraag hoe James Gillespie wist dat er een inventarislijst van Mathilda's bezit was, of wat daarop stond. Wanneer hij dat eenmaal aansneed, zou het erg onplezierig worden. 'Dergelijke klokken,' zei hij botweg. 'Misschien zelfs dezelfde klokken, maar u zult moeten bewijzen dat ze ze niet naderhand heeft teruggekocht. Laten we aannemen dat de verzameling gestolen was en dat zij de schadeloosstelling aan u doorspeelde zoals ze moest doen. Laten we dan aannemen dat ze moeite deed om de verzameling te vervangen, omdat ze interesse in uurwerkmakerskunst had gekregen. Ze stond volkomen in haar recht om haar eigen geld te gebruiken en dergelijke klokken op een veiling te kopen. In dergelijke omstandigheden zou u er geen enkel recht op hebben. Er is ook nog het onweerlegbare feit dat u een plicht als eigenaar had, om tot uw tevredenheid vast te stellen dat het geld dat u in 1961 is betaald een volledige en eerlijke afrekening was van de verzekeringsmaatschappij voor de diefstal van uw bezittingen. Door de twaalfduizend pond te accepteren, meneer Gillespie, heeft u dat in wezen gedaan. U heeft de klokken opgegeven door naar Hongkong te gaan, u heeft er zonder een woord van protest een aardige compensatie voor ontvangen en u wilt ze nu pas terug, omdat u na veertig jaar denkt dat ze de moeite waard zijn geworden. Ik moet toegeven dat dit een grijs gebied is en de mening van de rechter vereist, maar zo op het eerste gezicht zou ik zeggen dat u geen schijn van kans heeft. Het is een oud gezegde, maar waar: hebben is hebben maar krijgen is de kunst.'
Gillespie was niet zo gemakkelijk te intimideren. 'Lees haar dagboeken,' gromde hij. 'Die zullen bewijzen dat ze het van mij heeft gestolen. Ze kon de verleiding niet weerstaan om over zichzelf op te scheppen, dat was het probleem met Mathilda. Ze schreef alles op die verdomde bladzijden, las ze dan telkens weer over om zich-

zelf te helpen herinneren hoe knap ze wel was. Een dergelijke triomf zou ze niet weggelaten hebben. Lees die dagboeken.'
De jongere man hield zijn gezicht bewust neutraal. 'Dat zal ik doen. Weet u trouwens waar ze die bewaarde? Dat bespaart mij de moeite ernaar te zoeken.'
'Op de bovenste plank van de bibliotheek. Vermomd als de werken van Willy Shakespeare.' Hij haalde een kaart uit zijn portefeuille. 'U bent notaris, meneer Duggan, dus ik vertrouw erop dat u eerlijk bent. Hier logeer ik. Ik verwacht binnen een paar dagen van u te horen. Ik zou u dankbaar zijn als u het als een urgente zaak zou willen behandelen.' Hij hees zich overeind met behulp van zijn wandelstok.
'Ik zou liever met uw advocaat onderhandelen, meneer Gillespie.'
'Die heb ik niet, meneer.' Hij sprak met een roerende waardigheid. 'Dat staat mijn pensioen niet toe. Ik vertrouw erop dat u een heer bent. Ik neem aan dat ze nog bestaan in dit verrekte land. Verder bestaat er niet veel meer.' Hij liep naar de deur. 'Misschien denkt u dat ik Mathilda slecht heb behandeld door haar en het kind in de steek te laten. Misschien denkt u dat ik het verdiende om bestolen te worden. Lees de dagboeken. Ze zal u zelf vertellen wat er in werkelijkheid is gebeurd.'
Duggan wachtte tot de deur dicht was, toen pakte hij de telefoon en draaide het nummer van het politiebureau in Learmouth.

De informatie over Mathilda's dagboeken werd aan Cooper doorgegeven toen hij op het punt stond om uit Cedar House te vertrekken. Hij legde de hoorn met een frons terug. Hij had dat huis van onder tot boven omgekeerd en hij was er zo goed als zeker van dat er geen met de hand geschreven dagboeken in de bibliotheek of waar dan ook waren. 'Het spijt me, dames, ik zal nog wat meer van uw tijd in beslag moeten nemen. Wilt u alstublieft meekomen?'
Verwonderd liepen Joanna en Sarah door de gang achter hem aan de bibliotheek in.
'Wat zoeken we?' vroeg Joanna toen hij naar de bovenste plank staarde.
Hij reikte naar boven en tikte tegen de dikke mahoniehouten plank die net als de andere planken langs de volle breedte van de muur liep. 'Ziet een van u de verzamelde werken van William Shakespeare daar staan?'
'Die staan overal,' zei Joanna ongeïnteresseerd. 'Welke speciale editie zoekt u?'

'Degene die op deze plank moeten staan.' Hij keek haar even aan. 'De dagboeken van uw moeder. Er is me verteld dat ze ze op de bovenste plank bewaarde, vermomd als de werken van William Shakespeare.'

Joanna keek werkelijk verbaasd. 'Dagboeken?'

'Volgens onze informatie hield ze alles bij wat haar overkwam.'

'Dat wist ik niet.'

'De informatiebron was heel stellig.'

Joanna maakte een hulpeloos gebaar. 'Ik wist het niet,' zei ze weer.

'Wie is uw informant?' vroeg Sarah nieuwsgierig.

Cooper keek Joanna aan toen hij sprak. 'James Gillespie,' zei hij. 'De stiefvader van mevrouw Lascelles.'

Dit keer was de verraste blik minder overtuigend. Nu was het de beurt aan Sarah om te reageren. 'Ik dacht dat hij Mathilda jaren geleden in de steek had gelaten,' zei ze peinzend. 'Hoe zou hij weten of ze dagboeken bijhield of niet. Bovendien zit hij in Hongkong, dat vertelde mijn receptioniste mij tenminste.'

'Niet meer, dokter Blakeney. Volgens de notaris van mevrouw Gillespie woont hij in Bournemouth.' Hij wendde zich tot Joanna. 'We zullen dit huis weer moeten doorzoeken en ik zou het prettig vinden als u hier was terwijl we dat deden.'

'Natuurlijk, brigadier. Ik ben niet van plan ergens naar toe te gaan. 'Tenslotte is dit mijn huis.'

Sarah ving haar blik op. 'En Ruth dan? U kunt haar niet in de steek laten.'

'Ruth moet leren op haar eigen benen te staan, dokter Blakeney.' Ze haalde met een welsprekend gebaartje haar schouders op. 'Misschien had u de consequenties een beetje zorgvuldiger moeten overwegen voor u moeder overhaalde haar testament te veranderen. U moet zien dat het volledig onmogelijk voor mij is om haar terzijde te staan zoals de zaken er nu voor staan.'

'Ze heeft emotionele steun nodig en die kost geen cent.'

'Ik zou niets tegen haar kunnen zeggen dat de zaken er beter op zou maken.' Joanna's fletse ogen staarden Sarah strak aan. 'Ze heeft meer mogelijkheden gehad dan ik ooit heb gehad, en ze heeft het verkozen ze weg te gooien. U beseft dat ze al maandenlang van moeder stal voor dit smerige gedoe op school ter sprake kwam.' Haar mond werd op een akelige manier dunner. 'U kunt zich de afkeer niet voorstellen die ik heb gevoeld sinds het telefoontje van juffrouw Harris kwam om uit te leggen waarom Ruth van school was gestuurd. Heeft u enig idee hoeveel geld er aan de opleiding van dat kind is verspild?'

'Juffrouw Harris heeft u een bijzonder eenzijdig beeld gegeven van de gebeurtenissen,' zei Sarah voorzichtig en was zich ervan bewust dat Cooper een en al oor was naast haar. 'U moet begrijpen dat het niet meer dan redelijk is om Ruths kant van het verhaal ook te horen. Geef haar tenminste een kans om aan te tonen dat het gebeurde niet alleen haar schuld was.'
'Ik heb bijna achttien jaar het grootste deel van de tijd met mijn dochter samengewoond en ik weet precies waar de schuld ligt. Ruth is niet in staat de waarheid te vertellen. Het zou erg dom van u zijn om iets anders te veronderstellen.' Ze glimlachte een beetje. 'U mag haar zeggen dat ze weet waar ik ben als ze me nodig heeft, maar maak het haar alstublieft duidelijk dat, tenzij deze affaire van het testament naar tevredenheid wordt opgelost, ze geen hulp van mij kan verwachten in de vorm van een verdere opleiding of op mijn kosten kan leven.'
Deze vrouw gebruikte Ruth als een onderhandelingspunt, dacht Sarah vol afkeer, maar ze hielp zichzelf onthouden dat Joanna op haar manier net zo wanhopig was als Ruth. Ze probeerde het nog eens. 'Het gaat hier niet om geld, Joanna, het enige dat telt is dat je dochter je graag zou willen zien. Ze is te bang om naar Cedar House te komen omdat de man die haar heeft aangevallen, dit adres kent en haar bedreigd heeft. Kom alsjeblieft, alsjeblieft, met me mee naar Mill House en praat daar met haar. Ze liegt niet, maar ze is bijzonder van streek over alles wat er gebeurd is en ze moet de verzekering krijgen dat jij je niet van haar hebt afgewend. Ze heeft de meeste tijd doorgebracht met naast de telefoon te zitten, hopend en biddend dat je zou opbellen. Ik denk niet dat je er enig idee van hebt hoeveel ze om je geeft.'
Een fractie van een seconde kwam er een aarzeling – *of dacht Sarah dat alleen maar?* 'U heeft haar opgenomen, dokter Blakeney, dus ik stel voor dat u het afhandelt. Ik kan er niet aan beginnen te vergoelijken wat ze heeft gedaan. En erger, ik ben geneigd te denken dat zij mijn moeder heeft vermoord. Ze is er best toe in staat. Twijfel daar alsjeblieft niet aan.'
Sarah schudde ongelovig haar hoofd. 'Nou ja, misschien is het beter zo. Het enige wat Ruth op het ogenblik niet kan gebruiken, is iemand die deze huichelachtige flauwekul op haar loslaat. U heeft precies dezelfde ervaring gehad, of bent u de ellende vergeten waar Mathilda u uit heeft gered?' Ze haalde haar schouders op. 'Ik was van plan de erfenis af te wijzen en u en Ruth een redelijke poging te laten wagen om een rechtbank ervan te overtuigen dat u meer

rechten had dan de ezels. Maar dat is voorbij. U zult nu tegenover mij komen te staan en u vecht alleen voor uw eigen hachje, want ik ben van plan om geld voor Ruth vast te zetten zodat zij niet onder de uitkomst zal lijden.' Ze liep naar de deur en wierp Cooper een van haar liefste glimlachjes toe dat zijn oude hart deed opspringen als een jong lammetje in de lente. 'Als het u interesseert, brigadier, ik ben nog steeds van mening dat Joanna Mathilda niet heeft vermoord. Met of zonder artritis zou Mathilda dit kreng pootje gelicht hebben zodra ze bij haar in de buurt gekomen zou zijn.'
Nou, nou, dacht Cooper en staarde haar na toen ze door de gang stoof, er zat toch vuur in dokter Blakeney. Maar hij wenste dat hij wist wat er met Ruth was gebeurd dat Jack en haar zo kwaad maakte.

Cadogan Mansions – de naam wekte de indruk van iets groots en indrukwekkends – was een verkeerde naam voor het verwaarloosde en haveloze huizenblok dat Cooper de volgende ochtend zag. Architectuur uit de zestiger jaren, rommelig, vierkant en weinig stijlvol, in een gat gewrongen tussen twee voorstedelijke villa's en uitsluitend geconstrueerd om extra accommodatie van een minimale bouwprijs te verstrekken tegen een maximum profijt. Wat zouden steden er toch anders uit kunnen zien, dacht Cooper altijd, als ontwerpers vervolgd werden in plaats van geprezen voor hun stedelijke vandalisme.
Hij klom de trap op en belde bij nummer zeventien aan. 'Meneer Gillespie,' vroeg hij aan de ruige, oude man die zijn neus om de deur stak en een muffe geur van whisky in zijn gezicht liet drijven. Cooper sloeg zijn identificatiekaart open. 'Brigadier Cooper van de recherche van de politie in Learmouth.'
De wenkbrauwen van Gillespie sprongen agressief naar voren. 'En?'
'Mag ik binnenkomen?'
'Waarom?'
'Ik zou u graag een paar vragen over uw overleden vrouw willen stellen.'
'Waarom?'
Cooper voorzag dat dit gesprek eindeloos voortgezet kon worden. Hij koos voor de directe benadering. 'Uw vrouw is vermoord, meneer, en we hebben redenen om aan te nemen dat u haar voor haar dood heeft gesproken. Ik begrijp dat u een aantal jaren in het buitenland bent geweest, of misschien moet ik u eraan helpen herinne-

ren dat u verplicht bent volgens de Engelse wet ons zoveel mogelijk met ons onderzoek te helpen. Mag ik nu binnenkomen?'
'Als dat moet.' Hij leek volkomen onverstoord door de formele verklaring van de politieman, maar ging hem voor langs een kamer met een bed naar een andere kamer met een tot op de draad versleten bank en twee plastic stoelen. Verder was er geen meubilair en er waren geen vloerkleden, alleen een stuk vitrage voor de ramen verstrekte een beetje privacy. 'Ik verwacht nog het een en ander uit Hongkong,' blafte hij. 'Moet iedere dag binnenkomen. Ondertussen kampeer ik zo'n beetje. Ga zitten.' Hij ging zelf op de bank zitten en probeerde een beetje onhandig de lege fles die op de grond bij zijn voeten lag te verstoppen. De kamer was bedompt van de geur van whisky, urine en een ongewassen oude man. Cooper zag dat de voorkant van zijn broek kletsnat was. Hij haalde tactvol zijn aantekenboekje te voorschijn en richtte zijn aandacht daarop.
'U scheen niet erg verbaasd toen ik u vertelde dat uw vrouw was vermoord, meneer Gillespie. Wist u dat al?'
'Geruchten gehoord.'
'Van wie?'
'Mijn broer. We hebben vroeger in Long Upton gewoond. Hij kent nog mensen daar. Hoort dingen.'
'Waar woont hij nu?'
'In Londen.'
'Kunt u mij zijn naam en adres geven?'
De oude man dacht erover na. 'Dat kan geen kwaad, denk ik. Frederick Gillespie, Carisbroke Court, Denby Street, Kensington. Maar daar schiet je niet mee op, hoor. Hij weet niet meer dan ik.'
Cooper bladerde terug door de bladzijden van zijn aantekenboekje tot hij bij het adres van Joanna Lascelles kwam. 'Uw stiefdochter woont in Kensington. Kent uw broer haar?'
'Ik geloof van wel.'
Nou, nou, nou, dacht Cooper. Een panorama van boeiende mogelijkheden opende zich voor zijn ogen. 'Hoe lang bent u in Engeland terug, meneer Gillespie?'
'Een halfjaar.'
Die opmerking over het een en ander uit Hongkong was dus kletskoek. Tegenwoordig deed niets er meer zo lang over om rond de wereld getransporteerd te worden. Die oude man was berooid. 'En waar bent u eerst naar toe gegaan? Naar uw broer? Of naar uw vrouw?'
'Ik ben drie maanden in Londen gebleven. Toen besloot ik naar mijn wortels terug te keren.'

Frederick had geen behoefte aan een incontinente dronkelap. Dat was natuurlijk maar raden, maar Cooper durfde er iets onder te verwedden. 'En in die periode zag u Joanna en vertelde ze u dat Mathilda nog steeds in Cedar House woonde.' Hij sprak alsof dit al een vaststaand feit was.

'Leuk meisje,' zei de oude man zwaarwichtig. 'Mooi, net zoals haar moeder.'

'Dus u bent naar Mathilda toe gegaan.'

Gillespie knikte. 'Was niets veranderd. Dezelfde onhebbelijke vrouw.'

'En u zag de klokken waarvan ze u had verteld dat ze gestolen waren.'

'De notaris heeft dat verteld, denk ik.'

'Ik ben rechtstreeks van meneer Duggan naar u gekomen. Hij heeft ons op de hoogte gesteld van uw bezoek gisteren.' Hij zag de norse blik van de oude man. 'Hij had geen keus, meneer Gillespie. Het achterhouden van gegevens is een ernstig vergrijp, vooral wanneer het om moord gaat.'

'Ik dacht dat het zelfmoord was.'

Cooper negeerde dit. 'Wat deed u toen u begreep dat uw vrouw tegen u had gelogen?'

Gillespie lachte hard. 'Mijn eigendom terug verlangen natuurlijk. Ze vond dat erg amusant. Beweerde dat ik er dertig jaar geleden geld voor had ontvangen en er geen recht meer op had.' Hij zette zijn gedachten op een rijtje. 'Toen ik bij haar woonde, sloeg ik haar altijd. Niet hard. Maar ik moest haar bang maken. Het was de enige manier waarop die hatelijke tong het zwijgen opgelegd kon worden.' Hij raakte zijn mond met trillende vingers aan. Die was gevlekt en zat vol blaren van de psoriasis. 'Ik was er niet trots op en ik heb nooit meer een vrouw geslagen, niet tot –' Hij zweeg.

Cooper hield zijn stem in bedwang. 'Wilt u zeggen dat u haar heeft geslagen toen ze u vertelde dat u uw eigendom niet terugkreeg?'

'In haar beestachtige gezicht geslagen.' Hij deed zijn ogen even dicht alsof de herinnering hem pijn deed.

'Heeft u haar pijn gedaan?'

De oude man glimlachte op een onprettige manier. 'Ik heb haar aan het huilen gemaakt,' zei hij.

'Wat gebeurde er toen?'

'Ik heb haar verteld dat ik de wet te hulp zou roepen en ben weggegaan.'

'Wanneer was dat? Kunt u zich dat herinneren?'

Hij scheen zich plotseling bewust te worden van de urinevlek op zijn broek en sloeg zijn benen onbehaaglijk over elkaar. 'De keer dat ik haar heb geslagen? Twee of drie maanden geleden.'
'Bent u er dan vaker naar toe geweest?'
Gillespie knikte. 'Twee keer.'
'Voor of nadat u haar had geslagen?'
'Daarna. Ze wilde immers toch geen moeilijkheden.'
'Ik begrijp u niet.'
'Waarom zou u? Ik betwijfel of u haar ooit heeft gezien voor ze dood was. Sluw, dat is het enige woord om Mathilda te beschrijven. Sluw en meedogenloos. Ik denk dat ze begreep dat ik het moeilijk had en ze kwam de volgende dag hier om de zaken uit te zoeken. We praatten over een overeenkomst.' Hij trok aan de korstjes op zijn hand. 'Ze dacht dat ik niet wist wat de klokken waard waren. Bood me vijfduizend aan om haar met rust te laten.' Hij zweeg.
'En?' drong Cooper aan toen de stilte voortduurde.
De oude ogen zwierven door de kamer. 'Ik besefte dat ze meer zou betalen om een schandaal te vermijden. Ging een paar keer terug om aan te tonen hoe kwetsbaar ze was. De dag voor haar dood had ze het over vijftigduizend. Ik ging uit van honderd. We waren er uiteindelijk wel gekomen. Ze wist dat het slechts een kwestie van tijd was voor iemand me zag en herkende.'
'U chanteerde haar.'
Gillespie liet zijn harde lachje weer horen. 'Mathilda was een dief. Noem je het chantage te onderhandelen over teruggave van goederen die van je gestolen zijn? We begrepen elkaar uitstekend. We waren tot een overeenstemming gekomen als ze niet was doodgegaan.'
Cooper liet zijn walging de vrije loop. 'Volgens mij wilde u een beetje te veel, meneer. U verliet haar veertig jaar geleden, liet haar en de baby aan hun lot over, graaide de waarde van de klokken in negentieneenenzestig naar u toe, draaide de hele handel erdoor' – hij keek nadrukkelijk naar de lege fles – 'vermoedelijk aan drank, herhaalde deze handelwijze met de rest van uw bezit en kwam toen terug naar huis om de vrouw die u in de steek had gelaten verder leeg te zuigen. Ik zou willen stellen dat het aanvechtbaar is wie de grootste dief was. Als u de klokken zo belangrijk vond, waarom nam u ze dan niet met u mee?'
'Dat kon ik me niet veroorloven,' zei Gillespie kalm. 'Ik had genoeg voor mijn overtocht. Er was niets over om het transport van de klokken mee te betalen.'

'Waarom verkocht u er niet een om de overtocht van de anderen mee te betalen?'
'Zij blokkeerde het.' Hij zag de sceptische blik van Cooper. 'U kende haar niet, man, dus oordeel niet.'
'Maar volgens uw eigen woorden sloeg u haar altijd om haar angst aan te jagen. Hoe kan ze u hebben belet uw eigen bezittingen te verkopen? Dan had u haar toch een aframmeling gegeven.'
'Misschien deed ik dat wel,' grauwde hij. 'Misschien heeft ze een andere manier gevonden om me tegen te houden. Denkt u dat ik de eerste was die chantage uitprobeerde? Ze was er een kei in.' Hij raakte zijn lippen weer aan en dit keer was de trilling in zijn hand opvallender. 'We kwamen een schikking overeen, de essentie daarvan was geen schandaal. Ze zou me naar Hongkong laten gaan op voorwaarde dat er geen echtscheiding zou plaatsvinden en zij de klokken zou houden. Een wederzijdse verzekering noemde ze dat. Terwijl zij ze bewaarde, was ze zeker van mijn zwijgen. Zolang ze van mij waren, kon ik zeker van het hare zijn. Ze waren wel een slordige cent waard, zelfs toen al.'
Cooper fronste zijn wenkbrauwen. 'Welk stilzwijgen kocht u?'
'Van alles. Het was een slecht huwelijk en je hing in die dagen je vuile was buiten wanneer je ging scheiden. Vergeet niet dat haar vader parlementslid was.'
Ze liet me naar Hongkong gaan... Vreemd woordgebruik, dacht Cooper. Hoe had ze hem kunnen tegenhouden? 'Was u in iets misdadigs verwikkeld, meneer Gillespie? Waren de klokken een middel om te voorkomen dat zij niet naar de politie zou gaan?'
Hij haalde zijn schouders op. 'Dat is nu allemaal verleden tijd.'
'Wat heeft u gedaan?'
'Verleden tijd,' herhaalde de oude man koppig. 'Vraag mij *waarom* Mathilda mijn stilzwijgen moest kopen. Dat is verdomd veel interessanter.'
'Waarom dan?'
'Vanwege de baby. Ik wist toch zeker wie de vader was?'
Verleden tijd, dacht Cooper sarcastisch. 'U heeft tegen meneer Duggan gezegd dat uw vrouw dagboeken bijhield,' zei hij, 'dat ze op de bovenste plank van haar bibliotheek vermomd als de verzamelde werken van William Shakespeare stonden. Klopt dat?'
'Ja.'
'Heeft u ze gezien toen u naar Cedar House ging of heeft mevrouw Gillespie u erover verteld?'
Gillespie kneep zijn ogen halfdicht. 'Zegt u dat ze er nu niet meer zijn?'

‘Wilt u mijn vraag alstublieft beantwoorden. Heeft u ze gezien of gaat u af op iets dat mevrouw Gillespie u heeft verteld?’

‘Ik heb ze gezien. Ik wist waar ik naar moest zoeken, weet u. Ik had de eerste twee boeken voor haar laten inbinden als huwelijkscadeau. Heb haar er nog acht gegeven met blanco bladzijden.’

‘Kunt u ze beschrijven, meneer Gillespie.’

‘In bruin kalfsleer gebonden. Gouden letters op de rug. Titels volgens William Shakespeare. Tien delen totaal.’

‘Hoe groot?’

‘Twintig centimeter bij vijftien. Een centimeter of twee, drie dik.’ Hij wrong zijn handen in zijn schoot. ‘Ik veronderstel dat ze er niet meer zijn. Ik moet zeggen dat ik nogal steunde op die dagboeken. Die bewijzen dat ze erop uit was mij op te lichten.’

‘Dus u heeft ze gelezen!’

‘Dat kon ik niet,’ gromde de oude man. ‘Ze liet me nooit lang genoeg alleen. Liep om me heen te tutten als zo’n verdomde kip. Maar het bewijs zal er zijn. Ze heeft het opgeschreven, net zoals ze alles opschreef.’

‘Dan weet u niet zeker dat het dagboeken waren, alleen dat er tien delen Shakespeare op de bovenste plank stonden die op een paar dagboeken leken die u zo’n veertig jaar geleden voor haar had gekocht.’

Hij kneep zijn lippen koppig op elkaar. ‘Ik zag ze de eerste keer al dat ik daar was. Het waren zonder twijfel Mathilda’s dagboeken.’

Cooper dacht even na. ‘Wist mevrouw Lascelles daarvan af?’

Gillespie haalde zijn schouders op. ‘Dat zou ik niet weten. Ik heb het haar niet verteld. Ik laat nooit het achterste van mijn tong zien voor het moet.’

‘Maar u heeft haar wel verteld dat u haar vader niet was?’

Hij haalde zijn schouders op. ‘Dat moest iemand doen.’

‘Waarom?’

‘Ze hing als een klit aan me. Wilde me niet met rust laten. Zielig feitelijk. Het leek verkeerd om haar over zoiets belangrijks onkundig te laten.’

‘Arme vrouw,’ mompelde Cooper met een nieuw gevoel van sympathie. Hij vroeg zich af of er iemand was die haar *niet* had afgewezen. ‘Ik neem aan dat u haar ook over de brief van haar natuurlijke vader heeft verteld.’

‘Waarom niet? Het leek me dat zij net zoveel recht op de rijkdommen van de familie Cavendish had als Mathilda.’

‘Hoe wist u daarvan af? Die is geschreven nadat u naar Hongkong was vertrokken.’

De oude man keek sluw. 'Je hoort wel eens wat,' mompelde hij. Maar hij zag iets in Coopers ogen dat hem ertoe aanzette zich te bedenken. 'Er werd in het dorp gekletst toen Gerald zichzelf een kopje kleiner maakte,' zei hij. 'Er werd gezegd dat hij een brief had geschreven die zijn broer achterover had gedrukt. Zelfmoord' – hij schudde zijn hoofd – 'was niet fatsoenlijk in die tijd. William suste het voor de familie. Ik heb de verhalen uit die tijd gehoord en heb Joanna voorgesteld naar die brief te zoeken. Het was logisch wat erin zou staan. Gerald was in zijn beste tijden een sufferd. Het zat erin dat hij de bastaard zou noemen. Dat zou hij niet hebben kunnen laten.'
'En misschien kwam u ook tot een overeenstemming met mevrouw Lascelles. U zou voor de rechtbank een verklaring afleggen over haar werkelijke afkomst als zij u voor de rest van uw leven op rozen zou laten zitten. Iets dergelijks?'
Gillespie reageerde met een droog lachje. 'Ze was veel soepeler dan haar moeder.
'Waarom nam u dan de moeite om verder met mevrouw Gillespie te onderhandelen?'
'Ik sloeg Joanna's kansen niet zo hoog aan, niet tegenover Mathilda.'
Cooper knikte. 'Dus u heeft uw vrouw vermoord om de kansen te verbeteren?'
De droge grinnik kwam weer. 'Ik vroeg me al af wanneer dat zou komen. Als ze geen zelfmoord heeft gepleegd, dan denk ik eerder dat mijn stiefdochter het voor me heeft gedaan. Ze was behoorlijk van streek dat haar moeder de hoer had uitgehangen met haar oudoom.' Abrupt, net alsof hij had besloten ruchtbaarheid aan een of ander schuldig geheim te geven, viste hij een volle fles whisky van achter de kussens op de bank te voorschijn, draaide de dop eraf en hield hem aan zijn mond. 'Wilt u wat?' vroeg hij even later onduidelijk en zwaaide met de fles in Coopers richting voor hij hem weer aan zijn lippen zette en met grote slokken half leegdronk.
De brigadier die een aanzienlijke ervaring met dronkelappen had na ze jarenlang als vochtige hopen uit de goot geraapt te hebben, keek verbijsterd toe. Het tolerantieniveau van Gillespie was buitengewoon. In twee minuten had hij voldoende drank op om de meeste mannen knock-out te krijgen en het enige effect dat het op hem scheen te hebben, was dat het trillen van zijn handen wat afnam.
'We vinden het moeilijk een motief voor de moord op uw vrouw

vast te stellen,' zei Cooper langzaam, 'maar het lijkt me dat het uwe beter is dan de meeste.'
'Bah!' snoof Gillespie met ogen die glansden van alcoholische beminnelijkheid. 'Ze was me levend meer waard. Ik heb u verteld, dat ze het de dag voor ze stierf over vijftigduizend had.'
'Maar u heeft zich niet aan uw deel van de afspraak gehouden, meneer Gillespie. Dat betekent dat uw vrouw vrij was om te onthullen waarom u naar Hongkong was verdwenen.'
'Verleden tijd,' kwam zijn monotone refrein. 'Verdomd verleden tijd. Niemand is nu meer geïnteresseerd in mijn pekelzondetjes, maar er zijn er verdomd veel in de hare geïnteresseerd. De dochter om te beginnen.' Hij bracht de fles opnieuw naar zijn mond en ging knock-out.
Cooper kon zich niet herinneren wanneer hij ooit eerder van iemand zo had gewalgd. Hij stond op en knoopte met een gedeprimeerd gevoel zijn jas dicht. Als hij zich van deze verschrikkelijke familie kon terugtrekken, zou hij het doen, want hij kon in geen van allen veel goeds ontdekken. Wat in het bot zit, komt er in het vlees uit, en hun corruptie stonk net zo erg als deze kamer. Als hij ergens spijt van had, dan was het van het feit dat hij dienst had gehad op de dag dat het lijk van Mathilda was gevonden. Anders was hij gebleven wat hij altijd had gedacht dat hij was – een werkelijk tolerant mens.
Onopgemerkt door Gillespie pakte hij met zijn vingertoppen de lege fles van de grond en nam die mee.

Jack bestudeerde het adres dat Sarah met veel geduld uit Ruth had los gekregen. 'Jij zegt dat het een kraakpand is, dus hoe krijg ik hem alleen naar buiten?'
Ze spoelde wat kopjes onder de koudwaterkraan af. 'Ik bedenk me opeens iets. Stel dat je het komend halfjaar in tractie ligt?'
'Dat kan onmogelijk erger zijn dan wat ik nu voel,' mompelde hij, trok een stoel onder de tafel vandaan en ging erop zitten. 'Er is iets fout aan dat bed in de logeerkamer. Ik krijg er een stijve nek van. Wanneer zet je Ruth eruit en laat je mij teruggaan naar waar ik hoor?'
'Wanneer je je verontschuldigd hebt.'
'Aha,' zei hij spijtig. 'Dan dus toch maar een stijve nek.'
Ze kneep haar ogen halfdicht. 'Ik wil alleen maar een verontschuldiging, rotzak. Daar ga je niet dood van. Stijve nek!'
Hij grijnsde haar boosaardig toe. 'Dat is niet het enige dat stijf is. Je weet niet wat je mist, meisjelief.'

Ze keek hem nijdig aan. 'Dat is gemakkelijk te genezen.' Met een snelle beweging gooide ze een kop vol ijskoud water in zijn schoot. 'Jammer dat Sally Benedict niet hetzelfde heeft gedaan.'
Hij schoot overeind en liet de stoel achterover vallen. 'Jezus, mens,' brulde hij, 'houd eens op met te proberen een eunuch van me te maken!' Hij pakte haar bij haar middel en tilde haar omhoog. 'Je hebt geluk dat Ruth in huis is,' gromde hij terwijl hij haar opzij hield en haar hoofd onder de lopende kraan hield, 'anders zou ik in de verleiding komen je te laten zien hoe weinig effect koud water heeft op een beroofd libido.'
'Je verdrinkt me,' sputterde ze.
'Eigen schuld.' Hij zette haar weer overeind en draaide de kraan uit.
'Je vroeg om wat emotie,' zei ze en er druppelde water over de stenen tegels. 'Waardeer je het niet nu je die krijgt?'
Hij gooide een handdoek naar haar toe. 'Jé, ja,' zei hij met een grijns. 'Ik zou echt niet willen dat mijn vrouw me begreep. Ik wil niet dat je zo beschermend doet, mens.'
Ze schudde woedend haar hoofd en spetterde de keuken onder. 'Als er nog een mens mij beschermend noemt,' zei ze, 'dan doe ik iets. Ik *probeer* liefdadig te zijn tegen een van de meest zinloze en verwende egoïsten die ik helaas ben tegengekomen. En dat is verdomd moeilijk.' Ze wreef ijverig met de handdoek door haar haren. 'Als de wereld uit mensen zoals ik bestond, Jack, zou het een paradijs zijn.'
'Nou, je weet wat ze over het paradijs zeggen, ouwetje. Het is hemels totdat de gehoornde slang zijn kop vanonder het vijgeblad steekt en het vochtige warme plekje onder het struikgewas ontdekt. Daarna breekt de hel los.'
Ze keek hoe hij zijn oude jekker aantrok en een zaklantaarn uit de keukenla pakte. 'Wat ben je precies van plan om te gaan doen?'
'Dat doet er niet toe. Wat niet weet, wat niet deert.'
'Wil je dat ik met je meega?'
Op zijn donkere gezicht verscheen een grijns. 'Waarom? Zodat je hem weer aan elkaar kunt naaien wanneer ik met hem klaar ben? Je zou alleen maar in de weg lopen, mens. Bovendien moet er iemand bij Ruth blijven.'
'Je bent wel voorzichtig, hè?' zei ze met donkere ogen van bezorgdheid, 'want ik ben werkelijk erg op je gesteld, Jack. Ondanks alles.'
Hij raakte met een vinger haar lippen aan. 'Ik zal voorzichtig zijn,' beloofde hij.

Hij reed langzaam Palace Road op, zag nummer drieëntwintig en de witte Ford bestelwagen buiten staan, reed om het blok heen en parkeerde op een plek van waaruit hij een ongehinderd uitzicht op het huis had, maar ver genoeg weg was om geen aandacht op zichzelf te vestigen. Er viel geel licht van straatlantaarns naar beneden, dat schaduwplekken tussen de huizen wierp. Op een koude donderdagavond eind november om acht uur waren er maar weinig mensen buiten en zijn hart bonsde slechts een enkele keer als hij onverwacht een donker geklede verschijning op het trottoir zag. Er ging een uur voorbij toen er een hond in een lichtbaan een meter of tien van de auto vandaan verscheen en aan wat vuilnis bij een vuilnisemmer begon te rommelen. Pas na een paar minuten kijken, besefte Jack dat het helemaal geen hond was, maar een stadsvos die op zoek naar eten was, dus bereidde hij zich voor op een lange wachttijd. Hij ging zo op in het vlijtige gekrabbel van de vos, dat hij niet zag dat de deur van nummer drieëntwintig openging. Alleen door het geluid van lachen werd hij geattendeerd op het feit dat er iets naar beneden kwam. Met half dichtgeknepen ogen keek hij toe hoe een groep jongemannen achter in de bestelauto klom, zag de deur dichtslaan en een figuur naar de zijkant verdwijnen.
Het was onmogelijk vast te stellen of het Hughes was. Ruth had hem beschreven als lang, donker en knap, maar in het donker zijn alle katjes grauw, dus alle jongemannen zien er op een winteravond op zo'n dertig meter afstand hetzelfde uit. Jack gokte op iets anders dat ze had gezegd, namelijk dat de bestelauto van hem was en dat hij hem altijd bestuurde. Hij reed achter de bestelauto aan.

De arts had hartverlamming opgeschreven als oorzaak van vaders dood. Ik had moeite om mijn gezicht in de plooi te houden toen ik dat las. Natuurlijk stierf hij aan een hartverlamming. We gaan allemaal dood aan een hartverlamming. Mevrouw Spencer, de huishoudster, was naar behoren van streek tot ik haar zei dat ik haar in dienst zou houden gedurende de tijd dat ze naar een nieuwe baan zocht. Daarna vermande ze zich met een onvoorstelbare snelheid. Die klasse heeft weinig loyaliteit ten opzichte van iets anders dan geld.

Vader zag er erg vredig uit in zijn stoel met zijn glas whisky nog in zijn handen. 'In zijn slaap overvallen' volgens de arts. Wat bijzonder treffend, in ieder opzicht. 'Hij dronk veel meer dan goed voor hem was, lieverd. Ik heb hem ervoor gewaarschuwd.' Hij ging verder met me te waarschuwen dat ik niet bang hoefde te zijn dat hij had geleden. Ik gaf de vereiste reactie, maar dacht: wat jammer nou. Hij verdiende het om te lijden. De grootste fout van mijn vader was zijn ondankbaarheid. James heeft werkelijk veel geluk gehad. Als ik me gerealiseerd had hoe gemakkelijk het was om van dronkelappen af te komen, nou, nou... genoeg daarover.

Helaas heeft Joanna me gezien. Dat verrekte kind is wakker geworden en kwam naar beneden toen ik het kussen weghaalde. Ik heb uitgelegd dat opa ziek was en dat het kussen prettig voor hem was, maar ik heb het vreemde gevoel dat ze het weet. Ze weigerde gisteravond om te gaan slapen, en bleef maar naar me liggen kijken met die zenuwslopende manier van staren van haar.

Maar wat voor betekenis kan een kussen nu voor een tweejarige hebben...

Vijftien

Een half uur later ergens in een van de betere wijken van de stad stond de bestelauto stil in de schaduwen van een duur uitziend huis om een jong meisje met grote ogen op te halen. Jack voelde de haren in zijn nek overeind gaan staan. Hij keek hoe ze onhandig enthousiast naast de bestuurder ging zitten en hij wist dat ze net zomin als Ruth indertijd voorbereid was op de verrassing die Hughes achterin voor haar had.

De bestelauto nam de oostelijke route naar Southbourne en Hengistbury Head en toen het verkeer afnam, liet Jack de afstand tussen hen wat groter worden. Hij woog de ene mogelijkheid na de andere af – zou hij de politie opbellen en het risico lopen ze uit het oog te verliezen? – zou hij de bestelauto rammen en het risico lopen zichzelf en het meisje te verwonden? – zou hij proberen ze van hun plannen af te brengen door naast ze te gaan staan als ze parkeerden met het risico dat ze weg zouden rijden en hem het nakijken gaven? Hij liet elk idee weer varen, zag er alleen de zwakke kanten van en plotseling had hij erge spijt dat hij Sarah niet had meegenomen. Hij had haar troostrijke vriendschap nooit eerder zo hard nodig gehad.

De bestelauto draaide een verlaten parkeerplaats bij de zeekant op en meer instinctief dan bewust zette Jack zijn lampen uit, zette de versnelling in zijn vrij en liet de auto zo'n vijftig meter erachter langs het trottoir glijden. Ieder detail van de volgende gebeurtenissen werd verlicht door een kille, heldere maan, maar hij wist wat hij kon verwachten, want Ruth had Hughes' manier van werken maar al te duidelijk beschreven. De chauffeur, ongetwijfeld Hughes, gooide zijn portier open, sprong op het asfalt en trok het meisje met zich mee. Er was een heel korte schermutseling voor hij haar met zijn armen in bedwang hield en haar al trappend en worstelend naar de achterkant van de bestelauto droeg. Hij lachte toen hij de achterdeur openmaakte en haar als een zak aardappels het verlichte interieur ingooide. De vierkante straal licht scheen even naar

buiten voor hij de deur weer dichtsloeg en naar het strand wegwandelde terwijl hij een sigaret opstak.
Jack kon naderhand nooit uitleggen waarom hij deed wat hij deed. Achteraf bekeken kon hij zich alleen maar zijn angst herinneren. Zijn daden werden volkomen instinctmatig uitgevoerd. Het leek wel alsof, nu hij tegenover een crisis stond, zijn normale verstand verdwenen was en een oerinstinct het overnam. Hij richtte zich volkomen op het kind. De noodzaak om haar te helpen was allesoverheersend en de enige manier die mogelijk was, was de deuren van de bestelauto open te maken en haar fysiek van het gevaar weg te halen. Hij schakelde naar de eerste versnelling en reed voorzichtig naar de bestelauto terwijl hij ondertussen naar Hughes keek om te zien of hij het geluid van de motor boven het geruis van de golven op de kust uit hoorde. Blijkbaar niet. De man bukte zich langzaam om wat steentjes van het strand op te rapen en gooide die cirkelend over het zwarte water.
Jack stond achter de bestelauto stil en liet de motor draaien terwijl hij zijn broekriem losmaakte, van zijn middel trok en het eind om zijn vuist wond. Hij nam de zware rubber zaklantaarn in zijn andere hand, maakte het portier open en gleed het asfalt op, terwijl hij diep inademde om het gebons van zijn hart te laten afnemen.
In de verte draaide Hughes zich om, nam de situatie in zich op en liep moeizaam het strand op.
Adrenaline haalt spelletjes uit. Het spoelt door het lichaam om het tot kolossale en spontane inspanningen aan te zetten, maar de geest ziet alle gebeurtenissen in slow motion. Dit keer hield dit uiterst relatieve fenomeen op met zinvol te werken; Jack bleef naderhand volhouden dat het geheel een paar minuten duurde, maar in werkelijkheid bedroeg het slechts een paar seconden. Hij sloeg de deuren van de bestelauto open en liet de zaklantaarn neerkomen op het hoofd van de man die het dichtst bij hem zat terwijl hij als een stier tekeerging. Het geschrokken witte gezicht van een andere jongen wendde zich naar hem en Jack gaf hem ervan langs met een backhand-beweging van zijn riem, haakte ondertussen zijn elleboog om de hals van de eerste man en trok die achterover het asfalt op. Hij verslapte zijn greep en liet zijn zaklantaarn met een maaiende, cirkelvormige beweging onder de kin van het gezicht dat hij geslagen had, neerkomen, waardoor de jongen zijn evenwicht verloor.
De drie overige mannen in de bestelauto, van wie er een het meisje tegen de grond hield en de ander met blote billen boven op haar

lag, zaten versteend van schrik. De gewelddadigheid van de aanval was zo extreem, het geluid van Jacks voortdurende gebrul zo verbijsterend, dat hij boven op hen zat voor ze konden registreren wat er gebeurde. Hij gebruikte de hand met de riem om de klootzak die het meisje verkrachtte bij de haren te grijpen, trok zijn hoofd naar boven en zwaaide de zaklantaarn met een geweldige forehand-slag in het gezicht met de angstig opengesperde ogen. Het bloed spoot uit de gebroken neus en de jongen gleed jammerend van pijn opzij. 'ERUIT!' brulde Jack tegen het meisje dat doodsbenauwd op haar knieën overeind kwam. 'GA DE AUTO IN!' Hij zwaaide de riem terug en suisde ermee door de lucht in de ogen van een jongen die in de hoek probeerde overeind te komen. 'GODVERGETEN KLOOTZAKKIES!' brulde hij. 'IK VERMOORD JULLIE.' Hij liet zijn laars neerkomen in het onbeschermde kruis van de verkrachter en draaide zich als een gek om naar de enige jongen die hij niet had aangeraakt. Met een kreet van angst kroop de jongen weg, met zijn armen beschermend boven zijn hoofd.
Misschien had Blakeney toch nog een stel hersens over die normaal werkten. Hij liet de zaklantaarn en de riem liggen, schoot hals over kop de bestelauto uit, vloog het meisje achterna de auto in en liet de motor loeien terwijl hij de deur dichtsloeg. Hij zag Hughes te laat om hem te ontwijken toen hij over het asfalt aan kwam rennen en ramde hem hard met de bestelauto, waardoor hij als een lappenpop de lucht invloog. Jacks woede ging alle perken te buiten, een rode furie die als een kanonvuur in zijn hoofd bonkte. Hij gooide het stuur om, liet de auto een kleine cirkel maken en reed terug naar de ineengedoken figuur, zette met een trage beweging van zijn vingers de koplampen aan om het doodsbenauwde gezicht van Hughes in het schijnsel te zien toen hij zich klaarmaakte hem neer te maaien.
Hij had geen idee wat hem ervan weerhield om het te doen. Misschien het gegil van het meisje. Misschien nam zijn woede net zo snel af als die tot leven was gekomen. Misschien triomfeerde zijn menselijkheid eenvoudig. In plaats daarvan bracht hij de wagen met gillende banden krachtig tot stilstand, sloeg het portier tegen het lichaam van de man aan en sprong eruit en greep met zijn vuist het lange haar vast en draaide daar aan om Hughes overeind te sleuren. 'Achterin, lieverd,' zei hij tegen het meisje, 'zo snel als je kunt.' Ze was te bang om niet te gehoorzamen en gleed hysterisch tussen de twee stoelen door. 'En nu jij erin,' zei hij, trok hem aan zijn haar naar beneden terwijl hij zijn knie onderin Hughes rug duwde, 'of anders breek ik die rotnek van je, nu.'

Hughes geloofde hem. Als het minst erge van twee kwaden liet hij zich met zijn gezicht naar beneden over de stoel heenduwen en zuchtte toen Jacks volle gewicht op zijn benen neerkwam. De auto kwam vliegensvlug weer tot leven, reed met gillende banden over het asfalt toen Jack hem in de versnelling dwong en het portier dichtsloeg tegen een andere rondvliegende figuur. 'DOE JE VEILIGHEIDSRIEMEN OM!' schreeuwde hij tegen het gillende meisje. 'ALS DIE KLOOTZAK ZICH EEN MILLIMETER VERROERT, SMIJT IK DE KANT WAAR ZIJN HOOFD ZIT TEGEN DE GROOTSTE STENEN MUUR DIE IK KAN VINDEN.' Hij schakelde naar een hogere versnelling, scheurde de weg op en reed met een ontzagwekkende snelheid en zijn hand op de claxon door Southbourne. Als er enige rechtvaardigheid in deze door en door rottige wereld was, dan zou iemand de politie alarmeren voor de Ford bestelauto hem inhaalde.

Er was enige rechtvaardigheid over in het Engeland waar Rupert Brooke zijn leven voor had gegeven. De plaatselijke politie kreeg binnen drie minuten zeventien alarm-telefoontjes, twaalf van oudere weduwen die alleen woonden, vier van woedende mannen en een van een kind. Ze rapporteerden allemaal hetzelfde. Er waren joyriders bezig de rustige, met bomen omzoomde straten van hun voorstad in een levensgevaarlijke toestand te veranderen.
Jacks auto en de achtervolgende witte bestelauto werden in een hinderlaag gelokt toen ze de grote weg naar het centrum van Bournemouth opreden.

Om halftwaalf die avond ging de telefoon in Mill House. 'Sarah?' blafte Jacks stem door de lijn.
'Hoi,' antwoordde ze opgelucht. 'Je bent dus niet dood.'
'Nee. Ik sta verdomme onder arrest,' schreeuwde hij. 'Dit is het enige telefoontje dat ik mag plegen. Ik heb verdomd snel hulp nodig.'
'Ik kom direct. Waar ben je?'
'De klootzakken gaan me aanklagen voor joyriding en verkrachting,' zei hij woedend alsof ze niets had gezegd. 'Het zijn hier verdomme een stel *idioten*, ze luisteren nergens naar. Ze hebben me goddomme samen met Hughes en dat tuig opgesloten. Het arme kind waar ze achter in de bestelauto mee bezig waren, is compleet hysterisch en denkt dat ik een van hen ben. Ik blijf maar zeggen dat ze contact met Cooper moeten opnemen, maar het zijn zo'n stelletje mafkezen dat ze niet naar me luisteren.'

'Goed,' zei ze rustig en deed haar best een logisch verhaal uit dit schokkende relaas op te maken. 'Ik zal Cooper halen. Vertel me nu waar je bent.'
'In een of ander godvergeten gat midden in Bournemouth,' brulde hij. 'Ze zijn verdomme van plan uitstrijkjes van mijn penis te nemen.'
'Het adres, Jack. Ik heb het adres nodig.'
'WAAR BEN IK VERDOMME?' blafte hij tegen iemand in de kamer bij hem. 'Het politiebureau op Freemont Road,' vertelde hij Sarah. 'Je moet Ruth ook meebrengen,' zei hij dringend. 'Zij is de enige die weet wat er gebeurde. Cooper zal ze geen moer kunnen vertellen. En Keith. Haal Keith ook. Ik heb een advocaat nodig die ik kan vertrouwen. Het zijn hier allemaal van die verrekte fascisten. Ze kletsen over verdomde pedofielencirkels en samenzweringen en god weet wat.'
'Nou rustig,' zei ze streng. 'Houd je mond dicht tot ik er ben en Jack, bewaar in godsnaam je geduld en sla geen politiemensen.'
'Dat heb ik verdomme al gedaan. De klootzak noemde me pervers.'

Het was ver na tweeën toen Sarah, Cooper en Ruth eindelijk doodmoe op Freemont Road aankwamen. De nachtbrigadier in Learmouth had voet bij stuk gehouden bij zijn weigering om contact met Cooper op te nemen of Sarah diens privé-telefoonnummer te geven toen ze een dringend verzoek indiende om hem te spreken. 'Brigadier Cooper van de recherche heeft geen dienst, mevrouw,' was het afgemeten antwoord. 'Als u een probleem heeft, zult u het met mij moeten doen of moeten wachten tot morgenochtend wanneer hij weer dienst heeft.' Pas toen hij met haar boze aanwezigheid voor zijn bureau werd geconfronteerd, en ze hem bedreigde met het stellen van vragen in het Lagerhuis en met rechtszaken over verzaakt plichtsbesef was hij ertoe te bewegen om contact met de brigadier op te nemen. Het weerwoord van Coopers kant van de lijn, die toch al niet in zo'n beste bui was nadat hij uit een diepe slaap was gewekt, liet hem trillend op zijn benen achter. De rest van zijn dienst zat hij in zichzelf te mopperen. De wet van de sufferds zei dat het er niet toe deed hoe vriendelijk een man probeerde te zijn, hij deed het altijd verkeerd.
Keith was in Londen nog geïrriteerder dan Cooper toen hij uit Morpheus' armen gerukt werd, maar fleurde een beetje op toen hij hoorde dat Jack gearresteerd was vanwege joyriding en verkrach-

ting. 'Goeie god,' zei hij vermaakt en cynisch, 'ik had er geen idee van dat hij zo actief was. Ik dacht dat hij meer een toekijker was.'
'Het is niet grappig, Keith,' zei Sarah kortaf. 'Hij heeft een advocaat nodig. Kun je naar Bournemouth komen?'
'Wanneer?'
'Nu, druiloor. Ze zijn op dit ogenblik bezig uitstrijkjes van hem te nemen.'
'Heeft hij het gedaan?'
'Wat?'
'Verkrachten,' zei Keith geduldig.
'Nee, natuurlijk niet,' sputterde ze boos tegen. 'Jack is geen verkrachter.'
'Dan is er niets aan de hand. De uitstrijkjes zullen aantonen dat hij niet met het slachtoffer in aanraking is geweest.'
'Hij zegt dat ze denken dat hij deel uitmaakt van een pedofiele cirkel. Ze klagen hem misschien aan voor de feitelijke misdaad.' Ze zuchtte. 'Ik geloof tenminste dat hij dat zei. Hij is erg boos en het was een beetje verward.'
'Waar is hij in godsnaam mee bezig geweest?'
'Ik weet het nog niet,' zei ze tussen opeengeklemde kaken. 'Kom nou maar hier, wil je, en verdien iets van het vermogen dat we je de afgelopen jaren hebben betaald.'
'Ik ben geen beste strafpleiter, hoor. Misschien kun je beter iemand uit de buurt nemen die daarin gespecialiseerd is. Ik kan je een paar namen noemen.'
'Hij vroeg naar jou, Keith. Hij zei dat hij een advocaat wilde hebben die hij kon vertrouwen, dus' – haar stem werd luider – 'wil je in godsnaam ophouden met argumenteren en in je auto stappen. We verspillen tijd. Hij zit op het politiebureau op Freemont Road in Bournemouth.'
'Ik kom zo gauw mogelijk,' beloofde hij. 'Zeg hem inmiddels dat hij zich koest houdt en moet weigeren vragen te beantwoorden.'
Dat is gemakkelijker gezegd dan gedaan, dacht Sarah spottend toen zij en Ruth stoelen kregen om te gaan zitten terwijl Cooper naar een verhoorkamer werd meegenomen. Toen de deur openging, hoorden ze Jack volop in dispuut. '*Luister,* hoe vaak moet ik het nog *zeggen?* Ik redde haar ervan om verkracht te worden, ik was haar niet zelf aan het verkrachten. Godallemachtig!' Zijn vuist dreunde op tafel. 'Ik praat niet meer met druiloren. Is er dan niemand in deze pispot met een enig meetbaar IQ?' Hij uitte een kreet van opluchting. 'Hallelujah! Cooper! Waar zat je verdomme, rotzak?' De deur ging weer dicht.

Sarah liet met een zucht haar hoofd tegen de muur leunen. 'Het probleem met Jack,' zei ze tegen Ruth, 'is dat hij nooit half werk levert.'
'Hij zou hier niet zijn als ik er niet was,' zei het meisje wanhopig en ze draaide haar handen om en om in haar schoot. Ze was zo zenuwachtig dat ze haar ademhaling nauwelijks onder controle kon houden.
Sarah keek haar even aan. 'Ik denk dat je best trots op jezelf kan zijn. Vanwege jou heeft hij een ander blijkbaar de behandeling kunnen besparen die jij hebt doorstaan. Dat is mooi.'
'Niet als ze denken dat Jack erin verwikkeld was.'
'Cooper zet ze wel op het rechte spoor.'
'Betekent dat, dat ik niets zal hoeven zeggen? Ik wil niets zeggen.' De woorden kwamen er haastig uit. 'Ik ben zo bang,' zei ze eenvoudig. De tranen welden in de grote, donkere ogen op. 'Ik wil niet dat iemand het weet' – haar stem trilde – 'ik schaam me zo.'
Het had Sarah al heel wat gekost in de vorm van emotionele chantage, om haar zover te krijgen als ze nu was, en ze zag ertegen op daar nog verder gebruik van te maken. Het meisje was al in een bijzonder emotionele toestand en zocht wanhopig naar redenen om de onverschilligheid van haar moeder te rechtvaardigen om zodoende haar eigen onverschilligheid ten opzichte van de groeiende foetus in zich te rechtvaardigen. Maar ze kon het natuurlijk niet rechtvaardigen en dat maakte haar schuldgevoel over een gewenste abortus alleen maar groter. Er zat geen logica in de menselijke psychologie, dacht Sarah verdrietig. Ze had niets gezegd over haar bezoek aan Cedar House, alleen aangeboden om Ruth naar Fontwell te brengen. 'Eerlijk,' had ze gezegd, 'het enige dat je moeder weet, is dat je van school bent gestuurd omdat je je vriendje wilde ontmoeten. Ik weet zeker dat ze begrip zal hebben als je haar de waarheid vertelt.'
Ruth schudde haar hoofd. 'Nee, hoor,' fluisterde ze, 'ze zal zeggen dat ik mijn verdiende loon heb gekregen. Dat zei ze altijd tegen oma over haar artritis.' Haar gezicht kreeg een gekwelde uitdrukking. 'Was oma maar niet doodgegaan. Ik hield van haar, weet je, maar ze is doodgegaan en heeft gedacht dat het niet zo was.' En wat kon Sarah daarop antwoorden? Ze was nooit eerder mensen tegengekomen die zo vastbesloten bezig waren elkaar en zichzelf kapot te maken.
Ze sloeg nu haar arm om de magere schouders van het meisje en trok haar dicht tegen zich aan. 'Brigadier Cooper zal het wel rege-

len,' zei ze flink, 'en hij zal je niet dwingen om iets te zeggen dat je niet wilt.' Ze liet haar hese lachje horen. 'Hij is veel te vriendelijk en te zachtaardig, daarom is hij nooit inspecteur geworden.'
Maar Sarah wist dat het zeer de vraag was, zo niet een wonder, als ze er allemaal zonder kleerscheuren van af zouden komen.

'U beseft, dokter Blakeney, dat we u kunnen aanklagen als medeplichtige,' zei een woedende inspecteur. 'U wist toch toen u uw man hielp om het adres van Hughes te pakken te krijgen dat hij iets onwettigs van plan was?'
'Geen antwoord geven,' zei Keith.
'Nee, dat wist ik niet,' zei Sarah vastberaden. 'En wat is er onwettig aan het voorkomen van een ruwe verkrachting? Sinds wanneer is het redden van iemand een misdaad die aangeklaagd moet worden?'
'U bent verkeerd bezig, dokter. We hebben het over een poging tot moord, ontvoering, roekeloos rijden, mishandeling van een agent in functie. Noem maar op, hier staat het. Uw man is een bijzonder gevaarlijk mens en u stuurt hem achter Hughes aan in het volle besef dat hij zijn zelfbeheersing zou verliezen als het tot een confrontatie zou komen. Dat is een aardige opsomming, hè?'
'Geen antwoord geven,' zei Keith automatisch.
'Natuurlijk niet,' snauwde ze. 'Hughes is het bijzonder gevaarlijke mens, niet Jack. Wat zou u gedaan hebben als u wist dat een jong meisje op het punt stond ruwweg overvallen te worden door vijf robotten die zo gedegenereerd en onontwikkeld zijn dat ze alles doen wat hun sadistische leider hun vertelt?' Haar ogen schoten vuur. 'Geef maar geen antwoord. Ik weet precies wat u gedaan zou hebben. U zou er met uw staart tussen de benen vandoor gegaan zijn naar de dichtstbijzijnde telefooncel om negen-negen-negen te bellen en: jammer dan van de schade die het kind ondertussen opliep.'
'Het is een overtreding om de politie informatie te onthouden. Waarom heeft u ons niets verteld over de verkrachting van juffrouw Lascelles?'
'Ik moet werkelijk adviseren die vraag niet te beantwoorden,' zei Keith vermoeid.
'Omdat we haar beloofd hadden dat we dat niet zouden doen. Waarom denkt u in godsnaam dat Jack vanavond is weggegaan als we de politie alles hadden kunnen vertellen?'
Keith hield zijn hand op om de inspecteur voor te zijn. 'Is er be-

zwaar tegen om de bandrecorder af te zetten terwijl ik overleg pleeg met mijn cliënt?'

De ander keek hem even aan en wierp toen een blik op zijn horloge. 'Verhoor van dokter Blakeney uitgesteld om 3.42 uur.' Hij sprak abrupt en drukte toen op de 'stop'-knop.

'Dank u. Wil je me nu even iets uitleggen, Sarah?' mompelde Keith klagend. 'Waarom heb je me helemaal hierheen gesleept als jij noch Jack naar een woord luistert dat ik zeg?'

'Omdat ik zo verdomd kwaad ben, daarom. Ze zouden Jack dankbaar moeten zijn; in plaats daarvan veroordelen ze hem.'

'De inspecteur wordt betaald om je boos te maken. Zo boekt hij resultaat en je maakt dit erg gemakkelijk voor hem.'

'Ik maak bezwaar tegen die opmerking, meneer Smollett. Ik word onder andere betaald om de waarheid te horen te krijgen wanneer er een misdaad heeft plaatsgevonden.'

'Waarom houdt u dan niet op met die flauwekul,' stelde Keith beminnelijk voor, 'en onderhandelen we ronduit? Ik kan toch niet de enige hier zijn die zich stom verveelt met al die idiote bedreigingen over misdadige achtervolgingen. Natuurlijk kunt u meneer Blakeney aanklagen als u dat wilt, maar u wordt vierkant uitgelachen. Hoeveel mensen zouden tegenwoordig de moeite hebben genomen naar binnen te gaan en te doen wat hij heeft gedaan, slechts gewapend met een riem en een zaklantaarn?' Hij glimlachte zwakjes. 'We zijn tegenwoordig een niet-mee-bemoeien-gemeenschap en heldendaden blijven beperkt tot het televisiescherm. Er was laatst een zaak waar een vrouw door twee kerels seksueel werd belaagd in het volle zicht van verschillende taxichauffeurs en niet een van hen stak ook maar een vinger uit om haar te helpen. Nee, ze draaiden hun raampjes omhoog om haar hulpgeroep niet te horen. Moet ik opmaken uit uw houding ten opzichte van meneer Blakeney dat dat het soort gedrag is dat u goedkeurt in onze zogenaamde beschaafde samenleving?'

'Waakzaam gedrag is net zo gevaarlijk, meneer Smollett. Voor iedere zaak van niet-gewelddadig gedrag die u noemt, kan ik een ander noemen waar ruwe rechtvaardigheid is uitgedeeld aan onschuldige mensen omdat een lynchende menigte willekeurig besluit wie er wel en niet schuldig is. Moet ik uit uw houding opmaken dat u de benadering van het volkstribunaal goedkeurt?'

Keith erkende met een knikje dat hij daar niet achter stond. 'Natuurlijk niet,' zei hij eerlijk, 'en als meneer Blakeney een privé-leger mee had genomen, zou ik aan uw kant staan. Maar u beweegt zich op erg gevaarlijk terrein door hem als een lynchende menigte af te schilderen. Hij was één man, die een onmogelijke beslissing moest nemen – direct handelen om een verkrachting te voorkomen of het meisje aan haar lot over te laten terwijl hij wegreed om hulp te halen.'

'Hij was er nooit geweest als hij en zijn vrouw niet hadden samengezworen om de gegevens over juffrouw Lascelles achter te houden. En zo bekeken zou Hughes en zijn bende de jongedame die meneer Blakeney van de terreur heeft gered die haar te wachten stond, niets hebben gedaan, om de eenvoudige reden dat ze allemaal achter slot en grendel hadden gezeten, beschuldigd van de verkrachting van juffrouw Lascelles.'

'Maar Ruth Lascelles heeft u expliciet verteld dat ze te bang was om iets tegen de politie te zeggen, aangenomen dat de Blakeneys hadden gerapporteerd wat zij hun had verteld. Ze leeft in doodsangst dat Hughes zijn dreigement om haar, zodra hij vrij is, weer te verkrachten zal uitvoeren en er is geen enkele garantie, zelfs nu niet, dat zij – of het slachtoffer van vanavond – de moed zal vinden om zodanig voor de rechtbank te getuigen dat hij veroordeeld zal worden. Eerlijk gezegd is Jack Blakeney's getuigenis uw beste gok. Als hij stevig in zijn schoenen blijft staan, zal Ruth daar moed uit putten en als het andere meisje en haar ouders zich bewust worden van wat ze hem eigenlijk schuldig zijn, dan zal zij misschien ook de moed vinden om te spreken. Maar het kan ook anders zijn: als u erop staat deze aanklachten tegen Blakeney staande te houden, dan kunt u iedere vorm van medewerking van twee doodsbenauwde jongedames vergeten. Ze zullen heel redelijk tot de slotsom komen dat de rechtvaardigheid aan de kant van Hughes staat en niet aan die van hen.'

De inspecteur schudde zijn hoofd. 'Wat geen van jullie schijnt te kunnen begrijpen,' zei hij geïrriteerd, 'is dat als we er niet in slagen meneer Blakeney aan te klagen, het veel moeilijker wordt om Hughes te vervolgen. Zijn verdediging zal ervan genieten om voor de rechtbank de verschilpunten op te tellen tussen de soepelheid van de politie ten opzichte van *toegegeven* gewelddadigheid van een middenklas-intellectueel en de harde houding van de politie ten opzichte van *zogenaamde* gewelddadigheid van een werkloze grondwerker. Bedenk wel dat Hughes zich buiten de bestelauto bevond toen de verkrachting plaatsvond en hij zit nu te beweren dat hij niet wist wat er aan de hand was. De knul die het meisje verkrachtte toen uw cliënt binnenstormde, was pas vijftien, met andere woorden een minderjarige die in voorarrest genomen kan worden, maar niet opgesloten kan worden in een gevangenis voor volwassenen. De oudste jongen van het stel, als we Hughes buiten beschouwing laten, is achttien en er zal bij zijn veroordeling rekening worden gehouden met zijn leeftijd. Op het ogenblik hebben ze allemaal een shock en wijzen op Hughes als de aanstichter en leider, maar tegen de tijd dat het tot een proces komt, hebben ze wat onschuldig plezier met het meisje gehad en was het haar idee en wist Hughes er niets van af omdat hij een eindje langs het strand was gaan wandelen. Het ergste is dat meneer Blakeney dat voor de rechtbank zal moeten getuigen, want hij zag het hem doen.' Hij wreef in zijn vermoeide ogen. 'Eerlijk gezegd is het een rotzooi. God weet of we er ooit in slagen er een veroordeling uit te slepen. Op het ogenblik zie ik Hughes er zonder kleerscheuren van af komen. Zijn manier van werken is om jongelui te manipuleren het vuile werk te doen terwijl hij buiten schot blijft en het geld in ontvangst neemt en wanneer die jongens zich realiseren hoe kort hun straffen zullen zijn omdat de wet relatief machteloos staat tegenover minderjarigen, dan maken ze hem niet meer zwart. Dat weet ik zeker, daar verwed ik mijn laatste cent onder.'

Het was lange tijd stil.

Sarah schraapte haar keel. 'U vergeet de meisjes,' zei ze. 'Legt hun getuigenis geen enkel gewicht in de schaal?'

De glimlach van de inspecteur was verwrongen. 'Als ze niet te bang zijn om te getuigen, als ze het niet begeven onder het kruisverhoor, als hun stelen niet door de verdediging wordt gebruikt om hun karakters zwart te maken, als ze de sympathie van de jury niet verliezen vanwege de snelheid waarmee ze bereid waren hun benen voor Hughes te spreiden.' Hij haalde zijn schouders op. 'Gerechtigheid is zo onberekenbaar als het lot, dokter Blakeney.'

'Laat hem dan nu vrij en zet er een punt achter,' zei ze koud. 'Ik bedoel, laten we het onder ogen zien, het zal een verdomd stuk eenvoudiger zijn om uw produktiviteitsquotum vol te krijgen door Jack te vervolgen, dan de moeite te nemen jattende hoertjes te verdedigen. Misschien moet u zichzelf eens afvragen waarom geen van die meisjes genoeg zelfvertrouwen had om direct naar de politie te gaan?' Ze kneep haar ogen boos halfdicht en beantwoordde haar eigen vraag. 'Omdat ze alles geloofden wat Hughes hun vertelde, namelijk dat *hij* altijd werd vrijgesproken en *zij* altijd aan hun lot werden overgelaten. Hij had nog gelijk ook, hoewel ik het nooit geloofd zou hebben als ik het niet van u had gehoord.'

'Hij zal aangeklaagd worden en hopelijk in voorlopige hechtenis worden gehouden, dokter Blakeney, maar ik heb geen zeggenschap in de dingen die tijdens het proces gebeuren. We kunnen ons best doen. We kunnen helaas het resultaat niet voorspellen.' Hij zuchtte. 'Voorlopig heb ik besloten uw man zonder aanklacht te laten gaan. Maar ik zal me beraden en dat betekent dat we kunnen besluiten alsnog tegen hem te procederen op een later tijdstip. Ondertussen moet hij in Mill House in Long Upton blijven en mocht hij ergens naar toe willen, moet hij brigadier Cooper van zijn voornemen op de hoogte brengen. Is dat duidelijk?'
Ze knikte.
'Bovendien moet u beseffen dat als hij ooit weer in dergelijke activiteiten verwikkeld raakt zoals vanavond, hij direct aangeklaagd zal worden. Is dat ook duidelijk?'
Ze knikte.
Er verscheen een glimlach op het vermoeide gezicht van de inspecteur. 'Officieus gezien ben ik het met meneer Smollett eens. Uw man is een dapper mens, dokter, maar ik denk dat u dat al wist.'
'O ja,' zei Sarah trouw en hoopte dat ze niet zo schaapachtig keek als ze zich voelde. Zolang ze Jack kende had hij altijd hetzelfde beweerd. Alle mannen waren lafaards, maar er waren er slechts een paar, zoals hijzelf, die het lef hadden dit toe te geven. Ze begon zich af te vragen of zijn karakter nog andere aspecten bezat die ze zo compleet verkeerd had beoordeeld.

Vader belde me vandaag op om me te vertellen wat de uitspraak van het gerechtelijk onderzoek was in verband met de dood van Gerald. 'Ze hebben het goddank op een noodlottig ongeval gehouden, maar daar heb ik wel alle zeilen voor moeten bijzetten. Die verdomde lijkschouwer had er zelfmoord van gemaakt als hij kon.' Die arme vader! Hij had zich nooit meer in het Lagerhuis kunnen vertonen als zijn broer zelfmoord had gepleegd. De hemel verhoede! Wat is zelfmoord nog steeds een schande, vooral in de betere kringen. Niets is zo erg als het toppunt van zwakte en dat is jezelf het leven te benemen.
Ik ben natuurlijk erg blij met de uitspraak, ook al ben ik een beetje gepikeerd dat mijn genialiteit over het hoofd is gezien. Er bestaat een bijzonder grote neiging om te biechten. Al was het alleen maar om de aandacht te vestigen op wat ik bereikt heb... maar ik doe het natuurlijk niet.
Gerald was als was in mijn handen toen het op het schrijven van het codicil aankwam, want ik had hem verteld dat hij naar de gevangenis zou gaan omdat hij zijn nichtje had verkracht als hij dat niet deed. 'God! Hoe dwaas zijn toch deze liên!' Het enige doel van het codicil was natuurlijk om die idiote notaris ervan te overtuigen dat Gerald zelfmoord had gepleegd toen hij ontdekte van wie Joanna eigenlijk was. Nadat erop aan werd gedrongen, wees hij vader op het feit dat er een document bestond dat verslag doet van Geralds incest en daarna was er geen vuiltje meer aan de lucht. Ze haalden er van alles bij om maar aan te tonen dat Gerald geen zelfmoord had gepleegd, dat iedereen, inclusief de lijkschouwer, er niet aan twijfelde dat het wél zo was. Het is allemaal bijzonder amusant. Het spijt me alleen dat ik Jane erbij moest betrekken, maar daar maak ik me geen al te grote zorgen om. Zelfs al koestert ze enige achterdocht, ze zegt niets. Dat kan ze zich niet veroorloven, maar niemand heeft zich afgevraagd waar Gerald zijn slaappillen vandaan had, of, als ze dat wel deden, denk ik dat vader heeft gezegd dat ze van hem waren. Hij is toch meestal zo dronken dat hij het vermoedelijk nog geloofd had ook.

Vaders opluchting was echter maar van korte duur. Ik vertelde hem dat ik een getekende fotokopie van het codicil had en daarop werd hij laaiend aan de andere kant van de lijn. Hij noemt het chantage. Ik noem het zelfbehoud...

Zestien

Er lagen twee faxen op het bureau van Cooper toen hij later op de ochtend op het politiebureau kwam. De eerste was kort en bondig:

> Vingerafdrukken op Yale-sleutel, ref: TC/H/MG/320, geïdentificeerd als behorende aan Sarah Penelope Blakeney, 22 overeenkomstige lijnen. Geen andere afdrukken. Vingerafdrukken op fles, ref: TC/H/MG/321, komen op respectievelijk 10, 16 en 12 punten overeen met afdrukken die in Cedar House zijn gevonden op het bureau (kamer 1), stoel (kamer 1) en karaf (kamer 1). Volledig rapport volgt.

De tweede fax was langer en veel interessanter. Nadat hij die had gelezen ging Cooper op zoek naar agent Jenkins. Hij herinnerde zich dat Jenkins het meeste, saaie routinewerk in Fontwell had gedaan in de dagen na de dood van mevrouw Gillespie.

'Ik hoor dat je het druk hebt gehad,' zei Charlie Jones en doopte een gemberkoekje in een kop romige, witte koffie.
Cooper zakte in een leunstoel. 'Hughes, bedoel je.'
'Ik ga daar over een halfuur naar toe om nog een poging met hem te wagen. Zin om mee te gaan?'
'Nee, dank je wel. Ik heb voor de rest van mijn leven meer dan genoeg van Dave Hughes en zijn soort medewerkers. Wacht maar tot je ze ziet, Charlie. Kinderen, godallemachtig. Vijftienjarigen die eruitzien als vijfentwintig en geestelijk niet verder dan acht jaar komen. Het jaagt me werkelijk angst aan. Als de gemeenschap niet iets doet om ze te ontwikkelen en de hersens van een man overeen te laten komen met zijn lichaam, hebben we geen schijn van kans om te overleven. En het ergste is dat wij het niet alleen zijn. Ik zag laatst op de televisie een jongen van tien jaar die in Somalië deel uitmaakte van een of ander rebellenleger en een machinegeweer hanteerde. Ik heb kinderen in Ierland gezien die stenen gooien

naar willekeurig welke kant hun onverdraagzame familie zegt dat ze moeten gooien, Palestijnse tienerjongens die in bivakmutsen rondparaderen, negerjongens in Zuid-Afrika die elkaar ophangen omdat de blanke politie denkt dat het een prima manier is om van ze af te komen, en Servische jongens die worden aangemoedigd moslimmeisjes te verkrachten zoals hun vaders dat doen. Het is complete waanzin. We verpesten onze kinderen met alle gevolgen van dien en mijn god, we maken er een zootje van.' Charlie keek hem vol sympathie aan. 'Blijkbaar niet alleen een drukke nacht, maar ook een uitputtende.'

'Vergeet *in vino veritas* maar,' zei Cooper zuur. 'Het is eerder *in insomnia veritas*. Ik word soms 's morgens vroeg wakker en dan zie ik de wereld zoals die werkelijk is. Een berekuil met godsdienstige leiders die aan de ene kant mensen hersenspoelen, machtswellustige politici die aan de andere kant mensen indoctrineren en de ongeletterde, intolerante massa in het midden, schreeuwend om bloed omdat ze te onontwikkeld zijn om iets anders te doen.'

'Stop de wereld, ik wil eraf, hè?'

'Zoiets, ja.'

'Zijn er geen verzachtende omstandigheden, Tommy?'

Cooper grinnikte. 'Jazeker, zolang niemand me aan Hughes helpt herinneren.' Hij schoof de eerste fax over het bureaublad. 'Gillespie is blijkbaar de zitkamer niet uitgeweest en de sleutel is ook een doodlopend spoor.'

Jones keek teleurgesteld. 'We hebben iets tastbaars nodig, oude jongen, en snel. Er wordt druk op me uitgeoefend om dit te laten varen en me op iets te concentreren waarmee ik resultaat boek. De algemene mening is dat, al zouden we kunnen bewijzen dat het moord was, we er nog een heidens karwei aan zouden hebben voordat we iemand in staat van beschuldiging zouden kunnen stellen.'

'Waar heb ik dat toch eerder gehoord,' zei Cooper zuur. 'Als het zo doorgaat, kunnen we wel inpakken en de anarchisten hun gang laten gaan.'

'Hoe zit het met de dagboeken? Zit daar nog enige vooruitgang in?'

'Eigenlijk niet. De huiszoeking was een fiasco, maar dat wist ik van tevoren al. Ik heb de eerste keer dat we Cedar House doorzochten ieder boek in de bibliotheek doorgekeken.' Hij fronste zijn wenkbrauwen. 'Ik heb gisteravond met Jack en Ruth gesproken, maar die zeggen ook van niets te weten, hoewel Jack zich herinnert dat mevrouw Gillespie op een dag in alle staten was omdat er iemand

aan haar boeken had gezeten.' Hij streek met zijn vinger langs zijn lip. 'Ik weet dat het een hypothese is, maar stel dat die dagboeken bestaan en dat iemand ernaar heeft gezocht, dan zou dat tenminste verklaren waarom er aan de boeken gezeten was.'
Charlie snoof. 'Wel heel erg hypothetisch,' was hij met hem eens, 'en absoluut niet te bewijzen.'
'Ja, maar als diegene die ernaar zocht ze heeft, dan is dat misschien wel een verklaring waarom ze weggehaald zijn.' Hij kreeg medelijden met Charlie die een verbijsterde uitdrukking op zijn gezicht had. 'Omdat ze ons konden vertellen wie haar vermoord had en waarom,' zei hij geduldig.
Charlie fronste zijn wenkbrauwen. 'Je klampt je aan strootjes vast. Overtuig me er eerst maar van dat ze bestaan.'
'Waarom zou James Gillespie liegen?'
'Omdat het een zatladder is,' zei Charlie. 'Meer redenen heb je niet nodig.'
'Waarom was Mathilda dan in alle staten omdat er iemand aan haar boeken had gezeten? Leg dat eens uit, of wil je zeggen dat Jack ook liegt?'
Charlie constateerde zuchtend bij zichzelf dat hij voor de tweede keer 'Jack' zei. Wanneer zou die sufferd leren dat het zijn onvermogen om afstand te bewaren was dat zijn kansen iedere keer weer torpedeerde? *Niet professioneel. Kan niet objectief blijven,* waren de woorden die de voorganger van Jones op de laatste beoordeling van Cooper had geschreven. 'Ze moet geraden hebben wie het was,' zei hij. 'Er zijn weinig mogelijkheden, hoe je het ook bekijkt. Waarom heeft ze hen er niet over aangesproken?'
'Misschien heeft ze dat wel gedaan. Misschien is ze daarom vermoord.' Cooper tikte met zijn wijsvinger op de fax. 'Maar de sleutel maakt het moeilijker. Als wie het ook was daarvan op de hoogte was, dan konden ze binnenkomen zonder dat ze het wist. Dat vergroot de mogelijkheden weer.'
'Ik neem aan dat je overwogen hebt dat Gillespie de man is die we hebben moeten en dat hij de dagboeken slechts heeft genoemd omdat hij dacht dat verder iedereen ervan wist.'
'Ja. Maar waarom zou hij ze wegnemen en alles erover ontkennen als hij verwacht daarmee te bewijzen dat zij hem opgelicht heeft met de klokken?'
'Dubbele bluf. Hij heeft ze gelezen, ontdekt dat ze precies het tegenovergestelde bewezen, dus heeft hij ze vernietigd om zijn claim kracht bij te kunnen zetten. Vervolgens heeft hij haar zelf een kop-

je kleiner gemaakt om samen met mevrouw Lascelles, van wie hij dacht dat ze zou erven, de vrije hand te hebben.'
Cooper schudde zijn hoofd. 'Het is een mogelijkheid denk ik, maar het lijkt me niet goed. Als hij ze zelf heeft gestolen omdat hij wist dat ze zijn kans op geld zouden elimineren, hoe kon hij er dan zo zeker van zijn dat niemand anders ze eerst had gelezen? Het is te vaag, Charlie.'
'Het is *allemaal* te vaag, eerlijk gezegd,' zei hij droog. 'Als de dagboeken hebben bestaan – als de zoeker *wist* dat ze bestonden – als er iets bezwarends in stond – als hij of zij van de sleutel af wist...' Hij zweeg en doopte zijn koekje weer in de koffie. 'Er zijn twee dingen die ik niet begrijp. Waarom heeft mevrouw Gillespie al haar geld aan dokter Blakeney nagelaten en waarom heeft haar moordenaar het heksenmasker op haar hoofd gezet en het met brandnetels en madeliefjes versierd? Als ik het antwoord op die twee vragen wist, kon ik je vermoedelijk vertellen wie haar had vermoord. Anders ben ik geneigd er een geval van zelfmoord van te maken.'
'Ik denk dat ik weet waarom ze het geld aan dokter Blakeney achterliet.'
'Waarom?'
'Ik denk dat het een Pontius Pilatus-oefening was. Van de opvoeding van haar dochter en kleindochter heeft ze niet veel terecht gebracht en ze wist dat ze elkaar het leven zuur zouden maken met een jaloerse, bedekte, onderlinge strijd als ze hun het geld naliet, dus schoof ze de verantwoordelijkheid af op de enige met wie ze ooit overweg heeft gekund en die ze respecteerde. Namelijk dokter Blakeney. Ik denk dat ze hoopte dat de dokter zou slagen op het punt waar zij faalde.'
'Sentimentele onzin,' zei Jones vriendelijk. 'En allemaal omdat je achteraf redeneert. Probeer vooruit te redeneren. Ze was een kwaadaardige, gemene, valse, oude vrouw, die niet alleen door chantage en handige verzekeringsfraudes een vermogen had verworven, maar ook het grootste deel van haar leven een hekel had aan, en minachting koesterde voor iedereen om haar heen. Waarom zou ze, nadat ze zestig jaar lang niets anders dan onenigheid had gezaaid, plotseling een aardige vreemde die prettig in de omgang is, een vermogen nalaten? Zeker niet uit harmonieuze overwegingen.' Hij kneep zijn ogen peinzend halfdicht. 'Ik kan het heksenmasker zien als een soort symbolische wijze om de aandacht te vestigen op de laatste keer dat de tong van een bijzonder onplezierig

mens bedwongen wordt, maar ik kan het idee niet aanvaarden dat de luipaard plotseling zijn vlekken heeft veranderd toen het op het maken van het testament aankwam.'

'Je kunt de mening van de Blakeneys wat betreft haar karakter niet negeren, Charlie. Volgens hen was ze veel aardiger dan iedereen zei. Ik denk dat ze tegenover hen zichzelf kon zijn omdat ze niets van haar vergden, en de ware Mathilda bloeide op.' Hij zweeg even en maakte de balans op. 'Bekijk het eens zo. We hebben gepiekerd over het symbolisme van het heksenmasker, hoofdzakelijk vanwege Ophelia's *'brandnetels, madeliefjes en lange purperbloemen'* maar bekijk het eens op een praktische manier. Ze werden gebruikt om vrouwen rustig te houden en misschien was dat eenvoudigweg de reden dat ze hem op had. Haar moordenaar wilde niet dat ze de aandacht van de buren zou trekken door het op een gillen te zetten, dus schoof hij het apparaat over haar hoofd en versierde het vervolgens met bloemetjes om er een raadselachtig – maar misleidend – tintje aan te geven.'

Jones zette zijn vingers onder zijn kin. 'Maar ze moet de slaappillen eerst hebben genomen, anders had ze zich wel verzet toen haar het heksenmasker werd opgezet en hadden er krassen op haar gezicht gezeten. Als ze zover heen was dat ze zich niet meer verzette, waarom moest ze het dan eigenlijk op hebben?'

'Doe wat je tegen mij zei en redeneer vooruit. Je wilt een vrouw vermoorden en het er als zelfmoord uit laten zien, maar de buren wonen ongemakkelijk dichtbij, dus heb je een manier nodig om haar rustig te houden voor het geval de slaappillen niet zo effectief zijn als je dacht. Met andere woorden, het zekere voor het onzekere nemen. Je kunt geen plakband of pleister gebruiken, want dat laat sporen op de huid na en je bent uitgekookt genoeg om geen mondprop te gebruiken voor het geval er vezeltjes in de mond achterblijven die tijdens de lijkschouwing worden gevonden, dus pak je iets dat je kan laten liggen en dat zijn eigen betekenis voor het slachtoffer heeft en je vertrouwt op je geluk dat de politie het op een macaber voorbeeld van zelfveroordeling zal houden. Dan draag je haar het bad in, pakt haar handen beet en snijdt elke pols door, je laat het mes op de grond vallen en haar doodgaan in de wetenschap dat zelfs áls ze al weer bij haar positieven zou komen, het masker haar ervan zal weerhouden om om hulp te roepen.'

Jones knikte. 'Het klinkt aannemelijk, maar waarom zou je de moeite met het bad en het stanleymes trouwens nemen? Waarom zou je haar niet eenvoudig een overdosis aan slaappillen geven en haar op die manier vermoorden?'

'Omdat er daar blijkbaar niet voldoende van waren en zelfs als dat wel het geval was geweest, zijn ze erg onbetrouwbaar. Stel dat Ruth de volgende ochtend was teruggekomen en de oude dame nog in leven had gevonden. Dan was het misschien mogelijk geweest haar maag leeg te pompen en haar weer tot leven te wekken. Plus natuurlijk het feit dat Ophelia zichzelf heeft verdronken en dat dat aan het idee ten grondslag lag.' Hij glimlachte zelfbewust. 'Ik heb het stuk gelezen om te zien of daar misschien aanwijzingen in zaten en het is me wel een bloeddorstig stukje werk, zeg. Er is aan het eind geen mens meer in leven.'
'Heb je aanwijzingen gevonden?'
'Nee.'
'Dat verbaast me niets. Het is vierhonderd jaar geleden geschreven.' Jones tikte met zijn potlood tegen zijn tanden. 'Eerlijk gezegd zie ik niet dat dit veel verschil zal maken. Je beschrijft me nog steeds iemand die haar goed kende, iets dat we van het begin af aan hebben geloofd. De enige nieuwe gegevens zijn de ontdekking van de sleutel en het verdwijnen van de dagboeken. Ik geef toe dat de sleutel kan betekenen dat haar moordenaar onuitgenodigd is binnengekomen, maar het moet toch iemand zijn die haar na stond anders had ze wel gegild. En er komen zo veel intieme details bij kijken – het stanleymes, de slaappillen, haar voorkeur voor Shakespeare, het heksenmasker. Wie het ook was, wist vermoedelijk zelfs dat er brandnetels en madeliefjes in haar tuin stonden *en* wist die in het donker te vinden. En als het iemand was die *zo* vertrouwd was, dan betekent dat dat het de Blakeney's waren, de Lascelles of de heer of mevrouw Spede.'
Cooper haalde de tweede fax uit zijn aantekenboekje en spreidde die uit op het bureau. 'Volgens het onderzoek op vingerafdrukken die we hebben genomen – je moet wel bedenken dat ik tegen het lab heb gezegd dat ze op moesten schieten zodat de resultaten zekerheidshalve nog een keer gecontroleerd moeten worden – hebben ze proef-identificaties gedaan met vier van de afdrukken in dat huis. Die van mevrouw Gillespie zelf, mevrouw Spede, de Blakeneys, mevrouw Lascelles en Ruth en nu James Gillespie uitgezonderd. Die vier zijn' – hij gleed met zijn vinger langs het blad – 'dominee Matthews, die kwam op twaalf punten overeen met een afdruk op de deur naar de gang; en als laatste mevrouw Jane Marriott, die op achttien punten overeenkwam met twee afdrukken op het bureau in de bibliotheek en een op de trapspijl.' Hij keek op. 'Mevrouw Orloff is haar buurvrouw. Mevrouw Spencer leidt de plaat-

selijke winkel en mevrouw Marriott is de receptioniste bij de praktijk in Fontwell. Het interessante is dat dominee Matthews, mevrouw Orloff en mevrouw Spencer allemaal heel rustig toegeven dat ze in het huis zijn geweest in de week voor mevrouw Gillespie doodging. Mevrouw Marriott niet. Volgens Jenkins, die haar heeft ondervraagd toen hij bezig was met het buurtonderzoek, zei ze dat ze in geen jaren meer in Cedar House was geweest.'

Jack wachtte vol zorgeloze onverschilligheid ten aanzien van de bewegingsbeperkingen die de politie van Bournemouth hem had opgelegd tot Sarah aan het werk was en vertrok toen naar Fontwell op de oude fiets die de erfgenamen van Geoffrey Freeling in de garage hadden laten staan. Zijn auto was bij de politie op Freemont Road en het leek erop dat hij daar voor onbepaalde tijd zou blijven tot er een beslissing was genomen of hij wel of niet vervolgd zou worden, maar hij koesterde een hevige achterdocht voor hun motieven om hem vast te houden. Ze hadden beweerd dat het concreet bewijs was, maar hij had Keiths hand onbetrouwbaar achter de inspecteur zien bewegen. Neem Jack zijn auto af en hij blijft waar hij is. Als je dat niet doet, kun je dokter Blakeney niet verantwoordelijk stellen voor zijn daden. Voor één keer was hij Smollett dankbaar voor diens aanhoudende zwakte voor Sarah.
Ruth lag boven als een marmot te slapen, ze was versleten door de geestelijke en lichamelijke stress die de vorige avond zijn tol van haar toch al zo karige reserves had geëist, maar hij had een briefje op de keukentafel achtergelaten voor het geval ze wakker zou worden en in paniek zou raken als ze merkte dat hij weg was: 'Je bent volkomen veilig nu Hughes in de nor zit,' stond er, 'maar maak voor de zekerheid voor niemand de deur open. Ben gauw terug. Groetjes, Jack.'

'Mevrouw Marriott?' Cooper leunde op de balie van de receptioniste in de lege praktijk en hield zijn identificatie omhoog. 'Brigadier Cooper van de recherche van de politie van Learmouth.'
Jane glimlachte automatisch. 'Kan ik u helpen, brigadier?'
'Ik zou u graag even alleen spreken als dat mogelijk is.'
'We zijn hier op het ogenblik alleen,' zei ze. 'Alleen de telefoon zou ons misschien kunnen storen. Wilt u een kopje koffie?'
'Graag. Melk, en twee klontjes suiker, alstublieft.'
Ze ging in de weer met de ketel.
'We hebben interessante resultaten van de proeven met de vinger-

afdrukken gekregen,' zei Cooper tegen haar rug. 'Het bewijs wijst naar een aardig aantal mensen dat mevrouw Gillespie voor haar dood heeft opgezocht. Bijvoorbeeld naar u.'
Plotseling stond Jane heel stil. 'Ik heb gehoopt dat u dat niet te weten zou komen,' gaf ze even later toe en plukte een onzichtbaar pluisje van haar trui, 'en toen vroeg u ons allemaal natuurlijk om vingerafdrukken. Het was erg moeilijk om te weten wat ik in dat geval moest doen. Moest ik opbiechten dat ik de eerste keer had gelogen of maar hopen dat ik niets had aangeraakt?'
'Waarom wilde u niet dat we wisten dat u naar Cedar House was geweest?'
'Omdat u me naar de reden daarvan zou hebben gevraagd.
Hij knikte. 'En die was?'
Ze wendde zich tot de koffiekopjes en goot er water in. 'Het had niets met de dood van Mathilda te maken, brigadier. Het was een bijzonder persoonlijke zaak.'
'Ik ben bang dat dit niet voldoende is, mevrouw Marriott.'
Ze schoof een kopje over de balie en zette de suikerpot en een lepeltje ernaast. 'Arresteert u me wanneer ik weiger het te zeggen?'
Hij grinnikte opgewekt. 'Niet direct.'
'Wanneer dan?'
Hij ontweek de vraag. 'Als ik u zeg dat, als wat u me vertelt werkelijk niets met de dood van mevrouw Gillespie te maken heeft, het onder ons blijft, vertrouwt u me dan voldoende om te weten dat ik mijn woord zal houden?' Hij bleef haar aankijken. 'U heeft geen idee van de publiciteit die u onder ogen moet zien wanneer ik u moet meenemen voor een verhoor. Wanneer de pers er eenmaal lucht van heeft gekregen, laten ze niet zo gemakkelijk meer los.'
Janes mollige, alledaagse gezicht kreeg een erg grauwe uitdrukking. 'Wat zou Mathilda hiervan genieten als ze nog leefde,' zei ze. 'Ze veroorzaakte graag moeilijkheden.'
'U kende haar dus goed.'
'Te goed.'
'En u mocht haar niet?'
'Ik kon haar niet uitstaan. Ik probeerde haar zoveel mogelijk te ontlopen, maar dat was niet zo gemakkelijk toen ik hier ging werken en zij kwam met die telefoontjes om artsenbezoeken en vragen om herhalingsrecepten.'
'Maar u ging toch naar haar toe?'
'Ik moest wel. De dag voor ze overleed heb ik James uit haar huis zien komen.' Ze hield haar hand tegen haar boezem. 'Ik ben zo geschrokken. Ik dacht dat hij in Hongkong zat.' Ze zweeg.

'Vertel eens,' drong hij vriendelijk aan.
'Dat zou u niet begrijpen,' zei Jane overtuigd. 'U heeft Mathilda niet gekend.'

Jack was in een erg slechte bui toen hij bij Cedar House aankwam. Hij had in geen jaren gefietst en zes kilometer langs hobbelige, landelijke weggetjes op iets dat jaren geleden al op de vuilnishoop had moeten liggen, had hem pijnlijke ballen bezorgd en het soort trillende dijbenen waar een negentigjarige zich voor zou moeten schamen. Hij liet de fiets tegen een boom op het landgoed van Cedar House staan, sprong over het hek en rende met lichte tred over het grasveld naar het keukenraam. Om redenen die alleen hem bekend waren, was hij niet van plan zijn aanwezigheid kenbaar te maken door over het grind te lopen of de voordeurbel te gebruiken.
Hij tikte licht, maar meermalen op het vensterglas en na een paar minuten verscheen Joanna in de deuropening die van de keuken naar de gang leidde. 'Wat wil je?'
Hij las de woorden meer van haar lippen dan dat hij ze hoorde en gebaarde naar de achterdeur. 'Laat me binnen,' gebaarde hij met zijn mond, zijn stem was nauwelijks meer dan gefluister.

Jane kneep haar ogen halfdicht terwijl ze nadacht. 'Kijk, je kunt Mathilda niet beoordelen op basis van wat de mensen u nu vertellen. Ze zijn vergeten hoe mooi ze vroeger was, hoe intelligent ze was en hoeveel mannen weg van haar waren. Ze was het meest begeerlijke meisje – haar vader was parlementslid, haar oom een rijke vrijgezel' – ze haalde haar schouders op – 'ze had met vrijwel iedereen kunnen trouwen.'
'Waarom heeft ze dat dan niet gedaan?'
'In die tijd nam iedereen aan dat ze op een goede partij wachtte, misschien iemand met een titel of een indrukwekkend huis met landerijen, maar ik heb altijd gedacht dat er meer achter zat dan dat. Ik hield haar op feestjes in het oog en het viel me op dat ze ervan genoot te flirten en het centrum van alle aandacht te zijn, maar dat ze het niet kon hebben wanneer mannen haar aanraakten.' Ze zweeg.
'Ga verder,' drong Cooper na een korte stilte aan.
'Pas tien jaar later, toen mijn man en ik James in Hongkong tegenkwamen en hij ons over de ouders van Joanna vertelde, begreep ik dat beter.' Ze zuchtte. 'Niet dat ik natuurlijk ooit werkelijk precies

heb begrepen wat er was gebeurd, kindermisbruik en incest werden in die tijd onder tafel geschoven. James dacht dat ze Gerald had aangemoedigd, maar dat heb ik nooit gedacht. Het is het enige punt waarop ik altijd met haar te doen heb gehad. Ik denk dat ze emotioneel gezien gehandicapt was.'
'Dus u weet al heel lang dat mevrouw Lascelles niet de dochter van James Gillespie is?'
'Ja.'
'Wist mevrouw Gillespie dat u het wist?'
'O ja.'
'Vond ze dat vervelend?'
'Ze wist dat ik mijn mond zou houden.'
'Hoe kon ze dat weten?'
'Dat wist ze,' zei Jane neutraal.
Hoe had James Gillespie het ook al weer genoemd? Een wederzijdse verzekering.

Zonder enige waarschuwing sloeg Jack zijn hand om Joanna's keel toen de achterdeur achter hem dichtging en duwde haar de keuken uit de gang in. 'Heb je dan niets geleerd van wat Mathilda is overkomen, stom kreng?' zei hij zachtjes op genadeloze toon.

Cooper haalde een sigaret te voorschijn, herinnerde zich waar hij was en stopte hem weer terug. 'Was u bevriend met meneer Gillespie, of was uw man dat?' vroeg hij Jane.
'Paul en hij hadden samen de oorlog meegemaakt, maar ik ken hem ook al heel lang.'
'Waarom schrok u er zo van dat hij die dag uit Cedar House kwam?'
'Ik heb altijd gehoopt dat hij dood was.' Ze zuchtte. 'Ik weet dat u hem heeft ontmoet. Dat heeft Sarah me verteld. Heeft hij u iets verteld?'
'Waarover, mevrouw Marriott?'
Ze schonk hem een vermoeide glimlach. 'U zou het weten als hij het u had verteld, brigadier.'
'Dan denk ik niet dat hij het heeft gedaan,' zei hij eerlijk. 'Maar u bent duidelijk bang dat hij het gaat zeggen, dus zou het niet beter zijn als ik het van u hoorde? Ik neem aan dat het iets is dat alleen u, hij en Mathilda konden weten. U was er zeker van dat zij niets zou zeggen, omdat u de waarheid omtrent Joanna's vader kon onthullen, maar met hem was dat een andere zaak. Over hem had u geen

macht, daarom schrok u zo om hem in Engeland terug te zien en daarom bent u naar Mathilda gegaan om uit te zoeken of hij zijn mond al dan niet zou houden. Heb ik gelijk of niet?'

Joanna toonde slechts een beetje angst voor ze zich tegen de muur ontspande en hem met een triomfantelijke blik aanstaarde. 'Ik wist wel dat je terug zou komen.'
Hij zei niets, maar zocht haar mooie gezicht af en stond weer versteld van de volkomen perfectie. Het was het gezicht van de Madonna in Michelangelo's Pietà, het gezicht van een moeder die in stille bespiegeling op het lichaam van haar geliefde zoon neerkijkt, een studie van een dergelijke eenvoudige puurheid dat het hem tranen in zijn ogen had bezorgd toen hij haar voor het eerst had gezien. Hij had jarenlang gepeinsd over de vrouw achter de Madonna. Bestond ze werkelijk? Of was het iets schitterends dat Michelangelo uit zijn eigen fantasie had opgeroepen? Tot Joanna had hij gedacht dat ze in het oog van haar maker moest hebben bestaan, omdat alleen een kunstenaar iets van een dergelijke onmetelijke schoonheid gemaakt kon hebben. Nu had hij het in zijn handen en wist dat de conceptie net zo per ongeluk en toevallig was geweest als die van hemzelf. Hij deed zijn ogen dicht om de tranen tegen te houden die weer dreigden op te komen.

Jane knikte ongelukkig. 'James chanteerde me vijf jaar lang nadat we terug zijn gekomen uit Hongkong. Ik heb hem in totaal meer dan tienduizend pond betaald en dat was al het geld dat mijn moeder me had nagelaten.' Haar stem trilde. 'Hij hield op toen ik hem afschriften van mijn banksaldo liet zien die aantoonden dat ik niets meer had om hem te geven, maar hij waarschuwde me dat hij terug zou komen.' Ze zweeg even en worstelde om zelfbeheersing. 'Ik heb nooit meer iets van hem gezien of gehoord tot die afschuwelijke dag toen hij uit Cedar House kwam.'
Cooper bestudeerde haar gebogen hoofd vol medeleven. Hij kon alleen maar aannemen dat ze een verhouding had gehad en dat James en Mathilda Gillespie daarachter waren gekomen, maar waarom was het zo zwaar om dat zoveel jaar later op te biechten? 'Iedereen heeft zo zijn pekelzondes, mevrouw Marriott. Ik krijg ook een kleur wanneer ik aan de mijne denk. Maar denkt u echt dat uw man u dat na zo'n dertig jaar nog kwalijk zal nemen?'
'O ja,' zei ze eerlijk. 'Paul heeft altijd kinderen willen hebben, weet u en ik heb ze hem nooit kunnen geven.'

Cooper wachtte tot ze verder ging, maar toen dat niet gebeurde, drong hij vriendelijk aan. 'Wat hebben kinderen ermee te maken?'
'Paul had een verhouding met Mathilda en Mathilda werd zwanger. Daarom is James naar Hongkong gegaan. Hij zei dat het de druppel was die de emmer deed overlopen, dat hij Geralds incestueuze bastaard desnoods op de koop toe wilde nemen, maar niet een kind in liefde met Paul verwekt erbij.'
Cooper was verbluft. 'En daar chanteerde James u mee?' Maar nee, dacht hij, dat was niet logisch. Het was de overspelige echtgenoot die de chanteur betaalde, niet de bedrogen echtgenote.
'Niet vanwege de verhouding,' zei Jane. 'Daar wist ik alles van. Paul heeft het hem zelf verteld nadat hij ontslag had genomen. Hij was de agent van sir William en logeerde altijd bij James en Mathilda in hun flat in Londen wanneer hij voor zaken naar de stad moest. Ik denk niet dat de verhouding meer voorstelde dan een korte bevlieging van beide kanten. Zij verveelde zich in de saaie, huishoudelijke routine van luiers wassen en huishouden doen en hij' – ze zuchtte – 'hij was gevleid door haar aandacht. U moet echt proberen te begrijpen hoe bekoorlijk Mathilda kon zijn, en het was niet alleen schoonheid, hoor. Er was iets aan haar dat mannen als vliegen op de stroop aantrok. Ik denk dat het die afstandelijkheid was, de aversie om aangeraakt te worden. Ze zagen het als een uitdaging, dus toen ze zich bij Paul liet gaan, viel hij als een baksteen.' Ze glimlachte triest. 'En ik heb dat begrepen, geloof me. Het klinkt u misschien vreemd in de oren, maar er is een tijd geweest – toen we jong waren – dat ik bijna net zo dol op haar was als hij. Ze was alles wat ik altijd heb willen zijn en nooit was.' Haar ogen schoten vol tranen. 'Nou, u weet hoe aantrekkelijk ze kon zijn. Sarah was ook dol op haar, net zoals ik.'

'Laat me zien hoeveel je van me houdt, Jack.' Joanna's stem klonk zacht en omfloerst, als een liefkozing van een minnares.
Voorzichtig gleden zijn vingers zachtjes over haar blanke hals. Hoe kon iemand die zo lelijk was *zo* mooi zijn? Ze bespotte het wonder van haar creatie. Hij tilde zijn andere hand op naar het glanzend gouden haar, wond met een vinnige draai de strengen om zijn handpalm en trok haar hoofd naar achteren met zijn vingers nog om haar keel. 'Zoveel houd ik van je,' zei hij kalm.
'Je doet me pijn.' Dit keer rees haar stem geschrokken.
Hij versterkte zijn greep op haar haren. 'Maar ik doe je graag pijn, Joanna.' Zijn stem weerkaatste door de lege gang.

'Dat begrijp ik niet,' riep ze uit, haar stem klonk schor tegen zijn vingers op haar strottehoofd. 'Wat wil je?' Ze zag iets in zijn ogen dat haar angst aanjoeg. 'O, mijn god. Jij hebt mijn moeder vermoord.' Ze deed haar mond open, maar er kwam slechts een zwak geluidje uit terwijl de druk op haar keel toenam.

'Het spijt me als ik nogal traag van begrip ben,' zei Cooper verontschuldigend, 'maar ik zie niet helemaal wat James Gillespie kon weten dat u ertoe aanzette hem tienduizend pond te betalen. Als u al op de hoogte van de verhouding van uw man –' Hij stopte abrupt. 'Het had zeker iets met de zwangerschap te maken. Wist u daar niets van?'

Ze klemde haar lippen op elkaar om de tranen tegen te houden. 'Ja. Paul heeft het nooit geweten.' Ze zuchtte weer diep. 'Het is zo afschuwelijk. Ik heb het zo lang geheim gehouden. Ik wilde het hem vertellen, maar het was er nooit het juiste moment voor. Net zoiets als de leugen die uw agent vertelde. Op welk ogenblik moet je open kaart spelen?' Ze raakte met een wanhopig gebaar met haar vingers haar lippen aan. 'Vader zijn. Dat heeft hij altijd zo graag gewild. Ik heb gebeden en gebeden dat we samen kinderen zouden krijgen, maar dat gebeurde natuurlijk niet...' Haar stem stierf weg.

Cooper legde een grote, troostende hand op de hare. Hij wist absoluut niet waar ze naar toe wou, maar hij wilde niet al te hard aandringen voor het geval dat ze dichtsloeg. 'Hoe wist u van de zwangerschap als uw man het niet wist?'

'Mathilda heeft het me verteld. Ze belde me op en vroeg me om naar Londen te gaan; ze zei dat als ik dat niet deed, ze ervoor zou zorgen dat heel Fontwell alles over haar en Paul zou horen. Hij had haar een paar brieven geschreven en ze zei dat ze die openbaar zou maken als ik niet deed wat ze wilde.'

'Wat wilde ze?'

Het duurde even voor ze kon spreken. 'Ze wilde dat ik haar hielp de baby te vermoorden wanneer die kwam.'

'Goeie god!' zei Cooper meelevend. En ze moest het gedaan hebben, dacht hij, anders had James Gillespie haar nooit kunnen chanteren.

Het geluid van voetstappen klonk buiten op het grind en de deurbel ging. 'Joanna!' riep Violet met haar hoge nerveuze stem. 'Joanna! Is alles in orde, lieverd? Ik dacht dat ik iets *hoorde.*' Toen ze geen antwoord kreeg, riep ze weer: 'Is er iemand bij je? Geef alsjeblieft antwoord.' Haar stem ging nog hoger. 'Duncan! Duncan!' riep ze. 'Er *is* iets aan de hand. Ik weet het gewoon. Je moet de politie bellen. Ik ga hulp halen.' Ze hoorden haar wegsnellen toen ze naar het hek rende.

Jack keek neer op Joanna's weggetrokken en gekwelde gezicht, toen liet hij haar met verrassende zachtheid op de dichtstbijzijnde stoel zakken. 'Je verdient het niet, maar je hebt meer geluk dan je moeder,' was alles wat hij zei voor hij naar de keuken en achterdeur liep.

Joanna zat nog te gillen toen Duncan Orloff, volkomen in paniek, de voordeur met een moker openbrak voor een ontmoeting met wat er hem ook in de gang van Cedar House te wachten stond.

'En heeft u haar geholpen?' vroeg Cooper met een kalmte die volkomen in tegenspraak was met zijn werkelijke gevoelens.

Ze zag er diep bedroefd uit. 'Ik weet het niet – ik weet niet wat ze heeft gedaan – ik kan het alleen maar raden.' Ze wrong wanhopig haar handen. 'Ze heeft niets in zoveel woorden gezegd. Ze heeft me alleen gevraagd wat slaappillen – barbituraten – uit de apotheek van mijn vader te stelen. Ze zei dat ze die nodig had omdat ze niet kon slapen. Ik hoopte – ik dacht – dat ze zelfmoord zou plegen – en ik was blij. Ik haatte haar tegen die tijd.'

'Dus u heeft haar de pillen gegeven?'

'Ja.'

'Maar ze heeft geen zelfmoord gepleegd?'

'Nee.'

'Maar u zei dat ze wilde dat u haar hielp de baby te vermoorden.'

'Dat heb ik tien jaar lang gedacht.' De lang ingehouden tranen kwamen nu tussen haar oogleden vandaan. 'Er was alleen maar Joanna, ziet u. Van de andere baby is nooit sprake geweest. Ik dacht dat die er nooit was geweest.' Ze hield een trillende hand tegen haar gezicht. 'Ik dacht dat ik had geholpen hem om het leven te brengen – en toen bleef James me in Hongkong maar vragen hoe Gerald zelfmoord had kunnen plegen met slaappillen, omdat geen arts die hem voor zou schrijven en ik besefte dat ze Gerald altijd heeft willen vermoorden en dat ik haar daartoe de middelen had verschaft.' Ze haalde een zakdoek te voorschijn en snoot haar neus. 'Ik was zo *geschokt* dat James raadde wat ik had gedaan. Ik denk dat hij het altijd heeft geweten, hoor. Hij en Mathilda waren in veel opzichten hetzelfde.'

Cooper deed een wanhopige poging om dit in overzichtelijke brok-

ken informatie te verdelen. Er waren zoveel onbeantwoorde vragen. 'Waarom zou geen arts Gerald Cavendish slaappillen voorschrijven? Ik heb het rapport van de patholoog-anatoom nagelezen. Er was geen sprake van moord, alleen de keus tussen een noodlottig ongeval en zelfmoord.'
'Gerald was' – Jane zocht naar het juiste woord – 'achterlijk, denk ik, zoals de Spedes, maar tegenwoordig noemen ze dat zwak begaafd. Daarom werd het vermogen aan William nagelaten. Mathilda's grootvader was bang dat Gerald het zou weggeven aan willekeurig wie erom zou vragen. Maar ik heb nooit begrepen hoe Mathilda ertoe gekomen is om met hem naar bed te gaan. Hij was een bijzonder zielig mens. Ik heb altijd vermoed dat haar vader haar ertoe gedwongen heeft om zijn erfenis veilig te stellen, maar James zei dat het allemaal Mathilda's idee was. Dat geloof ik eigenlijk niet. James had zo'n hekel aan haar dat hij alles zou zeggen om haar zwart te maken.'
Cooper schudde verbijsterd zijn hoofd. Wat was zijn eigen leven tam geweest vergeleken met de ellende van deze grijze, moederlijke ziel die eruitzag alsof ze de onschuld zelve was. 'Waarom ging u in Hongkong naar James Gillespie toe als uw man een verhouding met zijn vrouw had gehad? Als gevolg daarvan kunt u drieën toch niet echt erg op elkaar gesteld zijn geweest.'
'Dat waren we ook niet. We hadden er geen idee van dat James naar Hongkong was gegaan. Mathilda had ons dat nooit verteld – waarom zou ze – en wij waren na de verhouding verhuisd en woonden in Southampton. Ik ben onderwijzeres geworden en Paul werkte voor een scheepvaartmaatschappij. We hadden overal een punt achter gezet. Toen moest Paul voor zaken naar Hongkong en nam mij bij wijze van vakantie mee.' Ze schudde haar hoofd. 'En vrijwel de eerste die we na aankomst tegenkwamen, was James. De kring buitenlanders was heel klein' – ze hief haar handen in een hulpeloos gebaar – 'we moesten hem wel tegen het lijf lopen. Als we maar het flauwste vermoeden hadden gehad dat hij daar was, waren we er nooit naar toe gegaan. Het lot is erg wreed, brigadier.'
Daar kon hij niets tegenin brengen. 'Maar waarom bent u hier weer komen wonen, mevrouw Marriott, terwijl u wist dat mevrouw Gillespie in Cedar House woonde? Was dat niet de goden voor de tweede keer verzoeken?'
'Ja,' zei ze eenvoudig, 'maar wat kon ik eraan doen? Paul weet hier niets van, brigadier, en hij is stervende – langzaam – aan longemfyseem. We hadden ons huis hier aangehouden – het was het huis van

zijn ouders en hij was er te veel aan gehecht om het te verkopen, dus hebben we het verhuurd – en toen hij vijf jaar geleden om gezondheidsredenen werd gepensioneerd, smeekte hij me om weer naar huis te gaan.' Haar ogen stroomden weer over. 'Hij zei dat ik me over Mathilda geen zorgen hoefde te maken, dat het enige dat hij ooit voor haar had gevoeld, mededogen was geweest, en dat ik de enige vrouw was van wie hij ooit had gehouden. Hoe kon ik hem vertellen wat er echt was gebeurd? Ik dacht nog steeds dat zijn kind dood was.' Ze hield haar zakdoek tegen haar ogen en huilde tranen met tuiten. 'Pas toen ik naar Cedar House ging en Mathilda over James vroeg, vertelde ze me dat ze de baby ter adoptie had afgestaan.' Ze sloeg haar handen voor haar gezicht. 'Het was een jongen en hij is nog ergens in leven.'
Cooper piekerde over de trieste ironie van het leven. Was het Voorzienigheid, God of toevallige selectie dat sommige vrouwen vruchtbaar waren en andere onvruchtbaar? Vol tegenzin dacht hij aan de dag waarop Mathilda was gestorven en wist dat er maar heel weinig kans op was dat de dingen die Jane hem had verteld, geheim konden blijven.

Ik ben weer zwanger, weerzinwekkend en walgelijk zwanger. Nauwelijks een halfjaar nadat ik de ene bastaard op de wereld heb gezet, draag ik er weer een onder mijn hart. Misschien zijn James' dronken woedeaanvallen nog ergens goed voor en krijg ik een miskraam. Hij huilt en raast beurtelings, schreeuwt me als een viswijf beschuldigingen toe, en lijkt vastbesloten om mijn 'hoererij' door het hele gebouw heen te tetteren. En waarom allemaal? Een korte, weinig liefdevolle verhouding met Paul Marriott wiens onhandige, verontschuldigende betastingen bijna niet te verduren waren. Dus waarom, Mathilda? Omdat er dagen zijn waarop ik dingen doe die het daglicht nauwelijks zouden kunnen verdragen. Pauls pedanterigheid irriteert me. Hij heeft het over die 'lieve Jane' alsof ze belangrijk voor hem is. Ik denk hoofdzakelijk aan de dood – de dood van de baby, de dood van James, de dood van Gerald, de dood van vader. Het is tenslotte zo'n definitieve oplossing. Vader spant samen om me in Londen te laten blijven. Hij vertelt me dat Gerald heeft gezworen om als tegenprestatie met Grace te trouwen. Het ergste is dat ik hem geloof. Gerald is nu zo ontzettend bang voor me.
Ik heb een privé-detective betaald om foto's van James te maken. En jonge, jonge, wat een foto's zijn me dat geworden! Daar lusten de honden nog geen brood van. En dat ook nog in een openbaar toilet. Eerlijk gezegd zou ik ze hem graag laten zien. Ik ben alleen maar zondig geweest. James is misdadig. Er wordt niet meer over een scheiding gesproken, dat is zeker, en hij gaat zonder een woord van tegenspraak naar Hongkong. Hij verlangt er net zomin als ik naar om zijn seksuele activiteiten openbaar te maken.
Werkelijk Mathilda, je moest eens leren om beter gebruik van chantage op Gerald en vader te maken…

Zeventien

Hughes leed aan zwaar slaapgebrek en werd door twijfels gekweld over de gehoorzaamheid van de jongelui die hij zo succesvol onder controle had. Hij zat stilletjes tegenover inspecteur Charlie Jones aan tafel in de verhoorkamer op het politiebureau aan Freemont Road. Hij was net zoals Cooper in een pessimistische bui. 'Ik denk dat u bent gekomen om me die moord op dat ouwe wijf aan te wrijven,' zei hij chagrijnig. 'Jullie zijn allemaal hetzelfde.'

'Nou ja,' zei Charlie op zijn sombere manier, 'het geeft een beter percentage wanneer de overzichten worden bekend gemaakt. We zijn tegenwoordig een zakencultuur bij de politie, jongen, en produktiviteit is belangrijk.'

'Smerig, hoor.'

'In de ogen van onze klanten niet.'

'Welke klanten?'

'Het Engelse volk dat de wet respecteert en dat aardig voor onze dienst betaalt door middel van hun belasting. De zakencultuur eist dat we eerst het basisprincipe van ons klantenbestand vaststellen, vervolgens de noden schatten en dan ten slotte op een bevredigende en afdoende manier reageren. U vertegenwoordigt al een aardige winst op de balans. Verkrachting, samenzwering tot verkrachting, ontvoering, vrijheidsberoving, samenzwering tot vrijheidsberoving, overvallen, diefstal, samenzwering tot diefstal, het handelen in gestolen goederen, corruptie, samenzwering om de loop van het recht te dwarsbomen' – hij zweeg met een brede glimlach – 'en dat brengt me op de moord van mevrouw Gillespie.'

'Ik wist het wel,' zei Hughes vol afkeer. 'U gaat mij er verdomme mee opzadelen. Jezus! Ik zeg geen woord meer tot mijn advocaat hier is.'

'Wie zei iets over jou ermee opzadelen?' wilde Charlie klaaglijk weten. 'Ik wil alleen maar een beetje medewerking, verder niets.'

Hughes keek hem achterdochtig aan. 'Wat krijg ik daarvoor in ruil?'

'Niets.'
'Dan krijgt u ook niets.'
Charlie kneep zijn ogen dicht tot spleetjes. 'De vraag die je me had moeten stellen, jongen, is wat je kreeg als je niet meewerkte? Dat zal ik je vertellen. Je krijgt mijn persoonlijke verzekering dat er geen steen op de andere blijft tot ik zie dat je veroordeeld bent en opgesloten vanwege ontvoering en verkrachting van een minderjarige.'
'Ik doe niets met kinderen,' zei Hughes minachtend. 'Dat heb ik nooit gedaan. En dat zal ik nooit doen. En je krijgt me ook niet voor verkrachting. Ik heb nog nooit van mijn leven een meisje verkracht. Dat hoefde ik niet te doen. Wat dat andere tuig heeft gedaan moeten zij weten. Ik had er geen idee van wat er aan de hand was.'
'Het is verkrachting als een volwassen man met een meisje van dertien slaapt. Ze is minderjarig en dus te jong om toe te staan wat haar is aangedaan.'
'Ik heb nooit met een dertienjarige geslapen.'
'Jawel, en dat zal ik bewijzen. Ik zal iedere man onder me aan het werk zetten tot hij erbij neervalt om dat ene meisje te pakken te krijgen, *virgo intacta* voordat je haar verkrachtte en die over haar leeftijd heeft gelogen.' Hij grinnikte vervaarlijk toen er een schaduw van twijfel over Hughes' gezicht vloog. 'Want er is er één, jongen, er is er altijd één. Het is een eigenaardigheid van de vrouwelijke psychologie. Op hun dertiende willen ze voor zestien doorgaan en dat lukt ze ook. Op hun veertigste willen ze voor dertig doorgaan en verdomd, het lukt ze ook nog, omdat het enige waar je verdomd zeker van kunt zijn bij een vrouw is, dat ze er nooit zo oud uitziet als ze is.'
Hughes wreef over zijn ongeschoren kaak. 'Over wat voor medewerking heeft u het?'
'Ik wil een volledige opsomming van alles wat je over Cedar House en zijn bewoners weet.'
'Dat is gemakkelijk genoeg. Geen barst is het antwoord. Ik ben er nooit binnen geweest. Ik ben dat ouwe wijf nooit tegengekomen.'
'Vooruit Dave, je bent een beroeps. Je hebt maandenlang buiten in je bestelauto zitten wachten terwijl Ruth haar zaken binnen afhandelde. Je was haar chauffeur, weet je wel, je bent iedere dag gekomen om haar een leuke tijd te bezorgen. Hoe wist ze dat je er was als je haar geen teken kon geven? Kom me niet aan met het verhaal dat je er niet dichtbij genoeg was om al het reilen en zeilen daar in het oog te kunnen houden.'

Hughes haalde zijn schouders op. 'Goed, ik heb er wel eens mensen gezien, maar als ik niet weet wie het waren, hoe kan dat u dan helpen?'
'Heb je de achterkant van het huis ooit bekeken?'
De man overlegde bij zichzelf. 'Misschien,' zei hij behoedzaam.
'Waarvandaan?'
'Als u van plan bent om het tegen me te gebruiken, wil ik mijn advocaat.'
'Je bevindt je niet in een positie om eisen te stellen,' zei Charlie ongeduldig. 'Waarvandaan zat je te kijken? In de tuin of erbuiten?'
'Soms parkeerde ik de bestelauto in de wijk ernaast. Ruth dacht dat dat veiliger was met alle yuppies die daar woonden. De vrouwen rijden met hun mannen mee naar het werk, dus er is overdag niemand,' legde hij bereidwillig uit. 'Er is een stukje braakliggend land naast het hek om de tuin van Cedar House, het is gemakkelijk genoeg om daaroverheen te springen en tussen de bomen door te kijken.'
De inspecteur haalde een stafkaart uit zijn aktentas. 'Cedar-terrein?' vroeg hij en tikte met zijn wijsvinger op de kaart.
Hughes snoof. 'Waarschijnlijk. Ruth zei dat het land vroeger bij het huis hoorde, voor de oude dame het tegen contant geld verkocht, hoewel god mag weten waarom ze de rest niet ook verpatste als ze toch bezig was. Wat moest ze met een gigantische tuin wanneer er mensen zijn die op straat leven? Jezus, maar het was een gierig, oud kreng,' zei hij niet op zijn hoede. 'Al dat verdomde geld en niemand anders had er verdomme een kansje op. Is het waar dat ze de hele handel aan haar arts heeft nagelaten of kletste Ruth maar wat?'
Charlie staarde hem aan tot Hughes zijn ogen neersloeg. 'Dat gaat je niets aan, jongen, maar ik zal het je toch vertellen. Ruth heeft geen cent gekregen vanwege wat jij haar dwong te doen. Haar grootmoeder keerde zich tegen haar toen ze begon te stelen. Als jij er niet was geweest, had ze nu het huis bezeten.'
Hughes verblikte of verbloosde niet. 'Dan had ze haar benen maar niet zo snel uit elkaar moeten doen, hè?'
Charlie keek weer naar de kaart en onderdrukte de neiging om hem een dreun te geven. 'Heb je ooit iemand door de achterdeur zien binnenkomen?'
'De werkster veegde de trap af en toe. Ik zag de buurvrouw aanrommelen in haar gedeelte en die arme vent op zijn patio liggen zonnen.'
'Ik bedoel vreemden. Iemand die je er niet zou verwachten.'

'Ik heb nooit iemand *gezien.*' Hij legde een onnatuurlijke nadruk op het deelwoord.
'Gehoord dan?'
'Misschien.'
'Waar was je dan? Wat heb je gehoord?'
'Ik zag mevrouw Gillespie op een dag met haar auto weggaan. Ik dacht dat ik wel eens door het raam kon kijken, om te zien wat er stond.'
'Was Ruth bij je?'
Hij schudde zijn hoofd. 'Nee, die was op school.'
'Weigerde zeker om mee te werken, dus je moest zelf uitzoeken wat er de moeite van het stelen waard was. Je verkende de zaak.'
Hughes gaf geen antwoord.
'Goed, wat is er gebeurd?'
'Ik hoorde de oude dame het pad afkomen, dus dook ik achter het kolenhok bij de keukendeur weg.'
'Ga verder.'
'Ze was het niet. Het was de een of andere zak die net zoals ik wat rondneusde.'
'Man? Vrouw?'
'Een oude man. Hij klopte op de achterdeur en wachtte even, toen ging hij met behulp van een sleutel naar binnen.' Hughes trok een gezicht. 'Dus ik smeerde 'm.' Hij zag het triomfantelijke gezicht van Jones. 'Wilde u dat horen?'
'Misschien. Had hij de sleutel in zijn hand?'
'Ik heb niet gekeken.'
'Heb je iets gehoord?'
'Het aankloppen.'
'Nog iets anders?'
'Na het kloppen werd er een steen verschoven.'
De bloempot. 'Hoe wist je dat het een man was als je niet keek?'
'Hij riep. "Jenny, Ruth, Mathilda, zijn jullie thuis?" Het was een man, hoor.'
'Beschrijf zijn stem eens.'
'Kakkerig.'
'Oud? Jong? Krachtig? Zwak? Dronken? Nuchter? Vooruit, jongen. Wat voor indruk maakte hij op je?'
'Dat heb ik al gezegd. Ik denk dat het een oude man was. Daarom dacht ik dat *zij* terug was gekomen. Hij was erg langzaam en zijn stem klonk hijgerig, alsof hij ademhalingsproblemen had. Of in een erg slechte conditie was.' Hij dacht even na. 'Misschien was hij ook

wel dronken,' voegde hij eraan toe. 'Hij had echt moeite om de woorden eruit te krijgen.'
'Ben je daarna naar de voorkant gegaan?'
Dave schudde zijn hoofd. 'Ik ben over het hek gesprongen en terug naar mijn wagen gegaan.'
'Dus je weet niet of hij met de auto is gekomen?'
'Nee.' Een flits – *van onzekerheid?* – vloog over zijn gezicht.
'Ga verder,' drong Jones aan.
'Ik durf het niet te zweren, dus het is geen bewijs.'
'Wat niet?'
'Ik luisterde, als u me kunt volgen. Ik schrok me dood toen ik hem hoorde aankomen, dus ik denk dat ik een auto wel had horen aankomen als die er was geweest. Dat grind aan de voorkant maakt een rotherrie.'
'Wanneer was dit?'
'Midden september. Of daar in de buurt.'
'Goed. Verder nog iets?'
'Ja.' Hij tastte voorzichtig met zijn vingers naar zijn schouder waar Jacks portier tegenaan was geslagen. 'Als u wilt weten wie dat oude wijf heeft vermoord, dan moet u eens met die klootzak gaan praten die mijn verdomde arm uit de kom heeft getrokken. Ik verdacht hem direct toen ik zijn gezicht in het licht zag. Hij hing altijd om haar heen, kwam en ging alsof hij er woonde, maar hij zorgde er verdomd goed voor dat Ruth er dan niet was. Ik heb hem een paar keer bij de kerk zien staan wachten tot de kust veilig was. Ik denk dat hij degene is waar u geïnteresseerd in bent als het klopt wat Ruth me heeft verteld, dat de polsen van die oude vrouw waren doorgesneden met een stanleymes.'
Charlie keek hem nieuwsgierig aan.
'Waarom zeg je dat?'
'Hij maakte een van de grafstenen schoon terwijl hij wachtte, schrapte het vuil uit de woorden weg die erop waren geschreven. En niet alleen dat. Hij was geboeid door die steen.' Hij keek zelfvoldaan. 'Daarbij gebruikte hij ook een stanleymes. Ik ben er naderhand naar toe gegaan om het te lezen... "Verdiende ik het om geminacht te worden door Hem die mij maakte? Aangezien Hij mij het leven gaf, moet een deel van Hem nu mee in mijn graf." Een of andere Fitzgibbon die in 1833 het loodje legde. Ik dacht nog dat ik het wel wilde gebruiken als mijn tijd was gekomen. Het slaat de spijker goed op de kop, vindt u niet?'
'Je zult de kans niet krijgen. Grafschriften worden tegenwoordig

gecensureerd. Godsdienst wordt serieus genomen nu de gemeentes beginnen te verdwijnen.' Hij stond op. 'Jammer, eigenlijk. Humor heeft nog nooit iemand kwaad gedaan.'
'Bent u dan nu in hem geïnteresseerd?'
'Ik ben altijd in hem geïnteresseerd geweest, jongen.' Charlie glimlachte droefgeestig. 'De dood van mevrouw Gillespie was bijzonder artistiek.'

Cooper zag dat de inspecteur bij de 'Dog and Bottle' in Learmouth van een laatste biertje en een sandwich met kaas en ui zat te genieten. Hij liet zich met een zucht op de stoel naast hem zakken. 'Weer last van je voeten?' vroeg Charlie sympathiek met zijn mond vol brood.
'Het zou niet zo erg zijn,' mopperde Cooper, 'als ik van binnen net zo snel oud was geworden als van buiten. Als ik me zesenvijftig voelde, zou ik er waarschijnlijk geen last van hebben.' Hij wreef over zijn kuiten om de bloedsomloop weer op gang te brengen. 'Ik heb mijn vrouw beloofd dat we weer zouden gaan dansen wanneer ik met pensioen was, maar als het zo doorgaat, wordt dat krukkenwerk.'
Charlie grinnikte. 'Dus er schuilt geen waarheid in het gezegde: je bent zo oud als je je voelt?'
'Absoluut niet. Je bent zo oud als je lichaam je vertelt dat je bent. Ik zal me nog achttien jaar voelen wanneer ik een aan bed gekluisterde negentigjarige ben en desondanks toch niet voor Engeland zal kunnen voetballen. Ik heb altijd graag Stanley Matthews willen zijn,' zei hij verlangend. 'Mijn vader heeft me in 1953 bij wijze van verjaardagscadeau voor mijn zestiende een keer meegenomen om naar hem te kijken en Blackpool de FA-cup te zien winnen. Het was schitterend: ik zal het nooit vergeten.'
'Ik wilde Tom Kelly zijn,' zei Charlie.
'Wie is dat?'
De inspecteur grinnikte terwijl hij zijn vingers aan een servetje afveegde. 'De fotograaf die Marilyn Monroe overhaalde naakt voor hem te poseren. Moet je je voorstellen. Marilyn Monroe spiernaakt en jij staat aan de andere kant van de lens. Dat zou nog eens schitterend zijn geweest.'
'We hebben het verkeerde beroep, Charlie. Ons werk heeft geen charme.'
'Mevrouw Marriott heeft je dus niet kunnen opvrolijken?'
'Nee.' Hij zuchtte weer. 'Ik heb haar iets beloofd, ik heb gezegd dat

we, tenzij het nodig was, haar mededeling niet zouden gebruiken, maar op het ogenblik zie ik niet hoe we het kunnen vermijden. Ik mag doodvallen als dat niets met de zaak te maken heeft. Ten eerste was Joanna Lascelles niet het enige kind van mevrouw Gillespie. Ze heeft er een maand of dertien, veertien later nog een gekregen, van de man van mevrouw Marriott.' Hij bracht Charlie op de hoogte. 'Mevrouw Marriott dacht dat mevrouw Gillespie de baby bij de geboorte had vermoord, maar op de ochtend van de zesde heeft mevrouw Gillespie haar verteld dat het een jongen was en dat ze hem bij de geboorte ter adoptie had afgestaan.'
Charlie boog zich met glinsterende ogen van nieuwsgierigheid voorover. 'Weet ze wat er met hem is gebeurd?'
Cooper schudde zijn hoofd. 'Ze hebben blijkbaar tegen elkaar staan schreeuwen en die mededeling werd er door mevrouw Gillespie uitgegooid toen ze de deur dichtdeed. Mevrouw Marriott zegt dat Mathilda haar wilde kwetsen, dus misschien is het niet eens waar.'
'Oké, ga verder.'
'Ten tweede, en dit is echt schokkend, heeft mevrouw Marriott wat slaappillen uit de apotheek van haar vader gestolen en ze zegt dat Mathilda die heeft gebruikt om Gerald Cavendish te vermoorden.' Hij vertelde uitgebreid wat Jane hem had verteld en schudde af en toe zijn hoofd wanneer hij het deel van het drama over James Gillespie aanroerde. 'Dat is een slechte kerel, die chanteert iedereen voor zover ik het kan beoordelen. Die arme vrouw is als de dood dat hij zijn kennis gaat rondbazuinen.'
'Eigen schuld,' zei Charlie zonder sympathie. 'Wat een corrupt zootje en dan zeggen ze nog dat het pas de laatste tijd bergafwaarts met het land gaat. Jij zegt dat ze op de ochtend van de moord naar mevrouw Gillespie is geweest. Wat heeft mevrouw Gillespie haar nog meer verteld?'
'Moord?' vroeg Cooper enigszins ironisch. 'Vertel me niet dat je het eindelijk met me eens bent?'
'Schiet toch op, man,' zei Jones ongeduldig. 'Ik zit hier op het puntje van mijn stoel.'
'Mevrouw Gillespie begon erg koel en zelfverzekerd, ze vertelde mevrouw Marriott dat ze de zaak niet meer in de hand had en dat ze niet bereid was om het geld te betalen dat James van haar verlangde. Wat haar betrof kon het haar niet schelen wat de mensen van haar zeiden of over haar dachten. Er was nooit de minste twijfel geweest dat Gerald zelfmoord had gepleegd en als Jane wilde op-

biechten dat ze medicijnen van haar vader had gestolen, dan moest ze dat zelf weten. Mathilda zou alle wetenschap daaromtrent ontkennen.' Hij maakte zijn aantekenboekje open. '"Ik ben een vrouw die meer zondigheid ondervond dan zondigde," zei ze en waarschuwde mevrouw Marriott dat wat betreft de baby, het eerder erger zou worden dan beter. Ze zei verder dat mevrouw Marriott een sufferd was om haar man al die jaren in onwetendheid te houden. Ze kregen een geweldige ruzie waarin mevrouw Marriott mevrouw Gillespie ervan beschuldigde de levens van iedereen te vernietigen met wie ze ooit in contact kwam en daarop heeft mevrouw Gillespie haar het huis uitgezet met de woorden: "James heeft mijn privé-papieren gelezen en weet waar het kind is. Het is zinloos om het nog langer verborgen te houden." Toen vertelde ze mevrouw Marriott dat het een jongen was en dat ze hem ter adoptie had afgestaan.' Hij klapte het aantekenboekje dicht. 'Ik durf te wedden dat die "privé-papieren" de dagboeken waren en dat alles erger zou worden omdat mevrouw Gillespie van plan was haar onwettige kind te erkennen om James de wind uit de zeilen te nemen.' Hij wreef vermoeid over zijn kaken. 'Niet dat het scenario nu veel duidelijker in elkaar zit dan het zat. We zijn het er min of meer over eens geworden dat degene die de dagboeken heeft gelezen, dezelfde geweest is die ze heeft gestolen en de oude dame heeft vermoord, en ik stel nog steeds dat James Gillespie mijn aandacht niet op die dagboeken had gevestigd als hij schuldig was. Dat klopt psychologisch absoluut niet. En om wat voor reden zou hij haar vermoorden? Ze was levend veel meer waard als chantageslachtoffer. Want wees nou eerlijk, hij kon niet alleen die baby gebruiken, hij had ook de moord op haar oom nog.'
'Maar dat kon hij vermoedelijk niet bewijzen, niet zo lang erna en je veronderstelt te veel,' zei Charlie langzaam. '"Ik ben een vrouw die meer zonde ondervond dan deed,"' herhaalde hij. 'Dat komt uit *Koning Lear*.'
'Nou en?'
'Koning Lear werd gek en zwierf door velden in de buurt van Dover met een kroon van onkruid op zijn hoofd omdat zijn dochters hem zijn koninkrijk en zijn macht hadden ontnomen.'
Cooper kreunde. 'Ik dacht dat het Ophelia was die een kroon van onkruid op had.'
'Zij had een bloemenkransje,' corrigeerde Jones op passieve pedante toon. 'Lear had de kroon op.' Hij dacht aan het grafschrift op de grafsteen in Fontwell. 'Goeie god, Tommy, er zit een prachtige

symmetrie aan deze zaak. Jack Blakeney heeft een stanleymes gebruikt om de inscriptie in Fontwell schoon te maken.'

Cooper keek hem nors aan. 'Hoeveel bier heb jij op?'

Charlie boog zich weer voorover en zijn ogen brandden in Coopers gezicht. 'Ik heb *Koning Lear* op school gehad. Het is een schitterend stuk. Het gaat helemaal over de aard van de liefde, de misbruik van macht en de elementaire zwaktes van de menselijke geest.'

'Net zoals in *Hamlet* dus,' zei Cooper zuur. 'En *Othello* ook, trouwens.'

'Natuurlijk. Het waren allemaal tragedies met de dood als onvermijdelijk gevolg. De fout van koning Lear was dat hij de aard van de liefde verkeerd uitlegde. Hij hechtte meer waarde aan woorden dan aan daden en verdeelde zijn koninkrijk tussen zijn twee dochters Goneril en Regan want hij dacht dat ze van hem hielden, maar in werkelijkheid verachtten ze hem. Hij was een vermoeide, oude man die de last van de staat wilde overdragen en de rest van zijn leven in vrede en rust wilde doorbrengen. Maar hij was ook bijzonder arrogant en keek neer op de mening van een ander. Het zaad voor de ondergang van de familie werd gezaaid omdat hij er zonder meer van uitging dat hij wel wist wat liefde was.' Hij grinnikte. 'Niet slecht, hè? Vrijwel letterlijk overgenomen van een opstel dat ik er in de zesde klas over heb geschreven. En ik haatte dat verdomde stuk toen. Het heeft me dertig jaar gekost om de betekenis ervan in te zien.'

'Ik heb *Koning Lear* een paar dagen geleden nog aangehaald,' merkte Cooper op, 'maar ik zie het verband nog steeds niet. Als zij haar landgoed tussen mevrouw Lascelles en Ruth had verdeeld, dan zou er wel een parallel geweest zijn.'

'Je ziet iets over het hoofd, Tommy. *Koning Lear* was het meest tragische stuk van alle stukken van Shakespeare en mevrouw Gillespie kende haar Shakespeare. Verdomme, man, ze dacht dat alles wat hij had geschreven evangelie was. En vergeet niet dat er een derde kind was dat geen cent krijgt.' Hij kwam overeind. 'Ik wil Jack Blakeney over een half uur in de nor hebben. Wees zo vriendelijk om hem te halen. Zeg dat je baas met hem wil praten over de geadopteerde zoon van mevrouw Gillespie.'

Geen van beiden wist echter dat Jack Blakeney een half uur daarvoor in Mill House was gearresteerd als gevolg van het alarm-telefoontje van de Orloffs en de hysterische verklaringen van Joanna

dat hij niet alleen had geprobeerd om haar te vermoorden, maar had toegegeven haar moeder te hebben vermoord.
De inspecteur hoorde het zodra hij van zijn lunch terugkwam. Cooper werd via de mobilofoon op de hoogte gebracht en verzocht zo snel mogelijk terug te komen. Hij nam er echter meer tijd voor en bleef vijf minuten terneergeslagen en gedesillusioneerd op een verlaten landweggetje staan. Zijn handen trilden te veel om behoorlijk te kunnen rijden en hij wist met de afschuwelijke zekerheid van moedeloosheid dat zijn tijd erop zat. Hij bezat geen van de kwaliteiten meer die ervoor nodig zijn om een goede politieman te zijn. O, hij had altijd geweten wat zijn meerderen van hem zeiden, maar hij had ook geweten dat ze het bij het verkeerde eind hadden. Zijn sterke punt was altijd zijn vermogen geweest om de mensen met wie hij omging juist te beoordelen en wat er ook werd gezegd over het tegendeel, hij had meestal gelijk. Maar hij had zich nooit door zijn gevoelens van sympathie voor een misdadiger en diens gezin van een arrestatie laten weerhouden. En hij had er evenmin veel heil in gezien om vanwege politiewerk onmenselijk te worden of zijn tolerantie te laten vernietigen; iets dat hij persoonlijk het enige vond dat de mens van een dier onderscheidde.
Met een bezwaard hart startte hij de auto en ging op weg naar Learmouth. Hij had allebei de Blakeneys verkeerd beoordeeld. En wat nog erger was, hij begreep niets van de redenering van Charlie Jones over *Koning Lear* en zag evenmin de afschuwelijke symmetrie tussen inscripties en stanleymessen. Had meneer Spede hem niet verteld dat het stanleymes op de grond in de badkamer het mes uit de keukenla was? Hij dacht dat hij de kroon wel begreep. Degene die mevrouw Gillespie had getooid met brandnetels had het symbolische verband tussen haar en *Koning Lear* gezien. Maar hoe had Ophelia hen dan misleid? *Dat bloemenkransje* herinnerde hij zich en dokter Blakeney die dat in de badkamer had aangehaald.
Hij was diep in de put. Arme Tommy Cooper. Hij was dus toch alleen maar een belachelijke, tamelijk vieze, oude man die fantasieën over een vrouw had die jong genoeg was om zijn dochter te kunnen zijn.

Een uur later pakte inspecteur Jones een stoel tegenover Jack en ging zitten, zette de taperecorder aan en legde de datum, tijd en namen van de aanwezigen vast. Hij wreef zijn handen verwachtingsvol in elkaar. 'Nou, nou, meneer Blakeney, wat heb ik hiernaar verlangd.' Hij keek Cooper stralend aan die met zijn rug tegen de muur naar de grond staarde. 'De brigadier heeft mijn eetlust opgewekt met wat hij me over u heeft verteld, nog afgezien van de verslagen van uw aanvaring met de politie in Bournemouth en deze laatste vechtpartij in Cedar House.'

Jack sloeg zijn handen achter zijn hoofd in elkaar en glimlachte wolfachtig. 'Dan hoop ik dat u niet teleurgesteld wordt, inspecteur.'

'Ik weet zeker van niet.' Hij zette zijn vingers op de tafel voor zich tegen elkaar. 'We zullen mevrouw Lascelles en het incident in Bournemouth even terzijde laten, omdat ik meer geïnteresseerd ben in uw verhouding met mevrouw Gillespie.' Hij keek erg zelfvoldaan. 'Ik heb de bloemenkroon die ze in bad droeg onder de loep genomen. Helemaal geen Ophelia, maar koning Lear. Ik heb het net opgezocht. In het vierde bedrijf, vierde toneel waar Cordelia hem beschrijft als "Gekranst met aardveil en met akkeronkruid, Met boldrik, kervel, netels, koekoeksbloemen". En dan het zesde toneel, een toneelaanwijzing. "Lear komt op, fantastisch met veldgebloemte getooid." Heb ik gelijk, meneer Blakeney?'

'Ik vond Ophelia een tamelijk onwaarschijnlijke uitleg. Ik vermoedde al dat het Lear was toen Sarah me de scène beschreef.'

'En Lear is zonder meer logischer.'

Jack trok zijn wenkbrauw op. 'O ja?'

'Jazeker.' Hij wreef zijn handen opgewekt en vol verwachting in elkaar. 'Ik denk dat het ongeveer zo in elkaar zit. Lear heeft twee gemene dochters, Goneril en Regan, en één liefdevolle dochter, Cordelia. Cordelia wordt verjaagd, omdat ze weigert hem met holle frasen te vleien; Goneril en Regan worden beloond omdat ze listig genoeg zijn leugens te vertellen om hun aandeel van zijn rijkdom te bemachtigen. Voor Goneril en Regan moet je Joanna en Ruth Lascelles invullen. Cordelia is de zoon van mevrouw Gillespie die ze ter adoptie heeft afgestaan, ofte wel degene die ze verjaagd heeft en die nooit een cent van haar heeft gehad.' Hij keek Jack strak aan. 'In het stuk komt Cordelia terug om haar vader van haar afschuwelijke zusters te redden, en ik denk dat dit in het werkelijke leven ook is gebeurd, figuurlijk gesproken dan, natuurlijk was Joanna noch Ruth letterlijk *afschuwelijk* tegen mevrouw Gillespie, alleen vreselijk teleurstellend.' Hij tikte met zijn wijsvingers tegen elkaar. 'Cordelia, de geadopteerde zoon die Mathilda lang geleden had afgestaan, verschijnt als door een wonder om haar eraan te helpen herinneren dat er nog liefde voor haar bestaat, dat ze niet zo verbitterd is als ze dacht en dat ze toch uiteindelijk

een mens op de wereld heeft gezet die kwaliteiten bezit waar ze trots op kan zijn. Wat vindt u ervan, meneer Blakeney?'
'Fantastisch.'
Charlie lachte zachtjes. 'De enige vraag is, wie is Cordelia?'
Jack gaf geen antwoord.
'En kwam hij zijn moeder bewust opzoeken of kwam hij door puur toeval met haar in aanraking?'
Jack gaf weer geen antwoord.
'Ik vraag me af wie wie heeft herkend.'
'Stel dat hier iets van klopt, inspecteur, wat heeft dat dan met Mathilda's dood te maken?'
'Dave Hughes heeft me vandaag iets interessants verteld. Hij zegt dat hij u een grafsteen op het kerkhof in Fontwell heeft zien schoonmaken en beweert dat u er duidelijk hevig door gefascineerd was, dat hij ernaar toe is gegaan en het heeft gelezen nadat u weg was. Herinnert u zich wat erop stond?'
'"George Fitzgibbon 1789-1833. Verdiende ik het om door mijn Maker geminacht te worden? Aangezien Hij mij het leven gaf, moet een deel van Hem mee in mijn graf." Ik heb hem opgezocht in de kerkelijke archieven. Hij is aan syfilis overleden als gevolg van een losbandig leven. Maria Fitzgibbon, zijn arme vrouw, is vier jaar later aan dezelfde ziekte overleden en is in de grond naast George gekwakt, maar ze kreeg geen grafsteen, omdat haar kinderen weigerden dat te betalen. In plaats daarvan staat er een geschreven grafschrift in het archief en dat van haar is nog beter. "George was wellustig, grof en slecht, Hij heeft me syf gegeven, hij kan naar de duivel lopen." Kort en bondig. Dat van George was in vergelijking daarbij belachelijk hypocriet.'
'Het hangt er helemaal van af wie George dacht dat zijn maker was,' zei Charlie. 'Misschien wilde hij zijn moeder meenemen naar de hel.'
Jack gleed doelloos met zijn vinger over een driehoek op het oppervlak van de tafel. 'Wie heeft u verteld dat Mathilda een geadopteerde zoon had? Ik hoop dat het een betrouwbaar iemand was, want u bouwt een formidabele theorie op grond van die informatie.'
Jones ving een blik van Cooper op, maar negeerde de fronsende, waarschuwende blik die de oudere man hem gaf. Zoals Cooper had gezegd, hun kansen om het vertrouwen van Jane Marriott niet te beschamen waren klein. 'Mevrouw Marriott, haar man was de vader van de jongen.'

'Tja, nou *dat* is een betrouwbare bron.' Hij zag de opgewonden glans in de ogen van de inspecteur en glimlachte van harte geamuseerd. 'Mathilda was mijn moeder niet, inspecteur. Ik zou het heerlijk gevonden hebben als ze het wel was geweest. Ik hield van die vrouw.'
Charlie haalde zijn schouders op. 'Dan heeft mevrouw Gillespie gelogen over het hebben van een zoon en is uw vrouw Cordelia. Een van u beiden moet het zijn, anders had ze dat testament niet gemaakt. Ze zou Lears vergissing niet begaan en haar nalatenschap aan de dochters die het niet verdienden vermaken.'
Jack keek alsof hij op het punt stond het te ontkennen, maar haalde toen zijn schouders op. 'Ik denk dat Mathilda uit nijd tegen Jane Marriott heeft gezegd dat het een jongen was. Ze noemde haar nooit bij naam, maar had het altijd over dat "preutse nest uit de praktijk". Dat was hard, maar Mathilda was meestal hard. Ze was een diep ongelukkige vrouw.' Hij zweeg even om zijn gedachten op een rijtje te zetten. 'Ze heeft me over haar verhouding met Paul verteld nadat ik het portret af had. Ze zei dat er iets aan het schilderij mankeerde en dat dat iets een schuldgevoel was. Ze zat er vol mee. Schuldgevoelens omdat ze een baby had afgestaan, schuldgevoelens omdat ze er niet tegen opgewassen was, schuldgevoelens omdat ze de tweede baby had laten adopteren vanwege het gehuil van Joanna en ten slotte schuldgevoelens, denk ik, vanwege haar onvermogen om genegenheid te voelen.' Hij zweeg even. 'Toen verscheen Sarah plotseling en Mathilda herkende haar.' Hij zag de ongelovige blik op het gezicht van Charlie Jones. 'Niet direct en niet als de baby die ze had afgestaan, maar langzamerhand, naarmate de maanden verstreken. Er waren zoveel dingen die klopten. Sarah had de juiste leeftijd, haar verjaardag viel op de dag dat de baby was geboren, haar ouders hadden in dezelfde wijk in Londen gewoond als waar Mathilda's flat was geweest. Maar het allerbelangrijkste was dat ze dacht dat ze een zekere overeenkomst had ontdekt in Sarahs manier van doen en die van Joanna. Ze zei dat ze dezelfde glimlach hadden, dezelfde manier om hun hoofd schuin te houden, dezelfde manier om je nadrukkelijk aan te kijken wanneer je met hen sprak. En Sarah heeft Mathilda natuurlijk vanaf het begin af aan genomen zoals ze was, zoals ze dat met iedereen doet en voor het eerst in jaren voelde Mathilda zich naar waarde geschat. Het was een heel sterke cocktail, Mathilda was er zo van overtuigd dat ze haar verloren dochter had teruggevonden dat ze mij benaderde en de opdracht gaf het schilderij te maken.' Hij glimlachte

spottend. 'Ik dacht dat het lot me eindelijk gunstig gezind was, maar ze wilde natuurlijk alleen maar een excuus om meer over Sarah te weten te komen, via de enige aanwezige die daar werkelijk iets van wist.'

'Maar dat wist u niet toen u haar schilderde?'

'Nee. Ik vroeg me af waarom ze zo geïnteresseerd was in ons beiden, hoe onze ouders waren, waar ze vandaan kwamen, of we broers en zusjes hadden gehad, of we wel of niet met onze schoonfamilie overweg konden. Ze beperkte zich namelijk niet tot Sarah, weet u. Als ze dat had gedaan, was ik misschien achterdochtig geworden. Maar nu stond ik versteld toen ze me vertelde dat Sarah haar verloren kind was.' Hij haalde hulpeloos zijn schouders op. 'Ik wist dat ze het niet kon zijn, omdat Sarah niet geadopteerd was.'

'Dat zal toch wel het eerste zijn geweest dat mevrouw Gillespie u vroeg?'

'Niet zo duidelijk, nee. Ze zei de dingen nooit zo direct.' Hij haalde weer zijn schouders op ten opzichte van de scepsis die de inspecteur aan de dag legde.

'U vergeet dat niemand in Fontwell iets over dit kind wist, op Jane Marriott na, en Mathilda was veel te trots om de rest van het dorp een glimp van haar zwakte te gunnen. Ze zocht naar een privéboetedoening, geen publieke. We zijn nooit dichter bij het onderwerp geweest dan toen ze me vroeg of Sarah een goede verhouding met haar moeder had en ik haar vertelde dat dit niet het geval was, omdat die twee niets gemeen hadden. Ik kan me zelfs de woorden nog herinneren die ik toen zei. Ik zei: "Ik heb me vaak afgevraagd of Sarah geadopteerd was, omdat de enige verklaring voor de verschillen tussen die twee qua uiterlijk, woorden en daden zou zijn dat ze geen familie van elkaar zijn." Ik spotte ermee, maar Mathilda gebruikte het om haar luchtkastelen vorm te geven. In feite net zoals u op het ogenblik doet, inspecteur.'

'Maar ze was er al van overtuigd voordat u begon met het portret te schilderen, meneer Blakeney. Als ik het me goed herinner, is ze in augustus al naar meneer Duggan gegaan in verband met het testament.'

'Het was toeval,' zei Jack eenvoudig. 'Ik kan het niet anders uitleggen. Ze moest het goedmaken tegenover het kind dat niets had gehad en Sarah moest dat kind zijn. Het feit dat de kloppende leeftijden, geboortedata en manier van doen puur toeval waren, deed er niet toe. Mathilda was ervan overtuigd en ze wilde alleen van mij nog wat kleinigheden weten.' Hij streek met zijn hand door zijn

haar. 'Als ik het eerder had geweten, dan had ik haar uit de droom geholpen, maar ik wist het niet, en het enige dat ik heb bereikt, is dat ik, zonder het te weten, olie op het vuur heb gegooid.'
'Weet dokter Blakeney hier iets van af?'
'Nee. Dat wilde Mathilda absoluut niet. Ze liet me beloven het voor me te houden – ze was doodsbenauwd dat Sarah haar anders zou gaan behandelen, haar niet meer aardig zou vinden, haar misschien zelfs zou afwijzen – en ik dacht: goddank, op deze manier wordt er tenminste niemand gekwetst.' Hij wreef met een hand over zijn gezicht. 'Ik wist namelijk niet wat ik moest doen en ik had tijd nodig om uit te zoeken hoe ik Mathilda voorzichtig de waarheid kon bijbrengen. Als ik haar op dat moment de waarheid had verteld, zou het erop lijken alsof haar baby haar voor de tweede keer werd afgenomen.'
'Wanneer was dit, meneer Blakeney?'
'Ongeveer veertien dagen voor ze overleed.'
'Waarom vertelde ze het u, als ze niet wilde dat iemand het wist?'
Jack gaf niet direct antwoord. 'Het was het portret,' zei hij even later. 'Ik bracht het haar om het haar te laten zien. Ik moest er nog aan werken, maar ik wilde haar reactie zien, zodat ik dat in het schilderij kon verwerken. Ik heb een paar onvoorstelbare reacties gehad in het verleden: woede, geschoktheid, ijdelheid, irritatie, teleurstelling. Ik leg ze allemaal onder mijn handtekening vast zodat iemand die de code begrijpt, weet wat de persoon in kwestie over mijn behandeling van zijn of haar persoonlijkheid dacht. Het is een soort visuele grap. Mathilda's reactie was intens verdriet. Ik heb nooit iemand zo van streek gezien.'
'Vond ze het niet mooi?' begreep Charlie.
'Integendeel. Ze huilde om de vrouw die ze had kunnen zijn.' Zijn ogen kregen een afwezige uitdrukking terwijl hij nadacht. 'Ze zei dat ik de eerste was die haar ooit enig medeleven had toegekend.'
'Ik begrijp u niet.'
Jack keek even naar de brigadier die nog steeds naar de grond zat te staren. 'Tommy wel,' zei hij. 'Nietwaar, ouwe jongen?'
Het was even stil voor Cooper opkeek. 'Het goud in het centrum van het schilderij,' mompelde hij. 'Dat was Mathilda voor de gebeurtenissen de overhand kregen en haar vernietigden.'
Jacks donkere ogen bleven vol genegenheid op hem rusten. 'Verdomme, Tommy,' zei hij, 'hoe komt het dat ik de enige ben die jouw kwaliteiten waardeert? Ontgaat jou wel eens iets?'

Toen ik vader vertelde dat ik in verwachting was, viel hij flauw. Het was een schitterend toonbeeld van laf gedrag. Gerald was daarentegen erg blij. 'Is het van mij, Matty?' vroeg hij. Misschien had ik beledigd moeten zijn, maar dat was ik niet. Ik vond zijn vreugde in wat hij had bereikt vrij roerend.
Vader staat helemaal achter een abortus natuurlijk en niet alleen vanwege het mogelijke schandaal. Hij zegt dat de baby nog getikter zal zijn dan Gerald. Ik heb geweigerd. Niets zal me er toe brengen naar een of andere aborteur in een achterafstraatje te gaan. En meer biedt vader me niet aan. Hij zegt dat hij iemand in Londen kent die het goedkoop doet, maar ik vertrouw hem voor geen cent en ik vertrouw mijn leven niet aan de een of andere ondeskundige vrouw met een breinaald en gin toe. Bovendien, als het kind zo beschadigd is als vader denkt, dan leeft het niet lang. Gerald is waarachtig alleen bij ons omdat die domme moeder van hem hem jarenlang vol toewijding heeft verzorgd.
Na regen komt zonneschijn. Gerald is nog nooit zo gemakkelijk te hanteren geweest als nu. De wetenschap dat ik zijn kind draag, heeft alle herinneringen aan Grace uit zijn geheugen verbannen. Het betekent dat ik zal moeten trouwen om de baby wettig te maken, maar James Gillespie blijft onophoudelijk toenaderingspogingen ondernemen en als ik instem, trouwt hij morgen met me. Vader zegt dat James homoseksueel is en een vrouw moet hebben om zichzelf als respectabel te kunnen handhaven, maar aangezien ik een man nodig heb om dezelfde reden, kan ik hem ongetwijfeld wel een paar maanden verdragen totdat de baby is geboren.
Ik heb vader verteld dat hij zich erbij moet neerleggen, iets dat die domme man niet kan, en mij en James zijn flat in Londen moet laten gebruiken. Wanneer de baby er eenmaal is, kom ik weer thuis. Vader logeert op zijn club tijdens de zelden – nu uiterst zelden – voorkomende dagen dat hij nuchter genoeg is om een debat in het Lagerhuis bij te wonen. Hij huilde vanavond dronken tranen en zei dat ik on-

natuurlijk was, hij beweerde dat hij altijd alleen maar had gewild dat ik lief tegen Gerald was en hem gelukkig maakte.
Maar Grace heeft Gerald kennis laten maken met seks. Ik niet, en dat weet vader. En hoe moest ik *een seksueel actieve imbeciel gelukkig maken? Door met hem te bridgen? Of een discussie over Plato te houden? Lieve god, wat minacht ik die vent. Misschien ben ik wel onnatuurlijk…*

Achttien

Jones trommelde ongeduldig met zijn vingers op de tafel. 'U heeft tegen de brigadier gezegd dat u bij een actrice in Stratford was op de avond dat mevrouw Gillespie werd vermoord. Daar was u niet. Dat hebben we gecontroleerd. Mevrouw Benedict zei kortweg' – hij keek even naar een papier – " 'Die komt niet meer bij mij in de buurt, nog niet over mijn lijk." '
'Klopt.' Hij grinnikte beminnelijk. 'Ze vond het portret niet mooi dat ik van haar had gemaakt. Sindsdien heeft ze het land aan me.'
'Waarom gaf u haar dan als alibi?'
'Omdat ik al tegen Sarah had gezegd dat ik bij haar was en die was erbij toen de brigadier het vroeg.'
Charlie fronste zijn wenkbrauwen, maar zei niets. 'Waar was u dan, als u niet in Stratford was?'
'Cheltenham.' Hij strengelde zijn handen achter zijn nek en staarde naar het plafond.'
'Kunt u dat bewijzen?'
'Ja.' Hij ratelde een telefoonnummer. 'Het huis van Sarahs vader. Hij zal bevestigen dat ik daar van vrijdagavond zes uur tot zondagmiddag twaalf uur was.' Hij wierp een trage blik op de inspecteur. 'Hij is kantonrechter, dus u kunt er redelijk zeker van zijn dat hij niet liegt.'
'Wat deed u daar?'
'Ik ging op goed geluk in de hoop dat hij iets had dat ik Mathilda kon tonen om te bewijzen dat Sarah haar dochter niet was. Ik wist dat ik vrijuit kon praten zonder dat hij er iets over zou zeggen. Als ik haar moeder erover had benaderd, zou ze er als de weerlicht Sarah over hebben opgebeld en dan zouden de poppen aan het dansen zijn geweest met Sarah die zou willen weten waarom ik een bewijs wilde hebben van het feit dat ze niet geadopteerd was. Ze zou trouwens ook gevraagd hebben waarom ik naar haar vader toe wilde, dus vertelde ik haar dat ik naar Sally was om haar op een dwaalspoor te brengen.' Plotseling keek hij peinzend. 'Misschien niet een van mijn slimste zetten.'

Charlie negeerde dit. 'Heeft haar vader u bewijzen gegeven?'
'Nee. Hij zei dat hij niets had en dat ik met haar moeder moest praten. Ik was van plan het erop te wagen en het volgende weekend te gaan, maar tegen maandag was Mathilda dood en deed het er niet meer toe.'
'En u heeft het uw vrouw nog steeds niet verteld.'
'Nee.'
'Waarom niet?'
'Dat heb ik Mathilda beloofd,' zei hij op effen toon. 'Als zij had gewild dat Sarah het wist, dan zou ze het zelf op de video verteld hebben.'
'Enig idee waarom ze dat niet heeft gedaan?'
Jack haalde zijn schouders op. 'Omdat ze het haar tijdens haar leven ook niet heeft verteld, denk ik. Ze had te veel geheimen die, als ze beweerde dat Sarah van haar was, blootgelegd zouden worden – en eerlijk is eerlijk, ze had gelijk. Kijk alleen al naar wat Tommy boven water heeft gehaald.'
'Dat zou toch boven water zijn gekomen. De mensen zouden vragen stellen zodra ze hoorden dat ze haar geld aan haar arts had nagelaten.'
'Maar ze had niet verwacht dat de politie die vragen zou stellen, omdat ze niet wist dat ze vermoord zou worden. En van wat ik van Sarah heb begrepen over de video, heeft ze haar best gedaan Joanna en Ruth ervan af te brengen om het testament aan te vechten. Ze schijnt voldoende hints gegeven te hebben over hun manier van leven dat Sarahs advocaat zijn plezier op zou kunnen als de dames Lascelles er ooit mee naar de rechter zouden stappen.' Hij haalde weer zijn schouders op. 'De enige reden dat ze zich nu zeker genoeg voelen om zich te verzetten, is omdat Mathilda is vermoord. Al hun daden vallen daarbij in het niet.'
Cooper kwam achter hen tot leven. 'Maar de video zit vol leugens, vooral wat betreft de relatie met haar oom en man. Mevrouw Gillespie stelt dat ze het slachtoffer van allebei was, maar mevrouw Marriott vertelt een heel ander verhaal. Ze beschrijft een vrouw die meedogenloos genoeg is om chantage te plegen en te moorden wanneer haar dat uitkwam. Dus wat is waar?'
Jack draaide zich om om hem aan te kijken. 'Ik weet het niet. Allebei waarschijnlijk. Ze zou het eerste slachtoffer niet zijn dat terugsloeg.'
'En hoe zit dat met die achterlijkheid van die oom? Ze beschreef hem op de video als een dronken bruut die haar verkrachtte toen ze

dertien was, maar mevrouw Marriott zegt dat hij nogal zielig was. Leg dat eens uit.'
'Dat kan ik niet. Mathilda heeft daar nooit over gesproken met me. Ik weet alleen dat ze diep leed door haar onvermogen van iemand te houden en toen ik haar het portret toonde met dat leed vertegenwoordigd in de vorm van het heksenmasker, barstte ze in tranen uit en zei dat ik de eerste was die haar ooit enig medeleven had getoond. Ik verklaarde dat voor mezelf door te denken dat ik de eerste was die haar als een slachtoffer zag, maar ik kan het verkeerd hebben. Dat moet u zelf uitmaken.'
'Dat zouden we niet hoeven als we haar dagboeken konden vinden,' zei Cooper boos en voegde er met buitensporige nadruk aan toe: 'Jezus! Ik wilde verdomme dat ik begreep waar dit allemaal om ging.'
Jack zei niets en het werd stil in de kamer. Alleen het gezoem van de taperecorder verstoorde de volkomen verbouwereerdheid die ten minste twee van de aanwezigen voelden.
'Ik heb hier een rapport,' zei Charlie ten slotte en bladerde door de papieren die voor hem lagen, 'waarin staat dat u vanmorgen heeft geprobeerd mevrouw Lascelles te vermoorden en tussen de bedrijven door heeft toegegeven dat u haar moeder had vermoord. Maar als uw alibi klopt, kunt u onmogelijk iets met de dood van mevrouw Gillespie te maken hebben gehad. Dus waarom vertelde u mevrouw Lascelles dan dat u haar had vermoord?'
'Dat heb ik niet gedaan.'
'Ze zei van wel.'
'Ze zei wat ze dacht. Dat is iets heel anders.'
Jones dacht hier even over na. Hij had het akelige gevoel dat hij net zo'n antwoord op zijn volgende vraag zou krijgen, maar hij stelde hem toch. 'Waarom heeft u geprobeerd om mevrouw Lascelles te vermoorden?'
'Dat heb ik niet gedaan.'
'Ze zegt en ik herhaal letterlijk: "Jack Blakeney duwde me tegen de muur en begon me te wurgen. Als Violet hem niet had gestoord, had hij me vermoord." Liegt ze?'
'Nee, ze vertelt u wat ze gelooft.'
'Maar het is niet waar.'
'Nee.'
'U probeerde haar niet te wurgen?'
'Nee.'
'Meneer Blakeney, ik moet u zeggen dat ze volgens dit rapport

wurgplekken op haar keel had zitten toen de auto die op het alarmnummer reageerde bij Cedar House kwam. Dus iemand moet geprobeerd hebben haar te wurgen en ze zegt dat u die iemand was.' Hij zweeg even en gaf Jack de gelegenheid om te antwoorden. Toen hij dat niet deed, probeerde hij een andere benadering. 'Was u om ongeveer halfelf in Cedar House?'
'Ja.'
'Heeft u uw hand rond de keel van mevrouw Joanna Lascelles gelegd?'
'Ja.'
'Is het terecht dat ze denkt dat u probeerde haar te wurgen?'
'Ja.'
'Probeerde u haar te wurgen?'
'Nee.'
'Leg het me uit. Wat deed u dan in godsnaam?'
'Jullie tonen waar jullie fout gingen. Luister, het is niet de handigste zet uit mijn leven geweest en ik had het helemaal niet gedaan als ik niet zo pisnijdig was geweest op die zak van een adjudant van gisteravond.' Hij kneep zijn ogen halfdicht toen hij eraan dacht. 'Voor mezelf kan het me trouwens geen barst schelen, ik hoop eigenlijk dat hij gaat vervolgen en me een dag voor de rechtbank brengt, maar Sarah kan me wel schelen en Ruth kan me op het ogenblik erg veel schelen. Hij heeft ze allebei beroerd behandeld en ik vond dat het welletjes was geweest. Joanna is niet meer te redden denk ik, maar haar dochter wel, en ik wil dat het arme kind de kans krijgt om deze verdomde, akelige ellende achter zich te laten.' Hij haalde boos diep adem. 'Dus ben ik gisteravond opgebleven en heb gedaan wat jullie hadden moeten doen, ik heb uitgezocht wie Mathilda heeft vermoord en waarom. En geloof me, het was niet moeilijk.'
Charlie geloofde hem. Hij begon Jack net zoals Cooper onweerstaanbaar te vinden. 'Mevrouw Lascelles,' zei hij vol overtuiging. 'Ze heeft altijd boven aan de lijst gestaan.'
'Nee. Ik ben het met u eens dat ze ertoe in staat is. Ze heeft een vrijwel identieke persoonlijkheid als haar moeder en als Mathilda kon moorden om te krijgen wat ze wilde hebben, dan kon Joanna dat ook. Je groeit niet op in een sfeer van uitzonderlijk gestoord functioneren zonder daar iets van op te pikken. Maar Joanna's verhouding met Mathilda was erg ambivalent. Ondanks alles heb ik heimelijk het gevoel dat ze eigenlijk erg op elkaar gesteld waren. Misschien, heel gewoon, was hun wederzijdse genegenheid geba-

seerd op wederzijds begrip, een bekend kwaad is beter te aanvaarden dan een onbekend kwaad.'
'Goed,' zei Charlie geduldig. 'En wie heeft mevrouw Gillespie dan vermoord?'
'Ik kan het niet bewijzen, dat is uw werk. Het enige dat ik kan doen, is u mijn gedachtengang van gisteravond te laten volgen.' Hij zweeg even om zijn gedachten op een rijtje te zetten. 'U heeft zich volledig op Sarah, mij, Joanna en Ruth geconcentreerd,' zei hij, 'en alleen vanwege het testament. Gezien de omstandigheden is dat niet onredelijk – maar als je ons erbuiten laat, dan verschuift de balans van mogelijkheden. Dus laten we aannemen dat ze niet om geld vermoord werd en het van dat standpunt uit bekijken. Goed, ik geloof ook niet dat ze in woede is vermoord. Woede is een gewelddadige, verhitte emotie en haar dood was te goed gepland en te zorgvuldig. Te symbolisch. Wie haar ook vermoord heeft, kan best boos op haar zijn geweest, maar het is niet gedaan omdat iemand eindelijk zijn geduld verloor.' Hij keek even naar Jones die knikte. 'Wat krijg je dan? Haat? Ze was zeker onbemind bij veel mensen, maar niemand had haar tot nu toe vermoord, dus waarom zouden ze er dan nu toe besluiten? Jaloezie?' Hij haalde met een welsprekend gebaar zijn schouders op. 'Waar moest iemand jaloers op zijn? Ze was vrijwel een kluizenaarster en ik kan me niet voorstellen dat Jane Marriott haar jaloezie jarenlang opkropte en dat die plotseling in november losbarstte. Dus, met het risico niet origineel te zijn, moet Mathilda vermoord zijn omdat iemand haar uit de weg geruimd wilde hebben.'
Jones had moeite om het sarcasme uit zijn stem te houden. 'Ik denk dat we het daar wel over eens kunnen zijn.'
Jack staarde hem even aan. 'Ja, maar *waarom?* Waarom wilde iemand haar uit de weg geruimd hebben? Wat had ze gedaan of wilde ze doen dat inhield dat ze vermoord moest worden? Dat is de vraag die u nooit gesteld heeft, niet buiten de context van het testament om tenminste.'
'Omdat ik het niet zo gemakkelijk vind als u blijkbaar om dat te negeren.'
'Maar het *is* slechts een testament. Duizenden mensen maken ze wekelijks en duizenden mensen gaan wekelijks dood. Het feit dat dat van Mathilda ongebruikelijk drastisch was, wordt volkomen onbelangrijk als je Joanna, Ruth, Sarah en mij wegdenkt bij haar dood. Er is verder niemand die direct profiteerde van de manier waarop ze haar geld wenste achter te laten.'

Cooper schraapte zijn keel. 'Daar zit wel iets in, Charlie.'
'Goed,' gaf hij toe. 'Waarom was ze dan vermoord?'
'Dat weet ik niet.'
Charlie sloeg zijn ogen ten hemel. 'Heer, sta me bij!' gromde hij woest.
Cooper grinnikte zachtjes bij zichzelf. 'Vooruit, Jack, voor die arme man een beroerte krijgt,' stelde hij voor. 'We worden allemaal ongeduldig. Laten we ervan uitgaan dat het testament niet het motief was en dat geen van de dames Lascelles, of jij of je vrouw erbij betrokken waren. Wat dan?'
'Dan zitten we met Mathilda die het heksenmasker droeg. Waarom? En waarom zat de halve heg er zorgvuldig doorheen gevlochten? Dat is toch de reden dat u ervan overtuigd was dat het geen zelfmoord was?'
Cooper knikte.
'Dan is de logische gevolgtrekking dat de moordenaar nooit heeft gewild dat u dacht dat het zelfmoord was. Ik bedoel, dit was geen debiel, dit was iemand met berekening die alles nauwkeurig plande. Ik denk dat het iemand was die wist dat Mathilda dacht dat Sarah haar dochter was, wist dat zowel Mathilda en Joanna in hun jeugd door het heksenmasker waren geconditioneerd, wist dat Joanna bij een bloemist werkte en ook wist dat "heksenmasker" Mathilda's bijnaam voor Sarah was. Vandaar dat geval om haar hoofd en de beeldspraak van *Koning Lear.* Als je dat alles bij elkaar neemt, plus het feit dat Ruth die dag in het huis was, dan moet het doel zonder meer zijn geweest om de aandacht op Sarah, Joanna en Ruth te vestigen – met andere woorden, de drie dochters van Lear. En dat is precies wat er is gebeurd, zelfs al was het het testament dat u die richting opduwde omdat u het symbolisme voor Ophelia's bloemenkrans aanzag. U moet niet vergeten hoe stil Mathilda alles hield wat het testament betrof. Voor zover iedereen wist, zouden Joanna en Ruth de erfenis samen delen. Sarahs mogelijke claim als de lang verloren dochter was niets meer dan een wilde gok toen de moord plaatsvond!
Charlie fronste zijn wenkbrauwen. 'Ik begrijp het nog steeds niet. Hadden we een van hen moeten arresteren? En wie dan? Ik bedoel, was uw vrouw de aangewezen persoon vanwege het heksenmasker, of Joanna vanwege de bloemen, of Ruth omdat ze er geweest was?'
Jack haalde zijn schouders op. 'Ik zou zeggen dat het daar om draait. Het doet er geen donder toe, zolang jullie je aandacht daar maar op vestigen.'

'Maar waarom?' grauwde Charlie tussen opeengeklemde kaken.
Jack keek hulpeloos van hem naar Cooper. 'Er is mijns inziens maar één reden, maar misschien zit ik er volkomen naast. Verdomme-nog-an-toe,' barstte hij woedend los. 'Ik ben geen deskundige.'
'Verwarring,' zei Cooper dapper, een man waar je van op aankon. 'De moordenaar wilde mevrouw Gillespie dood hebben en vervolgens verwarring stichten. En waarom zou hij die verwarring willen? Omdat het veel moeilijker zou zijn om op een min of meer normale manier door te gaan zolang de toestanden rondom de dood van mevrouw Gillespie niet waren opgehelderd.'
Jack knikte. 'Klinkt logisch.'
Nu was het Charlies beurt om Cooper niet te kunnen volgen. 'Welke normale manier?'
'De normale manier van doen na de dood,' zei hij zwaarwichtig. 'Met andere woorden testamenten. Iemand wilde de erfenis van mevrouw Gillespie uitgesteld hebben.' Hij dacht even na. 'Laten we aannemen dat ze op het punt stond iets te doen dat iemand anders niet prettig vond, dus hielden ze haar tegen voor ze het kon doen. Maar laten we ook aannemen dat wat het ook was, door haar erfgenaam kon worden opgenomen zodra deze de erfenis kreeg. Met een beetje vernuft kun je dat tegengaan door met een vinger naar de duidelijker erfgenamen te wijzen en het proces tot stilstand te laten komen. Hoe klinkt dat?'
'Ingewikkeld,' zei Charlie scherp.
'Maar het was het belangrijkste om Mathilda tegen te houden,' zei Jack. 'De rest was fantasie die misschien wel en misschien ook niet werkt. Zie het als een speculatieve gok die met een beetje geluk produktief wordt.'
'Maar zo kom je weer terug op af,' zei Cooper langzaam. 'Wie haar ook heeft vermoord, kent haar erg goed en, als we de vier die haar het beste kenden er buiten laten, dan houden we' – hij duwde zijn vingers diep in gedachten tegen zijn ogen – 'meneer en mevrouw Spede, meneer en mevrouw Marriott en James Gillespie over.'
'Je weet wel beter, Cooper,' zei Jack ongeduldig. 'De Spedes zijn simpele zielen die nooit de symboliek met *Lear* zouden kunnen bedenken; Paul en Jane Marriott hebben Mathilda jarenlang gemeden alsof ze de pest had, dus die hadden vermoedelijk de weg in huis niet geweten, laat staan geweten waar ze een stanleymes bewaarde; en van wat ik ervan begreep, als Duggan Sarah de waarheid heeft verteld, doet James Gillespie precies het tegenovergestelde van het testament vertragen en dringt erop aan dat de zaken duidelijk worden zodat hij zijn klokken kan claimen.'

'Maar er is niemand anders!'
'Jawel, en dat heb ik vanochtend bewezen. Verdomme-nog-an-toe, ik wurgde Joanna zachtjes. Het gillen kwam naderhand pas.' Hij sloeg met zijn vuist op tafel. 'Ruths betrokkenheid had u erop moeten wijzen. U heeft in een vicieuze cirkel rondgerend sinds u het heeft gemerkt, maar Sarah zegt dat u alleen maar weet dat ze daar was omdat iemand u een anonieme brief heeft gestuurd. Dus wie wist dat ze die dag in het huis was?' Hij sloeg zijn handpalm op tafel om de niet-begrijpende uitdrukking in Coopers gezicht. 'Wie heeft vanmorgen geprobeerd om Joanna te redden?'

Violet Orloff maakte de deur open en staarde naar het in plastic gehulde vel papier dat brigadier Cooper van de recherche voor zich uitgestrekt hield. Hij draaide het om en las het hardop voor. "Ruth Lascelles was in Cedar House op de dag dat mevrouw Gillespie overleed. Ze heeft een paar oorbellen gestolen. Joanna weet dat ze ze heeft gepakt. Joanna Lascelles is een prostituée in Londen. Vraag haar waar ze haar geld aan besteedt. Vraag haar waarom ze heeft geprobeerd haar dochter te vermoorden. Vraag haar waarom mevrouw Gillespie dacht dat ze gek was." Is het vermoeden op zijn plaats om te denken dat u dit heeft geschreven, mevrouw Orloff?' vroeg hij op zijn vriendelijke manier.
'Duncan heeft het geschreven, maar we hebben alleen maar geprobeerd om te *helpen*!' zei ze ademloos en keek van hem naar de lange figuur van Charlie Jones die achter hem stond. De kraag van zijn jack van dikke schapehuid stond omhoog tegen zijn vriendelijke, trieste gezicht. Ze putte moed uit het volkomen gebrek aan vijandigheid dat beiden uitstraalden. 'Ik weet dat we waarschijnlijk zelf hadden moeten komen, maar het is zo *moeilijk*.' Ze gebaarde vaag in de richting van het andere deel van het huis. 'We zijn tenslotte buren en Duncan heeft zo'n hekel aan moeilijkheden.' Ze glimlachte weifelend. 'Maar wanneer er een moord is gepleegd – ik bedoel, je kunt niet verwachten dat de politie die kan oplossen als mensen die dingen weten hun mond houden. Het leek op de een of andere manier *tactvoller* om niet persoonlijk betrokken te raken. Dat begrijpt u toch wel?'
'Volkomen,' zei Charlie met een bemoedigende glimlach, 'en we zijn u erg dankbaar voor de moeite die u heeft genomen.'
'Gelukkig maar. Ik *zei* nog tegen Duncan dat het belangrijk was.'
'Was hij het niet met u eens?'
Ze keek even behoedzaam over haar schouder achterom, toen trok

ze de deur achter zich dicht. '*Zo* zou ik het niet willen zeggen,' zei ze. 'Hij is zo lui geworden sinds we hier gekomen zijn, er zit geen beweging meer in, er mag niet van zijn gewoontes worden afgeweken, en hij kan absoluut niet tegen wat hij ergernis noemt. Hij zegt dat hij een rustig pensioen heeft verdiend en niet van *streek* gemaakt wil worden door allerlei overlast. Hij is natuurlijk niet in een goede conditie en dat helpt niet, maar ik heb toch het gevoel dat het niet goed is om zo' – ze zocht naar het juiste woord – '*weinig ondernemend* te zijn.'
'Dan moet de dood van mevrouw Gillespie een schok voor hem zijn geweest met al die mensen van de politie door het huis en mevrouw Lascelles en haar dochter die terugkwamen.'
'Hij heeft er niet van *genoten*,' gaf ze toe, 'maar hij zag in dat we er niets aan konden doen. "Wind je niet zo op," zei hij tegen mij. "Een beetje geduld en dan waait het wel over."'
'Maar het moet toch erg vervelend zijn,' zei Cooper, 'om u zorgen te moeten maken wat er met Cedar House zal gebeuren nu mevrouw Gillespie dood is. Het zal wel verkocht worden, maar u kunt niet bepalen aan wie het wordt verkocht.'
'Dat is precies wat *ik* heb gezegd. Duncan zou gek worden van lawaaierige kinderen hiernaast.' Ze dempte haar stem. 'Ik weet dat je geen genoegen mag scheppen in de pech van anderen, maar ik moet zeggen dat het een opluchting is dat Joanna en dokter Blakeney het niet eens zijn over het testament. Ze gaan ermee naar de rechter, weet u, en zoals Duncan zei, dat soort dingen duurt jaren.'
'En inmiddels staat het huis leeg?'
'Tja, *precies*.'
'Dus het is zeker dat mevrouw Lascelles van plan is het testament aan te vechten?'
'O, ja.'
'Heeft ze u dat verteld?'
Ze keek weer schuldig. 'Ik hoorde haar en de dokter in de zitkamer praten. Ik luister over het algemeen niet, maar...' Ze liet de rest van de zin ongezegd.
'U maakte zich zorgen en u moest weten wat er ging gebeuren,' zei Charlie behulpzaam.
'Tja, *precies*,' zei ze weer. 'Iemand moet het weten. Als het aan Duncan wordt overgelaten, weten we pas wat voor buren we krijgen wanneer ze naast ons wonen.'
'Net zoals mevrouw Gillespie, bedoelt u. Ik denk dat u veel van haar wist.'

Violet kneep haar mond afkeurend dicht. 'Niet uit vrije wil, ik denk niet dat ze ooit heeft beseft hoe doordringend haar stem was. Erg *schril*, weet u en ze was er zo zeker van dat haar mening *belangrijk* was. Ik heb eerlijk gezegd nooit met opzet geluisterd, maar Duncan vond haar soms wel grappig, vooral wanneer ze onhebbelijk was door de telefoon en dat was ze vaak. Ze nam mensen onder handen om de meest *onbelangrijke* dingen en ze dacht dat ze haar alleen konden verstaan als ze schreeuwde. Het was een erg domme vrouw.'

Charlie knikte alsof hij het met haar eens was. 'Dan ben ik verbaasd dat u niets heeft gehoord op de avond dat ze overleed. Ze moet toch met haar moordenaar hebben gesproken!'

Het gezicht van Violet werd dof rood. 'Nee, hoor. Duncan heeft niets gehoord.'

Hij deed of hij haar gêne niet merkte. 'En u, mevrouw Orloff? Heeft u iets gehoord?'

'Och jé,' jammerde ze, 'het is toch geen *misdaad*, ook al zou je dat wel denken als je Duncan hoort. Ik neem 's avonds een paar scheutjes whisky, echt niet veel. Duncan is geheelonthouder en keurt het af, maar ik zeg altijd, wat kan het voor kwaad? Mathilda deed het al jaren – het is onnatuurlijk om het niet te doen, zei ze altijd – en ze dronk veel meer dan ik.' Ze dempte haar stem weer. 'Ik ben geen *alcoholiste*, hoor.'

'Goeie *god*, nee,' zei Charlie demonstratief en nam haar nadrukkelijke manier van spreken over. 'Als ik niet voldoende dronk om 's avonds in slaap te kunnen vallen, zou ik de volgende ochtend een wrak zijn.'

'Tja, precies,' kwam het automatische refrein. 'Maar ik sukkel in slaap voor de televisie en natuurlijk gebeurde dat *ook* op de avond dat Mathilda is overleden. Dat was ook niet vreemd, want ik had die dag in Poole doorgebracht met mijn zuster en ik vind dat tegenwoordig erg vermoeiend. Kijk, ik ben niet meer zo jong als ik geweest ben en ik zal niet ontkennen dat ik me sindsdien zorgen heb gemaakt. Heeft Mathilda om hulp geroepen? Duncan *zweert* van niet, maar weet u, hij is er zo op tegen om ergens in verwikkeld te raken dat hij zichzelf ervan zou hebben overtuigd dat Mathilda alleen maar vervelend deed.'

'Heeft u enig idee hoe laat het was toen u in slaap sukkelde?' vroeg Cooper en toonde meer interesse in de staat waarin zijn schoenen zich bevonden dan in haar antwoord.

'*Erg* vroeg,' zei ze fluisterend. 'We hadden net gegeten en gingen zitten om naar "Blind Date" te kijken en het eerste dat ik me daarna kan herinneren, was dat Duncan me door elkaar schudde en zei dat ik lag te snurken en dat hem dat irriteerde, omdat het zijn "Match of the Day" bedierf. Maar jeetje, ik was zo moe. Ik ben naar bed gegaan en ik heb als een *marmot* geslapen tot de volgende ochtend en ik kan er niets aan doen, maar ik heb het gevoel dat als ik maar wakker was gebleven ik misschien iets voor die arme Mathilda had kunnen doen.'

En dat was natuurlijk waar.

Charlie gebaarde naar de deur. 'Mogen we uw man even spreken?'

'Is dat nodig? Hij zal u niets kunnen vertellen en hij wordt er de rest van de dag alleen maar *chagrijnig* door.'

'Ik ben bang van wel.' Hij haalde met een verontschuldigend gebaar een papier uit zijn zak. 'We hebben ook een huiszoekingsbevel voor uw huis, maar ik verzeker u dat we zo voorzichtig mogelijk zullen zijn.' Hij verhief zijn stem. 'Bailey! Jenkins! Warts! Kom eens te voorschijn, jongens. We kunnen gaan.'

Violet ging volkomen overdonderd door deze plotselinge wending van de gebeurtenissen gedwee opzij terwijl Jones, Cooper en drie agenten haar gang opvulden. Ze sloop achter hun rug onopvallend weg naar de keuken alsof ze zich schuldig voelde.

Duncans oogjes hielden de twee oudere politiemannen zorgvuldig in de gaten toen ze de volle zitkamer in kwamen, maar verder toonde hij opvallend weinig bezorgdheid over deze plotselinge inbreuk in zijn privacy. 'Sorry, dat ik niet opsta,' zei hij beleefd, 'maar ik merk dat ik niet meer zo mobiel ben als vroeger.' Hij zwaaide naar een breekbaar tweepersoonsbankje en nodigde hen uit om te gaan zitten. Ze sloegen het net zo beleefd af, uit angst dat het onder hun gemeenschappelijk gewicht zou bezwijken. 'Ik ken brigadier Cooper van de recherche, maar ik ken u niet, meneer,' zei hij en keek Charlie vol interesse aan.

'Inspecteur Jones van de recherche.'

'Hoe maakt u het.'

Charlie neeg zijn hoofd in een korte groet. Hij werd overstelpt door twijfel toen hij naar de dikke, oude man in de enorme leunstoel keek. Zijn gigantische buik hing over zijn dijbenen als het vlees uit een opengebarsten worst. Zou een dergelijke, lompe massa het verfijnde kunstwerk kunnen hebben uitgevoerd dat de moord op mevrouw Gillespie behelsde? Zou hij zelfs de kamer uitgekomen kunnen zijn zonder zijn vrouw te wekken? Hij luisterde naar de

oppervlakkige, fluitende ademhaling, iedere keer een gevecht tegen de verstikkende druk van vlees en herinnerde zich de beschrijving van Hughes van de man die de sleutel had gebruikt om de achterdeur open te maken. *Zijn stem klonk hijgerig alsof hij ademhalingsproblemen had.* 'Wist mevrouw Gillespie dat u wist dat de sleutel onder de bloempot zat?' vroeg hij zonder enige poging tot een inleiding.
Duncan keek verbaasd. 'Ik begrijp u niet, inspecteur.'
'Dat doet er niet toe. We hebben een getuige die u kan identificeren. Hij was aanwezig toen u zichzelf op een ochtend in september naar binnen liet.'
Maar Duncan glimlachte alleen en schudde zijn dikke wangen ontkennend. 'Mezelf waarbinnen liet?' Er klonk een geluid boven hen toen een van de agenten een meubelstuk over de vloer verschoof en Duncan keek naar het plafond. 'Wat moet dat eigenlijk allemaal?'
Charlie haalde het huiszoekingsbevel te voorschijn en gaf het hem. 'We zoeken in dit huis naar de dagboeken van mevrouw Gillespie, of, wat waarschijnlijker is, de resten van de dagboeken van mevrouw Gillespie. We hebben redenen om aan te nemen dat u ze uit de bibliotheek van Cedar House heeft gestolen.'
'Wat uitermate merkwaardig van u.'
'Ontkent u het?'
Hij grinnikte zachtjes. 'Natuurlijk ontken ik het, mijn beste man. Ik wist niet eens dat ze dagboeken bijhield.'
Charlie veranderde van tactiek. 'Waarom heeft u mijn brigadier op de maandag na de moord niet verteld dat Ruth Lascelles 's middags in Cedar House was geweest? Of dat Jane Marriott 's ochtends ruzie met haar had gehad?'
'Hoe kon ik hem iets vertellen wat ik zelf niet wist?'
'Als u hier was, meneer Orloff, moest u het weten. Jane Marriott beschrijft haar confrontatie met mevrouw Gillespie als een schreeuwerige twist en Ruth zegt dat ze gebruik van de deurbel heeft gemaakt omdat ze de sleutel op school had laten liggen.'
'Maar ik was hier niet, inspecteur,' zei hij minzaam. 'Toen mijn vrouw weg was, heb ik van de gelegenheid gebruik gemaakt om een lange wandeling te maken.'
In de deuropening snakte iemand naar adem. 'Duncan!' riep Violet. 'Hoe kun je zo liegen. Je gaat *nooit* wandelen.' Ze kwam de kamer als een dragondertje binnenvallen. 'En denk maar niet dat ik niet weet *waarom* je liegt. Je wilt de moeite niet nemen om de

politie bij haar onderzoek te helpen, net zoals je nergens ooit enige moeite voor doet. *Natuurlijk* was hij hier en *natuurlijk* heeft hij Jane en Ruth gehoord. We horen *Ruth* altijd wanneer ze terugkwam. Zij en haar grootmoeder konden niet samen in een kamer zijn zonder een meningsverschil te hebben, net zomin als ze in een kamer met haar moeder kon zijn zonder meningsverschil. Niet dat ik haar dat kwalijk kan nemen, het arme kind zoekt liefde, en Mathilda noch Joanna waren tot een dergelijk gevoel in staat. De enige mensen voor wie Mathilda iets voelde, waren de Blakeneys, weet u, de kunstenaar en zijn vrouw. Met *hen* lachte ze en ik geloof dat ze zich zelfs voor *hem* heeft uitgekleed. Ik hoorde haar in haar slaapkamer toen ze van die verlegen en domme dingen zei zoals: "Niet slecht voor een oude vrouw, hè?" en "Vroeger was ik mooi, hoor. De mannen vochten om me." En dat was waar, dat *deden* ze. Zelfs Duncan hield van haar toen we allemaal nog jong waren. Hij ontkent het nu natuurlijk, maar ik wist het wel. Alle meisjes wisten toen dat ze op de tweede plaats kwamen. Mathilda deed of ze niet geïnteresseerd was, weet u, en dat was een uitdaging.' Ze zweeg even om op adem te komen en Cooper die naast haar stond, rook de whisky op haar lippen. Hij voelde medelijden met dit vrouwtje wier leven nooit tot volle bloei was gekomen omdat ze altijd in de schaduw van Mathilda Gillespie had gestaan.

'Niet dat het er iets toe *doet*,' ging ze verder. 'Niets doet er veel toe. En zijn interesse is al jaren geleden getaand. Je kunt niet van iemand blijven houden die steeds onbeschoft doet en dat was Mathilda altijd. Ze dacht dat het leuk was. Ze zei de afschuwelijkste dingen en *lachte* dan. Ik zal niet doen of we elkaar erg na stonden, maar ik had wel met haar te doen. Ze had iets met haar leven moeten doen, iets boeiends, maar dat heeft ze nooit gedaan en daardoor is ze verbitterd geraakt.' Ze wierp een strenge blik op haar man. 'Ik weet dat ze je altijd *plaagde*, Duncan, en je Heer Pad noemde, maar dat is nog geen reden om niet te helpen haar moordenaar te vinden. Moord is onvergeeflijk. En sorry, maar ik heb het gevoel, dat het *bijzonder* onvergeeflijk was om dat beestachtige heksenmasker op haar hoofd te plaatsen. Je was erg van streek toen ze het jou opzette.' Ze wendde zich tot Charlie. 'Dat was een van haar akelige grapjes. Ze zei dat Duncan alleen maar zou kunnen vermageren als zijn tong vastgezet zou worden, dus sloop ze op een dag achter hem om toen hij in de tuin lag te slapen met zijn mond open en trok dat gruwelijke ding over zijn hoofd. Hij *stierf* bijna van schrik.' Ze zweeg om opnieuw adem te halen, maar ze had nu blijkbaar al haar kruit verschoten en ging niet verder.

Het bleef lange tijd stil.
'Ik denk dat u het haar ook zo heeft opgedaan,' mompelde Charlie ten slotte, 'toen ze al sliep, maar ik zou wel eens willen weten hoe u haar de slaappillen heeft gegeven. De patholoog-anatoom schat het op een stuk of vier, vijf en zoveel zou ze er zelf nooit hebben genomen.'
Duncans blik bleef even op het geschokte gezicht van zijn vrouw rusten voor hij zich tot Cooper wendde. 'Oude vrouwen hebben twee dingen gemeen,' zei hij met een glimlachje. 'Ze drinken te veel en ze praten te veel. U zou Mathilda gemogen hebben, brigadier, ze was een bijzonder amusante vrouw, hoewel de herinnering aan haar veel aangenamer was dan de werkelijkheid. Het was een teleurstelling om terug te komen. De ouderdom heeft weinig compensaties, zoals ik u geloof ik al eens heb verteld.' Zijn vriendelijke gezicht straalde. 'Ik geef over het geheel genomen de voorkeur aan manlijk gezelschap. Mannen zijn veel gemakkelijker te begrijpen.'

'En dat is prettig,' merkte Cooper die avond op tegen de Blakeneys in de keuken van Mill House, 'gezien het feit dat hij vermoedelijk de rest van zijn leven in de gevangenis zal doorbrengen.'
'Aangenomen dat u kunt bewijzen dat hij het heeft gedaan,' zei Jack. 'Wat gebeurt er wanneer hij niet bekent? Dan blijft u zitten met bijkomstig bewijs en als zijn verdediger een greintje verstand heeft, dan zal die zijn uiterste best doen om te bewijzen dat Mathilda zelfmoord heeft gepleegd. U weet zelfs niet waarom hij het heeft gedaan, is het wel?'
'Nog niet.'
'Weet Violet dat niet?' vroeg Sarah.
Cooper schudde zijn hoofd en dacht aan de wanhopige vrouw die ze in Wing Cottage hadden achtergelaten, die met wringende handen had geprotesteerd dat er een vergissing gemaakt moest zijn. 'Zij beweert dat ze het niet weet.'
'En u heeft de dagboeken niet gevonden?'
'Dat hebben we nooit echt verwacht. Hij zal ze wel al lang geleden hebben vernietigd.'
'Maar er is nog zoveel onduidelijk,' zei Sarah teleurgesteld. 'Hoe kreeg hij haar zover om slaappillen te nemen? Waarom heeft hij het gedaan? Waarom is Violet niet wakker geworden? Waarom heeft hij u niet verteld dat Ruth er was geweest als hij haar erin wilde betrekken? En wat ik echt niet begrijp – waarom had Jane die dag in hemelsnaam ruzie met Mathilda?'

Cooper keek Jack even aan en haalde toen zijn sigaretten te voorschijn. 'Een paar van die antwoorden kan ik wel raden,' zei hij, duwde een sigaret in zijn mondhoek en stak hem met de aansteker aan. 'Zowel Mathilda als Violet lustten 's avonds wel een slokje. Ik denk dat er een goede kans bestaat dat Mathilda Violet heeft laten kennis maken met sterke drank, het als iets respectabels deed voorkomen tegenover Duncans afkeuring, maar Violet had in ieder geval de neiging om in haar leunstoel in te dutten. De avond dat Mathilda is overleden, is Violet tijdens "Blind Date" onder zeil gegaan en dat is rond halfzeven of zo. Ze is na tienen wakker geworden toen Duncan haar wakker schudde en zei dat ze door "Match of the Day" heen snurkte. Ze is naar bed gegaan en heeft de rest van de nacht als een marmot geslapen.' Hij tikte de as in zijn tot kom gehouden handpalm. 'Dat was absoluut geen sukkelslaapje. Dat was een door slaappillen opgewekte toestand van verdoving en daarom werd ze niet wakker toen Duncan de kamer uitliep. Ik denk dat hij Violet met een stevige whisky, vermengd met slaappillen, heeft begroet toen ze na een vermoeiende dag in Poole thuiskwam, gewacht heeft tot ze in slaap was gevallen, naar het huis ernaast is gewandeld en hetzelfde brouwsel aan Mathilda heeft gegeven. Ze bewaarde de drank in de keuken. Het was niet moeilijk om te zeggen: blijf maar zitten. Ik zal de honneurs wel waarnemen en je even bijschenken.'
'Maar waar haalde hij de slaappillen vandaan? Hij is een patiënt van mij en ik heb hem of Violet nooit iets voorgeschreven.'
'Hij heeft vermoedelijk de pillen gebruikt die u mevrouw Gillespie had voorgeschreven.'
Sarah keek hem vol twijfel aan. 'Wanneer kan hij die dan hebben weggenomen? Ze zou toch gemerkt hebben dat er minder waren?'
'Als ze dat al merkte,' zei hij droog, 'dan zou ze waarschijnlijk hebben gedacht dat haar eigen dochter daar verantwoordelijk voor was. Mevrouw Lascelles is dermate verslaafd dat ze de medicijnkast van haar moeder waarschijnlijk al jaren plunderde.'
Jack keek peinzend. 'Wie heeft u dat verteld?'
'Om precies te zijn, jij, Jack. Maar ik wist niet zeker wat ze nam tot we gisteren het huis doorzochten naar die dagboeken. Ze is niet erg goed in het verstoppen van dingen, maar ze heeft verdomd veel geluk gehad dat ze niet eerder in aanvaring is gekomen met de politie. Dat gebeurt trouwens nog wel, nu de geldkraan is dichtgedraaid.'
'Ik heb je niets verteld.'

Cooper maakte afkeurende geluidjes. 'Je hebt me alles verteld wat je wist over mevrouw Lascelles, tot en met het feit dat jij persoonlijk minachting voor haar koestert. Ik heb naar haar portret staan kijken terwijl we het over Othello en Iago hadden en ik zag alleen maar een verschrikkelijk zwak en chaotisch karakter wier bestaan' – hij gebruikte zijn handen om de omvang aan te geven – 'volledig afhankelijk was van prikkels van buitenaf. Ik vergeleek de fletse kleuren en verwrongen vormen van Joanna's portret met de kracht in die van Mathilda en Sarah en ik vond dat je een vrouw zonder inhoud had geschilderd. Het enige wezenlijke dat waar te nemen is, is een weerkaatsende realiteit, met andere woorden, een persoonlijkheid die zich alleen op kunstmatige wijze staande kan houden. Ik vermoedde dat het drank of drugs moest zijn.'
'Je liegt dat je barst,' zei Jack botweg. 'Die rotzak van een Smollett heeft het je verteld. Verdomme, Cooper, zelfs ik heb dat niet allemaal gezien en ik heb dat verdomde schilderij gemaakt.'
Cooper grinnikte diep achter in zijn keel. 'Het is overduidelijk, vriend, geloof me. Meneer Smollett heeft me niets verteld.' Zijn gezicht werd ernstiger. 'Maar jullie hadden geen van beiden het recht om gegevens achter te houden, niet bij een moordonderzoek.' Hij keek Sarah aan. 'En u moet me niet kwalijk nemen dat ik het zeg, maar u had haar die middag nooit mogen confronteren, dokter. Dat soort mensen is schrikbarend onbetrouwbaar en u was alleen met haar in huis.'
'Ze staat onder invloed van valium, niet van LSD, Cooper. Hoe wist u bovendien dat ik haar geconfronteerd had?'
'Omdat ik een politieman ben, dokter Blakeney, en u keek schuldig. Wat geeft u het idee dat ze valium slikt?'
'Dat heeft ze me verteld.'
Cooper sloeg zijn ogen ten hemel. 'Eens op een dag zult u leren om niet zo lichtgelovig te zijn, dokter Blakeney.'
'Wat slikt ze dan?' wilde Jack weten. 'Ik dacht ook aan kalmerende middelen. Ze spuit niet. Ik heb haar naakt geschilderd en er was geen spuitplekje te zien.'
'Dat hangt ervan af waar je naar zoekt. Ze is rijk genoeg om de zaak netjes te doen. De vuile naalden en vuile wc's veroorzaken de meeste problemen. Waar heb je trouwens gekeken? Armen en benen?' Jack knikte. 'De aderen rondom haar kruis?'
'Nee,' gaf hij toe. 'Het was al moeilijk genoeg, ik wilde haar niet aanmoedigen door daar naar te gaan zitten staren.'
Cooper knikte. 'Ik heb een halve apotheek onder de planken in

haar vloer gevonden, waaronder kalmerende middelen, slaappillen, amfetaminen en een flinke hoeveelheid heroïne en spuiten. Volgens mij is ze chronisch verslaafd, waarschijnlijk al jaren. En ik kan je erbij vertellen dat de toelage van haar moeder onmogelijk kan hebben voorzien in de voorraad die ze had verstopt en het leuke bloemschikken evenmin. Ik denk dat het allemaal in de anonieme brief van Duncan en Violet stond, Joanna is een van de betere soorten prostitueés en dat stelt haar in staat om een bijzonder dure gewoonte te bekostigen, en ik denk dat het is begonnen toen ze met Steven Lascelles trouwde.'

'Maar ze ziet er zo' – Sarah zocht naar het juiste woord – 'rein uit.'

'Dat zal niet lang meer duren,' zei Cooper cynisch. 'Ze staat op het punt om te ontdekken hoe het is om in de werkelijke wereld te leven, waar geen Mathilda is om haar fondsen aan te zuiveren. En wanneer je wanhopig wordt, word je onvoorzichtig.' Hij klopte Sarah op haar hand. 'Verspil je sympathie niet aan haar. Ze heeft haar hele leven genómen. Ik zou zeggen dat het de hoogste tijd wordt dat ze eens leert er wat voor te betalen.'

Ik heb nog nooit zoiets belachelijks meegemaakt: Gerald krijgt een geweten. 'Niet meer, Matty, alsjeblieft,' zei hij en barstte in tranen uit. 'We gaan naar de hel voor wat we hebben gedaan.' De ondankbaarheid van die man is onvoorstelbaar. Denkt hij dat ik er enig genoegen in schepte om door een kwijlende halve debiel betast te worden? Het is natuurlijk vaders schuld. Hij heeft gisteren zijn geduld verloren en begon Gerald uit te schelden. Nu zegt Gerald dat hij terug gaat naar die slet aan het eind van de straat die hem voor het eerst heeft verleid en zegt dat hij met haar gaat trouwen. 'Grace zal Gerry een baby geven, Matty,' snotterde hij, 'en Gerry wil een baby hebben.' Waarom, o waarom was mijn grootvader zo dom? Het zou toch veel verstandiger zijn geweest om door de zure appel heen te bijten en Gerald krankzinnig te laten verklaren dan voor de buitenwereld te blijven doen alsof hij normaal was.
Ik heb vader in de bibliotheek opgezocht, hij was zoals gewoonlijk dronken, en heb hem botweg verteld dat Gerald niet meer meespeelde. 'Je bent zo'n stommerd,' raasde ik tegen hem. 'Grace zal geen tweede keer om te kopen zijn. Denk maar niet dat ze er inmiddels niet achter is dat ze er meer uitsleept door met Gerald te trouwen dan door op jouw omkooppraktijken in te gaan.' Vader kromp zoals gewoonlijk in elkaar. 'Ik kan er niets aan doen,' jammerde hij, 'het is de schuld van je grootvader. Hij had de kwestie met Gerald ook voor moeten zijn.' Ik had hem kunnen vermoorden. Altijd hetzelfde verhaal, het is nooit zijn schuld, altijd die van een ander. Maar op één punt heeft hij gelijk. Wat is de logica je op een erfenis te beroepen om een idiote eerstgeborene ervan te weerhouden je bezit te grabbel te gooien als je de mogelijkheid negeert dat een of andere listige hoer haar klauwen in hem slaat? Ik denk dat hij er geen idee van had dat imbecielen zo geïnteresseerd waren in seks en evenmin dat ze in staat waren om kinderen te verwekken.
Ik heb vader de hele avond gedwongen het heksenmasker te dragen en hij heeft beloofd in de toekomst zijn mond te houden. Gerald zit

natuurlijk in de hoek te jammeren en is bang dat ik het hem ook zal laten dragen, maar ik heb beloofd dat als we niets meer over Grace zouden horen, ik lief voor hem zou zijn. Nu is hij weer handelbaar. Wat is het vreemd dat deze twee, die geen hersens hebben, het heksenmasker zien als het toppunt van vernedering, terwijl Duncan, die toch wel enig intellect bezit, er zo walgelijk opgewonden van wordt. Voor Gerald en vader is het een noodzakelijke straf voor de zonden die ze willen begaan. Voor Duncan is het een fetisj die zijn potentie opwekt. Hij wordt altijd opgewonden als hij het draagt. Maar wat is het toch een waardeloze worm. Hij smeekt me op zijn knieën om met hem te trouwen terwijl hij Violet en haar ouders laat doorgaan met de huwelijksvoorbereidingen. Hij is niet bereid het risico te lopen haar knullige huwelijksschat mis te lopen zolang hij niet verzekerd is van de mijne.

Ik zou nooit met een man kunnen trouwen die plezier schept in zijn eigen vernedering, want dan zou er voor mij niets meer aan zijn. Ik kan alleen maar van ze houden als ze door het stof kruipen. Maar het is wonderlijk hoeveel mannen wreedheid aantrekkelijk vinden. Net als honden likken ze de hand die ze slaat. Arme Violet, ik heb een illusie in Duncans hersens gezaaid die zij nooit zal kunnen bevredigen. Dat is toch een alleraardigste gedachte. Ik zou het ook niet kunnen aanzien dat ze gelukkig werden. Maar ja, ik kan het nooit uitstaan als wie dan ook gelukkig is…

Negentien

Sarah schonk hun wijnglazen bij en keek met een zuur gezicht naar de lege fles. 'Goddank is mijn gif tenminste wettelijk toegestaan,' mompelde ze. 'Ik weet verdomd goed dat ik prikkels van buitenaf nodig heb om de ellende draaglijk te maken. Heeft u haar de heroïne afgepakt, Cooper? Als u dat heeft gedaan is ze nu de wanhoop nabij.'
'Nee,' gaf hij toe, 'maar die informatie mogen jullie voor je houden.'
'U bent een aardige man,' zei ze tegen hem.
'Ik ben een realist,' verbeterde hij haar. 'Als Joanna haar moeder had vermoord, stond ik sterker als ik deze wetenschap nog even voor me hield. Ze zou veel kwetsbaarder tegenover een politieverhoor staan als we haar konden aanhouden zowel op bezit van verdovende middelen als wegens moord.'
'U kunt zo slecht liegen,' zei Sarah vol genegenheid. 'U gaat haar helemaal niet aanhouden. Gaat u haar eigenlijk vertellen dat u het weet?'
Maar Cooper ontweek die vraag. 'We hadden het erover hoe Duncan Mathilda heeft vermoord,' zei hij. 'Nou, waar waren we gebleven?'
'Bij Mathilda die ontstellend achterdochtig was toen hij niet-uitgenodigd door de achterdeur kwam en aanbood haar whisky bij te vullen,' zei Sarah droog.
'O ja, nou, hij zal ook niet zo gekomen zijn. Hij zal bij de voordeur hebben aangebeld. Het was volkomen veilig. Violet zou niets horen, die lag voor de televisie te ronken en ik weet zeker dat hij een bijzonder overtuigende reden had om op zaterdagavond om zeven uur bij Mathilda aan te kloppen. Hij wist tenslotte heel wat over haar leven, en daarvan kon hij willekeurig wat, als excuus gebruiken. Ze zou al heel achterdochtig moeten zijn om haar deur gesloten te houden voor de buurman die ze vrijwel iedere dag zag.' Hij tikte afwezig meer as in zijn handpalm en keerde die toen om boven de grond. 'Toen hij haar eenmaal de whisky had gegeven,

keek hij hoe ze die opdronk, verzon een smoes en vertrok. Hij is een voorzichtig man en hij wist niet hoe goed het kalmerende middel zou werken. Bovendien moest hij zeker weten dat Violet inderdaad met geen kanon wakker te krijgen was en de bel niet had gehoord. Ik denk dat als hij haar half bewusteloos had aangetroffen hij de hele zaak zou hebben afgeblazen als te gevaarlijk, maar tegelijkertijd wilde hij Mathilda volkomen van de wereld af hebben voor hij haar het heksenmasker opzette.'

Vanaf dat ogenblik zal het allemaal vlot verlopen zijn. Hij controleerde Violet, trok een paar handschoenen aan, zocht de benodigde bloemen in de tuin – dat had hij overdag niet kunnen doen voor het geval iemand hem bezig zag en het door zou hebben wanneer ze over Mathilda's bloementooi hoorden. Toen liet hij zichzelf weer binnen, dit keer via Mathilda's achterdeur, pakte het stanleymes uit de keukenla, keek of Mathilda sliep, nam de bloemen, het mes en het heksenmasker mee naar boven waar hij ze op de toilettafel neerlegde, liet het bad vollopen en ging weer naar beneden om Mathilda te halen. Hij hoefde haar maar in zijn armen te nemen, in de lift te zetten, haar naar boven te laten gaan en uit te kleden.

We denken dat het ongeveer halftien geweest zal zijn en daar kan de patholoog-anatoom zich in vinden. Hij was altijd al meer voor vroeger dan later, vooral omdat Mathilda niet direct dood is gegaan.' Hij zocht in gedachten weer naar de draad van het verhaal. 'Goed, dus toen hij haar had uitgekleed, legde hij haar in het warme bad, zette haar het heksenmasker op, sneed haar polsen door en schikte de brandnetels en madeliefjes in de hoofdband. Vermoedelijk gebruikte hij de spons om de lege plek op te vullen. Toen hoefde hij alleen nog maar het whiskyglas naast het lege flesje slaappillen te zetten, de dagboeken weg te halen, voor de zekerheid de sleutel schoon te vegen en terug te leggen voor hij naar huis, naar Violet en de televisie, ging. Hij onderhield de arme vrouw de volgende ochtend ongetwijfeld over het feit dat ze zoveel had gedronken dat ze de vorige avond knock-out was gegaan, anders had ze ons wel eerder verteld dat ze had geslapen in plaats van Duncans verhaal te ondersteunen dat er bij de buren niets te horen was geweest.' Hij wreef over zijn kin. 'Het is een erg meegaande vrouw en eerlijk is eerlijk, het is blijkbaar nooit in haar opgekomen dat hij Mathilda vermoord kon hebben. Ik denk dat zij op die anonieme brief heeft aangedrongen omdat ze zich schuldig voelde dat ze ten opzichte van Mathilda te kort geschoten was.' Hij keek even naar

Jack. 'Ze hoorde haar huilen toen jij daar een keer was om haar het schilderij te laten zien en ze is er zeker van dat als ze maar iets had gezegd, ze de moord misschien had kunnen voorkomen.'
Hij zag de verbaasde, vragende uitdrukking op Sarahs gezicht en ging meedogenloos verder. 'Voor zo ver het Ruth en Jane betreft, wilde Duncan ons niet vertellen dat ze die dag in Cedar House waren geweest, omdat hij zich niet kon veroorloven er aandacht op te vestigen hoeveel hij door de muren kon horen. De enige reden dat Violet wist dat Ruth er was geweest,' ging hij verder, 'was omdat ze een ruzie tussen Joanna en Ruth in de gang hoorde. Ze besprak met Duncan of het verstandig zou zijn die door te geven, omdat hij ronduit weigerde haar persoonlijk te laten gaan om narigheid te vermijden zoals hij het noemde, maar hij had geen bezwaar tegen een anonieme brief, hoewel hij haar wel handschoenen liet aandoen om een opsporing via vingerafdrukken te vermijden. Ze vond het *vreselijk* spannend,' eindigde hij met ironische nadruk.
'Het is vreemd dat Mathilda het er nooit over had dat ze hen hoorde,' zei Jack. 'Je zou denken dat ze zoiets onverdraaglijk zou vinden.'
'Mevrouw Orloff zegt dat ze erg duidelijk en beslist sprak, dus misschien was ze een beetje doof en als ze hen nooit heeft gehoord, zou het niet in haar opkomen dat zij haar konden horen. Hoe dan ook, zodra ze beseften hoeveel er kon worden afgeluisterd, hebben ze hun stemmen gedempt. Het is interessant om hen gade te slaan. Hij spreekt nauwelijks harder dan op fluistertoon en wanneer zij opgewonden wordt, fronst hij zijn wenkbrauwen tegen haar en ze dempt haar stem.'
'Ik denk dat hij op die manier achter de sleutel is gekomen,' zei Sarah langzaam. 'Toen Mathilda me die dag vertelde waar hij lag. Hij moet haar hebben gehoord.'
Cooper knikte.
'Hoe wist hij van de dagboeken af?'
'Volgens Violet sprak ze vaak in zichzelf wanneer er niemand was, dus ik denk dat ze hardop las. En anders is hij er per ongeluk op gestuit toen hij iets anders zocht.' Hij fronste zijn wenkbrauwen. '*Hij* zal het ons in ieder geval niet vertellen. Hij ontkent op het ogenblik alles en daagt ons uit een goede reden te bedenken waarom hij plotseling een vrouw zou willen vermoorden die hij al vijftig jaar kent, terwijl er al die tijd nauwelijks een kwaad woord tussen hen gewisseld is. En Violet bevestigt dat. Ze zegt dat Duncan veel te lui is om beledigd te zijn of iemand te beledigen, dus dat het

Mathilda heel snel verveelde een of andere vorm van reactie uit hem te krijgen.'

'Hij maakt het je wel moeilijk,' merkte Jack vol tegenzin met bewondering op. 'Je komt niet ver met "poging tot vertraging van het testament" als overtuigend bewijs voor moord. Zelfs al zou het tot een gerechtelijke vervolging komen, dan zie ik een jury dit nog niet slikken. Heb je werkelijk geen idee waarom hij haar dood wilde hebben? Violet moet toch wel iets weten.'

'Ze is op het ogenblik erg van streek. De inspecteur hoopt met wat liefde en geduld en de hulp van een vrouwelijke politieagente haar geheugen weer op gang te kunnen brengen, maar als je het mij vraagt, is ze inderdaad eerlijk wanneer ze zegt dat ze het niet weet. Het is een wonderlijk persoontje, die hoofdzakelijk in een eigen wereld leeft, vijf kwartier in het uur kletst, maar niet luistert. Ik denk dat het meeste dat zich in Cedar House afspeelde, niet meer dan achtergrondlawaai voor haar was.' Hij keek hen stuk voor stuk even aan. 'En daarom ben ik hier. Ik moet Ruth spreken. Ze had het erover dat haar grootmoeder haar kort voor haar overlijden een brief had geschreven en ik vroeg me af of dat misschien iets was dat ons kon helpen.'

'Als het dezelfde is waar ze het tegen mij over had, dan heeft ze hem verscheurd,' zei Sarah.

'Goed, maar ze weet nog wel wat erin stond. Ik moet echt met haar praten.'

Sarah schudde vastbesloten haar hoofd. 'Nu niet, Cooper. Ze is op het ogenblik paranoïde wat de politie betreft, gezien gisteravond en Jack die tijdens de lunch in de handboeien werd geslagen. Goed, ik weet dat u daar niets aan kunt doen, maar u moet een beetje begrip voor haar hebben.'

'Ik wil niemand dwingen,' smeekte hij. 'Ik heb werkelijk geen keus. We kunnen Duncan niet eindeloos vasthouden zonder bijzonder hard bewijs en wanneer hij eenmaal vrij is, kan hij alles goed maken wat hij verkeerd heeft gedaan.'

Ze zuchtte en pakte een van zijn grote handen in de hare. 'Luister, ik zal u iets vertellen dat ik eigenlijk niet zou moeten doen, want het is een geheim van Ruth en niet het mijne, maar ik vertrouw u blindelings, Cooper, dus ik denk dat ik het u wel kan vertellen.' Ze kneep even in zijn hand voor ze hem losliet en die van Jack pakte, haar ogen halfdicht van genegenheid. 'Waarom denkt u dat deze stommerd als een olifant in een porseleinkast tekeer is gegaan? Hij zegt dat hij rationeel en verstandig te werk is gegaan. U en ik weten

dat dit niet zo is. Hij is er tamelijk laat achter gekomen dat hij bijzonder sterke, vaderlijke gevoelens heeft die hij, gezien het royale mens dat hij is, niet van plan is te beperken tot zijn eigen kinderen. Hij handelt in de plaats van de vader van Ruth, omdat hij wil dat ze weet dat er iemand in deze rottige wereld is die van haar houdt.'
Jack legde zijn vingers op haar lippen. 'Twee mensen,' verbeterde hij haar.
Ze bleef hem even aankijken. 'Twee mensen,' stemde ze in. Ze trok haar hand terug en vestigde haar aandacht weer op Cooper. 'Ruth is op het ogenblik zo kwetsbaar dat als ze onder nog meer druk komt te staan, ik kan garanderen dat ze zich uit de werkelijkheid terugtrekt zoals Joanna dat blijkbaar heeft gedaan en Mathilda vermoedelijk ook. Het lijkt bijna wel alsof er een zelfvernietigend gen in die familie zit dat zo'n terugtrekking bewerkstelligt.' Ze schudde haar hoofd. 'Wat het ook is, Ruth gaat niet dezelfde kant op, niet als Jack en ik dat kunnen voorkomen. Ze is zwanger, Cooper. Ik weet dat je het niet kunt zien, maar ze zit bijna op het wettelijk toegestane moment waarop ze niet meer terug kan en als ze niet snel een beslissing neemt over het beëindigen van haar zwangerschap, zal ze die moeten uitdragen. Jack probeerde de vrede en rust voor haar te kopen die ze nodig had om een beslissing te nemen, omdat ze daar tot nu toe nog geen gelegenheid voor heeft gehad.'
Cooper verwerkte dit alles in diep stilzwijgen. 'Helpen jullie haar met haar beslissing?' vroeg hij uiteindelijk.
'Ik heb haar van alle mogelijke gegevens voorzien, maar ik wil niet zeggen: doe dit of doe dat. Het is de taak van de moeder om raad te geven, maar Joanna weet zelfs niets van de verkrachting, laat staan van de zwangerschap.'
'Hmm,' gromde Cooper en kneep zijn lippen zwaar peinzend op elkaar. 'Nou, ik zal het het arme kind in ieder geval niet nog moeilijker maken,' zei hij ten slotte. 'Ik weet zeker dat haar grootmoeder geen gerechtigheid voor zichzelf zou eisen, boven consideratie voor haar kleindochter. Als ze wel zo was, dan had ze Ruth wel aangegeven wegens diefstal toen ze nog in leven was.' Hij stond op en knoopte zijn jas dicht om weg te gaan. 'Maar u moet me niet kwalijk nemen, dokter Blakeney, als ik zeg dat u uw verantwoordelijkheid als adoptiemoeder, tijdelijk of niet, ernstiger moet nemen. Het heeft geen zin haar gegevens te verstrekken en de beslissing aan haar over te laten zonder heel duidelijk te maken dat u denkt dat het voor haar het beste zou zijn om een abortus te ondergaan. De kans bestaat dat ze hemel en aarde bij elkaar schreeuwt en zal

zeggen dat u niet van haar houdt en geen cent om haar gevoelens geeft, maar ouderschap is geen kwestie van jezelf op de schouder kloppen omdat je zo begrijpend en liberaal bent. Het gaat om leiden, opvoeden en het kind dat je liefhebt te leren een man of vrouw te worden die respect verdient.' Hij knikte vriendelijk bij wijze van afscheid en liep naar de deur. Maar hij bleef stilstaan toen hij Ruth in de schaduw van de gang zag staan.

'Ik heb geluisterd,' zei ze, haar ongelukkige ogen stonden vol tranen. 'Het spijt me, dat was niet mijn bedoeling.'

'Rustig maar, rustig maar,' zei Cooper bruusk van verlegenheid en trok een grote, witte zakdoek uit zijn zak die hij haar aanbood. 'Ik zou me moeten verontschuldigen. Ik moet me nergens mee bemoeien.'

Haar ogen vulden zich weer met tranen. 'Dat geeft niet. Ik zat te denken – als – u zei dat u wilde dat uw kinderen dezelfde mogelijkheden hadden gehad als ik – weet u nog wel?'

Hij knikte. Dat had hij inderdaad gezegd, dacht hij geërgerd.

'Nou, ik zat net te denken – ik wilde' – ze schonk hem een waterig glimlachje – 'ik wilde dat ik die van hen had gehad. Ik hoop dat u dat waardeert, brigadier Cooper.' Ze haalde een brief uit haar zak en gaf die aan hem. 'Die is van oma,' zei ze, 'ik heb hem niet weggegooid, maar ik kon hem u niet laten zien, omdat ze over mijn stelen praat.' Er spatte een traan op haar hand. 'Ik hield echt van haar, weet u, maar ze is overleden met het idee dat dit niet zo was en dat is bijna net zo erg als de rest.'

'Ja,' zei hij vriendelijk, 'dat kan ik me voorstellen, want je kunt er nu niets meer aan doen.'

'Nooit meer.'

'Nou, nooit – dat zou ik niet willen zeggen. In dit leven kunnen we er het beste van maken door van onze fouten te leren en te proberen ze geen tweede keer te maken. Geen van ons is onfeilbaar, Ruth, maar we zijn het onszelf en onze medemensen verplicht om ons verstand te gebruiken. Hoe kan de mensheid anders ooit verbeteren?'

Ze kneep haar lippen op elkaar om de tranen in te houden. 'En u denkt dat het verstandig zou zijn om een abortus te ondergaan?'

'Ja,' zei hij volkomen eerlijk. 'Dat denk ik.' Hij legde zijn brede handpalm op haar buik. 'Op het ogenblik ben je nog niet oud of sterk genoeg om vader en moeder tegelijk te zijn voor een ander menselijk wezen en je zit te vol schuldgevoelens ten opzichte van je grootmoeder en wat jij ziet als jouw verraad ten opzichte van haar

om deze baby aan iemand anders te geven.' Hij glimlachte tamelijk verlegen. 'Dat wil niet zeggen dat ik verwacht dat je het met me eens zult zijn, of dat ik me van je af zal wenden als je besluit de baby te houden. Dokter Blakeney heeft helemaal gelijk wanneer ze zegt dat de keus aan jou is. Maar ik zou het beter vinden als je zwanger werd wanneer je wat ouder was en een man had gevonden van wie je hield en die ook van jou houdt. Dan zijn je kinderen gewenst en ben je vrij om het soort moeder te worden dat je wilt zijn.'
Ze probeerde hem te bedanken, maar de woorden kwamen niet, dus sloeg Cooper zijn armen in plaats daarvan om haar heen en hield haar tegen zich aan. Achter hem wendde Sarah zich met een betraand gezicht tot Jack. 'Help me dit onthouden,' fluisterde ze, 'wanneer ik zelfgenoegzaam dreig te worden. Ik heb net geleerd hoe weinig ik weet.'

Lieve Ruth, (had Mathilda geschreven)
Je moeder en ik hebben ruzie gekregen over een brief die je oom Gerald Cavendish kort voor zijn dood heeft geschreven. Ze dreigt me voor het gerecht te dagen omdat ze denkt dat ze die brief kan gebruiken om daarmee het testament van mijn vader aan te vechten. Dat zal haar niet lukken, maar daar kan ik haar niet van overtuigen. Het is begrijpelijk dat ze zich gekrenkt voelt en mij wil straffen. Ik besef nu dat er te veel geheimen in deze familie zijn en dus schrijf ik jou om je met de wetenschap vertrouwd te maken die zij al bezit, want ik wil niet dat je het van haar hoort. Ik denk niet dat ze het je op een prettige manier zal vertellen. James Gillespie was niet de vader van je moeder. Dat was Gerald Cavendish. Ik besef hoe geschokt je hierover zult zijn, maar ik wil je dringend verzoeken hetzelfde te doen wat ik al die jaren heb gedaan en het als iets te zien wat is gebeurd en wat niet berouwd hoeft te worden. Je vindt het misschien moeilijk om te geloven, maar ondanks alles ben ik altijd erg op je moeder gesteld geweest, evenals op jou.
Ik sta nu voor een moeilijke keus. Lieverd, ik weet dat je me al een paar maanden besteelt. Ik weet ook dat je moeder het leven niet meer aankan en de voorkeur geeft aan de schemerwereld van een overvloed aan medicijnen en de losse relaties die haar de illusie schenken geliefd te zijn zonder banden van enige verantwoordelijkheid. Jullie laten je allebei

door mannen gebruiken en gezien mijn eigen voorgeschiedenis, vind ik dat erg schokkend. Ik begrijp dat ik te kort ben geschoten bij jou en daarom heb ik besloten jullie allebei vrij te laten zodat jullie je eigen beslissing betreffende je toekomst kunt maken.

Ik ben van plan om op je achttiende een bedrag ineens aan jou en je moeder over te maken, de som zal verdeeld worden in een verhouding van 2 : 1. Je moeder krijgt dus tweemaal zo veel als jij. Misschien had ik dit al veel eerder moeten doen, maar ik had moeite om afstand te doen van iets waar ik zo hard voor had gewerkt in naam van Cavendish. Zoals de zaken er nu voor staan, zie ik dat een naam niets is, tenzij de personen die hem dragen boven hun medemensen staan, want dat het niet een toevallig geboorterecht is dat ons groot maakt, maar onze individuele karakters. Door jou en je moeder vrij te laten de levens te leiden die jullie kiezen, hoop ik jullie de kans te geven om jezelf te bewijzen, net zoals anderen – de minder welgestelden – al hebben gedaan.

Tot besluit: mocht er mij iets overkomen en je hebt een vriend nodig, dan raad ik je aan om met dokter Sarah Blakeney te gaan praten, mijn huisarts. Zij zal je ongeacht de situatie altijd van goed advies dienen.

Veel liefs, Oma

Cooper legde de brief voor inspecteur Jones neer. 'Ik heb mezelf afgevraagd waar ze het geld vandaan wilde halen om grote bedragen aan mevrouw Lascelles en Ruth te geven als ze alles al aan dokter Blakeney had gegeven.'

Charlies ogen gleden snel over het papier. 'Heb je daar een antwoord op gevonden?'

'Ik denk dat het op de video staat als we maar hadden geweten waar we op moesten letten. Herinner je je dat ze het op het eind tegen Ruth had en ze sprak over haar belofte om Cedar House aan het meisje na te laten voordat het gedrag van Ruth van het afgelopen halfjaar haar tot andere gedachten had gebracht? Goed, nou direct daarna zei ze iets in de trant van: "Je zou de keus gehad hebben om het te verkopen of om te blijven, maar je zou het huis verkocht hebben omdat het zijn charme voor je verloren had wanneer de goedkeuring was gekomen." Of iets dergelijks.'

Charlie knikte.

'Ik nam aan dat de zin "wanneer de goedkeuring was gekomen"

verwees naar de spullen en bezittingen die aan Joanna overhandigd zouden worden als onderdeel van haar portie.'
'Ga verder.'
'Ik denk nu dat ze het over een goedkeuring van bouwplannen had. Ze was van plan de tuin als bouwgrond te verkopen. Hoe kan ze anders een bedrag ineens voor de dames Lascelles opbrengen en toch Cedar House met inhoud aan dokter Blakeney achterlaten? Stel je eens voor wat dat voor Duncan Orloff betekende. Een man die niet moet denken aan lawaaierige kinderen bij de buren gaat heus niet zoetjes zitten wachten om te kijken hoe zijn tuin in bouwterrein verandert.'

'Bewijs het maar,' zei Duncan onbewogen. 'Noem de aannemer. Leg maar uit waarom er geen correspondentie bestaat met dit geheimzinnige bedrijf. Allemachtig man, ze zou niet eens een bouwvergunning voor een dergelijke onderneming gekregen hebben. De dagen van groenstroken zonder meer bebouwen zijn al lang voorbij. Ze proberen zo snel mogelijk alles weer te krijgen zoals het was. Er zijn stemmen te behalen als je het milieu erbij sleept en niet met speculatief vandalisme.'
Charlie bedacht mistroostig dat dit waar was. Het was Coopers taak om een dosis gezond verstand in de situatie te brengen.

De volgende ochtend bezocht hij na langdurige besprekingen met de plaatselijke ambtenaar voor stadsontwikkeling, het bouwbedrijf Howard & Sons dat sinds 1972 in Learmouth bestond. Een secretaresse van middelbare leeftijd, opgewonden van nieuwsgierigheid over deze onverwachte verschijning van een politieman in burger in hun midden, bracht hem met enige omhaal naar het kantoor van meneer Howard senior.
Meneer Howard, een gezette, oudere man met een paar grijze haren, keek met gefronste wenkbrauwen op van een stel tekeningen. 'En brigadier? Wat kan ik voor u doen?'
'Ik begrijp dat uw bedrijf verantwoordelijk was voor de ontwikkeling van het Cedar-terrein in Fontwell. Het is tien jaar geleden gebouwd. Herinnert u zich dat?'
'Jazeker,' blafte de ander. 'En? Wie heeft er klachten?'
'Niemand, voor zover ik weet,' zei Cooper rustig.
Hij zwaaide naar een stoel. 'Ga zitten, man. Je weet maar nooit tegenwoordig. Het is een eet-of-word-gegeten-wereld, processen zijn aan de orde van de dag en de enigen die er beter van worden

zijn de advocaten. Ik heb vanochtend een brief gehad van een krenterige klootzak die weigert zijn schuld te betalen en zegt dat wij contractbreuk plegen omdat we een stopcontact minder hebben aangebracht dan op de tekening staat. Je wordt er gek van.' Hij fronste een paar indrukwekkende wenkbrauwen. 'Waarom bent u in het Cedar-terrein geïnteresseerd?'
'U heeft het land van een zekere mevrouw Mathilda Gillespie van Cedar House in Fontwell gekocht.'
'Ja. Dat oude kreng is ook een eersteklas bloedzuiger. Ik heb er veel meer voor betaald dan nodig is.'
'*Was*,' verbeterde Cooper hem. 'Ze is dood.'
Howard keek hem met plotselinge interesse aan. 'O ja?' mompelde hij zonder enige spijt in zijn stem. 'Tja, dat overkomt ons uiteindelijk allemaal.'
'In haar geval tamelijk voortijdig. Ze werd vermoord.'
Het was even stil. 'En wat heeft dat met het Cedar-terrein te maken?'
'We hebben problemen om een motief te vinden. Een van de ideeën,' verklaarde hij zwaarwichtig, 'is dat ze van plan was haar succesvolle transactie met u voort te zetten door de rest van haar tuin als bouwland te verkopen. Uit gesprekken die ik met de dienst voor stadsontwikkeling heb gehad, heb ik begrepen dat er altijd al sprake van een soort tweede fase is geweest, maar dat haar dit bijzonder ongeliefd bij bepaalde mensen zou maken en misschien een moord in de hand heeft gewerkt.' Hij zag de glinstering van interesse in de scherpe, oude ogen tegenover hem goed. 'Heeft u enige recente correspondentie met haar betreffende dit onderwerp, meneer Howard?'
'Nee.'
Cooper fronste zijn wenkbrauwen. 'Kunt u dat uitleggen?'
'Ze heeft ons benaderd met een idee om verder te gaan. We hebben een bod gedaan. Dat heeft ze afgewezen.' Hij gromde geërgerd. 'Zoals ik al zei, het oude kreng was een eersteklas bloedzuiger. Wilde veel meer voor het land hebben dan het waard was. De bouw heeft de ergste recessie in de geschiedenis achter de rug en de prijzen zijn gekelderd. Ik zou het niet zo erg vinden als het niet in de eerste plaats aan ons te danken was dat ze zelfs maar in een positie was om dat verdomde terrein te ontwikkelen.' Hij keek Cooper nijdig aan alsof deze verantwoordelijk was voor Mathilda's afwijzing. 'Wij hebben die verdomde rooilijn van haar tuin tien jaar geleden gekregen en daarom hebben wij er een ingang aangebracht.

Een onderdeel van het contract was dat wij een optie op de tweede fase zouden hebben wanneer ze besloot verder te gaan en dan heeft ze het lef om ons af te wijzen.'
'Wanneer was dat? Kunt u zich dat herinneren?'
'De dag waarop ze ons afwees? Op de avond van Guy Fawkes, de vijfde november.' Hij grinnikte plotseling. 'Ik heb gezegd dat ze wat mij betrof, al dan niet met behulp van een vuurpijl, kon opvliegen en toen hing ze op. Ja, ik heb de eerste keer wel ergere dingen gezegd, hoor – ik neem bij niemand een blad voor de mond – en ze is altijd teruggekomen.'
'Heeft u haar persoonlijk gesproken?'
'Telefonisch. Maar ze meende het wel, ze bevestigde het een paar dagen later schriftelijk. Beweerde dat ze geen haast had en bereid was te wachten tot de prijzen weer gestegen waren. Het ligt in een dossier, samen met een kopie van ons bod.' De geïnteresseerde glinstering lag nog steeds in zijn ogen. 'Maar als ze dood is, zijn haar erfgenamen misschien geïnteresseerd? Het is een redelijk bod. Ze krijgen nergens een beter.'
'Haar testament wordt aangevochten,' zei Cooper verontschuldigend. 'Ik denk dat het een tijdje zal duren voor er bewezen is wie de eigenaar van de grond is. Mag ik haar brief zien?'
'Ik zou niet weten waarom niet.' Hij drukte op de intercom en gaf iemand opdracht het Gillespie-dossier te brengen. 'En wie heeft haar vermoord?'
'Er is nog niemand beschuldigd.'
'Nou, ze zeggen dat bouwbesprekingen het slechtste in de mens naar voren halen. Maar het is wel erg radicaal om iemand daarom te vermoorden.'
'Iedere moord is radicaal,' zei Cooper.
'Een paar huizen meer of minder. Het is nauwelijks een motief.'
'Mensen zijn bang voor het onverwachte,' zei Cooper onverstoorbaar. 'Ik denk wel eens dat dit ten grondslag ligt aan alle moorden.' Hij keek naar de deur toen de secretaresse binnenkwam met een oranje map. 'Het evenwicht wordt verstoord en de enige oplossing is degene te vermoorden die dat evenwicht verstoort.'
Howard maakte het dossier open en zocht er een blad uit dat bovenop lag. 'Alstublieft.' Hij reikte het aan.
Cooper bestudeerde het nauwkeurig. De datum was zes november en de brief was getypt. Zoals Howard had gezegd, bevestigde het de weigering om verder te gaan tot de prijzen verbeterd waren. 'Wanneer heeft u deze brief ook weer ontvangen?'

'Een paar dagen na het telefoontje.'
'Dat zou dan een zondag geweest zijn.'
'Die maandag dan, of misschien dinsdag. We werken tijdens het weekend niet, althans niet op kantoor.'
'Typte ze haar brieven altijd?'
'Ik kan me niet herinneren dat ze dat ooit eerder had gedaan.' Hij keek het dossier door. 'Steeds met de hand geschreven brieven.'
Cooper dacht aan haar brief aan Ruth. Die was in een prachtig handschrift geschreven. 'Heeft u andere brieven van haar? Ik zou de handtekeningen even willen controleren.'
Howard likte aan zijn vingers, bladerde door de papieren en haalde nog een paar brieven te voorschijn. 'Denkt u dat iemand anders dat heeft geschreven?'
'Het is een mogelijkheid. Er staat geen schrijfmachine in haar huis en ze was zaterdagavond dood. Wanneer had ze het moeten doen?'
Hij legde de papieren naast elkaar op het bureau en tuurde naar de handtekeningen. 'Nou, nou,' zei hij tevreden, 'wat een uitstekend, gemeen plan – u heeft me prima geholpen, meneer Howard. Mag ik dit meenemen?'
'Ik wil fotokopieën voor mijn archieven.' Hij werd verteerd door nieuwsgierigheid. 'Het is nooit bij me opgekomen dat er iets niet in orde zou zijn. Wat is er dan mee?'
Cooper legde een vinger op de handtekening. 'Om te beginnen zet hij puntjes op zijn "i's"' – hij wees naar de andere – 'en zij niet. Zijn "M" staat te rechtop en de "G" loopt door naar de daaropvolgende "I".' Hij grinnikte. 'De deskundigen zullen hiervan genieten. Alles bij elkaar genomen is het een tamelijk onbeholpen poging.'
'Nogal een sufferd, dus?'
'Arrogant, denk ik. Vervalsing is een kunst. Het kost jaren oefening om er goed in te worden.'

'Ik heb een team van het politielab Violets oude slakken uit de haard laten naspeuren,' vertelde Charlie Cooper toen hij naar de gevangenis terugkeerde, 'en die vertellen me dat ze de dagboeken hebben gevonden. Of wat er dan van over is. Er zijn wat stukjes papier, maar ook verschillende wezenlijke stukken van wat zij kalfslerenbanden noemen. Ze zijn nog bezig. Ze zijn er zeker van dat ze minstens een stukje vinden met haar handschrift erop.' Hij wreef zijn handen in elkaar.
'Als ze toch bezig zijn, kunnen ze ook naar stukjes getypt papier kijken, het liefst met een kop van Howard & Sons erop,' zei Cooper

en haalde een stapel brieven te voorschijn. 'Ze hebben haar op de eerste november een officieel bod voor haar land gedaan en dat hebben we zeker niet gevonden toen we haar papieren doorzochten. De kans is groot dat Orloff een heel dossier heeft vernietigd. Howard senior heeft een stapel correspondentie in verband met het Cedar-terrein en er was in het hele huis geen letter over dat onderwerp te vinden. Als dat wel zo was geweest, hadden we wel eerder lont geroken.'

'Daar kan niemand iets aan doen, behalve zijzelf. Ik denk dat ze heeft geleerd niemand te vertrouwen en dat ze daarom alles voor zich hield. Ze schreef het allemaal in haar brief aan Ruth: "Er zijn te veel geheimen in deze familie." Als ze maar tegen iemand haar plannen kenbaar had gemaakt, zou ze nu misschien nog in leven zijn.'

'Maar we hebben ook niet de juiste vragen gesteld, Charlie.'

De inspecteur liet een droog lachje horen. 'Als het antwoord tweeënveertig is, wat is dan de essentiële vraag? Lees *Het Transgalactisch Lifters Handboek*, ouwe jongen. Het is moeilijker om de juiste vraag te stellen dan het antwoord te geven, dus daar hoef je niet over in te zitten.'

Cooper, die enigszins aan de late kant was, nam zich voor meer te gaan lezen, haalde zijn aantekenboekje te voorschijn en schreef de titel op. Het was vast leesbaarder dan *Othello* waar hij zich op het ogenblik doorheen worstelde. Hij stak zijn potlood weer in zijn zak en vertelde Charlie over zijn gesprek met de aannemer. 'Het was de eerste keer zes weken hard onderhandelen voor ze het samen over een prijs eens waren. Ze speelde het blijkbaar telefonisch met het mes op tafel en wees ieder bod van de hand tot hij er een noemde dat ze acceptabel vond. Arme ziel,' zei hij meevoelend. 'Orloff moet gedacht hebben dat hij binnen was toen hij het haar voor de tweede keer hoorde doen. Ze maakte het hem zo gemakkelijk.' Hij tikte op de getypte brief. 'Hij hoefde haar alleen maar van kant te maken en dit de volgende dag te posten. Howard stelt dat hij en zijn zonen onmiddellijk alle belangstelling verloren, omdat hij het haar meer dan eens duidelijk had gemaakt dat de markt gekelderd was en hij niet in een positie was haar meer te bieden.'

Charlie pakte de brief op en bekeek hem. 'Er stond een draagbare schrijfmachine op het bureau in zijn zitkamer,' herinnerde hij zich. 'Laten we er een paar jongens naar toe sturen om een snelle vergelijking voor ons te maken. Hij heeft al zijn energie in het vervalsen van haar handtekening gestopt en heeft vergeten dat schrijfmachines ook handtekeningen hebben.'

‘Zo gemakkelijk zou hij het ons nooit maken.’
Maar dat deed hij wel.

‘Duncan Jeremiah Orloff... officieel aangeklaagd wegens moord op Mathilda Beryl Gillespie... op zaterdag de zesde november...’
De stem van de officier van dienst dreunde monotoon eindeloos verder en maakte weinig indruk op Cooper die de formulering uit zijn hoofd kende. In plaats daarvan dwaalden zijn gedachten af naar een oudere vrouw, leeggebloed, en het roestige ijzeren frame dat om haar hoofd had gezeten. Het speet hem bijzonder dat hij haar nooit had gekend. Wat voor zonden ze ook had begaan, hij had toch het gevoel dat het een voorrecht geweest zou zijn.
‘...Verzoek om weigering van vrijlating op borgtocht vanwege de ernstige aard van de beschuldiging tegen u. De politierechter zal een directe terugzending in voorlopige hechtenis verordenen...’
Hij keek pas naar Duncan Orloff toen de man met zijn dikke handjes tegen zijn borst sloeg en in tranen uitbarstte. Het was zijn schuld niet, bezwoer hij, het was Mathilda’s schuld. Mathilda was overal de oorzaak van. Hij was ziek. Wat moest Violet zonder hem beginnen?
‘De massa stort ineen,’ mompelde de officier van dienst zachtjes tegen Cooper die naar de hijgende, onrustige ademhaling luisterde.
Er verscheen een diepe frons op het aardige gezicht van Cooper. ‘Allemachtig, ze verdiende werkelijk wat beters,’ zei hij tegen Orloff. ‘Ze had door een dappere vent vermoord moeten worden, niet door een lafaard. Waar haalde u het recht vandaan God te spelen over haar leven?’
‘Een dappere vent had het niet hoeven doen, brigadier.’ Hij wendde zich met een gekwelde blik naar de politieman. ‘Er was geen moed voor nodig om Mathilda te vermoorden, maar angst.’
‘Angst om een paar huizen in uw tuin, meneer Orloff?’
Duncan schudde zijn hoofd. ‘Ik ben wat ik ben’ – hij hief zijn trillende handen naar zijn gezicht – ‘en zij heeft me zo gemaakt. Ik heb mijn volwassen leven doorgebracht met het uit de weg gaan van de vrouw met wie ik was getrouwd, en leefde met fantasieën over de vrouw die ik niet bezat en je kunt niet veertig jaar in een hel leven zonder er schade door op te lopen.’
‘Bent u daarom naar Fontwell teruggekomen, om uw fantasieën te laten herleven?’
‘Die heb je niet in je macht, brigadier. Die hebben jou in hun macht.’ Hij zweeg.

'Maar u bent vijf jaar geleden teruggekomen, meneer Orloff.'
'Ik heb haar niets gevraagd, hoor. Misschien een paar gezamenlijke herinneringen. Rust zelfs. Na veertig jaar verwachtte ik niet veel.'
Cooper keek hem nieuwsgierig aan. 'U zegt dat u haar uit angst heeft vermoord. Heeft u daarover gefantaseerd? Over het feit dat u zo bang voor haar was, dat u zichzelf zover kreeg om haar te vermoorden?'
'Ik fantaseerde over de liefde bedrijven,' fluisterde hij.
'Met Mathilda?'
'Natuurlijk.' Hij liet zijn tranen in zijn handpalmen lopen. 'Ik ben nooit met Violet naar bed geweest. Dat kon ik niet.'
Goeie god, dacht Cooper vol afkeer, had de man dan geen enkel meegevoel met zijn vrouwtje? 'Kon u dat niet, of wilde u dat niet, meneer Orloff? Er is een verschil.'
'Ik kon het niet.' Het woord was nauwelijks hoorbaar. 'Mathilda deed bepaalde dingen' – hij rilde als een bezeten man – 'die Violet tegenstonden' – zijn stem brak – 'het was voor ons allebei minder onplezierig als ik voor mijn wensen betaalde.'
Cooper ving over het hoofd van Duncan de blik van de officier van dienst op en lachte cynisch. 'Dus dat gaat uw verdediging zeker worden? Dat u Mathilda Gillespie heeft vermoord omdat ze u kennis liet maken met iets waarin alleen prostituées voorzien?'
Er klonk een zuchtje over zijn lippen. 'U heeft nooit bang voor haar hoeven zijn, brigadier. Ze bezat u niet omdat ze uw geheimen niet kende.' De trieste blik wendde zich tot hem. 'Het zal toch wel in u opgekomen zijn dat toen wij Wing Cottage kochten onze notaris de toegestane rooilijn opmerkte op de rest van het Cedar-terrein? We zijn met de koop doorgegaan omdat Mathilda ermee instemde een clausule in het contract op te nemen en ons een veto-recht verstrekte over een mogelijke toekomstige beslissing.' Hij lachte met een hol geluid. 'Ik geef mezelf daar de schuld van omdat ik haar veel beter kende dan Violet. De clausule was het papier nog niet waard waarop het geschreven stond.' Hij kneep even zijn lippen op elkaar in een poging om zichzelf te beheersen. 'Ze was verplicht mij op de hoogte te stellen toen ze Howard benaderde, omdat ze mijn handtekening nodig had op het laatste document, maar toen ik haar zei dat Violet en ik bezwaren hadden tegen het voorgestelde plan, waarin het dichtstbijzijnde huis tien meter van onze achtermuur zou komen te staan, lachte ze. "Doe niet zo belachelijk, Duncan. Ben je vergeten hoeveel ik van je weet?"'
Toen hij niet verder ging, drong Cooper aan. 'Wilde ze u chanteren om te tekenen?'

'Natuurlijk.' Hij legde zijn vochtige handpalmen tegen zijn borst. 'We zaten in de zitkamer. Ze liet me een paar minuten alleen om een boek uit de bibliotheek te halen en toen ze terugkwam, las ze er stukken uit voor.' Zijn versnelde ademhaling ging fluitend van wanhoop. 'Het was een van haar dagboeken – vol met de vreselijkste leugens en obsceniteiten – en niet alleen over mij – ook over Violet – intieme details die Violet haar had verteld als ze aangeschoten was. "Wil je dat ik dit fotokopieer, Duncan en het in het dorp verspreid?" vroeg ze. "Wil je dat heel Fontwell weet dat Violet nog steeds maagd is omdat jij tijdens jullie huwelijksnacht dermate walgelijke verlangens had dat ze zichzelf in de badkamer heeft opgesloten?"' – zijn stem trilde – 'ze vond het allemaal erg vermakelijk – kon het boek niet neerleggen toen ze eenmaal was begonnen – las me stukken voor over de Marriotts, de dominee, die arme Spedes – iedereen.' Hij zweeg weer.
'Dus u bent naderhand teruggekomen om de rest te lezen?' informeerde Cooper.
Duncan haalde hulpeloos zijn schouders op. 'Ik was wanhopig. Ik hoopte dat ik iets vond dat ik tegen *haar* kon gebruiken. Ik twijfelde of er iets waardevols in de eerste delen zou staan, gewoon omdat ik onafhankelijk bewijs moest vinden om haar uit te dagen en afgezien van verwijzingen naar Joanna's verslaving aan drugs, het stelen van Ruth en haar idee dat Sarah Blakeney de dochter was die ze van Paul Marriott had gehad, waren de latere aantekeningen eenvoudig een opsomming van dingen die haar tegenstonden. Het was het produkt van een gestoord brein en ze gebruikte ze, denk ik, als een uitlaatklep om haar gif te spuien. Als ze zich niet op papier had kunnen uiten' – hij schudde zijn hoofd – 'ze was gek.'
'Maar toch,' zei Cooper zwaarwichtig, 'is moord een radicale oplossing, meneer Orloff. U had de problemen van haar dochter of kleindochter tegen haar kunnen gebruiken. Ze was een trotse vrouw. Ze zou toch niet graag ruchtbaarheid aan dat soort dingen hebben gegeven.'
De trieste ogen waren op hem gericht. 'Ik ben nooit van plan geweest haar te vermoorden, niet tot die zaterdagochtend toen Jane Marriott haar opzocht. Ik was van plan haar te dreigen dokter Blakeney te vertellen wat ik wist. Maar zoals ik al zei, ik heb haar uit angst vermoord. Een dappere vent zou hebben gezegd: "Maak het maar openbaar en verrek."'
Cooper kon het niet volgen. 'Dat begrijp ik niet.'
'Ze vertelde Jane Marriott dat de zaken eerder erger zouden wor-

den dan beter, omdat ze wist dat James haar privé-papieren had gelezen – het is nooit bij haar opgekomen dat ik dat ook had gedaan – toen ging ze verder met te vertellen dat ze niet van plan was verder te zwijgen.' Hij wrong zijn handen. 'Dus liep ik zodra Jane weg was, natuurlijk naar haar toe en vroeg haar wat ze bedoelde met dat "ze niet van plan was verder te zwijgen?"' Zijn gezicht was grijs van vermoeidheid. 'Ze pakte het heksenmasker op en tergde mij daarmee. "Mathilda Cavendish en Mathilda Gillespie hebben die dagboeken niet zomaar geschreven, Duncan. Ze hebben ze geschreven zodat ze op een dag wraak konden nemen. Ze willen niet dat hun de mond gesnoerd wordt. Daar zal ik wel voor zorgen."' Hij zweeg. 'Ze was volkomen gek, weet u en dat wist ze. Ik zei dat ik een arts voor haar zou roepen en toen haalde ze *Macbeth* voor me aan. "Haar is de priester meer dan de arts van node."' Hij hief zijn handen in een gebaar van overgave. 'En ik dacht hoe wij allen die vernietigd zouden worden door haar dagboeken, het goddelijke meer nodig hadden dan de arts en tijdens die afschuwelijke middag heb ik me voorgenomen om voor... God te spelen.'
Cooper was heel sceptisch. 'Maar u moet het allemaal eerder bedacht hebben, want u had de pillen al gestolen.'
'Die waren voor mij.'
'En wat heeft u van gedachten laten veranderen?'
'Brigadier, ik ben, zoals u terecht opmerkte, een lafaard en ik besefte dat ik de dagboeken niet kon vernietigen zonder haar ook te vernietigen. *Zij* was het gif, de dagboeken waren slechts het uiterlijke symptoom daarvan. Ik heb tenminste de anderen hun waardigheid kunnen laten behouden.'
Cooper dacht aan de mensen om wie hij gaf, Jack en Sarah, Jane en Paul Marriott; en vooral Ruth.
'Alleen wanneer u schuld bekent, meneer Orloff, anders komt dit allemaal voor de rechtbank.'
'Ja. Dat ben ik Violet wel verschuldigd,' zei hij.

Het is tenslotte zo gemakkelijk om een man te manipuleren, als hij zoiets waardeloos wil als liefde. Liefde is gemakkelijk te geven wanneer alleen het lichaam erbij betrokken is en de geest niet. Mijn geest kan alles aan. Ik ben Mathilda Cavendish en wat kan het Mathilda schelen wanneer ze toch alleen maar minachting voelt?

De mens, de trotse mens
Met korte, nietig kleine macht bekleed,
Het meest vergetend, wat hij 't zekerst kent
Zijn aard van glas, speelt, als een toornige aap
Voor 't oog des hemels zulke vreemde kluchten,
Dat de eng'len wenen.

Als engelen schreien, ziet Mathilda daar geen enkel teken van. Ze schreien niet om mij...

Twintig

Joanna zat op de plek waar haar moeder altijd had gezeten in de stoel met de rechte rugleuning naast de openslaande ramen. Ze hield haar hoofd een beetje schuin om brigadier Cooper aan te kijken. 'Weet dokter Blakeney dat u me dit vertelt?'
Hij schudde zijn hoofd. 'Nee. Ik hoop eerlijk gezegd dat u de hand uitsteekt door aan te bieden het testament niet aan te vechten als zij ermee instemt de plannen van uw moeder uit te voeren zoals ze die in de brief aan Ruth beschrijft. Mevrouw Lascelles, het doet wonderen om de gemoederen een beetje te laten bedaren, en het is in het belang van u allen om een einde aan deze trieste zaak te maken en terug te gaan naar Londen waar u hoort.'
'In het belang van dokter Blakeney, niet in mijn belang.'
'Ik dacht meer aan uw dochter. Ze is nog erg jong en de dood van haar grootmoeder heeft haar heel wat meer aangegrepen dan u wel denkt. Het zou' – hij zocht naar een woord – 'nuttig zijn wanneer u de voorkeur gaf aan een vriendelijke overeenkomst in plaats van aan een voortdurende en pijnlijke confrontatie. Advocaten hebben de akelige gewoonte details boven water te halen die het best begraven hadden kunnen blijven.'
Ze stond op. 'Ik wil dit werkelijk niet verder bespreken, brigadier. Het zijn uw zaken niet.' De fletse ogen waren op onaantrekkelijke wijze harder gaan staan. 'U bent net zo door de Blakeneys ingepalmd als mijn moeder en alleen daarom ga ik niet in vriendelijke onderhandeling met hen. Ik vind het nog steeds onbegrijpelijk dat u Jack Blakeney niet heeft vervolgd wegens een overval, of trouwens, Ruth wegens diefstal, en ik ben vast van plan om mijn advocaat beide zaken bij uw chef aanhangig te laten maken. Het is me volkomen duidelijk dat dokter Blakeney, uitstekend bijgestaan door mijn dochter, haar man en u gebruikt om druk op mij uit te oefenen dit huis te verlaten zodat zij het leeg kan betrekken. Die voldoening zal ik haar niet geven. Hoe langer ik blijf, des te sterker worden mijn rechten erop.'

Cooper grinnikte. 'Heeft u al een advocaat, mevrouw Lascelles? Ik hoop van niet, want u verspilt uw geld als hij u dat soort raad geeft.' Hij wees op de stoel. 'Ga zitten,' beval hij haar, 'en bedank uw dochter en de Blakeneys voor het feit dat ik u niet arresteer vanwege het onrechtmatig in bezit hebben van heroïne. Bedenk goed, dat ik dat graag zou willen doen, maar zoals ik al eerder zei, is het in het belang van iedereen, en niet in het minst in uw eigen belang, als Dorset van u verlost wordt. Ik zou eigenlijk mijn kennis aan de Londense politie moeten doorgeven, maar dat zal ik niet doen. Ze komen er toch snel genoeg achter, omdat u zelfs met het enorme vermogen dat dokter Blakeney u zal schenken niet zult kunnen rondkomen. Er komen geen maandelijkse cheques meer, mevrouw Lascelles, omdat er geen oude dame meer is die geterroriseerd kan worden. Wat deed u om haar te laten betalen?'
Ze staarde het raam uit en het duurde lang voor ze antwoord gaf. 'Ik hoefde niets te doen, alleen maar haar dochter te zijn. Ze nam aan dat ik net zo was als zij, en daarom was ze bang voor me.'
'Dat begrijp ik niet.'
Ze draaide zich om en vestigde haar wonderlijke, doordringende blik op hem. 'Ik heb gezien hoe ze haar vader heeft vermoord. Ze was doodsbenauwd dat ik hetzelfde met haar zou doen.'
'Zou u dat gedaan hebben?'
Ze glimlachte plotseling en hij was als betoverd door haar schoonheid. 'Ik ben net zoals Hamlet, brigadier: "Ik ben alleen bij noordnoordwestenwind aan het malen." U zult me vermoedelijk niet geloven, maar ik ben altijd banger geweest dat zij mij zou vermoorden. Ik heb de laatste tijd heel goed geslapen.'
'Gaat u terug naar Londen?'
Ze haalde haar schouders op. 'Natuurlijk. Wanneer een mens genoeg heeft van Londen, is hij levensmoe. Heeft u Samuel Johnson gelezen, brigadier? Die schreef een stuk leuker dan Shakespeare.'
'Dat zal ik nu doen, mevrouw Lascelles.'

Jack keek vanuit een ooghoek naar Sarah toen hij aan zijn ezel zat en de laatste hand aan het portret van Joanna legde. Ze staarde doelloos het raam uit naar de horizon vol bomen, haar voorhoofd tegen het koele glas gedrukt. 'Waar denk je aan?' vroeg hij ten slotte.
'Wat zeg je?' Ze keerde zich om om hem aan te kijken.
'Waar dacht je aan?'
'O, niets, alleen' – ze schudde haar hoofd – 'niets.'

'Kinderen?' informeerde hij zonder het gebruikelijke spoor van ironie.
Ze liep naar het midden van de kamer en staarde naar het schilderij van Mathilda. 'Goed, ja, inderdaad, maar maak je geen zorgen. Het was niet vol verwachting. Ik dacht dat jij altijd al gelijk had gehad en dat kinderen hebben gekkenwerk is. Je hebt er alleen maar narigheid van en eerlijk gezegd, neem ik het risico liever niet en bespaar mezelf de ellende.'
'Jammer,' mompelde hij en spoelde zijn penseel uit in de terpentine en veegde die af aan de keukenrol. 'Ik begon net aan het idee te wennen.'
Ze hield haar stem met opzet luchtig. 'Ik kan over het geheel genomen je grapjes verdragen, Jack, maar niet wat betreft kinderen. Sally Benedict heeft iedere geloofwaardigheid verziekt die je op dat gebied had op de dag dat ze jouw vergissinkje heeft vernietigd.'
Hij keek haar heel bedachtzaam aan. 'Ik zou wel eens willen weten of ik buitengesloten word omdat ik een man ben, of ben je van plan Ruth met dezelfde schuldgevoelens op te zadelen in de toekomst?'
'Dat is wat anders.'
'O ja? Dat zie ik niet zo.'
'Ruth beduvelde haar man niet,' mompelde ze tussen opeengeklemde kaken.
'Dan hebben we het niet over kinderen, Sarah, en wanneer ik wel of niet het recht heb om van gedachten te veranderen, dan hebben we het over ontrouw. Twee volkomen verschillende dingen.'
'Voor jou misschien. Voor mij niet. Je aan iemand binden is niets anders dan je binden aan een geloof. Waarom kon het je zo weinig schelen toen je minnares zwanger werd, terwijl je er niet aan moest denken dat je vrouw zwanger zou worden?' Er waren twee rode plekjes op haar wangen verschenen en ze wendde zich abrupt af. 'Laten we geen oude koeien uit de sloot halen. Ik wil er niet meer over praten.'
'Waarom niet?' zei hij. 'Ik vermaak me prima.' Hij sloeg zijn handen achter zijn hoofd in elkaar en grinnikte tegen haar strak gespannen rug. 'Je hebt me het afgelopen jaar door een hel laten gaan. Je sleept me Londen uit, ongevraagd en zonder "vind je het erg" of zo? Je poot me in een of ander godvergeten oord neer met de mededeling "slikken of stikken, Jack, je bent alleen maar die zak van een man van me".' Hij kneep zijn ogen halfdicht. 'Ik heb die haan van een Robin Hewitt geaccepteerd die zijn spullen door mijn keuken verspreidt, smachtend naar jou kijkt en mij behandelt als

iets dat de hond heeft uitgekotst. Ik heb geglimlacht als geestelijk onderontwikkelden mijn werk afkraakten, omdat ik alleen maar de zak ben die niets liever doet dan op kosten van zijn vrouw leven. En bovendien heb ik naar Keith Smollett moeten luisteren die een preek hield over jouw deugden. In al die tijd heeft slechts één mens, en daar val jij ook onder, me behandeld alsof ik menselijk was – en dat was Mathilda. Als zij er niet was geweest, was ik in september al weggelopen en had ik je in je eigen zelfgenoegzame sop laten gaarkoken.'

Ze bleef met haar rug naar hem toe staan. 'Waarom heb je dat niet gedaan?'

'Omdat ik, zoals ze me bleef helpen onthouden, jouw man ben,' gromde hij. 'Jezus, Sarah, als ik niet vond dat wij iets hadden dat de moeite waard was, waarom zou ik dan ooit met je zijn getrouwd? Ik moest niet, godsamme. Niemand hield een pistool tegen mijn hoofd. Ik wilde het.'

'Waarom –' Ze ging niet verder.

'Waarom ik Sally zwanger heb gemaakt? Dat heb ik niet gedaan. Ik heb zelfs nooit met dat afschuwelijke krengetje geslapen. Ik heb haar portret geschilderd omdat ze dacht dat ik iemand was nadat die dealer in Bond Street mijn enige verkoop had beklonken.' Hij lachte met een hol geluid. 'Ze wilde zich vasthouden aan een opkomende ster, zoals ze dat met iedere beroemdheid heeft gedaan. En dat heb ik natuurlijk geschilderd – een luie parasiet met neigingen tot grandeur. Ze heeft me sindsdien gehaat. Als jij me had verteld dat ze beweerde dat ik de vader van haar ongewenste kind was, had ik je wel van het tegengestelde overtuigd, maar je vertrouwde me niet genoeg om het tegen me te zeggen.' Zijn stem werd harder. 'Je vertrouwde haar verdomme wel en je mocht dat pokkenmens niet eens.'

'Ze was erg geloofwaardig.'

'NATUURLIJK WAS ZE GELOOFWAARDIG,' brulde hij. 'Ze is verdomme toneelspeelster en ik gebruik dat woord opzettelijk. Wanneer gaan je de ogen een keer open, mens, en zie je de mensen een keer zoals ze zijn, met hun slechte kanten, hun goede kanten, hun kracht en hun zwakke punten? Verdomme, je had je emoties moeten laten gaan, mij mijn rottige ogen moet uitkrabben, mijn ballen eraf hakken – *iets* – als je dacht dat ik je beduvelde.' Zijn stem werd zachter. 'Houd je niet voldoende van me om me te haten, Sarah?'

'Blakeney, je bent een klootzak,' zei ze, draaide zich om en nam hem van top tot teen op met glinsterende ogen. 'Je hebt geen idee hoe ongelukkig ik ben geweest.'

'En dan heb jij het lef mij ervan te beschuldigen dat ik egocentrisch ben? Hoe dacht je dat ik me had gevoeld?'
'Jij bent gemakkelijk te genezen.'
'Verdomme niet.'
'Verdomme wel.'
'Hoe dan?'
'Een beetje massage om de stijfheid weg te krijgen en dan een kusje om het beter te maken.'
'Aha,' zei hij peinzend, 'nou ja, het is iets. Maar denk erom dat het een chronische toestand is en dat die behandeling herhaaldelijk toegepast moet worden. Ik wil geen terugval.'
'Maar het zal je duur komen te staan, hoor.'
Hij keek haar met half dichtgeknepen ogen aan. 'Ik dacht al dat er een addertje onder het gras zat.' Hij stak zijn hand in zijn zak. 'Hoeveel?'
Ze sloeg hem zachtjes op zijn hoofd. 'Alleen maar wat informatie. Waarom had Mathilda ruzie met Jane Marriott op de ochtend dat ze overleed? Waarom huilde Mathilda toen je haar je schilderij toonde? En waarom liet Mathilda mij haar geld na? Ik weet dat het allemaal met elkaar in verband staat, Jack, en ik weet dat Cooper het antwoord weet. Ik zag het gisteravond aan zijn ogen.'
'Geen massage als ik geen antwoord geef, zeker?'
'Nee. Dan bied ik het Cooper aan. Een van jullie zal het me uiteindelijk vertellen.'
'Die arme man blijft erin. Hij verschiet al wanneer je zijn hand aanraakt.' Hij trok haar op zijn schoot. 'Het wordt niet gemakkelijker als ik het je vertel,' waarschuwde hij. 'Het maakt het zelfs moeilijker. Daar ken ik je goed genoeg voor.' Hoe schuldig ze zich nu ook voelde, het zou niets zijn vergeleken met de ellende die het met zich meebracht als ze zich moest afvragen of ze onbewust Mathilda ertoe had gebracht te geloven dat ze geadopteerd was. En wat zou het voor haar verhouding met Jane Marriott betekenen? Sarah kennende zou ze zich verplicht voelen Jane de waarheid te vertellen en de vrouw door al te veel eerlijkheid bij zich weg te jagen. 'Waarom kun je niet gewoon accepteren dat ze dol op je was en erop vertrouwde dat je iets zinnigs met het geld zou doen dat ze je naliet?'
Ze staarde naar Mathilda's portret. 'Omdat ik wil weten wat haar het recht gaf aanspraak op mij te maken. Ik wil niet gemanipuleerd worden door een dode vrouw, Jack.'

Dit is het dagboek van Mathilda Beryl Cavendish. Het is mijn verhaal dat mensen kunnen lezen wanneer ik dood ben. Als het gevonden wordt, moeten ze ermee naar de politie gaan en ervoor zorgen dat vader wordt opgehangen. Hij heeft me vandaag iets slechts laten doen en toen ik zei dat ik het tegen de dominee zou zeggen, sloot hij me in de kast op met het heksenmasker over mijn hoofd. IK BLOEDDE. *Hij huilt veel en zegt dat het moeders schuld is omdat ze is doodgegaan. Nou, ik denk ook dat het moeders schuld is.*
Gisteren was ik jarig. Vader zegt dat ik oud genoeg ben en dat moeder het niet erg gevonden zou hebben. Ze kende de noden van een man. Ik mag het tegen NIEMAND *zeggen, anders gebruikt hij het heksenmasker.* TELKENS EN TELKENS WEER.
Moeder had dat soort dingen nooit moeten doen, dan had vader ze mij niet aangedaan. Ik ben pas tien jaar.

IK HAAT HAAR. IK HAAT HAAR. IK HAAT HAAR...